Жизнь тайного агента опасна. В мире, где магия убивает не хуже меча, а боевой амулет ценится дороже золота, противником может стать кто угодно. Случайный вампир, боевой маг или шайка портовых бандитов, пираты и наемный убийца из Ложи.

В Гельвеции за одну ночь убито сорок восемь имперских агентов. Начальник Тайной Службы Империи подозревает, что в его ведомстве завелся «крот».

Найти предателя должен Кевин Фальк. Кличка — Вьюн.

Лучший агент Империи.

Олег Говда

ПРИЗРАК и САБЛЯ

Хорошо, если бабка у казака — ведьма.
И когда в друзьях у казака — оборотень
из тайной службы Ивана Грозного, маг-недоучка
и басурманская шаманка — тоже неплохо.
А уж призрак разбойничьего атамана,
обернувшийся казацким конем, и волшебная
сабля, которая любую нечисть пополам рубит —
и вовсе замечательно.
Хуже, что врагов у казака Тараса Куницы —
на целое казачье войско хватит.
А тут еще без вести сгинувший отец
оказался многим должен.
И не только людям...
И совсем не деньги...

**Казацкое счастье —
между ведьмой и оборотнем**

ПОРТАЛ

Хорошо, если бабка у казака — ведьма. И когда в друзьях у казака — оборотень из тайной службы Ивана Грозного, маг-недоучка и басурманская шаманка — тоже неплохо. А уж призрак разбойничьего атамана, обернувшийся казацким конем, и волшебная сабля, которая любую нечисть пополам рубит,— и вовсе замечательно.

Хуже, что врагов у казака Тараса Куницы — на целое казачье войско хватит.

А тут еще без вести сгинувший отец оказался многим должен.

И не только людям... И совсем не деньги...

Виктор Орлов-Пушкарский

МАРШ ОБРЕЧЕННЫХ

Москва
«Астрель»
Санкт-Петербург
«Астрель-СПб»

УДК 821.161.1
ББК 84(2Рос = Рус)6
О-66

Серия «Портал»
Художник обложки *Л. Елфимова*

Орлов-Пушкарский, В.

О-66   Марш обреченных / Виктор Орлов-Пушкарский.— М.:
Астрель; СПб.: Астрель-СПб, 2012.— 381 с. (Портал).

ISBN 978-5-271-43880-6 (ООО «Издательство Астрель»)
ISBN 978-5-9725-2320-7 (ООО «Астрель-СПб»)

На просторах Вселенной гремит марш имперских легио-
нов. Непобедимая Империя Хинлау не знает себе равных, четыре Великие Расы: Орки, Эльфы, Гномы и Люди сильны духом и готовы к любым испытаниям. Пресса утверждает, что
дела в Империи идут великолепно.

Суб-лейтенант Стражи Порядка Зор Летов не верит прес-
се. Потому что знает: если ему не удастся раскрыть вселенский
заговор, все близкие ему существа погибнут. А Империя —
рухнет.

Поэтому думать Летову нужно очень быстро. А стрелять —
ещё быстрее...

УДК 821.161.1
ББК 84(2Рос = Рус)6

Подписано в печать 18.04.2012. Формат 84 x 108 $^1/_{32}$.
Бумага газетная. Печать офсетная.
Усл. печ. л. 20,16. Тираж 3500 экз. Заказ 2219.

Общероссийский классификатор продукции
ОК-005-93, том 1; 953000 — книги, брошюры

Неизвестно, когда, где-то в тридевятой Вселенной, в тридесятой Галактике и черт его знает в какой звездной системе, шли магичсские разборки...

Часть первая.

Честь мундира

Пролог-предисловие

Иногда какая-нибудь интересная история начинается до банальности просто и буднично. Не успеешь и заметить, как маленький незначительный случай, словно снежный ком, подхватывая людей и попутные события, вовлекает их в лавину истории. Ладно еще, если она просто спустит с горы, не переломав все кости. А ведь может и шмякнуть головой о дерево, растущее у подножия. К счастью, лавины историй отличаются гораздо большей свободой выбора и разнообразием концовок, чем их снежные аналоги...

В тот выходной, когда завертелась вся эта история, моя подруга Селина потащила меня в кино на очередной низкосортный боевик про отчаянных и суровых парней. Все бы хорошо, но адекватно воспринимать «Месть Урукхая» оказалось выше моих сил, и я всю дорогу развлекался, критикуя этот шедевр на весь зал. Закончилось это тем, что охрана вывела меня из зала на середине фильма, и я, оставив Селину спокойно досматривать остросюжетные приключения сбежавшего заключенного, с радостью оккупировал один из столиков бара.

Следующим шагом к истории стал звонок начальника. Это не предвещало ничего хорошего, так как по роду службы выходной был только у меня, но не у него.

— Летов? — раздалось в коммуникаторе.

— Ну я за него,— я даже не пытался скрыть тоску в голосе.

— Да не бойся ты, никто тебя работать сегодня не заставит,— поспешил успокоить шеф.— Можешь прямо сейчас на полчасика заскочить в Управление? Просто интересный для тебя разговор есть. Жду в кабинете начальника Управления.

Я мельком глянул на часы, до конца сеанса оставалось полтора часа. Если бы охранники не выдворили меня из зала, я бы даже не подумал отвечать на входящий звонок, и в снежный ком истории угодил бы кто-нибудь другой.

— Хорошо,— согласился я, а вдруг к награде представить собрались? Да нет, чушь!

Выбежав из прохладного кинотеатра на летнюю жару, я направился к общественному транспортеру, кабинки которого стояли всего в нескольких шагах от выхода. Я зашел в первую попавшуюся и набрал на консоли секретный код. В новом служебном меню ввел еще один код и перенесся на «маяк» прямиком в собственный кабинет, чем удивил свою помощницу Дарх Бауми. Она сидела за столом и что-то строчила на компьютере.

— Привет, Зор,— поздоровалась она первой.— Я думала, ты с Селиной «Месть Урукхая» смотришь.

— Шеф вызвал.

Закончив на этом разъяснения, я направился в кабинет гранд-майора Грауда — начальника Управления по Борьбе с Магическими Преступлениями (ниже — в полном названии все с заглавной буквы). Постучал, вошел, поздоровался, присел...

— Вот он, наш сокол! — гордо произнес мой шеф — гранд-капитан Шерх.— Лучший в убойном отделе!

Я чуть было не привстал от удивления. Такая похвала из уст начальства всегда приятна, особенно когда тебе так хочется ее услышать, но что думать, если ни ты сам, ни твои коллеги так не считают? Судя по ощущениям, мое лицо залилось цветом спелого помидора. Никогда бы не подумал, что сотрудника, всего год назад пришедшего работать в отдел после учебы, назовут лучшим. У меня всего пара дел раскрытых, только-только помощника выделили...

— Вы уверены, что он справится? — Начальник Управления подозрительно на меня посмотрел.— Совсем зеленый еще, если на покрасневшую рожу не смотреть, конечно же.

— Если не он, то пусть тогда отдел бытовых происшествий берется за это дело. На кону честь всего Управления! — Гранд-капитан Шерх говорил так уверенно, что я сам поверил в себя, но все равно ничего не понимал.

Шерх выжидающе замер, пытаясь уловить малейшую реакцию начальника.

— Ладно,— кивнул начальник Управления.— Пусть возьмется!

Обрадованный гранд-капитан повернулся ко мне и торжественно прочитал по бумажке:

— Суб-лейтенант Летов! Главное Управление по Борьбе с Магическими Преступлениями Стражи Порядка Империи Хинлау оказывает тебе честь и предоставляет возможность написать правдивый роман о героических подвигах твоих коллег, дабы повысить доверие населения страны к органам правопорядка!

Вот теперь мне стало понятно, в чем крылся подвох!

— Но я никогда ничего не писал, кроме служебных отчетов! — удивился я еще больше и попытался ответеться от необычного задания.— Я вообще к литературе отношусь прохладно. Я игры компьютерные люблю, квесты там всякие да ролевушки...

— Ну-ну-ну,— качая головой, выдал начальник отдела. Его реакция читалась как «ну, только не надо мне тут причесывать».— Вот, полюбуйтесь на его «ролевушки»!

Из заранее подготовленной папочки Шерх вытащил последний аргумент, приготовленный на закуску. Два печатных листа. Один он вручил майору, второй мне.

«Они лежали на берегу озера. Теплая ночь укутывала их обнаженные тела тенями облаков, словно пряча от любопытного лунного света. Стрекот ночных цикад, гулкое уханье одинокого филина, пряный аромат и тихий шелест лесных трав придавали необычный привкус интимного таинства...»

Подняв на начальство смущенный взгляд, я приготовился расплавиться со стыда. Гранд-майор продолжал увлеченно читать, бегая затуманенными глазами по строчкам.

— Нормально,— одобрительно кивнул он.— Осталось добавить детективный сюжет, свирепого главного героя, желательно орка из приличной семьи военных или стражников, и можно снимать фильм. Вы где это раздобыли?

— Имперская Служба Безопасности наткнулась во время регулярной проверки сотрудников. На одном из информационных порталов эротической направленности в глобальной Сети,— четким размеренным тоном, словно метроном, отчеканил гранд-капитан Шерх.

Отнекиваться было бесполезно, улики лежали на столе.

— Задание понятно? — Суровый орочий взгляд майора придавил меня к креслу.— Условия конкурса я пришлю вам на почту. Удачных выходных.

Пошатывающейся походкой я вышел из кабинета и направился в туалет, чтобы сунуть голову под кран. От всего моего утреннего лоска не осталось и следа. Мокрый и растрепанный, я сидел на ступеньках перед Управлением и судорожно пытался вызвать Селину.

— Я еще смотрю кино,— раздался ее шепот в динамике коммуникатора.

Сделав глубокий успокаивающий вдох, я произнес, стараясь не сорваться:

— Когда в следующий раз соберешься выложить в Сеть свои эротические писульки... делай это не с моего компьютера!

Глава 1

Приступая к работе

...Для начала, как бы банально это ни звучало, мне следовало представиться, о чем я совсем забыл. Да-да, уважаемый имперский налогоплательщик, как ты уже понял, я обычный сотрудник Стражи Порядка по имени Зор Летов, которого ты частенько называешь «мусором», легавым, глистом дракона, блохой навозной и так далее, в зависимости от места твоего рождения и особенностей родного языка. Помимо прочего, я работаю следователем в убойном отделе, так что можешь с чистой совестью называть меня «мусором», согласно принятой классификации в криминальной среде. Долгое время я размышлял, с чего начать, вспоминал все интересные случаи в отделе, рылся в архиве. Собрав все любопытные байки, я даже набросал черновик романа, но судьба распорядилась иначе, предоставив мне возможность поделиться моей собственной историей...

Разговор с Селиной состоялся через час, когда она вышла из зала. Я не дал ей перейти в контрнаступление и сразу предъявил литературную улику. Она пробежала глазами по тексту и вопросительно посмотрела на меня фирменным невинным взглядом своих зеленых глаз. Я молчал.

— Что случилось? — Она начала что-то понимать или, скорее, почувствовала мое состояние.— Неприятности на службе?!

Фирменный невинный взгляд сменился натурально-испуганным, а я почувствовал ее растущее волнение.

— Мне поручили написать детективный роман про работу собственного отдела,— выдал я, так как уже не мог больше молчать.

Нельзя сказать, что она расстроилась. Селина приняла самый обыкновенный вид, если не считать довольного игривого взгляда. Думаю, описывать стандартный арсенал женских хитростей, которые я ощутил на себе после этого, не имеет смысла, так как каждый взрослый мужчина сталкивался с ними не раз и не два.

Уже отдыхая в постели после интимного таинства, я поставил «наказанной» Селине ультиматум:

— Писать будешь ты, а я выступлю лишь источником информации, сюжетов и идей. Понятно?

— Слушаю и повинуюсь, мой господин,— прошептала она, будто джинн.

Тьфу ты... зараза. Знает ведь, как меня развеселить! А главное, искренне так прошептала. Помнит, что врать бесполезно...

В почтовом сообщении действительно нашлась инструкция-задание от главного Управления Стражи Порядка, в которой четко и подробно перечислялись все условия конкурса. Все было предельно просто и понятно, а главное, я полностью одобрял идею высшего начальства, так как с имиджем Стражи Порядка уже давно надо было что-то делать. Поэтому я с готовностью взялся за исполнение необычного задания.

***

На следующий день в управе только самый ленивый не успел прочитать «мои» эротические рассказы. Смешки, зачастую похожие на ржание, раздавались практически со всех сторон, с этих же сторон доносились и цитаты. Мне было откровенно плевать, так как у Селины действительно получалось неплохо, а смеяться над мечтами тонкой и чувственной эльфийки могут лишь черствые или ограниченные личности, которых в нашем управлении нашлось неприличное количество. Только вот беда, они ведь не знали, кто настоящий автор. Тут еще надо сделать скидку на расовые различия, ведь на тысячу рядовых сотрудников приходится всего лишь десять эльфов. Гномов работает ненамного больше, что-то около сотни. Остальные места распределяются между орками и людьми примерно одинаково, только вот рослые клыкастики, несмотря на ограниченные магические способности, предпочитают работать в ОМОНе — спецназе Стражи, а мои сородичи занимают места следователей, судмедэкспертов, юристов и так далее. Хотя и среди орков немало следаков. К счастью, нашлись и такие, кому действительно понравилось, — нашим сотрудницам, независимо от расы. Об этом мне поведала моя помощница Дарх Бауми. Даже практичную и флегматичную гномку зацепили рассказы Селины. Я был ей благодарен, за то что она просто и искренне выдала чуть ли не с порога:

— А мне нравится! И всем нашим девкам тоже.

По замыслу начальства, я должен был подготовить к передаче все неоконченные дела. Их накопилось множество. Для их полного закрытия требовалось не расследование, а обычное улаживание

11

бюрократических формальностей. С другой стороны, я не считал нужным передавать их кому бы то ни было в отделе, так как Бауми вполне могла закончить их самостоятельно. Несмотря на все поблажки, любые дополнительные задания принято выполнять в свободное от работы время, даже если руководство само тебя и озадачило. Поэтому я находился в двойственном положении: вроде бы был освобожден от тяжелой работы, но нагрузка осталась — в виде тех незначительных дел, которые мне могли вновь подкинуть в любой момент. Именно с таким незначительным делом меня и потревожил оперативный дежурный:

— Летов? — услышал я вопросительные интонации, будто кто-то другой мог ответить с моего коммуникатора.

— Слушаю.

— Это оперативный. Запоминай адрес: проспект Мейн, сто пятый дом, квартира номер три. Умер хозяин квартиры, поезжай посмотри.

Что-либо спрашивать или уточнять было бесполезно, так как всегда проще самому добраться до места и лично все осмотреть. Кабина служебного транспортера находилась прямо на этаже, и уже через пару минут мы с помощницей переместились на общественный «маяк» перед сто пятым домом на проспекте Мейн. Этажи высокого гранитного здания уносились ввысь, сверкая на солнце блеском полированного камня и чистотой огромных панорамных окон. Возле каждого подъезда рос виноград, оплетая специальную оградку. Вдоль всех балконов тоже тянулись гибкие лозы.

— Элитный домик,— усмехнулась Бауми, которая по совместительству выполняла роль моего эксперта-криминалиста.

— Пойдем. Посмотрим, что там за бытовуха.

Стражу Порядка вызвала хозяйка квартиры, которая и обнаружила труп своего мужа, вернувшись из отпуска домой. К счастью, женщина сообразила ничего не трогать и даже Стражу дожидалась на лестничной площадке. С другой стороны, кому в здравом уме захочется находиться в одной квартире с трупом?

...Хотелось бы сразу заметить, уважаемый налогоплательщик, что наша работа оставляет на нас особый отпечаток. Нельзя давать волю чувствам и относиться ко всему происходящему с обыденной точки зрения. Так ведь можно и умом тронуться, если постоянно сопереживать горю людей, потерявших своих близких. Даже некий налет цинизма в выражениях — это всего лишь защитная реакция сознания...

— Добрый день,— я не стал представляться и просто поднял руку с табельным артефактом.

Кольцо на среднем пальце высветило голографическое удостоверение сотрудника Управления, гномкавдова молча кивнула. Вытащив из кармана небольшой металлический шарик, я активировал чары артефакта. Сфера повисла у меня над головой. Такой же магический инструмент появился и над Бауми. Это был обычный следовательский комплекс для видеозаписи, который снимает все происходящее и тут же транслирует запись на сервер Стражи. Поэтому все клеветнические заявления о том, что мы, дескать, шарим по карманам убитых, абсолютно беспочвенны.

Первое, что я почувствовал, так это сильный запах озоновой свежести. По огромной квартире гулял ветерок, вентилируя помещение. Я старался пока не выстраивать удобные версии и не выдвигать скоропалительные предположения.

Задав поиск в рабочем планшете, я тут же получил ответ от центрального компьютера Стражи. Здесь жил гном Дарх Мауд, крупный ученый, работавший на научно-исследовательском предприятии «Гном-ТехЭлектрон». Табельный артефакт предупреждающе кольнул палец и вывел перед глазами картинку с планом квартиры.

— *Труп — здесь,* — бесстрастной мыслью сообщил артефакт прямо у меня в голове и подсветил местоположение красной точкой.

Спальня... Трупный запах ощущался в полную силу, несмотря на озонатор и проветривание. Тело в одежде лежало на кровати.

— Твой однофамилец, — сказал я Бауми, которая уже приступила к работе, раскладывая возле кровати свои инструменты.

— Хуже, — она резко мотнула головой. — Дальний родственник. Не волнуйся, очень дальний, так что нет повода для моего отстранения.

Отметив для себя, что надо будет проверить эту информацию, я пошел дальше осматривать квартиру. Здесь не было кричащей варварской роскоши, на которую часто падки маги, скорее все говорило об очень хорошем вкусе хозяев и грамотной работе дизайнера. Везде было прибрано и кристально чисто.

— Зор! — позвала Бауми. — Анализ закончен!

— Диктуй. Двойной, надеюсь? — на всякий случай уточнил я, чтобы потом не было претензий от ИСБ или родственников умершего.

— Да, анализ проведен магическими и техническими средствами, — сухо, как настоящий бюрократ, ответила Бауми и продолжила: — Смерть наступила три дня назад в результате тяжелого токсико-инфекционного заболевания, поражающего нервную систему. Болезнь протекала с характерными офтальмоплегическим и бульбарным синдромами...

— Э-эй! — прервал я ее.— Прибереги это для отчетов. Ты мне по-простому скажи. От чего он зажмурился?

— Ботулизм. Пищевое отравление. Болезнь протекала очень стремительно. Он банально не смог позвать на помощь, так как отравился прямо перед сном. Сам посмотри, или я снова начну ругаться терминами.

Я поморщился. Неприятное это дело — читать предсмертные ощущения покойников. По современным меркам Гильдии, как маг я очень слаб, несмотря даже на то, что мои воспитатели из Ордена Магерта Осмотрительного с детства заставляли меня усиленно заниматься для развития своих способностей. Все их попытки сделать из меня мага Гильдии с треском провалились, так как для этого моих природных данных просто не хватило. Но даже без всякой предрасположенности к магическому оперированию я все же кое-что умею, обходясь классическими способами. Также хотелось бы напомнить, что члены Гильдии с пренебрежением относятся к магам, работающим в Страже. Они чуть ли не соревнуются в надменности и задирании носа.

Положив ладонь на липкую шею трупа, я закрыл глаза. Мозг уже давно умер, и считать память было невозможно, но останки хранили в себе запечатление — отпечаток предсмертной боли... Я вдруг почувствовал, как все тело начинает неметь и слабеть. Отнялся язык, голова безвольно повисла, руки беспомощно опустились. Дыхание и сердце сбились с привычного ритма... И это были еще цветочки.

— Неприятная смерть... Лежишь и осознаешь, что умираешь,— оттирая руку, размышлял я вслух.— Отправь его в морг на сканирование памяти, будем надеяться, хоть что-то удастся вытянуть из нейронов. Хотя сомневаюсь.

Бауми достала из своей рабочей сумки телепортирующий артефакт и применила его на трупе, который тут же исчез, отправившись на координатное заклятие «маяк» в морге.

Вроде все было просто и понятно: несчастный случай по причине пищевого отравления, но ведь точно так же это могло быть и убийство. Только вот странно, что смерть произошла в таком богатом доме...

— Домовой, появись! — приказал я, зайдя на кухню.

Прямо передо мной начало сгущаться облачко, постепенно формируясь в человеческий силуэт. Тело джинна проявилось только по пояс, ниже рос бестелесный дымчатый хвостик. Женщина... Ничего особенного, если не считать сомнительные внешние данные да абсолютно лысую голову. Редко когда семейные пары придают джиннам женский облик — жены обычно ревнуют.

— Идентифицируй себя,— отдал я следующий приказ.

— М... мо... ль... сс... ам...— издав несколько нечленораздельных звуков, джинн замолчал, а на его искусственном лице появилось выражение самой настоящей боли и тоски.

Я в шоке уставился на него и замер. По щеке потекла слезинка.

— Последняя модель Ордена Киора Жестокого — «Сказка-М»,— прогремел голос Бауми, заставив меня подпрыгнуть от неожиданности.— Джинн пытается нам сказать, что у него сбой в программе. Своеобразный способ воздействия на домохозяек, чтобы те не забывали иногда вызывать наладчика из сервисного центра.

— Вызови сервис. Хоть у джинна память посмотрим.

Пока мы ждали мага из сервиса (а ведь мог и мгновенно прибыть), я допрашивал вдову. Стараясь не строить никаких версий раньше времени, я пока только получал информацию. На удивление, дама вела себя очень спокойно и достойно. Не плакала, не нервничала, с готовностью отвечала на все вопросы, даже на такие, как «была ли у вашего мужа любовница?» или «есть ли у вас любовник?». Многие могли бы подумать, что она, наоборот, обрадовалась смерти мужа. Все же гномы в этом плане куда приятнее, чем те же люди. По натуре своей они хоть и ворчливы, особенно женщины, но, когда дело принимает официальный оборот, все шутки и легкомыслие мигом отметаются в сторону. Хотя какие могут быть шутки со следователем Стражи Порядка при исполнении? Женщина отвечала правдиво, в чем я был абсолютно уверен,— табельный артефакт следователя работает с постоянно активированным заклятием правды, так что мало кто сможет его обмануть. Обычно это легко удается магам. Их тяжело допрашивать с использованием заклятия, так как эмпатическое сканирование становится просто невозможно. Идеальные вруны... но и у нас есть свои хитрости.

Маг появился только через два часа, словно пешком добирался. За это время мы успели опросить всех соседей, но, как это часто бывает, люди стараются не вмешиваться в чужую частную жизнь, дабы не прослыть излишне любопытными или не нарваться на судебное разбирательство. Хорошо помню, как в десять лет я с друзьями по ордену вел «расследование», охотясь за инопланетянами из соседнего квартала. Все наши следственные мероприятия закончились визитом участкового в интернат и профилактической поркой ремнем. Вполне возможно, что именно после того случая я никогда не строил версии раньше времени.

— Добрый день, сервисный центр Ордена Киора Жестокого, маг-оператор Радов,— представился маг, переступив порог.— Кто вызывал? — Тон у него был жизнерадостный, словно у аниматора на детском празднике, но вот мимика и жесты выдавали его неприязненное отношение. Будь ты хоть трижды маг, но своим телом надо не просто уметь владеть, но и знать, что именно может выдать твое настроение.

— Следователь Летов,— как можно нейтральнее представился я в ответ, хотя очень хотелось нахамить.— Спасибо, что приехали так быстро.

Маг-опер понял мой сарказм, даже приготовился что-то сказать, набрав в легкие воздух, но тут же опомнился, увидев над моей головой артефакт, ведущий следственную запись. Тут маг что-то учуял в воздухе и принюхался. На лице мелькнуло выражение удивления, но тут же исчезло. Он почувствовал недавнюю смерть.

Я демонстративно кивнул головой, глядя ему в глаза.

— Приступайте к работе. Вот ордер,— перед ладонью зажглась светокопия документа.— Подписано архимагом Умаром.

Маг-оператор молча кивнул и принялся за работу.

Только сейчас вдова, находившаяся рядом, не выдержала и заплакала. Бауми не растерялась и быстро вывела ее в другую комнату.

— Радов, а представляете себе, каково это? — начал я задушевную беседу, стараясь говорить вкрадчиво и грустно.— Приезжаете вы домой из отпуска или командировки, а ваша жена лежит мертвая. И выясняется, что умерла она от банального пищевого отравления. Это в наш-то высокоразвитый век... И умерла, по сути, из-за того, что дорогущий джинн-домовой производства ОКЖ не смог оказать ей медицинскую помощь по причине сбоя в операционной системе. Ну, как вам такая картина? А что же видит бедная госпожа Дарх? Маг-оператор, которого вызвали для расследования, приезжает только через два часа, словно ему плевать на тех, кто так остро нуждается в его помощи. Трудно было телепортироваться на «маяк»? Очень похоже на дискриминацию по магическим способностям! Статья триста восемнадцатая, между прочим...

В ответ маг-опер лишь скрипнул зубами.

— Знаете, а я вот очень люблю писать статьи в газеты. Так и вижу заголовок на первой странице: «Великий ученый погиб из-за оплошности Ордена Киора Жестокого. Преступная халатность или намеренная жестокость?»

Опер снова приготовился сказать что-то язвительное в ответ, но вовремя остановился. И опять правильно сделал...

— Я же не знал, что у вас тут несчастный случай с летальным исходом,— начал он оправдываться.— В отделе заявок мне просто назвали адрес и все. Вот и решил прогуляться.

Ну-ну... Я-то слышал, как Бауми, звоня в сервисный центр, требовала поторопиться, а потом связывалась с нашим дежурным для получения ордера. Бесполезно что-то объяснять. Они так воспитаны, привыкли относиться с пренебрежением к тем, кто не смог или не захотел вступить в Гильдию Магов, посвятив свою жизнь служению гражданскому обществу...

— Я закончил,— отвлек меня от размышлений опер и заявил официальным тоном: — Заключение будет отправлено в ГУБМП Стражи Порядка.

В голосе чувствовался металл, губы некрасиво скривились в презрительной усмешке, а глаза на мгновение сверкнули озорным блеском, таким неумсстным в этой ситуации.

— А если коротко? Простыми словами? — спросил я, внутренне напрягаясь.

— Заключение отправлено в ГУБМП,— чуть ли не по слогам ответил маг, как отрезал.

— Благодарю за помощь следствию,— злости на него не хватало, но я держался.— Прошу вас не покидать пределы Хинлау. Вы можете нам понадобиться в любой момент. Запись о вашей помощи будет отправлена в Имперскую Службу Безопасности. Прошу вас покинуть территорию этого дома.

Маг нервно вздрогнул, услышав упоминание о ИСБ, и молча исчез, уйдя на «маяк».

* * *

Выйдя из дома, мы задержались во дворе на детской площадке. Полуденное солнце светило ярко, и на улице уже по-летнему припекало. Весь внутренний двор представлял собой огромный уютный сквер, совмещенный с детской площадкой. В центре раскинули свои космы неряшливые ивы, а вокруг росли в беспорядке банановые пальмы, персики, яблони, сливы, вишня. И виноград вдоль балконов. Скорее бы все это созрело, а то прошлый урожай детишки уже уничтожили.

— Что дальше будем делать? — спросила Бауми, когда мы присели на скамейку.

— Пообедаем,— ответил я, похлопывая себя по животу, и тут же зевнул — жаркое солнце клонило в сон.

— Да нет же, я о другом! — оживилась помощница, не поняв моей шутки.

— Тогда поищем ближайшую столовую, а за обедом уже все и обсудим.

— Нет, за обедом лучше поговорим о чем-нибудь более приятном,— предложила гномка.— Давай сейчас быстро посмотрим заключение экспертизы, а потом спокойно пообедаем.

В ее словах был свой резон, и я без раздумий согласился. Все-таки толковая помощница мне попалась...

Достав рабочий планшет, я связался с сервером Стражи. Даже имея на руках заключение сервисного центра, требовалось обработать полученную информацию и перевести ее на общедоступный язык, убрав лишние термины и понятия. Для этого и существует должность аналитика, но, к сожалению, никому не по силам сделать эту работу мгновенно. Заключение пока что оставалось в том необработанном виде, в котором его отправил опер Радов. Объединив усилия, мы пытались разобраться в этом информационно-магическом бардаке. Для Бауми, изучавшей программирование в университете, это оказалось проще и доступнее, чем я мог ожидать.

— Ничего хорошего. У домового джинна повреждены логические элементы подзаклятий операционной системы...— начала она делиться выводами.

— Ба-у-ми,— протянул я по слогам.— Не увлекайся.

— Если в двух словах, то полетела вся логическая структура. В рабочем состоянии лишь базовые прошивки: стирка, уборка, готовка. Память напоминает мелко нарезанный салат. Нам повезло, что жена вернулась домой не через пять дней, так как джинн вполне мог зачистить спальню от гниющего «мусора».

— Что-нибудь известно о том, когда был поврежден джинн?

Она лишь развела руками, демонстрируя свою беспомощность.

Тут набежал теплый ветерок, шурша листвой деревьев, и вместе с ним раздалось множественное «Ура!», «В атаку!», «За глобализацию!», «Бей оккупантов!». Прямо на площадку перед нами навстречу друг другу вырвались два боевых отряда. Размахивая мечами, кистенями и булавами, бойцы ожесточенно отстаивали свои интересы. Защита боевиков оказалась стопроцентной, и надувное оружие было бессильно нанести хоть какой-нибудь ущерб. Дети играли в «Глобализацию»...

Пораженные этим зрелищем, мы застыли на скамейке, завороженно наблюдая за «исторической» баталией. Невольные улыбки появились на наших лицах.

Всем участникам сражения было по пять-шесть лет. Представители разных рас сплелись в этом единообразном клубке воплей, визгов и детской радости. Среди детишек выделялись лишь два темнокожих орчонка, которые были уже на голову выше своих сверстников. Они абсолютно справедливо воевали за разные лагеря. Вдруг одного из орчонков оседлал маленький гном и, грозно размахивая кистенем, повел своего «коня» в бой, чем окончательно переломил ход сражения в пользу «имперских оккупантов». А дальше последовал забавный разбор полетов, свидетелями которого мы стали.

— Это нечестно! — возмущался проигравший орчонок.— Во времена Хаокана Объединителя у Империи не было боевых роботов!

— А на стороне повстанцев не было орочьей пехоты,— парировал маленький гном, выделившись среди сверстников четкой речью и стройностью фразы.

Ой, мама... как же я смеялся. Рядом похрюкивала Бауми. Тут мое внимание привлекла маленькая эльфийская девочка. Она не участвовала в сражении, а лишь постоянно бегала вокруг воюющих и что-то делала с маленьким пластмассовым кубиком.

— Мы ведем свой леполтаж с места событий,— услышал я ее голосок, когда она оказалась рядом с нами.— Войска империи опять побслили плоклятых повстанцев...

— Эй, девочка,— позвал я, обрадовавшись такой встрече.— А ты сама почему не участвуешь в сражении?

— Я воснный леполтел и жулналист,— гордо ответила девчушка, охотно демонстрируя свою пластмассовую «камеру».

— Далеко пойдет,— заметила Бауми, иронично улыбаясь.

— Ух ты! — Я сделал вид, что восхищаюсь увлечением девочки.— Так ты, наверное, все видишь и все замечаешь?

— Да,— гордо ответила малявка.

— А может, ты знаешь этого дядю? — Перед моей поднятой ладонью высветился портрет Дарх Мауда.— Если да, то когда в последний раз ты его видела?

— Давно уже,— ответила девочка, старательно вымучивая задумчивый вид.— С какой-то класивой тетей в класном платье. Они вместе заходили в подъезд. Уже темнело.

Выдав информатору поощрительную конфету, Бауми отправила запрос на изучение записей с камер слежения во дворе. Необходимо было узнать, с кем встречался господин Дарх накануне своей смерти.

Очень советую посетить столовую на углу улицы Мэйн и бульвара Военных Программистов. По разумной цене вы сможете полакомиться блюдами кухни различных имперских рас, а также отведать экзотические деликатесы, завезенные с Новых Территорий. Здесь вы не встретите такой затасканный до состояния полуфабриката продукт, как пицца, рецепт которой завез гранд-маг Мерлин из очередного своего путешествия. Тут ее принципиально не готовят, несмотря на то что в руках умелого повара она может превратиться в настоящее произведение кулинарного искусства...

Мы остановили свой выбор на зале с острыми блюдами, так как тут была самая маленькая очередь и множество пустых столов. Все-таки иногда полезно вкусно покушать, особенно для хорошего настроения. А вот регулярно вкусно кушать — полезно вдвойне.

— В следующий раз можем ко мне домой рвануть на обед,— предложила Бауми.— Моя мама вкусно готовит.

— А можно и ко мне, моя Селина тоже не с кривыми руками родилась,— ответил я и подмигнул.

Уничтожая котлеты, я с удивлением смотрел, как Бауми с фанатичным видом поглощает уже третий десерт подряд, словно она объявила личную войну всему сладкому и вела ее на истребление. Сегодняшний день посвящался тотальному уничтожению фруктового желе со взбитыми сливками. Ела она с таким нечеловеческим аппетитом, которому больше подходило гномское понятие «смачно».

— Не боишься, что все калории пойдут в пятую точку? — решил я подшутить над помощницей.

— Вообще-то я гном, и мне положено иметь большую задницу,— так же смачно облизав ложку, ответила она и подложила свои крепкие ладони под массивную грудь.— А вот эти бидончики тем более требуют соответствующего противовеса со стороны спины. За красотой нужно следить.

Мне было не понять, шутит Бауми или говорит всерьез, поэтому я предпочел не развивать дальше эту тему, чтобы не покраснеть. Благо мне помог пискнувший планшет, извещая о пришедшем сообщении.

— Сейчас посмотрим...— Пробежав глазами по тексту, я медленно поднял взгляд на помощницу.— Джинн был испорчен намеренно. Случайная ошибка не могла нанести такой ущерб операционной системе...

* * *

Срочно требовалось найти женщину, с которой Дарх Мауда видели вечером у подъезда. То, что для ребенка было давно, могло произойти всего три-четыре дня тому назад. Теперь дело приобрело «тяжелую» статью Уголовного Кодекса и все мои следовательские запросы получили высший приоритет. Нехорошо было радоваться чужому горю, но такое положение вещей действительно упрощало работу. Раньше мой запрос мог пролежать несколько дней, ожидая своей очереди на исполнение, а теперь все операции происходили мгновенно. Запрос — ответ.

— Так! — оживился я, почувствовав охотничий азарт.— Нам надо разделиться. Ты займешься поисками этой таинственной незнакомки, а я еще раз побеседую с бедной вдовой. Проверь счет покойного, не делались ли с него платежи за «горизонтальные» услуги в последнее время. Если это зарегистрированная проститутка из профсоюза, то проблем с поисками не возникнет.

Сдав грязную посуду, мы поспешили продолжить расследование, успевшее преподнести первый «сюрприз». Я чуть ли не бегом возвращался к сто пятому дому, чтобы вновь допросить вдову. В уме рождались новые вопросы, пока еще не ведающие своих ответов.

...Кто мог пустить вразнос операционную систему джинна? Только маг. Либо у гнома были враги среди магов-операторов, либо работал наемный убийца. Боевой маг? Вряд ли, тому проще превратить в руины половину квартала, пока не прибудет ОМОН Стражи, чем перепрограммировать домового. Двойное магическое образование? Вполне возможно... Могли ли вообще быть у Дарх Мауда враги среди магов? Откуда? Гном-инженер и сообщество магов? Хрупкая версия... Заказное убийство? Теплее... Жена? Допросим. Любовница? Найдем. Завистники? Не обрадуем. Старинные враги? Исповедуем. Нечестные конкуренты? Обломаем...

Хозяйка открыла не сразу. Мне пришлось ждать, пока она дойдет до двери своей огромной квартиры. Вид у не был заспанный, темные круги под глазами, взъерошенные волосы.

— А, это вы,— она зевнула и добавила: — Вы простите, я просто снотворного наглоталась, чтобы хоть как-то успокоиться. Заходите.

Мне как-то сразу полегчало после ее слов, а то я начал переживать, что мне придется допрашивать черствое бессердечное чудовище. *Человек* должен оставаться *человеком*. Мы прошли в гостиную.

— Вы уверены, что в состоянии отвечать на вопросы? — Надо было убедиться, что госпожа Дарх приходит в себя после снотворного.— Сходите умойтесь холодной водой, если необходимо.

— Спасибо, не требуется. Лучше побыстрее задавайте свои вопросы, и я пойду дальше спать.

Сильная женщина. Хотя, с другой стороны, в сто с хвостиком уже научишься стойко воспринимать многие проблемы.

— Вы знаете эту даму? — Перед моей ладонью зажегся портрет разыскиваемой незнакомки.

— Нет,— гномка прищурилась.— Кто это?

— Вы утверждаете, что у вашего мужа не было любовницы, и вы в этом полностью уверены,— я оставил без ответа ее вопрос, задав свой.— Откуда такая уверенность?

— Подозреваю, что во время учебы вы изучали расовые особенности и традиции разных народов Империи,— начала она на удивление чётко и внятно.— Вам ведь знакомо понятие «брак по договоренности»? Так вот, если вы забыли, у нас, гномов, более девяноста процентов браков заключаются только с обоюдной выгодой. Все подробности вам может рассказать ваша помощница. Так вот, у нас с... покойным мужем пятнадцать взрослых детей, которые уже живут самостоятельной жизнью, но мы никогда не любили друг друга. Зато мы всегда испытывали искреннее уважение и были честны в отношениях. Это был не просто брак, а деловое партнерство. У мужа не было любовницы, потому что он всегда был очень ленив в любовных делах, целиком отдавая себя научным исследованиям. К тому же, вы только не обижайтесь, человеческие женщины были не в его вкусе — чересчур тощие.

Старательно держа язык за зубами, чтобы не прерывать этот ручеек признаний, я внимательно слушал вдову, но, как только она остановилась, тут же спросил:

— Муж знал о вашем любовнике?

— Конечно, знал! — искренне возмутилась женщина.— Не буду же я скрывать от него такую мелочь.

Надо сказать, что за такую «мелочь» я бы Селину из дома выгнал, да с синяком под глазом!

— Да и не совсем любовник, скорее постоянный половой партнер, которому я регулярно платила,— продолжила женщина.— Мужу было вечно некогда. Он часто оставался на фирме, работая по ночам.

Последние слова дались вдове с трудом. Все же она любила покойного мужа, но как-то по-своему, как друга, наверное...

Иногда приходится жалеть, что люди моей профессии исповедуют веру в улики и доказательства, а не в слова и обещания.

Уже через полчаса пришли новости: видеокамеры не зафиксировали, как таинственная женщина в красном платье покинула сто пятый дом на улице Мейн. Чтобы Бауми не выполняла бесполезную работу, я позвонил ей и отменил предыдущее задание, рассказав о новых данных.

— Проверь сразу все счета семьи Дарх,— приказал я, несколько изменив задание.— Проверь любовника госпожи Дарх, с которым она отдыхала в санатории. Просто на всякий случай.

Это было мое первое серьезное расследование...

Глава 2

Трудовые будни

Итак, подошло время подвести итоги. Что мы имеем на данный момент? Известный ученый был отравлен. Вероятнее всего, джинном-домовым, которого кто-то умышленно вывел из строя. Накануне гибели гном привел домой женщину. Камеры засняли молодую красивую даму в красном платье. Несмотря на имеющееся изображение, установить личность незнакомки оказалось затруднительно, так как она покинула дом, уйдя на «маяк», что говорило о ее магических способностях. Все показания видеокамер пошли дракону под хвост, так как большинство гильдейских магов могут принимать абсолютно любой облик. Не факт, что это была вообще женщина. Найти убийцу по фотографии не представлялось возможным.

Кабина транспортера телепортировала меня на общественный «маяк» возле офисного здания «ГномТехЭлектрона». Я осмотрелся: промышленный район, невысокие корпуса в пять—семь этажей, абсолютно безлюдная улица и битком забитая парковка для электромобилей. К счастью, мне не требуется личный транспорт, так как я пользуюсь льготами на проезд, которые есть у всех сотрудников Стражи Порядка. К моим услугам вся планетарная транспортная сеть Хинлаугана. Транспортеры магов — удовольствие не из дешевых, поездки обходятся очень дорого, хотя они и доступны простым налогоплательщикам. Но не беспокойтесь, уважаемые сограждане, Гильдия исправно платит все налоги с прибыли в казну нашего замечательного государства...

Над входом висели огромные буквы «ГТЭ», а на крыше здания размещалось все название целиком. Снизу рассмотреть его было невозможно, но я просто знал об этом — видел раньше на фотографиях. Войдя через огромную вращающуюся стеклянную дверь, я оказался в просторном светлом холле. Шероховатые мраморные стены, желтоватые с бурыми полосчатыми прожилками. Высокий потолок, светодиодные лампы в таких же мраморных люстрах. В каждом углу холла стояли металлические статуи, изображавшие древних воителей-гномов: суровые лица, сильные мужские руки, ласкающие рукояти секир, и непревзойденная броня, вышедшая из кузниц таинственных горных мастеров.

— Здравствуйте, я суб-лейтенант Летов, следователь Стражи Порядка,— представился я, показывая удостоверение, и у меня над головой повис следящий шарик.— Вас должны были предупредить.

Охранник согласно кивнул и вызвал по рации кого-то из начальства.

— Присаживайтесь, к вам сейчас подойдут,— сообщил он.

Ждать пришлось недолго. За это время я быстро навел справки о персонале компании, копаясь в архиве через рабочий планшет. За мной спустился сам начальник службы безопасности. Я мельком пробежался по фотографиям высшего начальства и сотрудников головного офиса.

— Здравствуйте, суб-лейтенант,— гулким басом произнес нависший надо мной виновник появившейся тени — Кайр Трайх.

— И вам не хворать, майор,— улыбнулся я ему, одновременно вставая и протягивая руку.

— Бывший майор,— пытаясь изобразить застенчивость, поправил он и сжал своими орочьими тисками мою ладонь.

В голове промелькнула картинка, рожденная бурной фантазией, как гидравлический пресс дробит мои кости.

— Бывших майоров не бывает,— парировал я.— Как и бывших служителей Стражи. Сударь, я очень надеюсь, что могу рассчитывать на вашу помощь.

Поведение майора не соответствовало стереотипным представлениям об орках. Вместо эдакого бравого вояки мне повстречался добродушный балагур. Вел он себя как-то весело, празднично, словно я оказался случайным, но очень желанным гостем на его дне рождения.

— Мне сообщили, что, по официальной версии, Дарх Мауд пропал без вести,— все так же весело произнес он, когда дверь кабинета закрылась за нами.— Что случилось на самом деле? Похищение?

Вопрос был задан с такой беззаботной наивностью, что я просто замер в кресле, пораженный бесстыдной хитростью бывшего следователя Стражи. Я не имел права раскрывать посторонним лицам какие-либо детали, даже госпожа Дарх была вынуждена молчать до окончания следствия. Майор, само собой, прекрасно знал о тайне следствия, но старые привычки следака и нынешняя должность заставляли его добывать информацию любыми путями.

— Не правда ли, сегодня просто замечательная погода? И снег весь день льет, как град из ведра? —

выдал я нарочно абсолютно бессмысленную фразу. Этот прием был понятен любому стражнику.

— Да, а вы как рыба без зонтика,— подхватил майор, показывая, что понял мой намек.

Внимательно окинув кабинет Трайха подозрительно-любопытным взглядом, я попытался высмотреть что-нибудь важное. Маленькое помещение, белые светодиоды по всему потолку, сероватые мраморные стены, флаг Империи за спиной, хрустальный стол из монокристалла, на столе компьютер с голографическим экраном, мягкие кожаные стулья с подлокотниками. В углу пытались спрятаться огромные летние туфли; присмотревшись, я увидел на ногах хозяина кабинета обычные домашние тапочки. Деловой костюм и тапочки... Окончив осмотр, я полностью переключил внимание на собеседника.

— Может, перейдем на ты? — предложил Трайх.

Не рекомендуется, конечно же, но и не запрещено инструкциями.

— Можно,— решил я.— Кайр, для начала мне нужен список всех сотрудников, с которыми контактировал Дарх Мауд. Желательно указать, с кем он общался плотнее, а с кем у него были только рабочие отношения.

— Это не сложно, Зор,— самодовольная улыбка появилась у него на лице, но тут же исчезла.— Держи, я успел подготовиться.

На стол лег матовый лист пленки с отпечатанным списком. Я придвинул его к себе и посмотрел на количество фамилий — всего пять. Исполнительный директор, начальник службы безопасности, начальник снабжения, начальник конструкторского отдела и лаборант.

Теперь я начал лучше понимать вдову Дарх и то, какие отношения царили в их браке. Работая на огромнейшем научно-производственном предприятии с многотысячным штатом сотрудников, покойный общался лишь с пятью коллегами. Ничего сверхъестественного, просто затворник от науки, этакий классический персонаж детских мультиков про безумных ученых.

— Оперативно...— Я был поражен.— Когда ты успел? Я ведь прибыл практически моментально.

— Исключительно по привычке,— орк осклабился.— С тех пор как я стал начальником охраны, на каждого сотрудника заводится более подробное личное дело, чем это принято в других организациях. Я использовал систему, принятую в Страже, хоть и упростил ее до разумного компромисса между законностью и реальной необходимостью.

— Над чем конкретно работал пропавший инженер? — Я старался сохранять «отлитую» маску деловой вежливости. Не хотелось обнаруживать благодарность или радость. Только не сейчас... может, позже.— Почему у него не было большого штата помощников? Незначительный исследовательский проект?

— Ну что ты! — добродушно воскликнул Трайх.— Ученый с мировым именем, правда, известен только в узких профессиональных кругах, конечно же. Мы с тобой можем чего-то и не понимать, но такие гениальные личности, как он, видят мир по-другому, и то, что кажется незначительным обывателю, представляется им чем-то грандиозным. Работал он над какими-то полевыми структурами, нечто из области фундаментальной физики. Ничего конкретного не изобретал, я бы сказал, он скорее развлекался или таким образом отдыхал, вместо отпуска. Гномы — они ведь такие... А почему мы о нем в прошедшем времени? Он ведь просто пропал без вести?

Новая попытка начальника безопасности выведать служебную информацию не осталась незамеченной. Я не стал демонстрировать свое недовольство и спокойно продолжил разговор:

— Я хочу побеседовать с исполнительным директором,— я почувствовал, как орк внутренне напрягся, сдерживая раздражение, но негативные эмоции успели выплеснуться наружу. Даже с моими слабенькими магическими способностями я смог разобрать их значение.

— Не думаю, что он будет рад этой встрече... но и отказать не сможет. Подожди только, я приглашу сопровождающего, а то у нас не принято, чтобы гости шныряли без присмотра.

Сотрудник СБ, который должен был меня сопровождать, появился довольно скоро. В отличие от своего шефа, молодой орк изо всех сил старался выставить себя супервоякой: высоко поднятые плечи, широко расставленные руки, как у культуриста, тяжелый пристальный взгляд из-под нахмуренных бровей и старательно выпяченная нижняя челюсть. Мы с Кайром понимающе переглянулись и улыбнулись.

— Суб-лейтенант Летов... позвольте... представить вам... вашего... сопровождающего! — рявкающим голосом выпалил начальник СБ.— Практикант Террад к вашим услугам!

* * *

Исполнительный директор Майл Тильдус встретил меня с недовольным видом. Ну а как же, я ведь отвлек его от такого важного дела, как сетевая компьютерная игра. Голографический экран позволял смотреть на картинку с обеих сторон, хоть я и видел все в зеркальном отражении. Мне было понятно его недовольство: в этот момент он в компании с такими же игроками совершал совместный захват чужого замка. Играл он за женщину-мага, видимо так компенсируя слабые от природы магические данные, что свойственно всей расе гномов. Без моего вмешательства ему было никак не оторваться, и я от чистого сердца помог ему в этом сложном деле, перевернув компьютер вверх тормашками. Все же моя игра-квест была более интересной и поддерживалась законом Империи.

— Потом переиграете,— отрезал я в ответ на его недовольный взгляд.

— Всего полчасика оставалось подождать...— буркнул гном, но натолкнулся на мой «ласковый» взгляд.

Ну вот кто назначил его на эту должность?! Передо мной сидел мужчина неопределенного возраста. На голове покоилась цветастая тюбетейка с клановым орнаментом. В ушах блестели массивные платиновые кольца. На фоне черной косы, сплетенной из густой бороды, сильно выделялась проволока из чистого золота, добавленная в плетение для дополнительной жесткости. Летняя рубашка с коротким рукавом открывала две крепкие волосатые руки, которые мелко подергивались, так и норовя протянуться к компьютеру. Слева на краю рабочего стола стояла большая стеклянная кружка с каким-то темным напитком. Судя по запаху, это был свежий квас.

— Расскажите, над каким проектом рабо...тает Дарх Мауд? — начал я и добавил, тыча пальцем вверх: — Напоминаю, наш разговор записывается.

Гном с ухмылкой глянул на видеооко и удобно развалился в кресле, подцепив пальцем кружку с квасом. Судя по ощущаемому дискомфорту, мой стул для посетителей специально сделали как можно более неудобным, чтобы такие визитеры, как я, поскорее покидали кабинет директора. Шлифуя тщательно создаваемый образ хозяина положения, директор Майл достал из темно-красной деревянной шкатулки большущую сигару и прикурил ее от массивной зажигалки, украшенной мелкими брильянтами. Видок у него был скорее как у сутенера, привыкшего скрываться от налоговой. Ну вылитый «деловой», а не исполнительный директор!

— Да я вообще без понятия,— тон у него был возмущенный, словно я спросил про его личные половые возможности.— Об этом только лаборант может знать и начальник конструкторского отдела.

— А вы, значит, никак не ведаете тем, чем занимаются ваши подчиненные? — Я специально его провоцировал — пусть сболтнет что-нибудь.

— Акционер Дарх Мауд владеет пятью процентами акций «ГномТехЭлектрона»,— «конкретно» так, с чувством «понятий» в тоне, сообщил гном.— Это дает ему полное право вести те исследования, которые не превышают его долевой бюджет. И он не обязан отчитываться перед исполнительным директором.

Сильно сказал, уверенно. Далее последовало развитие атаки:

— И я, между прочим, имею право заниматься в свой обеденный перерыв чем угодно,— вкрадчиво заговорил директор Майл.— Могу квас попить, могу новости почитать, могу хоть секретаршу на столе разложить... по обоюдному согласию конечно же!

Вовремя он сделал уточнение, а то мои следовательские хватательные рефлексы предусмотрительно начали готовить меня к «бою».

— А я, между прочим, нахожусь при исполнении и расследую не обычную карманную кражу,— таким же тоном ответил я.

— А может, вы просто попросите магов поискать совладельца нашей компании через образцы его крови? — Следом за словами он выпустил колечко седого дыма.— Уже две тысячи лет известны эти чары. Надоели все эти ваши официальные версии...

Хотя Майл ответил на все мои вопросы, я покидал его со странным чувством, что меня «сделали», как мальчишку. Я поостерегся бросаться необдуманными фразами, поэтому наш разговор закончился довольно быстро, сразу же после того, как он ответил на все необходимые вопросы. В итоге исполнительный директор пока оказался мне не по зубам, хоть и старательно влезал в пасть следствию, честно давая свои показания. К такому лучше идти подготовившись, вооружившись неудобными для него фактами и уликами, а не просто задавать стандартные и наскучившие вопросы. Отбрехался, зараза...

Следующими на очереди оказались два начальника рангом поменьше. Ни один из них не смог хоть немного прояснить ситуацию с отравлением ученого, но оба посоветовали расспросить мага-лаборанта, так как это единственный и чуть ли не самый любимый сотрудник для любого ученого.

Итак, я вошел в небольшую лабораторию...

Маг-лаборант оказался лаборанткой, что несколько ослабило мой решительный настрой. Человек, член Гильдии Магов. Несмотря на совсем юную внешность, назвать ее девушкой язык не поворачивался, так как в зеленых внимательных глазах уже не было той самой бестолковой наивности и неопытности. В зеркале ее души плясали искорки хитрости и озорства. Красивая бестия! Заглянув в планшет, я уточнил возраст лаборантки — сорок восемь лет. Хорошо, однако, замаскировалась... Как и исполнительный директор, женщина сидела за компьютером и осаждала/защищала замок. Играла она за Меча Ночи — боевого мага-диверсанта, назначение которого — наносить максимальный урон врагу из засады. Уровень раскачки ее персонажа был очень высок, и она без проблем водила его по полю боя в режиме хамелеона, подкрадываясь к врагам со спины. Смертельные кинжалы легко пробивали защиту врагов, поглощая их энергию, чтобы передать хозяйке. Из динамиков доносились звуки битвы, сопровождаемые матерными криками других игроков. Судя по голосам и используемой лексике, это были какие-то школьники.

— Здравствуйте, суб-лейтенант,— первой поздоровалась Тина Агерова.— Уже наслышана. Только не трогайте мой компьютер, а то я вас покусаю. К тому же я прекрасно могу делать два дела одновременно.

— Ладно,— согласился я.— Даю пять минут на выход, а сам пока осмотрюсь у вас тут.

Впервые в жизни я оказался в настоящей технической лаборатории. Огромный зал, верстаки, компьютеры, технико-магические анализаторы, а главное, огромная куча хлама — микросхемы, золотые и серебряные катушки, какие-то железки и тому подобное. Стоило мне дотронуться руками до этого богатства, как магичка поспешила завершить игру и произнесла:

— Ребятки, это ваша Стервочка, ко мне пришел из школы репетитор по математике, мне пора заниматься. Всем чмоки-чмоки! — Выключив игру, она моментально изменилась в лице и зашипела на меня, выходя из-за стола: — Летов! Не трогайте ничего без разрешения! Это же опасно!

Как-то я об этом не подумал.

— Прошу прощения,— я улыбнулся во все свои тридцать два и спросил, отвлекая ее внимание: — Я правильно понял, что в игре вы маскируетесь под школьницу?

— Да, так легче пудрить мозг всяким глупым мальчишкам, чтобы получить в подарок какой-нибудь ценный игровой предмет. Многие покупают их за реальные деньги, а я вот предпочитаю приобретать хитростью.

Жуть! Я даже подумал, что надо бы проверить, чем занимается Селина в свободное время. Не тратит ли она наш общий бюджет на всякие глупости? Да нет, она же у меня студентка, творческая личность: танцами да фехтованием увлекается... рассказики эротические пишет. Некогда ей играми страдать... в отличие от меня.

— Совсем заскучали без работы? — с притворным сочувствием в голосе поинтересовался я.

— А что еще делать? Крошка Мауд на работу не вышел. Сижу, жду его. Хотя, как мне намекнули коллеги, ждать его надо не скоро.

Сарафанное радио работало быстрее, чем я успевал ходить по отделам.

— Все с вами ясно. Хотелось бы только понять, как вашему безалаберному коллективу удается удерживать позиции мирового технического лидера?

— Думаю, что этот вопрос был риторический. Спрашивайте, о чем пожелаете, я вся в вашем распоряжении,— с этими словами она села на рабочий стол и демонстративно закинула ногу на ногу, обращая мое внимание на свои идеальные формы.

Лаборантка была само дружелюбие. От нее старательно исходили эманации доброжелательности, сексуальности и похоти, но нас, следователей Стражи, на это не купишь.

— На всякий случай, ознакомьтесь,— я предъявил удостоверение, чтобы потом не было ненужных претензий по нарушению протокола.— Я следователь Стражи Порядка Зор Летов, расследую пропажу Дарх Мауда. У меня к вам есть несколько вопросов. Ну, приступим... Давно работаете в компании?

— Три года уже.

— В чем заключаются ваши обязанности?

Спрашивал я сухонько, без эмоций, так как собеседница оказалась похлеще исполнительного директора. Эта хитрая змея с легкостью могла соврать, заманить в сплетение своих колец и придушить одним махом. Все мои первые вопросы были рассчитаны на то, чтобы откалибровать заклятие правды, которое не всегда справлялось с магами.

— Ну, я провожу опыты по указанию руководителя исследований. Помогаю экономить средства, так сказать,— я почувствовал, как ослаб ее эмоциональный напор, уступая место деловой задумчивости.— Скажем, есть у инженера какая-то идея, представленная математическими формулами. Для ее технической реализации требуются средства. Я же, как маг-оператор, могу создать все нужные условия для проведения эксперимента. К тому же с помощью магии можно создавать идеально точные геометрические системы. Например, для некоторых экспериментов требуется производство специальных линз, а это уже целая технологическая цепочка.

— Понятно,— перебил я, чтобы остановить ее.— В последнее время вы ничего странного не замечали в поведении Дарх Мауда?

— Хм, а что может быть странного в поведении ученого, которого все и так считают странным? — снова повеселела магичка.— Не припоминаю я за ним никаких чудачеств, кроме тех, что уже вошли в привычку, например пить кофе, смешанный с квасом, или, увидев меня с утра, кричать: «Арктунген! Магес-ам-гефар!» Это он так шутит, не удивляйтесь.

Не знаю, как ей, но мне это говорило о том, что Дарх Мауд, с большой долей вероятности, когда-то служил в одной из механизированных бригад пилотом боевого робота либо был очень хорошо знаком с привычками военных. С древнегномьего фраза переводилась как «Внимание! Магическая опасность!».

— Какие отношения у вас с Дарх Маудом?

— Пиво после работы мы с ним не пьем, если вы об этом,— ответила она и рассмеялась.— Очень хорошие приятельские отношения, но мы не общаемся за пределами корпоративных стен. Сами понимаете, что, когда речь идет о серьезных открытиях, в тени настоящего ученого всегда прячется маг-лаборант, без которого технический прогресс шел бы гораздо медленнее. Так что в определенном смысле мы очень близки.

— Когда и где вы в последний раз видели Дарх Мауда?

— Да перед самыми выходными на работе,— ответила она, немного задумавшись.— Да, точно, тогда и видела.

— Он случайно не сообщил вам о своих планах?

— Сказал, что собирается провести ночь с какой-то очень красивой и роскошной женщиной, лаборантка снова засмеялась.— Тоже мне, бабник выискался!

То есть у него все же была любовница?

— Какая-то новая знакомая? — насторожился я.

— Хм, не уверена. Но, видать, очень *интересная*, раз он до сих пор на работе не появился,— Тина снова засмеялась, радуясь собственной шутке. Но вдруг она хищно посмотрела в мою сторону и спросила томным голосом: — Суб-лейтенант, как вы относитесь к красивым и свободным женщинам?

— Как к особо опасным хищникам,— брякнул я не раздумывая и холодно произнес: — Мы отвлекаемся от истинной цели моего визита.

У магички от удивления округлились глаза, и она застыла на месте. Многие из нас мечтают жениться или выйти замуж за мага Гильдии. Многие мечтают хотя бы дружить с ними. Мой ответ вызвал у нее «когнитивный диссонанс», как любит выражаться Бауми.

...Да-да, мой уважаемый налогоплательщик, уверен, что ты тоже сталкивался с магами в личной жизни. Если же нет, то позволь, я расскажу тебе о некоторых шалостях, которые они себе позволяют. Я не утверждаю, что все они подлецы, но многие из них, овладев искусством полной трансформации своего тела, пускаются во все тяжкие. У них даже сообщество есть в глобальной информационной Сети, где они делятся личным опытом и обмениваются жестокими шутками. Так, самая безобидная из них — познакомиться в ночном клубе с девушкой или парнем, закрутить короткий романчик, а во время интимной близости взять и сменить свой пол. Вот каково было бы тебе, мой гендерный собрат, осознать, что твой партнер в постели вдруг стал мужчиной? К сожалению, магия дает людям очень большие возможности, а природа не предусмотрела предохранительный механизм наказания за пренебрежительное отношение к другим и чрезмерные «колдунизм и колдунятину»...

— Над чем вы сейчас работаете? Каким проектом занят Дарх Мауд? — Мне уже надоело допрашивать ее, так как, несмотря на возраст и образование, житейских мозгов в голове не прибавилось. Хотя чего еще ожидать от магов Гильдии?

— Как я вам уже говорила, я только воплощаю в реальность теоретические выкладки, а не участвую в разработках. Все формулы вы сможете лично посмотреть, когда появится господин Дарх. Если, конечно же, он не будет против и откроет вам доступ к своему компьютеру.

— Где его компьютер? — снова оживился я, готовясь к «броску».

— Не переживайте, на нем только записи последних работ, которые он проводил в частном порядке. Все остальное на серверах «ГномТеха».

— Где его компьютер?! — Я уже начал заводиться.

— С ним, конечно же. Он с планшетом никогда не расстается.

Стараясь сохранить вежливую маску, я попросил Агерову подождать и вышел из лаборатории. На входе дежурил охранник Террад, тут же принявший бравый вид. Отойдя в сторонку, я достал коммуникатор.

— Бауми,— выдохнул я, когда услышал голос помощницы.— Бегом на квартиру покойного! Надо срочно узнать, не пропал ли его рабочий планшет!

* * *

Думаю, как ты уже догадался, уважаемый налогоплательщик, планшет бесследно пропал. Если бы мы знали, что Дарх Мауд не расстается со своим компьютером ни на мгновение, мы бы начали искать его гораздо раньше, но, как говорится, знал бы прикуп, стал бы магом...

Все, теперь все мои мысли были направлены на поиски планшета или того, кто был заинтересован в информации, содержащейся на его информационных кристаллах. Вероятнее всего, это могли быть конкуренты, но откуда им было известно, над чем работает Дарх Мауд, если даже исполнительный директор не знал суть его исследований?

— Что будем делать? — спросила Бауми, когда мы встретились в маленьком уличном кафе.

Тут торговали тридцатью сортами замороженной сладости. Мы заняли самый дальний уголок, чтобы вокруг было поменьше любопытных ушей. Бауми опять била все рекорды, уплетая тройную порцию. Вот как все это в нее влезает? Я завороженно глядел на помощницу, чувствуя, как на лицо сама собой наползает улыбка.

— Надо будет тебе скататься в «ГТЭ» и пообщаться с рядовыми сотрудниками. Думаю, что с тобой они охотнее поболтают, чем со стражником-человеком. Надо допытаться, кто точно в курсе, чем занимался покойный. Не верю, что инженер скрывал тему своих исследований от коллег. Ведь должен же быть человек, с которым он делился неудачами или успехами.

Начальник службы безопасности мог быть уверен в своих способностях, но не по силам обычному подразделению взять под тотальный контроль огромное предприятие. Если он с уверенностью говорил о пятерых, то реальная картина должна была выглядеть иначе.

— Давай-ка ты лучше сама отчитаешься о своих успехах. Хочу тебя послушать.

Скорость аннигиляции мороженого сильно упала, так как рот гномки оказался занят докладом.

— Я сегодня даже не обедала,— начала она недовольно, но мой веселый взгляд напомнил ей о фруктовом желе.— Ну со счетами все выяснилось довольно быстро, так как оказалось, что они находятся в государственном банке «Верховный». Достаточно было позвонить дежурному, и уже через полчаса мне дали распечатку всех расходов четы Дарх. Абсолютно ничего стоящего внимания, если не считать огромные суммы, поступающие от «ГТЭ», но, как я быстро выяснила, ученый был очень крупным акционером и даже стоял у истоков создания компании.

— Могла вдова заказать муженька из-за денег?

— Не думаю, он не жадничал — доступ к средствам у нее полный, так что в убийство ради получения наследства я не верю. Даже если бы она захотела выйти замуж за другого, то гораздо проще было бы развестись и хапнуть денег законным путем, чем искать наемного мага-убийцу.

— Что насчет любовника?

— Обычный массажист. Иногда подрабатывает, оказывая дополнительные горизонтальные услуги. Очень стыдится, что не платит налоги с этой халтуры,— тут Бауми от всей души рассмеялась.— Стыдливый скромняшка... Я не стала специально сдавать его налоговикам — пусть сами ищут. Это ведь не наша работа, правильно?

Я согласно кивнул. Нечего облегчать «дояркам» из налоговой жизнь. У нас в Страже совсем другая работа, мы не ловим проституток, увиливающих от уплаты налогов. Информация о допросе есть на серверах Стражи, если проверяющий сочтет нужным, то сам уведомит налоговую службу.

— Доедай мороженое и дуй в офис «ГТЭ», а я в Управление, к шефу на ковер.

— Вазелин возьми,— вполне предсказуемо пошутила Бауми.

— Спасибо, обойдусь,— ответил я, даже не улыбнувшись ее плоской шутке.— Смотри, гланды не отморозь.

Путь на работу лежал, как всегда, через кабину ближайшего транспортера. В кабинет гранд-капитана Шерха уже выстроилась очередь. Когда подошел мой черед, я застал шефа просматривающим ежедневные отчеты подчиненных. Он молча указал рукой на стул, не отрываясь от монитора, и вскоре дошел до материалов моего дела. Его глаза бегали по строчкам, листали страницы с фотографиями. Он уделил внимание видеозаписям и наконец посмотрел на меня.

— Версия? — коротко спросил он.

— Заказное убийство,— я был так же краток.

— А мотив?

— У меня пока несколько вариантов. Не хватает данных,— ответ был не самый приятный для начальства, но другого пока не имелось.

Шеф понимающе кивнул головой и задумчиво спросил:

— Отдашь дело Имперской Службе Безопасности? — Внимательные глаза прицелились мне в переносицу: такой прием сделал его взгляд «сквозным», словно я был стеклянный.— Дело относится к разряду нераскрываемых. До сих пор мы ловили только серийных магов-убийц, но ни одного наемника.

— Все равно говорить что-то определенное еще рано,— не раздумывая, ответил я, заранее подготовившись к разговору.— Отдавать дело как-то несолидно. Хотелось бы побрыкаться.

— Тоже верно. Если вдруг раскроешь его, гарантирую тебе внеочередное звание. Хотя сам я не верю в твой успех, но мне нравится, когда мои сотрудники не сдаются на полпути,— взгляд Шерха стал мягче, а сам он как-то незаметно расслабился, «растекаясь» по креслу.— Летов... я понимаю, что с таким расследованием ты освобождаешься от обычных мероприятий и занятий, но я тебе советую увеличить количество физических тренировок — твой противник, скорее всего, маг Гильдии. Не, не доверяю я вам, молодым... Приказываю тебе получить в оружейной дополнительные магические артефакты и снова пройти краткий курс подготовки.

Толстые пальцы шефа с трудом отстучали на клавиатуре мое имя и фамилию, а из принтера оперативно выполз матовый лист пластика с отпечатанным приказом. Взгляд гранд-капитана недвусмысленно выражал его настроение — он был категорически против того, чтобы слушать мои протесты. Огромная орочья кисть, увенчанная пятью пальцами-сардельками, пододвинула ко мне листок.

— Вперед, стражник,— слегка рыкнул шеф и заржал.— Порви их всех на тренировке.

46

Я посмотрел на дату и число — тренировка начиналась через час...

* * *

Заведовал оружейной комнатой небезызвестный в наших кругах маг-истребитель Мошиэль, бывший адепт Ордена Канора Мудрого, ветеран нескольких войн на Новых Территориях и сотрудник Стражи уже более пятидесяти лет. По-простому все коллеги звали его магистр Мош, помня о его прошлой службе в Гильдии.

— Здравствуйте, магистр Мош,— поздоровался я с древним эльфом и положил на стойку лист с приказом.

Маг сидел в кресле перед голографическим экраном и смотрел новости. В руке он держал толстую сигару из кайнаписа. Эльф курил ее взатяг, а его легкие удивительным образом переносили подобное насилие.

Нас разделяла высокая стойка и над ней — зачарованная решетка с мелкими ячейками. Магистр дважды внимательно пробежал глазами по тексту и скрылся в глубине своего рабочего помещения. Через пять минут он снова появился и положил в алюминиевый лоток пистолет с двумя обоймами и кольцо-артефакт. Лоток скользнул в специальный проем в решетке, и я принял новое оружие.

— Ну вот зачем мне пистолет? — пробормотал я полушепотом, чтобы эльф как бы случайно услышал меня.

— Вот и я думаю, на хрена он тебе? Сразу бы дали бомбу ядерного синтеза или с антиматерией,— передразнил магистр Мош и протиснул под решеткой складскую накладную.— Послюнявь.

Я лизнул большой палец (тьфу, надо было помыть руки) и приложил его к накладной. Специальное бумажное покрытие впитало слюну, оставляя в себе мой природный идентификатор. Вернув документ, я увидел, как сигара прикоснулась к пластиковому листу с приказом. Вместо бесформенного оплавленного следа, на нем осталась четкая рельефная печать с надписью «Исполнено. Магистр Мошиэль».

— А кобура к нему не полагается? — забеспокоился я, так как оружие оказалось в смазке и, просто засунув его за пояс, я рисковал испортить белоснежную рубашку, так старательно выстиранную Селиной.

— Не-а,— помотал головой Мош.— Хочешь, я тебе пакетик полиэтиленовый дам?

Кольцо я надел на средний палец левой руки, а вот оружие и боеприпасы пришлось тащить в пакете. Позорно, но делать нечего.

Тир находился рядом с полигоном в корпусах учебно-тренировочной базы ОМОНа, куда я и поспешил, чтобы поскорее закончить всю эту нудную процедуру и оказаться дома не позже Селины,— в тот день была моя очередь готовить ужин. Согласно приказу, на тренировки я должен был потратить в сумме шесть часов своего драгоценного времени. Сегодня я мог выделить максимум полтора часа, и ни минутой больше.

Давно я не посещал тир, но помнил, что он находится в одном из ангаров. На входе показал удостоверение инструктору и предъявил приказ начальства.

— Давно тебя не было,— проворчал эльф-инструктор, заглядывая в журнал на компьютере.— Не разучился еще оружие держать? Тогда топай к суб-капитану Листопадову, он у нас с пистолетом лучше всех работает. Патроны только захвати.

Подойдя к стеллажу с боеприпасами, я начал вспоминать, какого же калибра выданный «Оксид»? Открыв полиэтиленовый пакет, в котором нес оружие, я достал обойму и посмотрел на патрон. Ага, понятно...

— Летов, ты с головой совсем не дружишь? — услышал я голос эльфа.— Кобура тебе на что?

— Да дома она,— огрызнулся я.

— Ну так хотя бы за пояс засунул бы. Ах, ты в белой рубашке...— Инструктор сдул невидимую пылинку со своего плеча и любовно погладил рукой камуфлированную форму.— Ладно, иди стреляй, а я поищу тебе временную, чтобы не позорился.

Не думаю, уважаемый налогоплательщик, что тебе интересны подробности моей стрелковой подготовки, именно поэтому я постараюсь быть краток. Цель тренировки заключается не в том, чтобы научиться точно попадать в «десятку», а в том, чтобы научиться быстро вытаскивать оружие и «отрабатывать из него по противнику». Если же мне понадобится поразить цель на дальней дистанции, я просто вызову снайперское звено из ОМОНа, а лучше сразу штурмовую группу для принуждения к миру и спокойствию. Отряд Магов Особого Назначения шутить не любит, разве что в своей фирменной манере. Например, их любимая шутка, которую они произносят во время задержания: «Улыбнись на ширину приклада!» Категорически не советую зубоскалить...

В принципе, суб-капитан остался доволен моими результатами, а значит, не зря я до этого тренировался дома на тренажере... Ну если быть точным, это не совсем тренажер, но об этом в другой раз.

Уложившись в полчаса, я получил от инструктора отметку в приказе и поспешил в спортзал, находившийся в соседнем ангаре. Несмотря на работающий ионизатор и вентиляцию, здесь жутко пахло потом: человеческим, орочьим и гномьим. Лица тренирующихся эльфов излучали муку и страдание. Я же привык к неприятному запаху довольно быстро и пошел переодеваться. Форму для занятий получил тут же, в тренерской. Это был обычный камуфляжный комбинезон, просторный и легкий. Все служебные артефакты пришлось снять и оставить в сейфе, чтобы ненароком не поранить спарринг-партнера.

— Эй, парень! — окликнул меня грубый орочий голос, когда я собирался войти в зал.— Передай письмо старшему инструктору, ему по факсу пришло. Понял?

— Давай,— взял я сложенный листок, скривившись от простоты манер.

Скрывшись с глаз орка, я заглянул в письмо. Сообщение было написано на древнеорочьем диалекте, но мне, как следователю, положено знать практически все языки Империи Хинлау. Это не моя личная заслуга, так как эти знания загоняют в память абсолютно всем следователям с помощь магии.

«Здорово, Мрак! Скоро к тебе припрется наш следак Летов. Надо быстро освежить ему память в плане боевой подготовки. Он неплохой малый, так что постарайся его особо не пи... ВРАТЬ». Я удивленно уставился на последнее слово, вспоминая все синонимы. Наконец до меня дошел первоначальный смысл сообщения: «...постарайся его особо не БИТЬ»! Вот это номер! Хорошо еще, что я в совершенстве изучил раздел ненормативной лексики всех времен и народов. Я машинально скрутил лист пластика в трубочку и кинул его в ближайшую урну.

Что мы все помним еще со школьных занятий по прикладной магии? НИКОГДА не затевай драку с орком, если только ты сам не относишься к этой расе или не блистаешь определенным магическим даром. Довольно редко против орков выходят гномы, но только на ринге и следуя спортивным правилам. В реальном бою у них тоже не будет шансов. Так что настало самое время отвлечься немного на теорию магии.

Передо мной стоял самый маленький орк из всех, кто находился в зале. Инструктор, так и не получив сообщение, не отвлекался на меня. Он только в самом начале тренировки «отечески» похлопал меня по плечу и «душевно» произнес, с трудом сдерживая сарказм в голосе:

— Выходи на ринг, малек, грушей будешь.

Теоретически все стражи получают одинаковую физическую подготовку. Нас специально изменяют, чтобы мы всегда были в хорошей боевой форме. Я хоть и бегаю по утрам, но вполне могу обойтись и без этого, так как структура моего белка была искусственно изменена еще в Академии. Мне не требуется делать растяжку, чтобы сесть на шпагат. Все стражи прекрасно владеют приемами рукопашного боя, внедренными магическим способом в подсознание на уровне рефлексов и инстинктов. Мы сильнее гражданских, но никогда не справимся с настоящим боевиком, в совершенстве владеющим тактикой боя, которую не прошьешь в подсознании. Я очень надеялся, что не слишком уступлю профессионалам...

Ну так вот. Основные преимущества орка перед другими расами в рукопашном бою. Во-первых, это природная конституция тела, или, как бы сказали шутники, экстерьер. Длинные руки, длинные ноги, большой вес. Во-вторых, высокая скорость реакции и точность движений. В-третьих, природные магические способности, направленные внутрь собственного тела. Вот они и дают кардинальное преимущество в рукопашной, так как позволяют огромной махине двигаться с удивительной грацией и ловкостью. Вы спросите, при чем тут теория? Да при том, что те же эльфы, наоборот, рассеивают свою магию вокруг себя. Вы же сами знаете, что они не могут скрывать свои эмоции от окружающих, как это делают другие. Вспомните хотя бы гламур эльфийских женщин, от которого «плавится» мозг. (А уж я прекрасно знаю, что это такое.) Проще говоря, эльфы светят своей магической силой, а орки по своей природе скрывают ее в себе. Им трудно использовать ее для внешних проявлений, но во всем, что касается собственного тела, орки творят чудеса. Естественно, те, кто плохо помнит школьную программу, сейчас задаются вопросом о людях и гномах. Люди — очень переменчивые натуры, и направленность их магии может меняться по настроению или по желанию самого мага. Меньше повезло гномам. Их магия какая-то иная, она вроде есть, но при этом не сдвигается ни внутрь, ни наружу. Зато она прекрасно работает как трафарет и идеально накладывается в виде простейших чар на любые предметы. Вот так гномы и получили в древности славу лучших мастеров. Испытывая удовольствие во время работы, они непроизвольно накладывали чары на свои поделки. Сейчас же, в наш век индустриализации, уже не осталось места ручному труду, и все магические артефакты производятся заводским методом или же исключительно для собственных нужд...

Пока я вспоминал слабости орочьего организма, противник сделал быстрый подшаг, и его нога в армейском ботинке «влетела» мне в живот. Спасибо, что не в ребра... Я согнулся пополам от такого удара, буквально ощущая внутреннее кровоизлияние. В глазах потемнело, а легкие судорожно пытались качнуть воздух, но сжавшаяся диафрагма не давала им это сделать. Ко мне подошла девушка-маг из Ордена Ланы Милосердной, выполнявшая в зале работу реаниматора. Немного магии, и я снова пришел в себя, чувствуя, как живот словно наливается свинцом, но постепенно возвращается в норму.

Теперь я попробовал вспомнить все, чему меня учили на занятиях в Академии, и направил свои силы внутрь тела, чтобы улучшить восприятие и увеличить скорость реакции. Мне удалось увидеть начало атаки и даже отойти назад, увернувшись от удара правой ногой, но это оказалась связка, и закрутившийся орк неожиданно влепил мне с разворота сначала левой, а потом и правая нога нашла свою цель. Сложная комбинация из трех ударов прошла как по маслу, и я разлегся на полу, а ко мне уже снова спешила магичка-лекарь.

Когда меня откачали, у орка пропало желание продолжать тренировку. К тому же нашелся более достойный противник — крепкий плечистый гном, который не мог похвастаться ростом, но благодаря чрезвычайно плотному телу и длинным рукам легко гасил удары орка. Ну вот какого демона меня надо было отправлять тренироваться с ОМОНом? Это же гоблины самые настоящие!

— Не хочешь немного с железом поработать? — спросил меня другой омоновец, держа на плече две шпаги. Человек. С этим можно потягаться.

— Давай,— охотно согласился я.

Посмотрим, пошли ли на пользу уроки Селины. Мы заняли дорожку для фехтования и встали в стойку. Шпага не самое любимое мое оружие, но все же это лучше, чем пустые руки. Шаг... шаг... выпад! В грудь омоновца вонзилась сталь. В глазах застыло удивление. Рука бойца стиснула клинок и вытащила его из груди. Он глубоко вздохнул пару раз и пришел в себя. Кровь так и не удосужилась брызнуть из раны, которая наверняка уже закрылась.

— Еще,— коротко бросил он, снова вставая в стойку.

И опять моя шпага поразила соперника, проткнув ему горло. На этот раз мне потребовалось больше времени. Получивший неожиданный отпор боец начал постепенно приноравливаться к моей спортивной манере фехтования, и на третий раз уже его оружие нашло свою цель в моем теле. Кровь брызнула на дорожку, и я снова увидел склонившегося надо мной лекаря.

— Все, хватит над парнем измываться! — услышал я ее гневный голос.— Я запрещаю на сегодня все его тренировки. И вообще на всю неделю!

О да! Умничка, я как раз успею в себя прийти. Ну вот зачем я выкинул письмо для инструктора?!

* * *

С трудом шагая к дому, я с досадой приходил к выводу, что у меня просто нет сил зайти в магазин за продуктами и приготовить ужин. Чем ближе я подходил, тем яснее это понимал. Мысли путались, и мозг словно «просился» спать. Можно было использовать заклятие-стимулятор, но я бы потом просто не заснул. Достав коммуникатор, я вызвал справочную и попросил соединить с конторой по доставке пиццы в нашем районе.

— Алло, барышня? Добрый вечер. Соедините меня с двумя пиццами,— задумавшись, я не сразу понял, что несу полную чушь.— Тьфу ты, извините! Две пиццы на адрес: бульвар Конституции, пятнадцать, квартира четыреста вторая... Обязательно в термоупаковке... Знаю, что дороже... Поскорее... Что значит какие? Круглые и горячие! С сыром таким белым... забыл, слово такое ненашенское... точно, с геарнатой! И грибов побольше. И ветчинку пусть добавят. Дверь будет открыта, пускай курьер в прихожей оставит, а я деньги на тумбочку положу. Спасибо, и вам хорошего вечера.

Добравшись до дома, я даже не нашел силы заползти в душ и прямо в одежде и ботинках плюхнулся на кровать. Сквозь дрему я чувствовал, как знакомые женские руки раздевают меня, а мысли тонут в излучаемой ими волне тепла и заботы, погружая в сон до самого утра...

Глава 3

Жаркое лето 2545 года

Раз уж мне довелось писать свои заметки, то, возможно, нашим налогоплательщикам будет интересно узнать, как же живет обычный среднестатистический «мусор». Поэтому постараюсь не выбрасывать из повествования бытовых ситуаций...

Люблю просыпаться до будильника, особенно когда будит Селина, гладя меня тыльной стороной ладони по лицу. Хорошее настроение обеспечено на все утро. Разлепив глаза, я посмотрел на девушку.

— Мне приснился сон, как мы с тобой познакомились. С некоторыми отступлениями, конечно же,— улыбнулся я ей.

Познакомились мы три года назад, когда я еще учился в Академии Стражи и проходил летнюю практику. Дежурный получил вызов от молоденькой девчонки, на которую было совершено нападение. Мы с группой быстрого реагирования прямым телепортом скакнули на ближайший от места происшествия «маяк». Прибежали, а там натуральное «песчаное побоище», как в фильме про гладиаторов прямо... Семь мелко нашинкованных трупов лежали на асфальте, а на скамейке жалостливо всхлипывала молодая девчонка. В руке у нее тускло светилась силовая сабля.

Потом состоялся допрос вовремя реанимированных нападавших. Ситуация вышла глупая, так как никто не собирался нападать на Селину — с ней просто пытались познакомиться по пьяной инициативе, но несколько агрессивно и грубо. Ей не понравилось, и она ответила, а кто-то решил отвесить соплячке подзатыльник, да вот только кто же знал, что девушка не только красавица, но еще и мастер спорта по фехтованию и платиновый призер кубка Хинлау? Представляю себе шок семерых парней... Вот так мы и познакомились, а уже через месяц она переехала жить ко мне. Для полноты картины мне следовало бы рассказать и свою биографию, но об этом как-нибудь потом, а сейчас мне банально лень вспоминать, как в свое время меня «выкупил» у моей матери Орден Магерта Осмотрительного...

Обычно я по утрам бегаю, но сегодня чувствовался упадок сил, несмотря на заботливое восстановление моего здоровья лекарем Ордена Ланы. Если бы не проверенные методы Селины, я бы проснулся в очень плохом настроении. Пиццу я не обнаружил, так как моя крошка вечером, придя с тренировки, сдраконила (к моему удивлению) сразу обе, зато сейчас меня ждал на столе чудесный завтрак, так заботливо приготовленный моей чемпионкой.

— Ты вчера попал в переделку? — На ее лице появилось выражение беспокойства.

— Ага, тренировался с парнями из ОМОНа,— успокоил я.— Просто их никто не предупредил, что я простой следователь, а не «гоблин», как они. Хотя могли бы догадаться по моему росту.

Обожаю сырники со сметаной! А вы? Я могу лопать их, пока Селина не устанет готовить. Приятно чувствовать себя в центре внимания, когда перед тобой вырастает гора сырников, а рядом суетится красивая девушка в полупрозрачной ночнушке. Двойное удовольствие... Я медленно оглядел Селину и, встав из-за стола, подошел к ней сзади. Руки сами собой обхватили ее, не дожидаясь моей команды. Одна ладонь легла зайке на грудь, а вторая чуть ниже животика. Не удержавшись, я легонько куснул ее за шею...

— Зор,— медленно протянула Селина.— Ты что творишь?

— Хочу отблагодарить тебя,— прошептал я в ушко и поцеловал его, вызывая стон, и прошелся губами по шее вниз до самого плеча.— Раз или два...

Подняв зайку на руки, я понес ее обратно в спальню...

* * *

После выражения искренней благодарности я поторапливался и сметал сырники вдвое быстрее. Не успел я оприходовать и десяток, как мне уже надо было топать на работу. Вообще, уже два года среди наших ходили слухи, что скоро всем следователям выдадут персональные артефакты-транспортеры, но пока мы продолжали пользоваться общественными кабинами. Было бы хорошо иметь такие же возможности, как у магов Гильдии, владеющих оперированием.

— Опаздываю,— поморщился я, посмотрев на часы.— Вечером доем.

— Давай я тебе с собой в контейнер положу. Угостишь коллег и привет им от меня передашь заодно.

— Обойдутся! — возмутился я.— В прошлый раз Бауми все двадцать пирожков слопала, пока я был занят!

— У нее аннигилятор вместо желудка, что ли?! — неподдельно удивилась Селина.— Мне бы на месяц хватило.

— Не знаю, попрошу врачей осмотреть ее,— пошутил я, вставая из-за стола.— Спасибо, зай, за завтрак. Постараюсь сегодня днем навестить тебя на учебе во время обеда.

К счастью для себя, я вовремя вспомнил про оружие и не забыл его дома. Чтобы спрятать кобуру от любопытных глаз, я накинул ветровку, надеясь не перегреться на жаре. А по хорошему счету, надо просто зайти к нашему магу-оператору в управе и попросить зачаровать оружие заклятием «хамелеона», чтобы его можно было носить прямо поверх рубашки или футболки.

На службе я как-то сразу же настроился на рабочий лад. Сидя в своем кресле, я составлял расписание на день. Надо было прошерстить возможных конкурентов «ГномТехЭлектрона» и понять, кто из них заинтересован в смерти Дарх Мауда. К тому же все еще оставалось тайной, над чем работал ученый. Без этого можно было плутать вокруг да около, но так и не увидеть нужные зацепки. Перед глазами маячила фигура Бауми, которая вертелась перед зеркалом и увлеченно оценивала свои округлости. Она невольно отвлекла меня, и я посмотрел на нее с любопытством. Маленькая, крепенькая, грудастая и попастая, короткая стрижка, симпатичное личико с курносым носиком... А это что?

— Стажер Дарх! — рявкнул я в шутку.— Вы сегодня с помадой?! И еще серьги нацепили?

— Напугал меня,— надулась она, голос у нее был осипший после вчерашнего мороженого.— У меня сегодня вечером свидание.

— И кто же этот несчастный? — Я даже не пытался сдержать улыбку и откровенно забавлялся реакцией Бауми.— Ты хоть предупреди дежурных, в каком районе произойдет изнасилование, чтобы они не реагировали на вызов потерпевшего.

— Не смешно. Это, между прочим, один из инженеров «ГТЭ».

— А вот с этого места поподробнее,— я тут же перестал улыбаться.— Рассказывай!

Бауми со свойственным гномам чувством ответственности мгновенно стала серьезной и присела на стул. На ее лице не было ни намека на обиду. Глазки с деловой увлеченностью смотрели на старшего, на меня то есть. Рассказывала она, как всегда, подробно и основательно, но без лишних уточнений, которые могли запомниться внимательному женскому взгляду. Вот зачем мне знать, каким одеколоном душится тот или иной сотрудник компании или какие серьги или помада были у какой-нибудь сотрудницы? Хотя случаи бывают разные...

Не успев толком начать доклад (не буду приводить его тут в подробностях, так как все записи есть на сервере), Бауми ошарашила меня в первую же минуту. Дело в том, что ей удалось найти того, кто смог подсказать, где искать информацию об исследованиях Дарх Мауда. Молодой инженер из конструкторского отдела, к которому Бауми и собиралась на свидание, рассказал, что перед самыми выходными акционер Дарх отправил заявку на сбор какого-то экспериментального устройства. Заявка была принята лишь вечером, так как имела низкий приоритет.

— Что это за устройство?! — Я вскочил с места и зашагал по кабинету.

— Никто не знает,— развела она руками.— Из заявки понятно, что это генератор какого-то поля.

— Силового, что ли? — Я даже расстроился от простоты «поворота» в следствии.— Какая-то новая модификация? Неужели действительно происки конкурентов?

— Говорю же, никто не знает.

Не потому ли был убит ученый и похищен его планшет? Все вроде бы логично и правдоподобно, но где теперь искать концы? Ведь не придешь к конкурентам и не прикажешь им: «Здрасте, того подонка, что заказал господина Дарх Мауда, попрошу выйти из строя и приготовиться к расстрелу».

Достав коммуникатор, я набрал справочную Стражи и попросил оператора соединить меня с начальником конструкторского отдела «ГТЭ». Очень удобная у нас система, однако, не нужно держать в памяти номера различных абонентов. Начальник конструкторского отдела Таит Даркус мгновенно ответил на вызов; насколько помню, когда я его допрашивал, у него за ухом висела гарнитура. Разговор вышел короткий, но приятный. Отзывчивый гном с пониманием отнесся к моей просьбс и пообещал позвонить и отчитаться, как только устройство будет собрано. Закончив разговор, я снова задумался.

Дверь в мой кабинет распахнулась, пропуская незваного посетителя. Я поднял голову и посмотрел на вошедшего...

— Тин'Тал, вали отсюда,— не сдержался я.— Жрать нсчсго.

— Зор, ты не пугай его: у него же так сердце может остановиться,— подколола осипшая Бауми.

Эльф повел носом и оживился:

— Селина готовила сырники?

Несмотря на эльфийскую умеренность в еде, этот экземпляр мог смело конкурировать с Бауми. Тин'Тал был старожилом Управления и работал в нем уже сорок лет. Солидный срок, если учесть, что он до сих пор оставался в звании суб-капитана и занимал одну и ту же должность. Он работал архивным инспектором и проверял записи всех следственных видеокамер, прежде чем доказательства попадали в общую имперскую базу.

— В общем, я не за этим. Как твои творческие успехи? Есть что еще почитать? — продолжил он, как ни в чем не бывало. Не дожидаясь ответа, он переключился на Бауми.— Ух ты, чего это ты сегодня такая красивая? Новая прическа? Серьги симпатичные, и штанишки попку подчеркивают!

— Тин, отвали по-хорошему! — с трудом повысила голос Бауми, но банальная лесть и знаки внимания все же на нее подействовали.— Свидание у меня сегодня.

— И кто жертва? — Тин'Тал практически повторил мою шутку, но, увидев, как замахнулась на него девушка, вовремя исправился: — Я к тому, достоин ли он нашей красивой стражницы? Ну разве я не прав, Зор, подтверди!

Я демонстративно посмотрел на часы, показывая свое недовольство.

— Бауми, у тебя осталось ровно пять минут, чтобы сходить покурить и заняться работой. Вот заодно и посплетничаешь в курилке о своем свидании. И зайди к лекарю, пусть полечит тебе горло.

Зная, что от моей рекомендации зависит ее премия, она сделала правильные выводы и спешно покинула кабинет вместе с Тин'Талом. Понятливая она у меня.

* * *

Четыре часа я убил на то, чтобы изучить рынок высоких технологий и его основных игроков. Время до обеда пролетело незаметно, но в душе росло недовольство, так как драгоценное время оказалось потрачено дракону под хвост. Многочисленные заводы, мелкие обособленные подразделения, какие-то акционерные компании, даже крупный банк и благотворительный фонд затесались в этот запутанный клубок собственников. Одна компания владеет таким-то процентом акций другой компании, а ею владеет третья фирма, которая является «внучкой» четвертой компании. И так по всей стране. В итоге я пришел к выводу, что если и могли быть у покойного конкуренты, то только внутри родной компании. Мое чутье подсказывало, что нужно установить назначение неизвестного устройства, на скорую руку собираемого в цехах «ГТЭ», так как это могло оказаться ключом к решению всей задачи. Я мог бы, уважаемый налогоплательщик, сочинить красивую детективную историю о том, как я неделю гонялся за эфемерными конкурентами. Потом бы придумал, что убийцей оказалась теща, которую бесило, как покойный хрустел костяшками пальцев, но это будет неправда, так как все оказалось совсем иначе...

Для обычных работников обеденное время свято, в отличие от нас, следователей, подстраивающихся под рабочую ситуацию. Когда вокруг тебя весь мир замирает на часовой перерыв, то и сам поневоле пойдешь обедать, особенно если обещал любимой навестить ее в университете.

Училась моя лапушка на педагога начальных классов, и ей остался только один год до диплома. Я был полностью уверен, что она не завалит нынешнюю летнюю сессию, ведь такого на моей памяти еще не бывало. Чтобы сделать небольшой сюрприз, я не стал звонить ей, а просто воспользовался табельными артефактами, чтобы найти ее по ауре среди прочих студенток. Светанув охраннику голографией удостоверения стражника, я беспрепятственно прошел на территорию университета. Эфирный «запах» Селины шел из столовой, смешиваясь с настоящими запахами, шедшими от еды. Мысленно улыбнувшись, я прибавил шагу, надеясь найти ее до того, как она сядет за стол. Кольца-артефакты позволяли очень многое, а полученное вчера в оружейке давало дополнительные возможности для оперативной работы. Чтобы подкрасться к моей зайке, я с помощью артефакта сделал себя незаметным для окружающих. Теперь их взгляды безразлично скользили по мне, не останавливаясь на внешности и не реагируя на Зора Летова как на достойную внимания персону.

— Селина, поехали с нами на озеро! — услышал я чей-то голос и насторожился. Говорил молодой парень, человек.— Сразу после экзаменов дернем на пару деньков. Шашлыки, пиво, парни симпатичные...

А вот с этого места поподробнее! Я навострил ушки и затаился, ожидая продолжения...

Ко мне спиной сидел незнакомый парень и уговаривал Селину, сидящую напротив, а два других места за столом занимали ее подружки.

— Нет, меня Зор не отпустит,— совершенно резонно возразила моя ласточка.— Да и знаю, зачем вы на озеро едете. Это не ко мне, я девушка приличная.

Я увидел, как аура парня начинает закипать от злости, но его тон по-прежнему оставался сахарным и просительным, хоть в нем и появились приторные нотки.

— И что ты нашла в своем «мусоре»? Судя по тому, что ты всегда хорошо выспавшаяся, он даже не умеет толком не давать тебе ночью спать,— произнесенная фраза звучала очень коряво, но оскорбительный смысл, вкладываемый подлецом, был вполне понятен.

Ответ Селины я не услышал, так как ноги сами понесли меня к столу, а рука схватила наглеца за волосы. Я рывком выдернул его со стула. Студент попытался дернуться, но запутался в собственных ногах и упал, а мне осталось только оттащить его к проходу. Его попытку встать я пресек двумя ударами коленом в лицо. Моя маскировка давно сошла на нет, и на меня смотрела уже вся столовая. Кто-то схватился за коммуникатор, пытаясь заснять происходящее на видеокамеру. Ох, стану героем глобальной информсети!

Оставив студента на поруки удивленному охраннику, я присел к Селине за столик.

— Зор! Ну вот что ты наделал? — Она была очень расстроена и сердито смотрела мне в глаза.

— Ну а что мне оставалось делать? Тебя тут оскорбляет какой-то урод, а я должен стоять в сторонке?

— Да при чем тут это? Ты кровью все брюки испачкал, которые моя мама тебе подарила!

Вот никогда не перестану удивляться женщинам. Уверен, что и через двести лет я так и не смогу понять их загадочную натуру...

Пообедать мне не удалось, так как зазвонил коммуникатор — Тайн Даркус приглашал посетить их производственную лабораторию. Оперативно, однако! Оставив Селину, я помчался в «ГномТехЭлектрон».

Меня встретил помощник Даркуса. В отличие от своего шефа, он не носил деловой костюм, а работал в корпоративной спецовке со множеством кармашков, из которых торчали инструменты. Во всем остальном это был типичный гном с бородой, укрепленной проволокой из драгоценного металла.

— Здравствуйте, суб-лейтенант,— гном протянул руку.— Я Штур Гевер, третий заместитель Тайн Даркуса. Пойдемте.

Над моей головой запоздало заработал записывающий шарик, и я двинулся следом за гномом.

Производственная лаборатория, куда я еще не добрался вчера, находилась на подземных уровнях. Неторопливый лифт спустил нас на четвертый этаж под землей. Здесь уже не было того лоска и роскоши, которые заполонили наземные этажи. Серые бетонные стены, мощные силовые кабели, не спрятанные за облицовку, тусклый свет в коридорах. Мрачная обстановка.

В лаборатории, больше похожей на конференц-зал, уже собралась небольшая группа исследователей. Их было всего трое: сам начальник конструкторского отдела и двое ученых. Минимальный состав, необходимый для обеспечения режима секретности. Одна стена представляла собой сплошной голографический экран, показывавший какую-то комнату. Посреди нее висело устройство, напомнившее огромный клубок, смотанный из различных проводов с добавлением микросхем. Перед экраном находился блок откидных кресел на двадцать человек.

— Вот это и есть то самое устройство,— ткнул рукой в экран Тайн Даркус.— Я решил не проводить эксперимент до вашего приезда.

— Спасибо, сударь, очень любезно с вашей стороны,— я подошел к экрану.— Только я ничего не смыслю в физике и электронике. А где реально находится эта комната?

— Этажом ниже в бронированном отсеке,— с готовностью ответил один из ученых.— Сейчас в этом нет прямой необходимости, но вот так все было задумано еще во время проектировки научно-производственного комплекса. В целях безопасности. Мы не соблюдали масштаб по схеме и собрали устройство из подручного материала, а на самом деле оно должно быть гораздо меньше.

Мы уселись на первый ряд, заняв все пять мест, и специалисты приступили к работе, управляя процессом с дистанционного пульта. На экране ровным счетом ничего не происходило. Лишь какие-то графики на дополнительных мониторах отображали работу устройства. Судя по тому, как заерзал на месте Штур Гевер, происходило что-то непредвиденное.

Уже через пять минут техники остановили эксперимент.

— Странно,— недовольно поморщился Гевер.— Приборы ничего не регистрируют. Только нормальное для такой бандуры электромагнитное излучение.

— Может, стоит позвать мага-оператора? — предложил кто-то из гномов.— Вдруг у него получится?

Я задумался, но моя следовательская логика молчала, зайдя в тупик, а вот интуиция мага советовала все посмотреть самому.

Уже давно, когда мне исполнилось двенадцать лет, «купивший» меня Орден Магерта Осмотрительного отказался от моего дальнейшего воспитания, передав на поруки менее требовательному «покупателю» — государству. Так как выдающиеся способности к магии у меня так и не проявились, я не мог больше оставаться в Гильдии Магов. Государственное воспитание и содержание в итоге и определило мою дальнейшую судьбу и выбор профессии. Так что в принципе я мог и сам попробовать осмотреть устройство...

— Давайте я сначала посмотрю,— предложил я начальнику отдела.— Вдруг получится?

— Хм... не положено,— подсказал за него Гевер.— Вы не сможете сделать профессиональные записи.

— Зато смогу понять назначение устройства. Если повезет.

Тайн Даркус не возражал. Так как агрегат оказался абсолютно безобидным, мы спустились на этаж ниже, чтобы я мог увидеть его своими глазами. «Электронный еж» (очень похож, однако) неподвижно висел посреди комнаты. Ничего, кроме недоумения, он не вызывал. Активировав табельные артефакты на полную мощность, я начал осматривать выключенный прибор. «Взгляд» облетел устройство со всех сторон, заглянул внутрь. Ничего.

— Включайте,— бросил я и почувствовал, как в магическом спектре произошли изменения.

На месте «ежа» появилось светящееся пятно, похожее на биоэнергетическое поле. Мой магический взгляд уперся в невидимую стену и уже не мог проникнуть внутрь устройства.

— Выключайте,— приказал я, и аура тут же исчезла. Телекинетически потянувшись к «ежу», я заставил устройство качнуться. Таким же способом остановил его.

— Включайте! — Мой голос уже не был таким спокойным и дрожал от азартного возбуждения.

Моя невидимая телекинетическая рука безрезультатно скользнула по объекту. Даже кольца-артефакты оказались бессильны сделать что-либо. Вот теперь мне стало все понятно... Только верилось в происходящее с трудом. Волосы встали дыбом, а по коже поползли мурашки. Достав коммуникатор, я попытался набрать номер.

— Тут нет связи,— подсказал Тайн.— Мы же глубоко под землей.

Не проблема, есть ведь телепатия...

— *Активировать экстренный канал мыслесвязи,—* приказал я табельному артефакту.— *Соединить с гранд-капитаном Шерхом.*

— *Летов*?! — Мысль шефа показалась встревоженной.— *Что случилось*?!

— *Шеф, «ГТЭ» удалось создать техническое устройство, воссоздающее комплекс чар «душа мага»! Работает даже лучше, чем магический аналог! Что мне делать*?!

* * *

— *Не паниковать!* — пришел мгновенный ответ.— *Не нам решать, что делать с устройством. А пока что сиди на месте и жди. Скоро я пришлю группу спецов, как только получу разрешение на изъятие. Также от-*

правлю информацию в ИСБ. Если они заинтересуются, будь готов передать дело их следователям. Отбой.

Мне стало понятно, что шеф еще не до конца осознал значимость этого изобретения. А ведь оно способно взбудоражить наше общество. Что такое «душа мага»? Это комплекс чар, имитирующий природную сопротивляемость биоэнергетической ауры магического существа. Чары служат для прикрытия артефактов и технических устройств от прямого магического воздействия. Зона действия и сила такой защиты зависят, как правило, от затрачиваемой энергии. А вот теперь представьте себе, что появилось устройство, позволяющее полностью блокировать магию. Нет, не внутри колдующего, а любые внешние магические проявления. И работает оно не на *темной* энергии, а от обычной розетки! Кто знает, может, завтра в каком-нибудь подвале соберут устройство, способное покрыть нейтрализующим полем всю планету? А если найдутся желающие узурпировать власть? Ведь Гильдия Магов выполняет роль регулятора отношений между расами, несмотря на всю дикость порядков и взаимоотношений внутри организации.

— Суб-лейтенант, что-то случилось? — Тайн обеспокоенно посмотрел на меня.— У вас странное выражение лица.

— Все в порядке, просто связывался со своей напарницей. Может, продолжим?

В течение еще десяти минут я старательно изображал увлеченного исследователя. Смотрел, сканировал, вычислял... притворялся. Кислые физиономии гномов выдавали их раздражение, но они тактично хранили молчание, хотя я прекрасно ощущал эманации недовольства.

— Господин Летов,— услышал я резкий голос начальника отдела.— Давайте все же пригласим профессионала!

Не успел я ответить, как один за другим вокруг меня стали появляться стражники из Управления. Они прибыли на «маяк» моего табельного артефакта. Это были эксперты-криминалисты из маго-технического подразделения. Два эльфа, человек, орк и Дарх Бауми с тяжелым рюкзаком. Вот ведь какие бескультурные у меня коллеги! Могли бы помочь девушке с тяжестями. Хотя она гномка крепкая, и не такое поднимет.

— Профессионалы прибыли,— ответил я Тайн Даркусу и злорадно ухмыльнулся.— Вот это устройство!

Моя рука указала на «электронного ежа», а вперед вышел стражник с нашивками капитана и предъявил предписание на проведение осмотра устройства.

— Будьте добры, покиньте помещение,— попросил капитан, когда работники «ГТЭ» ознакомились с предписанием.

— Ясно,— кивнул успокоившийся Тайн.— Теперь хотя бы понятно, что акционер Дарх вряд ли вернется.

Капитан посмотрел на меня и спросил:

— Что скажете, суб-лейтенант?

— Надо удалить информацию о схеме устройства из открытого доступа! — выпалил я.

— Суб-лейтенант, но информация и так доступна только сотрудникам моего отдела,— нахмурился гном.

— Сделайте так, чтобы она была доступна только вам лично,— холодно произнес капитан.— Лучше всего отключите информационные носители от локальной сети.

Спорить было бесполезно, но у крупной корпорации тоже могут быть свои правила.

— Я должен известить начальника службы безопасности и пригласить сюда охрану,— предупредил Тайн.

— Так даже лучше,— согласился капитан.— А вы, суб-лейтенант, возьмите вашу помощницу и пока осмотрите этаж. Здесь не должны находиться простые сотрудники компании, только охрана и эти уже осведомленные господа. Приступайте.

Мы с Бауми вышли в темный коридор. К счастью, на этаже больше никого не оказалось, кроме двух техников, чинивших проводку. Мы просто бродили по коридорам, словно патрулируя их, что было недалеко от истины. Сотрудники охраны, пытавшиеся пройти на этаж, были вынуждены вернуться. В итоге они просто временно заблокировали лифт и лестничный проход, оставив одного из старших приглядывать за работой наших стражников. Мы были в своем праве и временно оккупировали чужую территорию.

— Зор, а и вправду, как твои успехи в творчестве? — полюбопытствовала Бауми.

— А тебе не кажется, что ситуация не самая подходящая для таких вопросов?

— Да ладно тебе,— махнула она рукой.— Я никогда еще не встречалась с настоящим писателем!

— В смысле, не спала или не была знакома? — на всякий случай уточнил я.

— Тьфу на тебя! — надулась гномка.— Ну подумаешь, неправильно выразилась.

Тут мое внимание привлекло движение воздуха, словно от сквозняка.

— Чувствуешь? — спросил я помощницу.

— Да, как будто открылась дверь, ведущая на другой этаж.

Колыхание воздуха тут же прекратилось, но я уже торопился к лестнице, ведущей наверх. Надо было встретить гостей. Дверь оказалась заперта, как и прежде. Странно... Тут раздался мощный взрыв, ударив по барабанным перепонкам. В ушах противно зазвенело, словно в них застыл «голос» колокола.

— Твою мать! — ругнулся я. Неужели устройство взорвалось?

Мы поспешили к лаборатории. Коридор повернул налево, а за поворотом нас ждал неприятный сюрприз...

Возле входа в лабораторию стоял незваный гость в форме боевого мага — Меча Ночи. Правой рукой боевик сжимал обратным хватом прямой короткий меч с односторонней заточкой. Я тут же активировал свои артефакты на полную мощь.

— Бауми, постарайся скрыться, как только он отвлечется,— шепнул я, прекрасно помня, что у помощницы нет служебных артефактов.

По логике, дежурный отряд ОМОНа уже получил сигнал моего артефакта. Оставалось надеяться, что группа захвата прибудет раньше, чем положено по нормативу, и нас не успеют нашинковать. Полумрак коридора тут же отступил, когда зрение переключилось на ночное видение. Теперь я смог рассмотреть мага, хоть и видел происходящее в синих оттенках — недостаток заклятия ноктовидения. Черная замшевая форма из кожи дракона подчеркивала стройную фигурку эльфа. Короткая изящная куртка с широкими рукавами не стесняла движений. На предплечьях и тыльных сторонах ладоней тоже имелась дополнительная защита от холодного оружия. Обтягивающие штаны были заправлены в прочные армированные сапоги, которые плотно облегали голени. Острая лисья мордочка самодовольно ухмылялась. Вместо уставного берета на голове мага была черная вязаная шапочка, натянутая до самых бровей. И вообще, сам эльф походил на одного известного попсового исполнителя, отштампованного на заводском конвейере шоу-бизнеса. Может быть, вспомните, он еще песенку поет: «Я ночной хулиган, у меня есть варан, я катаюсь на нем и вечно пьян». Этих певцов и певичек чуть ли не раз в полгода сгребают на конкурсный отбор, как новое сырье для кузницы поп-культуры. Вот перед нами и стоял эдакий смазливый хулиганчик, который осознавал силу собственной магии, эффектность своих внешних данных и нескромно самолюбовался. Несмотря на гротескный внешний вид, он внушал страх, исправно повышая уровень адреналина в крови. Я изначально видел в нем профессионального убийцу, а не просто смазливого паренька в симпатичной униформе. Да и «сабелька» в его руке светилась отнюдь не бутафорской магией телевизионных спецэффектов.

Знаете, чем отличается Меч Ночи от любых других военных профессий? Только они обучаются десять лет, и только они вместо летних каникул проходят практику в настоящих боевых условиях. Поисковики Гильдии Магов ищут в соседних мирах следы войн и разрушений и отправляют своих адептов для закрепления учебного материала. Так что можно было не надеяться на неопытность Меча Ночи.

Выхватив пистолет, я прицелился в Мечника, стоявшего в пятидесяти шагах от нас. Следом за мной Бауми повторила движение, выхватив огромный «Пустынный Дракон». Откуда у нее оружие?!

— Бауми! — я рявкнул на ослушавшуюся помощницу, но было уже слишком поздно.

Эльф криво ухмыльнулся. Его руки сделали несколько плавных пасов. Шагнув в нашу сторону, маг резко свел ладони перед собой. Я вовремя сообразил, что сейчас произойдет, и успел активировать заклятие-приложение, улучшающее нервную реакцию. Время потекло неторопливо, руки мага медленно сближались навстречу друг другу. Левая ладонь встретилась с правым кулаком, но я уже успел выбить из руки Бауми пистолет. Взрывная волна родилась прямо в корпусах нашего оружия. Мой служебный «Оксид» имел встроенную защиту «душа мага», заблокировавшую действие заклятия, а вот огнестрел гномки разорвало «ромашкой», когда разом сдетонировала вся обойма с мощными патронами. Ударная волна отбросила назад помощницу. Ничего, переживет, лишь бы не заклятие «душегуб», после которого не выживают и даже на *ту* сторону не уходят...

Эльф снова сделал серию пассов, выдавая себя как рукопашника. По теории магии, такие движения считались лишними, но иногда легче колдовать, используя такие психологические «якори» для лучшей настройки сознания. Сталь в его руке служила скорее личным инструментом, а не любимым оружием. Взмах мечом снизу вверх — и «лезвие ветра» понеслось по коридору. Маг издевался, так как мне даже не пришлось уворачиваться от невидимого клинка, оставившего на полу и потолке две тонкие бороздки. Я лишь мигом обернулся назад, чтобы удостовериться, что Бауми тоже не пострадала. Эльф ускорился, увидев быстрый поворот. Нервное ускорение восприятия сделало его движения смазанными и непредсказуемыми. Несмотря на силу служебных артефактов, я оказался медленнее мага. Ну а чего еще ожидать? Я же не адепт Гильдии: я не умею телепортироваться, не могу создавать магический «карман» с искусственным пространством, не в состоянии трансформировать свое тело. Тяжело тягаться с профессионалами.

Я выстрелил дважды, но пули пролетели мимо, удивительным образом меняя первоначальную траекторию. Хвала разработчикам артефактов, так как мне хватило скорости восприятия, чтобы увидеть бросок в мою сторону. Маленький металлический шарик сорвался с руки эльфа. Это был «вжик» — управляемый левитирующий снаряд. Артефакт очень опасный, если используется против обычных людей. В автоматическом режиме он в состоянии перебить население целой планеты, так как питается энергией от уничтоженных душ. Но сейчас разогнавшийся «вжик» прочно застрял в силовом поле выставленной ловушки. Я сжал шарик свободной рукой, гася чары артефакта и опустошая его запасы *темной* энергии.

Маг не стал больше затягивать противостояние. Легкими шагами он побежал в мою сторону, наращивая скорость. Расстояние сократилось, и я снова выстрелил. Пули рикошетом ушли в стены и потолок. Меч Ночи был уже совсем близко. Его стремительный рывок — и я в последний момент успел сжать левый кулак, запуская темпоральную капсуляцию. Мир вокруг меня застыл, боевик завис прямо передо мной. Его замершая фигура замахивалась мечом, а лицо даже в этот напряженный момент хранило снисходительную улыбку. Где-то в мозгу щелкал таймер артефакта, отсчитывая секунды до конца капсуляции. У меня оставалось пять секунд. Крепче сжав оружие двумя руками, я передвинул переводчик на автоматический огонь и нажал спусковой крючок. «Оксид» выплюнул оставшиеся двадцать пуль, а я нырнул под мага, спасаясь от меча. Пули застыли на границе темпорального ускорения, но тут капсуляция закончилась, и вся двадцатка впилась в защиту эльфа. Силовое поле вспыхнуло магией, сжигая зачарованные пули, но часть их прошла барьер. Заклятие «душегуб» убивает быстро и навсегда. Достаточно малейшей царапины от зачарованного оружия, чтобы отправить противника на *ту* сторону.

Я боялся, что набравший скорость эльф по инерции упадет на меня и заденет мечом, но кинетической энергии пуль хватило, чтобы остановить его движение. Бездыханный труп отлетел назад и растянулся на полу коридора. Вскочив на ноги, я кинулся к нему, чтобы успеть отсечь голову и отправить ее на сканирование памяти. Не вышло... Над трупом повис меч. Он начал вращаться, как пропеллер, угрожая расправой любому, кто приблизится. Артефакт мага засветился алым, словно раскаляясь в печи.

На полу лежала контуженая Бауми. Я бросился к ней и потащил за воротник, стараясь как можно скорее спрятаться за углом. Тяжелая девчонка! Взрыв раздался, когда я упал сверху на помощницу, чтобы ее защитить. Этаж мгновенно наполнился плазмой, вокруг забушевало жаркое пламя ядерного синтеза. Спасибо табельным артефактам — не дали зажариться, закрыв нас силовым полем.

Плазма рассеялась, оплывший бетон остывал медленнее. На этаже включилась аварийная система вентиляции и пожаротушения, остужая раскаленный воздух окончательно. Шикарная у гномов техника, раз смогла остановить огонь ядерного синтеза!

Бауми лежала без сознания. Подложив ей под голову ладони, я попытался привести ее в чувство своей биоэнергией. Девушка раскрыла глаза и с трудом сфокусировалась на моей физиономии.

— Зор, а почему ты на мне? — Ее руки уперлись мне в грудь. — Я ведь могу и Селине пожаловаться.

Выносливый организм у гномов. Я бы после всего пережитого и слова не вымолвил. Но нет, стоило мне приподняться, как Бауми начало тошнить, и она вся сжалась от боли.

Коридор наполнился тяжелым топотом. Это отряд ОМОНа прибыл на мой «маяк».

— Врача! — выкрикнул я, окончательно поднимаясь.

Уже прошло полчаса, как я убил Меча Ночи. Организм уже успокоился и перестал дрожать от избытка адреналина. Только сейчас, когда я смог до конца осмыслить произошедшее, мне стало по-настоящему страшно. До этого я действовал рефлекторно, не особо задумываясь. Умом я понимал, что сделал лишь то, что должен был, но где-то в душе ощущался прилив гордости — я завалил боевого мага! Это была первая душа, загубленная мною, но никаких угрызений совести я не испытывал и в помине. Зато Бауми цела, и Селине не придется рыдать над урной с прахом. Лекарь уже успел осмотреть и привести в порядок мою помощницу, я же от осмотра отказался. Она сидела рядом со мной и преспокойно «лечила нервы» крепким чаем, невозмутимо заедая его сладкими булочками, конфискованными у кого-то из местных работников. По всему зданию «ГномТехЭлектрона» работали наши омоновцы и следователи ИСБ. Меч Ночи, напавший на меня, оказался не один. Его сообщникам удалось уничтожить серверы компании и нанести огромный имущественный ущерб. К счастью для акционеров, больше никто из диверсантов не был убит, что спасло здание от полного разрушения, но и на верхних этажах царил хаос. В список жертв попал чуть ли не весь конструкторский отдел и семеро охранников. Иногда мимо проходили парни из ОМОНа и, хлопая меня по плечу, говорили: «Молодец! Так держать!»

— Зор, откуда у тебя взялось оружие? — спросила Бауми, отстраненно глядя в одну точку.— Не помню, чтобы ты носил кобуру.

— Шеф вчера приказал вооружиться,— ответил я и поразился осенившей меня догадке.— Если бы не он, мы бы уже погибли! Вот это интуиция!

— Все согласно классике,— хмыкнула помощница.— «Если в первом акте в небе летит дракон, то в последнем он обязательно нагадит. Зверюшка не в состоянии себя контролировать».

— Этот акт еще не последний, так что пока неизвестно, какого размера окажется драконья «бомба» к концу следствия. Одно знаю точно — шеф спас наши души...

Меня вызвали к дознавателю ИСБ, занявшему один из уцелевших кабинетов. Стоило мне войти в помещение, как экранирующее заклятие отсекло нас от внешнего мира. Маг вальяжно расселся в кресле, закинув ноги на стол. На губах застыла вежливая полуулыбка, а абсолютно безмятежный и отсутствующий взгляд делал его похожим на наркомана, «отъехавшего» далеко-далеко. Вся его одежда была черная: сорочка, галстук, костюм. На воротнике пиджака блестел значок ИСБ из драгоценного сплава. Длинный нос дополнял общий образ, так и подначивая обозвать дознавателя вороном. Седые волосы, зачесанные назад, резко контрастировали с цветом одежды и несколько портили тщательно создаваемый образ. На вид ему было около тридцати, но я ни за что в это не поверил бы.

Не дождавшись приглашения, я присел на стул.

— *Здравствуйте, суб-лейтенант,*— раздался мыслеголос мага.— *Я старший инквизитор ИСБ Воронов.*

Сердце невольно екнуло, когда я услышал его должность.

— *Добрый день, инквизитор,*— кивнул я, стараясь думать искренне.— *Вы желаете забрать у меня дело?*

— *Да, молодой человек. Только не у вас, а у Стражи Порядка. Вы позволите сканировать вашу память?*

Его вопрос был лишь данью вежливости. Инквизитору необязательно спрашивать чье-либо разрешение. Он сам себе и следователь, и судья, и исполнитель приговора.

— Я только «за», но хотелось бы и дальше принимать участие наравне с вашими следователями. Думаю, это было бы полезно для обмена опытом,— мне очень не хотелось бросать расследование.

— Я подумаю над этим, когда узнаю все подробности дела,— ответил маг.— А сейчас расслабьтесь, как на медитации. Если не умеете, то можете просто помолиться.

Да умею я... Вот еще, молиться! Понятное дело, что при медитации или молитве мозг показывает схожие характеристики: кровь приливает к височным долям мозга, а сознание и подсознание достигают нужного состояния. Но я ведь неверующий. Кому мне молиться? *Той* стороне? Да я и так каждую ночь погружаюсь в посмертный мир, когда вижу сны...

— *Летов*,— мягко напомнил о себе инквизитор.— *Поторопитесь, пожалуйста, вы ведь не один в очереди на дознание.*

Я послушно настроился, подставляя свою память под сканирующий взгляд дознавателя. Мне нечего было скрывать. Правила парковки я не нарушаю, пиратскими игрушками не пользуюсь, налоги плачу и левой прибыли не имею. Единственное, что мне хотелось скрыть, так это собственные страхи. Я очень боюсь тараканов, но об этом я вспоминаю редко, так как живьем их видел только один раз. Противные они...

— *Тараканы...*— Дознаватель широко улыбнулся и подмигнул мне.— *А я пауков боюсь — мерзкие они... и противные. Можете идти. С вами свяжутся, когда я назначу конкретного следователя. А пока лучше отдохните. Вам надо восстановить силы.*

Покинув инквизитора, я вернулся в Управление. Мне полагался внеочередной выходной для «восстановления магических сил», как гласили правила.

Бюрократическая машина не учитывала, что я использовал оружие и служебные артефакты. Но я действительно чувствовал себя измотанным, так как боевые колечки для работы чар на полной мощности оттянули мои собственные резервы. Прежде мне не доводилось сталкиваться с таким эффектом. Прав инквизитор...

Сообщив дежурному о своих планах, я отправился домой отсыпаться и набираться сил.

Глава 4

Главное правило предобкаста

Уничтожив утренние сырники, я завалился спать. Сны были неконтролируемые, я посещал области посмертного мира бессистемно, меня бросало по новым локациям, которые генерировал мой мозг. Куда как интереснее посещать *ту* сторону при полном сознании. Можно пообщаться с душами умерших, отыскать своих предков, но в этот раз мой возбужденный разум подбрасывал мне сны о борьбе с магами. Кошмары мучили до самого вечера, пока не пришла Селина и не отпугнула злых магов своей аурой чистоты и заботы...

Утром я встал пораньше — не получалось у меня прессовать кровать дольше обычного. Тем холостякам, которые еще не умеют готовить, хочу дать несколько кулинарных советов. Во-первых, никогда не подавайте любимой завтрак в постель, так как этим вы блокируете возможность совершать развратные действия, лишив себя места для маневра. Во-вторых, никогда не готовьте завтрак, пока только ухаживаете за барышней, так как рискуете произвести слишком хорошее впечатление, которое потом придется постоянно поддерживать. В-третьих, если у вас не хватает времени и на завтрак, и на близость, то не тупите и сделайте правильный выбор — просыпайтесь пораньше.

Так как Селина очень любит салатики, я приготовил ее самый любимый. Кому интересно, могут сами попробовать. Отвариваете какую-нибудь домашнюю птичку и, отделив мясо от костей, мелко нарезаете в салатницу (лучше отварить с вечера). Обжариваете на сковородке лук, нарезанный тонкими полукольцами, вместе с грибами и добавляете к мясу птицы. Потом крошите вареные яйца, добавляете салатный лист и заправляете соусом. Самое сложное — не схрумкать салат до того, как ваша дама появится на кухне. Когда сами попробуете этот салат, то поймёте, в чём кроется сложность.

Проводив свою зайку на учёбу, я занялся домашними делами. Выходной выходным, а джинна-домового у нас нет, и уборку приходится делать самостоятельно, как и готовить. Вот окончит моя малышка университет, устроится на хорошую работу, тогда и возьмём в кредит... К сожалению, когда я готовлю, «комплектующие» разлетаются по всей кухне. Протерев пол и отмыв мебель от моих кулинарных художеств, я позволил себе расслабиться. Закрыв окно в комнате чёрной завесой, я включил игровую приставку.

Голографический проектор создал вокруг меня объёмное изображение. Прямо перед глазами появилось световое меню с названиями различных игр. В руке я уже держал игровой пистолет и выстрелил в название игры. После вчерашних приключений я загорелся желанием тренироваться. Теперь я на собственном опыте осознал, что маги не всесильны, и даже простой следователь Стражи может одержать победу, если вооружится как следует. Можно было поиграть с другими игроками по Сети, но мне, как всегда, хватило программных ботов. Игрушечные маги валили пачками, а я только и успевал менять стойки и стрелять в них. Жаль только, настоящие пули не столь эффективны против магов, а рельсотрон слишком громоздкий.

Я давно уже хочу прикупить еще один пистолет для стрельбы с двух рук или даже винтовку, но лицензионные игровые контроллеры сто́ят дорого, а пользоваться самоделками мне нельзя: моя должность — живой символ законности. Хотя, если почаще ходить в тир на работе, то скоро начнет тошнить от оружия, и мы быстрее купим домового. Хотя Селина хочет завести чешуйчатого аркенского котика...

Отстрелив сотню ботов, я раздраженно отшвырнул контроллер и выключил приставку. Недовольство в душе росло, появилась непонятная тревога, словно я что-то делал не так. Повинуясь требованию интуиции, я начал собираться на работу. Надо было торопиться, чтобы мое расследование не ушло у меня из рук, но сначала в магазин...

Прибыв в Управление, я первым делом поспешил к шефу, даже не отметившись у дежурного. Ноги сами несли меня в сго кабинет.

— У него посетитель! — только и успела крикнуть секретарша, но я уже постучал и, не дождавшись ответа, ворвался к гранд-капитану.

— Доброе утро,— промямлил я, вдруг засмущавшись, и поставил на стол пузатенькую бутылку настойки «Кровь Мага».— Спасибо, если бы не вы...

Шерх молча, ловким отработанным движением спрятал бутылку в ящик стола.

— Может, накатим по рюмашке? — раздался веселый голос провокатора.

Только теперь я заметил посетителя, который оказался старшим инквизитором Вороновым.

— Обойдешься, подстрекатель,— отмахнулся Шерх и строго посмотрел на меня.— Летов, почему на работе, а не на отдыхе?

— Работать хочу, аж зубы сводит,— брякнул я.

На лице шефа появилось ироничное выражение. Думаю, он все прекрасно понял, все же опыт у него большой. Он переглянулся с инквизитором, видимо, разговаривая с ним мысленно. Я терпеливо ждал.

— Ладно,— кивнул Воронов, заговорив вслух.— Я не стану забирать дело в ИСБ, но приставлю к Летову двух оперативников для охраны и посильной помощи.

Ух ты! У меня будут помощники из ИСБ!

— Суб-лейтенант, я прекрасно чувствую вашу радость, но не обольщайтесь. Мои ребята не будут мальчиками на побегушках.

— Дай ему девок,— беззастенчиво предложил шеф.— Он с ними лучше ладит.

Пока Воронов подбирал оперативников, я знакомился с результатами следственных действий криминалистов, которые всю ночь трудились в здании «ГномТехЭлектрона». Результаты были скромными. Наибольшую ценность представляла информация о том, что убитый мною маг проник в здание, перейдя на «маяк» моего же табельного артефакта, а знать параметры координатного заклятия могли только сотрудники Стражи Порядка!

***

Добравшись до своего кабинета, я узнал, что шеф отстранил Бауми от расследования как внештатного гражданского специалиста. Она откровенно скучала на рабочем месте и тихонько ворчала сквозь зубы, показывая свой гномий характер. Несмолкающим брюзжанием она мешала мне работать.

— Бауми, возьми отгул и иди к своему новому хахалю,— предложил я.— После разгрома «ГТЭ» у всех младших сотрудников должны быть выходные дни.

Спровадив ее таким несложным образом, я смог спокойно продолжить работу. Только равномерно жужжащий ионизатор воздуха нарушал идеальную тишину, разгоняя летнюю духоту. Теперь можно было сосредоточиться на расследовании, но мысли бессовестно отвлекались на один и тот же вопрос: «Кто?!» Как данные о моем «маяке» могли попасть в чужие руки? Может, был взломан наш сервер, и злоумышленники скопировали информацию? Бросив гадать, я отправился на семнадцатый этаж в технический отдел к нашим магам-операторам.

Как всегда, работы у них было много. Изъятые у населения контрафактные артефакты, нелицензионные версии заклятий, запрещенные к ношению боевые системы — их требовалось осмотреть, изучить тактико-магические характеристики и запротоколировать результаты. На счастье сотрудников отдела, я не успел отвлечь их глупыми вопросами, так как буквально следом за мной из лифта вышли два сотрудника ИСБ, похожие друг на друга, как драконьи яйца. Оба высокие, в серой одежде, такие же серостальные глаза, смотрящие словно дула пулеметов. Очень похожи, даже слишком, как разнополые близнецы. Только женщина была в юбочном костюме.

— Суб-лейтенант Летов, я — близнецы Гайт, следователь ИСБ, архимаг. Мне приказано помогать вам в расследовании,— произнесли они дуэтом, и я сразу же вспомнил их историю.

Очень известная парочка в магических кругах Империи... Родились близнецы примерно три столетия назад в одной имперской колонии, в семье аборигенов. Их родная деревня была построена прямо на месте магической аномалии, возникшей на пересечении планетарных энергетических меридиан. В том селении частенько рождались дети со странностями, но близнецы Гайт переплюнули всех. Поначалу родители не могли понять, почему детишки на любые раздражители реагируют исключительно одинаково. Они сильно отличались от сверстников и всегда держались вместе. На их счастье, деревню посетил патруль Ордена Рео'Ора Учтивого, курировавший имперский аванпост. Магистры искали одаренных детей, чтобы пригласить на учебу в магических заведениях Ордена. И вот, впервые в истории магических искусств Гильдия Магов нашла близнецов, объединенных общим сознанием. В теле обоих детей жила одна личность, рожденная слиянием двух душ. Спасибо руководству Ордена, они не стали прятать свою находку от магического сообщества. Гильдия следила за развитием детей, но для остальных обывателей жизнь близнецов осталась покрыта мраком тайны, пока *они* снова не попали под пристальное внимание общественности, когда приняли присягу Имперской Службы Безопасности.

— Отлично! — обрадовался я.— Вы владеете информацией по «маякам» Стражи?

К близнецам Гайт всегда обращаются на *вы* во множественном числе, так как никому не известно, с каким полом соотносит себя единая личность брата и сестры.

— Частично,— одновременно ответили они.— Давайте пройдем к начальнику технического отдела.

Хороша помощь... Уже с порога лифта указывают, что мне делать.

Мы прошли в кабинет капитана Касиуса Сторма. Как и полагается государственному служащему, он был полностью увлечен работой, даже не помышляя о развлечениях или блужданиях по Сети. Поговаривают, что начальникам подразделений магическим способом сшивают некоторые участки мозга, чтобы они получали удовольствие от своей работы. Так это или нет, мне по рангу знать еще рановато, но госслужба слухами полнится. Вид у начальника технарей был «творческий»: в небольшом глухом кабинете без окон сидел толстенький человек с длинными седыми волосами, стянутыми в хвост. Большой нос картошкой и пухлые щеки делали его похожим на гнома. Но самый смак его чудаковатой внешности придавала даже не растрепанная одежда, а ОЧКИ! Я с трудом вспомнил, как называются эти древние линзы для улучшения зрения

Когда дверь за нами закрылась, я с удивлением обнаружил, насколько мал и тесен этот кабинетик. Если хозяин кабинета с комфортом расселся в своем кресле, то нам пришлось стоять, кучкуясь на крошечном пятачке перед столом.

— Кас, тебе не душно? — как старого знакомого, спросил брат-Гайт капитана Сторма и протянул руку.

— Здорово, Гайт,— пожал руку хозяин, не отрываясь от экрана компьютера.— Что-то срочное?

— Пожалуй, даже очень,— ответила сестра-Гайт.— Надо помочь молодому шустрому следователю в одном непростом вопросе.

Капитан оторвался от экрана и уставился на меня немигающим взглядом, прицелившись над оправой очков, сползших на кончик носа. Всего на мгновение он замер, словно напрямую подключаясь к серверам Управления.

— Я вас слушаю, Зор,— по-простецки произнес он.— Это связано с вашим следствием?

— Да! — обрадовался я его информированности.— Мне надо вычислить, кто мог сообщить преступникам «маяк» моего табельного артефакта.

— Хм...— задумался Сторм.— Это будет не так просто. Для начала хочу сказать о том, что сам «маяк» работает в закрытом режиме. Это значит, что он активируется только по команде с пульта дежурного, и то если владелец не заблокировал такую возможность. Сначала посылается заклятие-пароль, на которое табельный артефакт отвечает своим координатным заклятием. Система одноразовая, сами «маяки» в памяти нигде не хранятся, так что без разрешения не появятся в эфире,— капитан снова замолчал.— Да, у нас завелся «крот». Гайт, разве не ваша служба должна заниматься его поисками?

— Уже ищем,— многозначительным тоном произнес брат-Гайт.— Но хотелось бы с твоей помощью сузить круг подозреваемых. К тому же поиск предателя имеет прямое отношение к следствию суб-лейтенанта.

Начальник отдела откинулся в кресле и закрыл глаза. Свет в кабинете погас, а перед нами засветился большой голографический экран. Как я понял, мы видели на нем то, что видит сам Сторм, непосредственно подключившийся к серверам Стражи. По световому монитору побежали фамилии сотрудников. Иногда та или иная запись выскакивала из общего списка и повисала в воздухе рядом с основным экраном. Когда процедура была окончена, перед нами вращался небольшой блок с несколькими десятками личных дел моих коллег.

— Гайт, подтверждаешь полномочия суб-лейтенанта Летова на доступ к личным делам? — строго спросил Сторм.

— Да. Перешли ему данные на почту.

На этом наше посещение закончилось, и мы вышли из тесного кабинета. Облегченно вздохнув, я направился к себе. Близнецы молча следовали за мной. Оказавшись за своим столом, я активировал рабочий компьютер и стал вчитываться в список подозреваемых. По большому счету, это была не моя задача — искать «крота», но без его обнаружения расследование убийства Дарх Мауда окончательно зашло бы в тупик, несмотря на существенные успехи, так как разгром, учиненный магами-преступниками, перевешивал любые положительные результаты. Близнецы в это время оккупировали стол моей помощницы. Сестра сидела прямо на столе, болтая ногами, а брат расслабленно откинулся в кресле.

Читать сами дела было бессмысленно, так как предателем мог оказаться любой из подозреваемых, а то и целая группа сотрудников. Я только проверял их доступ к информации и техническим возможностям Стражи Порядка. С чистой совестью я исключил из этого круга подозреваемых всех орков и гномов, занеся их в отдельный дежурный список. Под пристальным вниманием остались исключительно маги из числа людей и эльфов. Теперь я уже действительно стал вчитываться в дела, пытаясь зацепиться за что-нибудь подозрительное.

— Летов,— оторвал меня от работы брат-Гайт.— Десять лет назад ИСБ расследовала дело о небольшой военизированной секте, в которую входили преимущественно боевые маги. Тогда же эта организация исчезла из нашего поля зрения, стоило нашим агентам начать копать глубже. Известны были имена только трех адептов, работавших в так называемой пресс-службе сектантов. Если это те же ребята, то, думаю, стоит пока хранить в тайне все следственные меры и не активировать даже следственное «око». *Согласен?!*

Я вздрогнул от последнего слова, произнесенного с ментальным давлением. Подняв взгляд на архимага, я покачал головой и жестко попросил:

— Совет принят, но больше так не делайте.

Близнецы лишь неопределенно пожали плечами.

В нашей работе, когда пасует логика, на помощь зачастую приходят альтернативные методы. У каждого следователя свои способы, а я предпочитаю дротики... Распечатав из собственной памяти полномасштабную ростовую фотографию убитого мной Меча Ночи, я повесил ее прямо у себя за спиной, чтобы посетители не сразу могли ее увидеть. Мертвый красавчик-эльф смотрел на нас своим озорным взглядом и нехорошо так улыбался. Следом я распечатал семнадцать фотографий сотрудников Стражи, в которых я не был уверен. К каждой из них я «прицепил» соответствующий отпечаток личной ауры сотрудника, взятой из нашей базы данных. Перемешал тонкие листочки и прикрепил их поверх фото мертвого эльфа, но чистой стороной наружу.

— Хм,— протянула сестра-Гайт.— А ведь действительно может помочь.

— Еще как! — похвастался я и отошел к противоположной стене, занимая позицию для метания.— Немножко медитации — и все будет в порядке!

К сожалению, нельзя просто так засечь преступника, нужны какие-нибудь ниточки, которые появляются в процессе расследования. Теперь у меня их было предостаточно, а главное, количество подозреваемых стало приемлемым для моего метода. Только вот такое гадание к делу не пришьешь, но подсказать верное направление оно вполне может.

Отстранившись от происходящего, я погрузился в состояние транса. Подсознание искало малые крохи, раскиданные в океане информации. Мысли исчезли, закрытые глаза ничего не видели, а рука сама поднялась и метнула дротик с такой силой, что он вошел в кирпичную кладку. Выйдя из состояния транса, я подошел к стене и снял пробитую фотографию — на меня смотрел инспектор архива Тин'Тал...

Анализ служебных возможностей предполагаемого «крота» подтвердил результат моего меткого броска. Тин'Тал действительно имел доступ абсолютно ко всем действиям стражников и мог следить за нами даже в режиме реального времени. Под подозрением были и его коллеги, но дротик пробил голову именно этому инспектору.

— Может, еще парочку дротиков кинешь? — предложил архимаг, но я в ответ помотал головой:

— Не сработает. Только первый бросок всегда верный. Это ведь не магия даже, это — гадание при помощи магических способностей. Я просто настроился, чтобы из тысячи бросков первый стал обязательно правильным. Мне не по силам сразу же повторить это. К сожалению, чтобы поймать преступника, надо сначала знать хотя бы слепок его ауры. Да и то, если он знает, что его ищут, и прикроется магией, гадание может не сработать. Надо бы сообщить начальству...— такое самостоятльное решение далось мне с трудом.— Но позже! Мы сможем своими силами взять «крота»?

Вместо ответа Гайт синхронно фыркнули, показывая свое презрение к способностям Тин'Тала.

— Он обычный маг-оператор, а я — опытный архимаг. Надо только определиться с местом его захвата. Только не дома и не на рабочем месте...

— Я могу позвать его сюда,— предложил я.

Близнецы удивленно хмыкнули и синхронно захрустели суставами пальцев.

— Даже не представляю, как ты это сделаешь, но давай. Я готов.

Убрав все лишние фотографии, кроме убитого мной мага, я достал коммуникатор и связался с эльфом. Будете смеяться, но на него прекрасно подействовала одна простая заманушка. Вечно голодный Тин'Тал с готовностью откликнулся на мой вызов и радостно крякнул в трубку, когда я коротко произнес:

— Селина принесла пирожки. Сейчас закончатся.

Отключив связь, я победно уставился на близнецов Гайт, а взгляд невольно скользнул по сестре, по вырезу пиджака, по ее юбке и ниже... Опомнившись, я бросился убирать в кабинете все важные рабочие материалы, пряча их в сейф. Гайт, может, и архимаг, но сумеет ли он взять «крота» чисто? Вдруг тот выкинет какой-нибудь сюрприз, и от моего кабинета не останется камня на камне?

Дверь распахнулась, впуская Тин'Тала, влетевшего на крыльях прожорливости. Он не заметил ставшего невидимым архимага и сразу же повернулся ко мне. Вот тут его горящие глаза и потухли, а тело замерло, словно натолкнулось на прозрачный барьер.

— А где Селина? — только и произнес эльф, буравя взглядом плакат у меня за спиной.

— Я за нее,— услышали мы ответ сестры-Гайт.

Бой профессионалов оказался скоротечным, но застать Тин'Тала врасплох у близнецов не получилось. Эльф вовремя поднял защиту, хотя не мог сбежать, так как из здания Стражи телепортироваться можно было только из стационарных кабинок транспортеров. Я старался не мешать, наблюдая, как архимаг продавливает своей силой щиты предателя. При желании Гайт мог убить «крота» мгновенно, но тот был нужен нам живым. Приходилось аккуратно расковыривать барьеры, чтобы чрезмерно не повредить противника.

Прошла целая минута, прежде чем Тин'Тал оказался скручен по рукам и ногам. К моему кабинету сбежались любопытные коллеги, желающие лично узнать, что тут произошло. Даже сам гранд-капитан Шерх прибежал, сгорая от любопытства как мальчишка.

Всех успокаивал Гайт, светя своим удостоверением и неся какую-то чушь про совместную операцию.

Последними появились маги из ОМОНа, прибывшие для доставки «крота» в изолятор. Командир отделения склонился над телом и удивленно посмотрел на близнецов:

— Он же мертвый!

Далее последовал серьезный разбор полетов в кабинете шефа. Там же находился и Воронов, так и не успевший его покинуть. Он удивленно выслушал объяснения Гайт и беспомощно развел руками. Оказалось, что Тин'Тал убил себя сам, отправив свою душу на *ту* сторону. Нам же осталась только пустая оболочка, выполнявшая последний приказ своего хозяина. Я был шокирован, что кто-то пожелал добровольно покинуть этот мир, лишь бы сохранить какую-то тайну. Что такого мог знать «крот», что предпочел навсегда переместиться в другой план бытия, лишь бы не выдать нам свои секреты?

— Вы уверены, что он именно ушел на *ту* сторону, а не загнулся от действия «душегуба»? — Инквизитор даже не скрывал свое раздражение, отражавшееся на его лице, потерявшем прежнюю невозмутимость.

Оно и неудивительно, ведь не прошло и часа, как я покинул кабинет шефа. А узнав, как я вышел на «крота», шеф и инквизитор от удивления даже рты разинули.

— Без вариантов. Душа сразу не уходит, все равно требуется время, даже при искусственной смерти. Тело продолжало реагировать на автомате. «Душегуб», как правило, опустошает даже магические резервы, чего не произошло,— ответила сестра-Гайт.— Пытайся «крот» убить себя окончательно, он бы сжег свое тело в ядерном синтезе с добавлением заклятия «душегуб», чтобы нанести максимальный ущерб зданию и сотрудникам. А так он пытался отвлечь меня, уйдя в глухую защиту. Видать, очень хотел попасть на *ту* сторону...

Тин'Тал был опытным магом и вполне мог хранить в своем «кармане» достаточное количество дейтерия и трития для уничтожения здания.

— Логично... Мозги выпотрошили? — спросил шеф, перейдя на серьезный тон.

— Пусто. Нейроны выгорели напрочь,— ответил я и укоризненно покосился на близнецов.— А в моем кабинете теперь радиация выше нормы в сотни раз. Сгорел мой планшет и стационарный компьютер.

Шерх только раздраженно отмахнулся, услышав про электронику, и добавил несколько неприличных слов на древнеорочьем диалекте, упомянув первичные половые признаки.

— Вот-вот,— поддакнул Воронов.

* * *

Вскоре я снова сидел в своем кабинете, восстановленном и очищенном от последствий боя. На прощание ко мне зашли близнецы Гайт. Сестра-близнец извинилась за устроенный погром и смерть подозреваемого, а брат сообщил интересующую меня информацию.

— Летов, вы никогда не задумывались о том, чтобы профессионально поучиться магии? — спросил он, когда с извинениями было покончено.

— Я раньше учился в Ордене Магерта Осмотрительного, но был переведен в Академию Стражи, так как у меня абсолютно нет способностей к магическому оперированию — я не могу самостоятельно плести заклятия.

— Но у вас есть уникальный дар. Ваше гадание — это, на самом деле, прямая работа с вероятностями. Очень немногие владеют такой способностью. Задумайтесь над правильным использованием дара. Если будете его тренировать, то и другие способности возрастут,— архимаг задумался.— Попробуйте свои силы при стрельбе, например.

— Спасибо, я учту,— поблагодарил я их, и Гайт ушли, оставив меня одного.

...Официально дело об убийстве Дарх Мауда было закрыто. Всю вину Управление свалило на неведомую секту, передав ИСБ право искать магов-преступников. Мне же осталось писать отчеты. Ничего грустнее быть не может, чем строчить бессмысленные рапорты и переводить пластик. Считалось, что я сделал все возможное в этом деле. Не найдя настоящего исполнителя убийства, я все равно заслужил благодарность и поощрение от конторы — денежную премию и ходатайство Шерха о присвоении мне какой-то медальки.

Стараясь поменьше думать и побольше работать, я не сразу услышал стук в дверь.

Уважаемый налогоплательщик... мне трудно передать те чувства, которые я испытал, когда в мой кабинет вошла вдова Дарх Мауда. Я беспомощно и даже как-то затравленно посмотрел на нее, стараясь не встретиться взглядом. Я почувствовал ее ауру, она понимающе посмотрела на меня и молча села на стул для посетителей. Мы какое-то время сидели не говоря ни слова, словно отдавая дань уважения погибшему ученому.

— Я бы хотела забрать тело мужа для причитающегося ему ритуального сожжения,— наконец-то выдавила она из себя, но совершенно спокойным тоном.

— Сударыня, ваш покойный муж был великим ученым,— не задумываясь, выпалил я.— За что и был убит...

— Почему... *это* произошло? — так же спокойно спросила гномка.

Собравшись с мыслями, я постарался найти подходящие слова:

— Он совершил прорыв в технике — он изобрел техническую защиту от магии. Мне жаль, госпожа Дарх, но расследование было передано в ИСБ.

— Мне сообщили о происшествии на заводе «ГТЭ»,— произнесла она и понимающе кивнула.— Видимо, те же преступники, которые убили моего Мауда.

— Да... Жаль, что он не успел завершить свою работу. Тогда больше никогда и никому не пришлось бы кричать его любимую фразу «Арктунген. Магес-ам-гефар».

Опомнившись от грустных мыслей, я выписал госпоже Дарх разрешение на изъятие тела из нашего морга. Она забрала пластиковый лист и внимательно посмотрела на меня.

— Господин Летов, а почему вы решили, что это была его любимая фраза?

— Разве он не служил в армии пилотом боевого робота? — уклончиво и чисто по-женски ответил я вопросом на вопрос.

— Не знаю, как сейчас, но во времена нашей с Маудом молодости фраза «Арктунген. Магес-ам-гефар» имела иносказательное значение,— поучительным тоном сказала она, встав со стула.— Ее произносили мужчины, когда хотели сказать, что видят красивую девушку волшебной красоты. Буквально: «Внимание, опасность, волшебная красота!» Я только раз слышала от мужа эту фразу в свой адрес. Прощайте. Успехов вам в работе, сударь... и поменьше таковой.

Гномка ушла, а я в шоке схватился за голову. Теперь у меня появился конкретный подозреваемый...

Получив доступ к материалам архива, я принялся детально просматривать запись опроса Тины Агеровой. Погасив освещение, компьютер воспроизвел картинку в режиме виртуального присутствия.

— *Понятно,*— произнес мой световой двойник.— *В последнее время вы ничего странного не замечали в поведении Дарх Мауда?*

— *Хм, а что может быть странного в поведении ученого, которого все и так считают странным? Не припоминаю я за ним никаких чудачеств, кроме тех, что уже вошли в привычку, например пить кофе, смешанный с квасом, или, увидев меня с утра, кричать: «Арктунген! Магес-ам-гефар!» Это он так шутит, не удивляйтесь.*

Шутил или делал комплимент?!

— *Какие отношения у вас с Дарх Маудом?*

— *Пиво после работы мы с ним не пьем, если вы об этом. Очень хорошие приятельские отношения, но мы не общаемся за пределами корпоративных стен. Сами понимаете, что, когда речь идет о серьезных открытиях, в тени настоящего ученого всегда прячется маг-лаборант, без которого технический прогресс шел бы гораздо медленнее. Так что в определенном смысле мы очень близки.*

Не врет, но и правду не говорит!

— *Когда и где вы в последний раз видели Дарх Мауда?*

— *Да перед самыми выходными на работе,*— ответила она, немного задумавшись.— *Да, точно, тогда и видела.*

Вот! Я остановил просмотр и мысленно повторил ее фразу: «Да перед самыми выходными на работе». Тина произнесла ее так ровно и без пунктуационных пауз, что вполне могла обмануть заклятие правды.

Отвечая, она думала об ответе на вопрос *«когда»*, но не *«где»*. Формально она не соврала, но и правду не сказала! Это и позволило ей обмануть меня и заклятие правды.

— *Он случайно не сообщил вам о своих планах?*

— *Сказал, что собирается провести ночь с какой-то очень красивой и роскошной женщиной. Тоже мне, бабник выискался!*

А ведь она, как любая женщина, считала себя неотразимой. Опять слукавила!

— *Какая-то новая знакомая?*

— *Хм, не уверена. Но, видать, очень интересная, раз он до сих пор на работе не появился. Суб-лейтенант, как вы относитесь к красивым и свободным женщинам?*

Тоже сказала правду, но ведь это могла быть она сама! Я так старался не попасть в капкан ее женских чар, что не заметил ее недомолвок и не задал контрольные вопросы. Мой просчет? Пожалуй...

Уже второй раз за сегодняшний день я ворвался в кабинет шефа. Судя по его скучающему взгляду, он уже не удивлялся, начав привыкать к моим выходкам. Прокрутив для него запись опроса Тины Агеровой, я изложил ему все свои предположения. Шерх слушал внимательно, иногда хмурился, но почему-то вопреки моим ожиданиям даже не злился. И на том спасибо. Закурив сигару и расслабленно откинувшись в кресле, он несколько раз пересмотрел момент, когда магичка усаживается на стол и закидывает ногу на ногу.

— А я бы ей вдул...— развязно прокомментировал гранд-капитан, выпустив большое кольцо дыма, но продолжил уже поучительным тоном: — Радуйся, парень, что ты не заметил ее уверток. Начни ты ее колоть, тебя могли бы сразу устранить, а все записи подтереть. Это моя ошибка, мог ведь назначить опытного следака, когда выяснилось, что это убийство. На будущее учти, если видишь, что маг начинает выкручиваться и путаться в показаниях, просто бери это на заметку, делай запрос на установление скрытого наблюдения и вызывай его для дачи дополнительных показаний в свой кабинет.

— Мне вот интересно, как она прошла дознание у Воронова?

Шеф удивленно вскинул брови. Возможно, я ошибался, и Агерова даже не работала в тот день. Обвинять инквизитора в преступлении было опрометчиво, но никто не мешает принимать во внимание абсолютно все нюансы. Именно о таких мелочах и следовало позаботиться.

— Гранд-капитан, разрешите провести операцию по захвату Агеровой самостоятельно в рамках моего расследования,— затараторил я, чтобы Шерх не успел возразить.— Зачем ИСБ быть в курсе наших дел? Возьмем магичку своими силами. Выпотрошим память и, если что, передадим в имперскую охранку. Зато, если я прав, наше Управление красиво раскроет преступление.

Шеф вальяжно кивнул и неторопливо распечатал физическую копию приказа, дающего мне право взять под свое командование отделение магов Стражи для проведения захвата. Основная версия в электронном виде уже ушла на сервер ОМОНа, удостоверяя мои полномочия. Взмах сигарой, как дирижерской палочкой, дал мне понять, что я свободен. Наделенный доверием начальства и новыми полномочиями, я поспешил в здание наших «гоблинов».

* * *

Я еще никогда не работал с оперативниками из ОМОНа. Было очень интересно узнать для себя что-то новое. Абсолютно все омоновцы носили военную форму. На их шевронах красовалось название отряда «Коготь» и эмблема в виде когтистой лапы, а на спине и груди крупными буквами было написано «ОМОН. Стража». Все парни были огромного роста, а из-за широких плеч я с трудом расходился с ними в коридорах. Опять же, абсолютно у всех было при себе оружие, и они постоянно находились в боевой готовности.

Отыскав одного из дежурных командиров (специально выбрал орка), я коротко изложил ему суть задачи, и мы заперлись в комнате для совещаний. Опасаясь утечки информации, я попросил суб-капитана Найдера включить в группу захвата только орков. Уже через пять минут нас стало четверо.

— Троллян... Стебок... — представились бойцы своими позывными.

Оба высоченные, плечистые. Чернокожие морды с крючковатыми носами выглядят несколько жутковато, но глаза с веселым прищуром как будто смеются, выдавая озорной орочий характер. У обоих при себе тяжелые штурмовые комплексы, совмещающие рельсотрон и скорострельную винтовку, в кобурах — боевые магические жезлы, а из-за спины торчат рукояти коротких мечей.

— Ребятки, присели и слушаем,— приказал Найдер подчиненным.— Надо помочь суб-лейтенанту Летову сцапать одну красивую сучку.

— А летеха пивом после этого проставится? — пошутил Стебок.

Острота была вполне в орочьем духе, и все трое заржали, напоминая довольных жеребцов. Дождавшись тишины, я зажег над столом изображение объекта. Пришлось подождать, пока омоновцы не закончат комментировать внешность «белоснежки» Тины Агеровой. В принципе, я уже привык к подобным шуткам в нашем управлении, так что ничему не удивлялся.

— Проставлюсь,— с готовностью заверил я.— Но только с премии после окончания следствия, а пока лучше придумайте, как наверняка взять мага, так как один подозреваемый уже сумел уйти из лап архимага ИСБ, сбежав на *ту* сторону.

Орки тут же потеряли всякий интерес к формам Агеровой и сурово насупились. Речь шла о чести конторы...

— Летов, ты в следующий раз обращайся только в ОМОН,— менторским тоном произнес Найдер.— Архимаги не умеют брать живыми. Их никто этому не учил. Они только убивать горазды...

План суб-капитана оказался предельно прост и даже не требовал прямого участия самих омоновцев. Им отводилась роль прикрытия, если вдруг сообщники магички успеют вмешаться до того, как мы отправим ее на «маяк» в следственный изолятор. В остальном вся операция сводилась к тому, что я должен приблизиться к объекту и привести в действие артефакт, останавливающий течение времени. Преступник, пойманный в темпоральную ловушку, не мог даже попытаться сбежать по вполне уважительной причине — у него просто не было бы на это времени. Коротко и ясно. Не думал, что все окажется настолько просто.

— Все, беру командование в свои лапы! — рявкнул суб-капитан, когда рассказал все в деталях.— Сейчас запросим пилотов и полетим ловить «белоснежку».

На верхнем этаже базы ОМОНа находилась стоянка летающей техники. Основным видом транспорта оказались бронелевитаторы модели «Таран», вмещающие десять оперативников и двух пилотов. Пилоты уже ждали нас, предусмотрительно распахнув десантные люки. Два гнома удивленно посмотрели на нашу четверку, недотягивающую по численности до полноценной группы захвата, но промолчали.

Давно я не катался на «Таране»... с курсантских времен в Академии. Обтекаемые формы машины, камуфляжная расцветка, отсутствие каких-либо смотровых щелей, абсолютно герметичный корпус, позволяющий погружаться под воду на целую лигу. Три подвижные турели с контузионными пушками, новейшая авионика и магитроника. Сиденья «Тарана» располагались вдоль бортов по пять в ряд, и десантники сидели лицом друг к другу. Найдер и Троллян заняли места напротив нас со Стебком.

Стоило захлопнуться автоматическим десантным люкам, как броня левитатора стала прозрачной, обеспечивая прекрасный обзор. Абсолютно бесшумно и без каких бы то ни было вибраций наш броневик стремительно взлетел со стоянки, быстро набирая высоту. Если бы не смена картинки, я бы даже не понял, что мы взлетели, так как искусственная гравитация не давала прочувствовать лихие выходки пилотов. Это вам не на драконе летать.

Я немного нервничал. Не так легко приблизиться к магу, затеяв недоброе. Дар эмпатии и предчувствия у них развит очень сильно.

— Значит, так,— произнес Найдер, привлекая внимание.— Судя по информации с серверов «ГТЭ», эта стерва не появлялась на работе со вчерашнего дня — взяла отгул, так как ее шеф пропал без вести. Вряд ли такая красивая бабенка будет сидеть дома. Мы попробуем найти ее через собственные поисковые системы Гильдии Магов.

— А откуда у нас доступ к ним? — удивился я.

— Исключительно в рамках законного сотрудничества. Профсоюз любит приглядывать за своими членами. Система работает в автоматическом режиме, так что никто не сможет предупредить твою телочку,— заверил он и погрузился в работу на электронном планшете.

Левитатор безрезультатно кружил над столицей, пока суб-капитан не указал пилотам пункт назначения. Прямо на ходу боевая машина телепортировалась на навигационный «маяк» в графстве Гелар, где остановилась Тина Агерова. Северные широты славятся своими светлыми ночами, и, несмотря на позднее время, на улице было очень светло. Я давно мечтал отдохнуть в местечке поближе к полярному кругу. Половить рыбку, поохотиться на кабанов и пособирать грибы. Жаль, что в тот момент я был на работе...

Это оказалась курортная гостиница среднего класса, расположенная на берегу огромного озера. Информация о ней нашлась в Сети, а регистрационные записи подтверждали, что магичка остановилась в одноместном номере на неделю. Вскоре я загрузил на свой планшет подробный план здания. Только вот точное местонахождение подозреваемой не определялось, потому что поисковик Гильдии работал по принципу «примерно тут». И на том спасибо. Пилоты включили маскировку, и наш броневик стал абсолютно невидим для любопытных взглядов отдыхающих.

— Не самое лучшее место для работы,— поморщился Найдер.— Надо придумать тебе легенду.

— Не надо,— отмахнулся я.— Ложь она почувствует. Я сейчас весь как на иголках. От меня фонит эмоциями, как от эльфийки во время первого сексуального опыта. Буду импровизировать на ходу.

— Может, ему успокаивающий подзатыльник прикладом отвесить? — ехидно предложил Троллян.

— Я тебе сам отвешу! — рявкнул я, рефлекторно поднимая правую руку с новым служебным артефактом.

Омоновцы дружно заржали, а суб-капитан даже прослезился.

— Ну вот, выдали малышу боевой артефакт, и он уже себя крутым почувствовал,— покачал головой Найдер.— Ладно, проехали.

Пилоты остановили броневик подальше от посторонних глаз, зависнув над самой землей, и я вышел. Легкое движение воздуха выдавало присутствие невидимой техники, но стоило левитатору взлететь, как я потерял его из виду.

Передо мной простирался смешанный лес, прилегающий к территории гостиницы. Впереди — березы, сосны и елки, позади — плеск воды. Мелкий противный песок нагло лез в летние ботинки.

«Засранцы, не могли поближе к леску высадить!» — обижено подумал я про пилотов, и мне тут же пришел ответ.

— *Вообще-то мы слышим тебя, «мусор»*,— ответил кто-то из гномов.

— *Отставить*! — рявкнул мыслеголос Найдера, а по мозгам резанула его злость и охотничий азарт, просочившиеся через фильтр эмоций.

Как ни странно, это настроило меня на рабочий лад, и я легкой пружинящей походкой зашагал к гостинице. На самом краю лесопарка веселилась огромная компания. Играла громкая музыка, в воздухе разносился запах шашлыка и эмоций удовольствия. В голове крутилась мысль, как же обмануть магичку. Решение пришло само собой, когда я увидел фигуристых женщин, одетых в легкомысленные летние наряды, такие же легкие и эфемерные, как свет луны. Старательно вспоминая внешность Агеровой, я неторопливо приближался к месту вечеринки.

Я мысленно представил ножки магички, ее смазливое личико, осиную талию и упругую грудь... Интересно, какая она на ощупь? Дыхание невольно участилось. Шаря глазами по толпе, я заводился еще больше.

Эх... что бы я с ней сделал! Тут интуиция помогла в очередной раз, и я увидел в толпе знакомую фигурку. Возбуждение искало выхода, и я без тени смущения хотел Агерову сидя, лежа, стоя, на столе, на подоконнике, на капоте... и так далее, по несколько раз.

Она почувствовала мое сконцентрированное внимание и нервно дернулась. Ее танец сбился с ритма, и она повернулась в мою сторону. На лице отразились изумление и испуг. Не ожидала она меня тут увидеть. Накачанный эмоциями желания до предела, я шагнул на танцевальную площадку, приближаясь к цели. Тут заиграла медленная музыка, и я ужом проскользнул через толпу, сократив дистанцию до минимума.

— Потанцуем? — с трудом произнес я, мельком заглянув в глубокий вырез платья.

Не дожидаясь ответа, я прижал Тину к себе и повел в танце. В ее глазах отчетливо читалось удивление, постепенно сменявшееся женским самодовольством. Еще бы! Я ведь был возбужден и эмоционально, и физически.

— *Летов, может, ты еще и до постели ее доведешь?* — донеслись до меня мысли Найдера с нотками сарказма. — *Быстро заморозь ее!*

Мысленный приказ запустил темпоральное заклятие, и Агерова замерла в моих объятиях. Сняв кольцо с безымянного пальца, я быстро надел его магичке. Теперь она точно не сможет выйти из этого состояния, пока артефакт не разрядится. Еще один приказ — и операционная система телепортировала замершее тело в следственный изолятор.

Облегченно вздохнув, я двинулся в обратном направлении. Операция удалась, никто не попытался нам помешать. Неторопливо идя к озеру, я слушал переговоры омоновцев, транслируемые операционной системой левитатора.

— *А зря он ее не пощупал как следует,* — сокрушался Стебок. — *Прикольная куколка. Нам бы рассказал потом.*

— *Ну она же для него не баба, а преступник,* — наставительно объяснил суб-капитан. — *А вообще, молодец малек — красиво взял «белоснежку». Надо взять на вооружение. Назовем это методом Летова.*

Тут меня насторожил тревожный вопль гномов-пилотов:

— *Следак, бегом к озеру!* — тревога была неподдельной, это я прекрасно почувствовал и рванул так, как еще никогда не бегал. Даже на соревнованиях по многоборью среди курсантов.

Хорошо еще, что я до сих пор бегаю по утрам!

— Что случилось?! — заорал я, ворвавшись в салон броневика, зависшего над пляжем.

Вместо ответа левитатор дрогнул от тяжелого удара. Не будь в машине искусственной гравитации, я бы повалился на пол.

— *Командир, уходим на «маяк» или примем бой?* — Мыслеголос гнома снова обрел ледяное спокойствие. — *На хвосте две легкие серийные «монетки».*

— *Делай вид, что пытаешься удрать своим ходом. Сместить турели на корму! Огонь по моей команде!* — приказал Найдер. — *Если к ним подмога не придет, то завалим обоих.*

Посреди салона зажглась тактическая карта, отмечая местоположение противника. Две красные точки делали боевой разворот по короткому радиусу. Чувствуя мой интерес, операционная система «Тарана» создала передо мной дополнительный экран, показав магико-тактические характеристики левитатора «Провокатор» и его внешний вид.

Круглая гранитная плита диаметром в половину сажени и толщиной с человеческий кулак. С обеих сторон «монеты» выбиты рунные формулы и линии пентаграммы. На ребре диска также видна рунная вязь. Такой левитатор в просторечье прозвали «монеткой» за его характерный внешний вид. Обычно его используют как летающую платформу, стоя сверху на плоскости. Пилот артефакта может управлять им дистанционно, находясь на нем или внутри искусственного пространства, а также слившись с диском в одно целое. Вариантов работы с левитатором огромное множество. Его можно использовать даже как бронекостюм, активировав режим обволакивания. По большому счету, МТХ сильно зависят от проектировочной энерговооружешости артефакта и производителя «монетки», так как магические Ордены Гильдии Магов изготовляют их исключительно для своих нужд и по собственным проектам, а не на продажу.

Раздался звук металлического скрежета, словно по броне «Тарана» провели огромной когтистой лапой. На экране появились подсказки операционной системы: по нам ударили «лезвием ветра», вложив в заклятие пять киломаг.

— Пробуют на зуб,— ухмыльнулся суб-капитан.— К сожалению, у нас не самые подходящие орудия для борьбы с левитаторами. *Летуны. Огонь!*

Тут же застучали автоматические турели. Контузионные пушки работают по принципу создания ударной волны. Очень удобное противопехотное средство, так как бьет широким конусом, разрывает мягкие ткани и сосуды и заставляет детонировать боеприпасы. Судя по картинке, пушки скорее доставляли левитаторам противника неудобство, не нанося существенного ущерба и просто отбрасывая «монетки» назад.

— *Летуны, по моей команде резко развернетесь правым бортом к противнику с одновременным снижением высоты и снова ляжете на прежний курс!* — мысленно объяснил Найдер пилотам и добавил вслух для своих: — Братва, делай как в замесе под Талангором!

Бойцы схватились за магические жезлы, вставляя их в специальные разъемы на оружии. Исключительно теоретически я знал, что сейчас омоновцы накачивают легкие пульки рельсотронов какими-нибудь сложными чарами по своему выбору. Они встали на колено напротив люка, приготовившись к стрельбе.

— Готов! Готов! — отчитались Троллян и Стебок.

— *Летуны, давай!*

Бронеплита люка отъехала в сторону, а левитатор резко повернул вправо. Наш, казалось бы, неожиданный маневр вряд ли застал противника врасплох, но тут разом сверкнули рельсотроны, и «Таран» снова лег на прежний курс. С экрана исчезла отметка одного из левитаторов, а второй начал отставать, отказавшись от преследования.

— Под Талангором было веселее,— недовольно пробурчал Троллян.

— Хорошо стреляете,— отметил я.

— Фигня,— отмахнулся Найдер.— Простые чары левитации с автодоводчиком на пуле и нервное ускорение восприятия, чтобы быстро прицелиться и выстрелить. *Ладно, летуны, возвращаемся на базу!*

Глава 5

Стреляя в точки над Е

Помимо меня и Тины Агеровой, в комнате для исполнения приговора присутствовали маги-дознаватели из трех структур: Гильдии Магов, Имперской Службы Безопасности и Стражи Порядка. В их задачу входило выпотрошить память преступницы, чтобы приобщить материалы к следствию. Все доказательства были уже собраны и подшиты к делу. Для чтения памяти было достаточно одного нашего мага, но присутствие двух других из конкурирующих структур требовалось по закону.

Темная комната буквалыю давила на глаза, заставляя приглядываться к происходящему и напрягать зрение. Небольшое помещение было насквозь пропитано эманациями страха, боли и злобы. Так стены запечатлевали всю сущность преступников, попадавших сюда. Гнетущее чувство все сильнее одолевало очередного смертника, приговоренного к казни, нарастая с каждой новой жертвой. Здесь было так неуютно, что я с надеждой ждал скорейшего завершения процесса.

Приговор, на правах хозяина, читал маг из нашего Управления, но сначала Агерову привели в сознание. Находившаяся в стазисе женщина дернулась и замерла, удивленно осматриваясь. Она вскинула руки, готовясь закрыться магией, но у нее ничего не вышло. Лицо исказилось злостью, и бывшая красавица стала похожа на мерзкую кикимору. Скорее всего, она осознала, где находится и что все это означает. Руки бессильно опустились. В полумраке было не различить ее слез, но я отчетливо слышал, как она всхлипнула.

— Тина Агерова, маг Гильдии, вы готовы выслушать приговор? — спросил маг Стражи таким равнодушным тоном, как будто ему все это надоело и он только и ждал конца.

— Да,— обреченно произнесла женщина.

— В результате следственно-розыскных мер, предпринятых следователем Стражи Порядка сублейтенантом Летовым, установлена ваша вина в убийстве гражданина Империи Хинлау господина Дарх Мауда. Все необходимые доказательства собраны и предоставлены следствию присутствующими здесь магами: старшим инквизитором Вороновым, архимагом Зендером и гранд-капитаном Торном...

Далее все также шло по инструкции.

...Дознаватель рассказывает приговоренному о способе, которым тот будет казнен. Объясняет, почему так. Потом интересуется, есть ли у него возражения или рационализаторские предложения, касающиеся способа казни. Все эти действия специально направлены на то, чтобы доставить преступнику моральные мучения. Это традиция — приговоренный должен пропитать стены камеры своими страданиями. Можно и пытку устроить, но мараться никто не желает, а джиннов-палачей уже пятьсот лет как не используют — запрещено законом. Другое дело — немного поиздеваться, зачитывая приговор. Это проще... Хотя вот стоит архимаг Зендер из Ордена Канора Мудрого. Он с удовольствием перекусит ду-

110

шонкой Агеровой, высосав всю ее энергию досуха, словно вампир. Наверняка он даже жалеет, что не может повлиять на ход казни. Вряд ли его устраивает, что такая энергетически насыщенная душа бессмысленно сожжет сама себя, зараженная смертельным вирусом.

И самое страшное для приговоренной, что у нее не будет посмертной жизни на *той* стороне. Ее сознание вместе с душой не перейдет в мир снов. Не будет шанса возродиться в новом теле... Это тяжелое наказание, так как организм, лишенный биоэнергетической защиты, начнет медленно разрушаться. В камере даже оставят еду и воду. Трудно угадать, что первым выйдет из строя в этом некогда совершенном теле. Никто не знает, от какой болезни умрет женщина, так как природный иммунитет просто потеряет свои свойства. Преступница может сгнить заживо, а может просто задохнуться, или ее сердце остановится. Не проживет она без биоэнергетической защиты души в этих стенах...

— У вас есть что сказать суду напоследок?! — Резкий тон Торна вывел меня из задумчивости.

— Не вижу смысла, — прошептала Агерова. — Хотя... Я хочу поговорить со следователем.

Я вздрогнул от неожиданности.

— Хорошо, — согласился дознаватель. — Тогда позвольте откланяться — нам еще ловить ваших подельников, засевших на Луне. Оставляем вас наедине.

Агерова опустилась прямо на пол, обхватив себя руками за плечи крест-накрест. В камере не было мебели, кроме стола и холодильника с месячным запасом продуктов.

— Лучше не сидеть на холодном полу... — начал я и осекся.

Какая ей теперь разница? Все равно ведь умрет. Через месяц, два, три... главное, что будет осознавать все происходящее. Если повезет, то тронется умом раньше, чем начнет гнить заживо.

— Лейтенант, помоги умереть быстро. Оставь что-нибудь,— услышал я тихий голос и посмотрел ей в глаза.

Теперь на меня смотрела осунувшаяся женщина, неожиданно постаревшая. Темные круги под глазами, впалые щеки и узкие, плотно сжатые губы. Даже роскошные волосы теперь казались какой-то неухоженной паклей, беспорядочно торчащей во все стороны.

— Вы можете сами убить себя. Подумайте как, но все равно от судьбы вам уже не уйти.

Она поднялась, гордо вскинула голову и подошла ко мне.

— Жаль, что так получилось, лейтенант. Повезло тебе...— Она провела рукой по копне волос, распустив волосы, ее глаза кокетливо блеснули.— Хочешь?

Я тут же напрягся, подозревая неладное. Рука убийцы взметнулась, целясь мне в шею, но я инстинктивно поставил жесткий блок, отбивая удар. Раздался металлический звон — это по полу запрыгала тяжелая металлическая заколка, которой она пыталась меня убить. Лишенная магических способностей, она стала обычной женщиной и теперь не могла вылечить поврежденную руку. Огромный синяк наливался на внутренней стороне предплечья.

— Теперь вы точно умрете быстрее. Прощайте.

Выходя из камеры, я задержался в проеме, чтобы в последний раз увидеть глаза убийцы. Женщина с ненавистью смотрела на меня, не способная даже проклясть, как говорится, от всей души, уже успевшей раствориться...

Вдруг ее лицо просветлело, и она быстро заговорила, распаляясь с каждым словом:

— Ничего, Летов, за меня отомстят. Даже зная координаты нашей цитадели, всех вы не переловите. Думаю, мои друзья обязательно захотят поквитаться с таким шустрым и вонючим «мусором»! — Женщина перешла на крик, чуть ли не срывая голос: — И пусть твоя эльфийская подстилка ждет гостей, пока ты будешь на службе! Посмотрим, как ей понравятся групповые утехи!

Не успел я опомниться, как чья-то рука вытянула меня за воротник наружу. Бронированная дверь захлопнулась, отрезая казненную преступницу от внешнего мира.

***

Уважаемый налогоплательщик, вот мое расследование и подошло к концу. Но я помню, что многие граждане любят, когда «наши» побеждают «ихних», а крепкие парни в камуфляже роняют преступников мордой в землю и вяжут им руки. Именно поэтому ваш покорный рассказчик и решил поведать всю историю до конца...

Часы в кабинете начальника Управления показывали час ночи. Гранд-майор Грауд сидел во главе стола. В кабинете собрались представители разных организаций. Кто-то присутствовал лично, а кто-то висел над столом в виде голограммы. Также за происходящим наблюдали спикеры Углов Власти Верховного Совета, представляющие интересы своих рас. От людей был сам Император, а за Гильдию Магов — главнокомандующий Военно-Магическими Силами гранд-маг Мерлин. Остальные

Углы Власти представляли спикеры от орков, гномов и эльфов. От Имперской Службы Безопасности висела голограмма гранд-мага Сайрока, заместителя директора Тергона, первого принца Империи.

Физически присутствовали только хозяин кабинета, начальник убойного отдела, инквизитор Воронов и я — лейтенант Летов. Сайрок и Грауд докладывали представителям Углов Власти о результатах моего расследования и о раскрытых данных о незарегистрированной секте магов, стремящихся всеми силами не допустить дальнейшего развития технического прогресса. Оказывается, боевая секта «Щит Мага» существовала уже более трехсот лет, постоянно вмешиваясь в работу имперских ученых.

Голограммы представителей Верховного Совета ясно отражали все недовольство своих оригиналов. Еще бы! Триста лет под носом у ИСБ, Стражи и даже самой Гильдии. Даже гранд-маг Мерлин разразился потоком критики в адрес спецслужб, так как на самом деле в развитии новых технологий были заинтересованы не только обычные налогоплательщики, но и сами маги. Ведь не будь научных исследований в области фундаментальных наук, как бы они самостоятельно все это осваивали? Ведь даже без знания алгебры и геометрии не построишь идеальные структуры, не выведешь формулы для магического оперирования. А что уж говорить о пробелах в физике и биохимии? На одной астральной механике много не наколдуешь.

— Грандмаг Сайрок! — В голосе Императора зазвучали стальные ноты, когда Мерлин наконец-то выговорился.— Как председатель Верховного Совета, приказываю физически уничтожить преступную секту магов. Вы лично отвечаете за успех всей операции. И очень жаль, что первый принц Империи отсутствует в данный момент... Передайте ему мое недовольство. Грандмаг Мерлин, ваша помощь будет не лишней.

Не прощаясь, четверо спикеров Верховного Совета отключились. Остался только пятый представитель Угла Власти — главнокомандующий Мерлин и начальник ИСБ.

— Я лично возьмусь за это дело,— пообещал Мерлин.— Я блокирую Тисет, чтобы преступники не могли сбежать на «маяки». Очень надеюсь, что вы не попросите меня уничтожать своих коллег. Кто будет проводить операцию?

— Только ИСБ,— ответил Сайрок.— Это будет наш ОМОН «Трайхан», думаю, слыхали.

Сам я никогда раньше даже не встречал это название, но, судя по реакции моих начальников, они были прекрасно осведомлены об этом Отряде Магов Особого Назначения. Я знал только, что трайхан — это маленький хищный зверек из семейства соболиных с неутолимым охотничьим азартом.

— Многие наши спецы ушли к вам,— недовольно пробурчал Мерлин.

— А вы уровень организации в ваших структурах получше выстройте. Тогда не побегут от вас профессиональные кадры,— парировал Сайрок.

Голограмма Мерлина беспомощно развела руками. Он как главнокомандующий ВМС Гильдии Магов не входил в какой-либо определенный Орден и не принимал участия в управлении.

— Это к делу не относится,— вставил гранд-майор Грауд.— Я хотел бы направить своего наблюдателя. К тому же все началось с нашего расследования, и это следователь Стражи вышел на секту.

— Заслуги вашего Управления никто не умаляет,— согласился грандмаг Сайрок.— Пусть будет наблюдатель.

Надо ли говорить, кто был назначен наблюдателем?

Совещание на этом и закончилось. Мы с Вороновым отправились на засекреченную базу ОМОНа «Трайхан». Несмотря на ночное время, она напоминала растревоженный атакой врага улей или муравейник. Только это был военный муравейник специального назначения. Каждый спецназовец знал свое место и обязанности. Именно поэтому вся суматоха не создавала впечатления хаоса. Омоновцы готовились к штурму, проверяя боевые артефакты, оборудование и личное обмундирование. К счастью, мне составил компанию сам Воронов, и я не чувствовал себя не в своей тарелке.

— Эй, глазастики, а ну подошли ко мне! — было первое, что мы услышали.— Надо вас приодеть малость.

Перед нами стоял гном, судя по нашивкам, из службы хозяйственного обеспечения. Коренастенький, с небольшим брюшком, в глазах абсолютный пофигизм, как у джинна, но выражение лица сосредоточенное, словно он мир спасает в одиночку.

— Ну ты еще ладно, архимаг, кажется...— Гном ткнул пальцем в Воронова и перевел «сардельку» на меня.— А вот тебя, салага, точно надо в латы переобуть.

Несмотря на такое обращение, с лица инквизитора так и не исчезла его постоянная легкая полуулыбка. Ну что же поделать, везде свои правила. Со своим уставом в чужой Орден не сунешься.

Меня не покидало ощущение, что мы абсолютно лишние на этом мероприятии. Нас обоих терпели как что-то ненужное, но навязанное сверху. Мы напоминали правила пользования лифтом: вроде положено, но и без нас все понятно. На брифинг нас не допустили, опасаясь утечки информации. Основной состав боевиков «Трайхана» представляли люди и эльфы. Орков было очень мало, а гномы занимались только обслуживанием или пилотированием техники. Отряд насчитывал две с половиной тысячи бойцов и семьсот человек технического и административного персонала. В срочном порядке из консервации вводили в строй новые левитаторы: «Трайхан» готовился к высадке на Тисет в полном составе.

В ангар набились две сотни бронелевитаторов. В стороне готовились штурмовые отряды шагающих танков. Стараясь никому не мешать, полсотни гномов проверяли системы вооружения своей техники: скорострельные пулеметы, заряженные подкалиберными пулями, рельсотроны, силовые поля, системы обнаружения и так далее...

* * *

Мы зависли над Хинлауганом. Голубая планета осталась внизу, а прямо на нас летел спутник Тисет. Сто пятьдесят левитаторов прятались за заклятием невидимости, а грандмаг Мерлин готовился блокировать Луну. Мы с Вороновым сидели в штабном «Клевце», одетые в тяжелые латы. Рядом с нами расположились два эльфа. Оба на две головы превосходили меня в росте, искусственно подрощенные магией до стандартов ОМОНа.

— Только попробуйте мне тут высунуться на передовую! — Огромный кулак эльфа-переростка завис перед моим носом.— Обоих оттопырю! *(Прим. редактора: исправлено цензором Стражи Порядка.)*

Судя по манерам, изменения коснулись не только внешности...

— *Закрываю луну,*— раздался мыслеголос Мерлина.— *Теперь точно не съе... не сбегут.*

Грандмаг может очень многое. Ему не надо использовать магическое оперирование, чтобы добиться результата. Он в состоянии просто блокировать действие какого-нибудь физического закона в пространстве или даже создать новый, действующий локально. При желании грандмаг мог бы уничтожить луну одним махом вместе с сектантами, но не было у него таких полномочий.

Из памяти Агеровой нам удалось узнать, где находится цитадель секты, ее основные охранные системы и огромное множество всяких подробностей. К нашему счастью, магичка лично принимала участие в укреплении базы, потому и знала многие интересующие омоновцев детали. Вся эта информация попала в свободный доступ для всех участников штурма и оперативно выводилась на экраны. Самые способные напрямую подключались к операционным системам, копируя все данные в свою память. Я так не умел и не умею, поэтому во все глаза глядел на объемную голографическую карту того участка лунной поверхности, где скрывалась база сектантов. В центре пряталась большая пирамида, окруженная со всех сторон защитными заклятиями, комплексами магических мин, автоматических систем и армией боевых джиннов. Командование было уверено, что обороняющиеся встретят штурмовиков только внутри базы или у самого ее порога.

Закрыв глаза, я подключился к операционной системе левитатора, требуя установить информационный канал с кем-нибудь из участников. Моих полномочий наблюдателя вполне хватило, чтобы видеть происходящее глазами боевых магов, подключенных к общему информационному полю. Глазами гномов смотреть не получалось, так как они работали через посредников — операционные системы артефактов. Зато лишних «видеоглаз» на бронелевитаторах и танках было полным полно.

К сожалению, не было у нас специальной техники, разработанной для использования в космосе, но левитаторы не требовали наличия атмосферы и вполне справлялись со своей задачей, а тяжелые армейские костюмы химзащиты имели систему замкнутого цикла дыхания. Стоило Тисету приблизиться на определенную дистанцию, как в головах участников прозвучал телепатический приказ *Огонь!*», и из орудий посыпались на цитадель секты тысячи зачарованных пуль и снарядов, растерзав внешнюю оборону. На лунный грунт упали снаряды с «маяками», на которые с планеты тут же телепортировались шагающие танки. Боевая техника полусферой накрыла пирамиду, окончательно уничтожив внешний защитный периметр. Лишь изредка раздавались короткие очереди, добивающие случайно уцелевших джиннов.

Штурмующие осторожно приближались к магическому форту, благоразумно опасаясь приготовленных сюрпризов. Первыми остановились танки, чтобы не попасть в рукопашную с каким-нибудь прытким магом, способным быстро сократить дистанцию. Отряд «Трайхан» знал, на что идет, и заранее позаботился о способе уничтожения стен пирамиды. Пробить магическую защиту форта грубой силой было практически невозможно, но тут в ход пошли гравитационные контракторы. Практически никакой магии, сплошная физика. Зачарованные снаряды беспомощно плющились о гранитные стены базы, при этом активируя заложенные в них заклятия. Я увидел, как в местах попадания маленькие участки камня начинают разрушаться, сжимаясь в локальном гравитационном коллапсе, чтобы потом развеяться в виде мелкодисперсной пыли. Если бы не подсказки операционной системы, вряд ли бы я вам все это смог рассказать. К такому подходу оборона сектантов оказалась абсолютно не подготовлена. В появившиеся бреши хлынули плотные потоки снарядов. Короткая пауза — и снова в ход пошли контракторы, разбирая вражескую базу и расширяя проходы.

Буквально через мгновение вслед за снарядами проскочили ловкие фигуры омоновцев в герметичных костюмах. Я переключился на первый отряд штурмовиков, поочередно посматривая их глазами. Перед бойцами катились небольшие артефакты в виде металлических шариков. Раздались первые взрывы внутри пирамиды, когда магические зонды столкнулись с защитой цитадели.

Магическая оборона базы оказалась намного слабее, чем мы ожидали. Обычно магические башни Орденов Гильдии способны разрушать звезды, а тут, видимо, не хватило у сектантов способностей и энергозапаса. Это было неудивительно, так как среди них не нашлось ни одного грандмага. Даже архимагов, как потом выяснилось, оказалось только двое. И все же потрепали они наших магов...

Первый настоящий сюрприз ждал нас, когда один за другим из информационного поля стали исчезать отметки наших штурмовиков. Буквально за несколько секунд весь передовой отряд, вошедший в пирамиду, исчез с виртуальной карты боя. Пятнадцать омоновцев погибли от рук сектантов. Поступил приказ отступить и продолжить «ковырять» пирамиду различными боеприпасами и заклятиями. Следующим ходом сектантов стало появление у подножия пирамиды четырех крупных отрядов боевых магов. В каждом насчитывалось по двести бойцов. Они стояли красиво, словно с экрана компьютера сошли, сбежав из очередной сетевой игрушки. Несмотря на отсутствие атмосферы, они были одеты в обычную униформу боевых магов. Шеренги дрогнули, неторопливо двинувшись к нашим позициям.

— *Внимание!* — раздался предупреждающий окрик командующего.— *Приготовиться к стрельбе по моей команде... Огонь!*

И снова ОМОН залил врага ливнем зачарованных снарядов, картечи и пуль. Только в этот раз мы не увидели ожидаемого результата.

— *ИСБ,* — раздался раздраженный мыслеголос Мерлина.— *Это же просто фантомы!*

Тут в подтверждение его слов за спинами бойцов появились маги секты, тайком прокравшиеся в тыл. И началось...

...Уважаемый налогоплательщик, неплохо бы сделать небольшое отступление, чтобы разъяснить кое-какие особенности боевой подготовки различных структур. Дело в том, что все боевые маги Гильдии по своей натуре — жуткие индивидуалисты. С рвением, достойным фанатиков, они оберегают свои личные секреты и разработки. Попросите кого-нибудь из них поделиться разработанными заклятиями — и будете посланы на древнеорочьем в дальнее путешествие. В Орденских академиях они получают базовые знания согласно общей доктрине, но все последующие наработки они держат в строжайшей тайне. Часто случается, что некоторые маги достигают отличных результатов в боевой дисциплине, а другие так и остаются на уровне выпускников. В государственных структурах система подготовки работает иначе — как в армии. За вооружением следят специальные подразделения, разрабатывающие максимально эффективные системы, а не то, что не жалко дать омоновцам в руки. Вот и получается, что в среднем экипировка ОМОНа лучше, чем у гильдейских магов, но в рядах последних чаще встречаются истинные мастера...

Это оказались настоящие специалисты по ближнему бою. Даже выпущенные в упор пули не находили цели, огибая магов, а иногда, развернувшись в искривленном пространстве, возвращались назад к стрелявшим. Помимо прочего, все маги двигались так быстро, что легко уворачивались от обычных пуль. Только у сверхскоростных пуль рельсотронов был шанс достигнуть цели, но и им это удавалось крайне редко. На моих глазах красивая магичка, не сбавляя набранного темпа, оказалась позади шагающего танка и одним махом разрубила его пополам своим боевым артефактом, принявшим на время форму двуручного меча в полторы сажени длиной. При этом она держала его в одной руке, словно не чувствуя веса тяжелейшего оружия. Трудно пришлось бы омоновцам, не владей они фехтованием и прочими боевыми техниками в той же степени, что и их гильдейские коллеги. Штурмовые винтовки исчезли в бездонных магических «карманах», уступив место личным или табельным боевым артефактам.

— Красиво работают, «гоблины»,— похвалил наших парней Воронов и улыбнулся во все тридцать два.— Эх... мне бы сейчас туда...

Я тут же вспомнил огромный кулак эльфа и его недвусмысленное предупреждение.

— Но нельзя, могут и оттопырить,— закончил фразу инквизитор.

На поле боя царил настоящий хаос, перенося зрителей во времена древних побоищ. Но ОМОН не был

122

бы специальным отрядом, воюй он по правилам Гильдии. Прозвучал телепатический приказ, и все наши парни ушли на выставленный неподалеку «маяк», оставив на память о себе гранаты. Новые взрывы потревожили мирно спящую луну, отвлекая тем самым сектантов, по которым тут же заработали контузионные орудия, гравитационные контракторы и рельсотроны левитаторов и танков, окончательно переломив ход сражения.

Вскоре с остатками секты было покончено. На поверхности Тисета остались только те адепты, которые догадались сдаться, так как не все они принимали участие в боевых операциях и не нанесли прямого урона Империи. Забегая вперед, могу сказать, что почти всех их помиловали, предоставив возможность искупить свою вину.

Эпилог-послесловие

Вот так, мой уважаемый налогоплательщик, и закончилась моя первая история. Вполне возможно, ты ожидал от следователя Летова чего-то большего, но именно так и выглядит наша работа изнутри. Вероятно, ты уже обратил внимание на мое повышение — я стал полным лейтенантом. Помимо прочего, я получил премию и право на переезд в более просторные апартаменты. Про других участников событий ничего не скажу, пусть сами рассказывают.

Если ты помнишь, как начиналось мое повествование, то не удивишься, что рассказ так же заканчивается эпизодом с прямым участием Селины...

...Вдруг на поясе завибрировал мой служебный коммуникатор, да так громко и неожиданно, что на месте подпрыгнул не только я, но и инквизитор.

— Ничего себе! — восхитился он.— Даже на луне связь работает. Что за оператор?

— Да я сам в шоке,— удивился я, пытаясь достать устройство.— Наш, служебный.

Когда я достал коммуникатор, то случайно ответил на видеовызов. С экрана на меня сурово смотрела серьезная дама.

— Лейтенант Зор Летов? — резко спросила она и, увидев мой кивок, продолжила: — Я мировой судья Тишканского района города Хинлау. Вы проживаете совместно с гражданкой Селиной Талиан?

— Ну да,— ошалело ответил я.— Уже три года как вместе.

— Это хорошо, что вы не пытаетесь врать и не отказываетесь от данного факта,— по ее губам скользнула мимолетная улыбка.— Тогда с радостью сообщаю вам, что суд рассмотрел заявление гражданки Талиан и, на основании Семейного Кодекса Империи Хинлау, постановил: официально зарегистрировать брачный союз между гражданкой Селиной Талиан и гражданином Зором Летовым, согласно статье «Защита чести и достоинства женщины», номер двести один, пункт восемь. Поздравляю вас, господин Лстов. Желаю счастья в семейной жизни.

Договорив, судья отключилась.

Рядом откровенно ржал Воронов, потеряв всю свою обычную невозмутимость. Судя по ощущениям лицевых нервов, у меня на физиономии застыла кривая улыбка, как предвестник истерического смеха.

Я набрал номер Селины. Она еще спала в свой выходной, но мне было все равно.

— Зайка, я сейчас на орбите Тисета воюю с магами,— я старался, чтобы в голосе звучал металл, но получалось у меня не очень.— Слушай внимательно, моя ненаглядная... чтобы к обеду был готов борщ постоличному, блинчики с акульей печенкой по-олерски и картофельные пирожки по-белсорски. Если не успеешь, я тебе ушки надеру. Поняла меня, моя любимая женушка?

Своим слабеньким магическим чутьем я все же прекрасно почувствовал ее довольную улыбку, несмотря на разделявшее нас расстояние.

— Слушаю и повинуюсь, мой господин,— с нежностью в голосе ответила Селина и повесила трубку.

Часть вторая
Дикая охота

Я — Страж Порядка, я — пуля, летящая в цель, и от меня не уйти. Меня можно остановить силой, но, вылетев из ствола, я не остановлюсь и не сверну с выбранного пути, пока не достигну Цели или пока Смерть не остановит мой полет...

Медитативная установка
Стражей Порядка

Пролог

И снова здравствуй, мой драгоценный налогоплательщик! Рад, что ты читаешь эти строчки, разорившись на покупку очередного выпуска журнала «Имперский Страж», но мысли мои омрачены новым следствием, так как лучше бы оно никогда и не начиналось. Пишет для тебя твой любимый или не очень лейтенант Зор Летов — следователь Управления по... ну, да ты помнишь, Убойный отдел, короче. Пишу прямо на борту круизного лайнера-левитатора «Императрица Миона», в данный момент медленно проплывающего в атмосфере планеты Дайсган, на которой находится наше имперское поселение-аванпост Дайс.

Чтобы все стало ясно, и ты не задавался вопросом, как я там очутился, я сразу же поспешу на него ответить: это было наше с Селиной свадебное путешествие! Спасибо начальнику родного Управления — без возражений отправил меня в отпуск налаживать семейные отношения.

Так вот, началась моя новая история, когда мы, счастливые и довольные, в очередной раз чокнулись бокалами, отмечая успешную сдачу летней сессии моей ушастенькой зайки. Вместе с нами на лайнере путешествовала Нейла, старшая сестра Селины, и ее молодой человек (в смысле, эльф) по имени Кай'Ан. У меня родственников никогда не было, так что со своей стороны я никого и не позвал. Веселье протекало мирно и чинно в ресторане на верхней палубе, открытой всем ветрам. Благодаря специальному защитному полю, эти ветры всегда дули теплые и какие-то аккуратные, словно из их рабочих характеристик пропали понятия «шквалистый» и «порывистый», оставив после себя лишь горстку букв в моем словарном запасе. В общем, сидели хорошо, веселились культурно и никому не мешали.

— Прошу прощения, я отлучусь,— предупредил Кай, вставая из-за стола.

— Может, составишь ему компанию? — предложила мне Нейла, пока жених не успел уйти.

— Сам дорогу до туалета найдет,— отмахнулся я, не желая давать девочкам возможность посекретничать.— Как-нибудь потом нам кости перемоете.

Высоко в небе светило солнышко, теплый ветерок колыхал волосы моей новоиспеченной жены, девчонки о чем-то щебетали, а я тихо-мирно радовался отпуску, откинувшись на диванчике и получая удовольствие от жизни. Ничто не предвещало беды, но вдруг моя тренированная интуиция заставила меня насторожиться: надвигалось что-то ужасное. От моей довольной улыбки не осталось и следа. Я подскочил от нехорошего предчувствия. Селина заметила, как я изменился в лице, и тревожно схватила меня за руку.

— Зор?! — В ее голосе звучало неподдельное беспокойство.

— Пока не знаю,— коротко бросил я и поспешил на капитанский мостик, чуть ли не сбивая прохожих.

— Следователь Стражи лейтенант Летов! — выпалил я вахтенному, предъявляя голографическое удостоверение.— Что у вас случилось?!

— Да ничего вроде,— пробормотал он.— А должно было?

Как вскоре выяснилось, произошло следующее: пропал Кай'Ан, а в мужском туалете нашли четыре трупа...

Глава 1

Вылетая из ствола...

К сожалению, экипаж левитатора довольно безразлично отнесся к моему беспокойству. В результате мы слишком поздно обнаружили тела убитых, чтобы вернуть их к жизни: их души успели покинуть наш мир, уйдя на *ту* сторону. В голове мелькнула версия похищения, но я тут же ее отмел, по той самой причине, о которой упоминал в своей первой истории: все равно найдем и в переговоры никогда не вступим.

В туалете пахло свежей кровью, которой было залито буквально все помещение: стены, пол и даже потолок. Запах стоял такой сильный, что мой тренированный желудок просился вывернуться наружу вместе со всем содержимым. Зрелище оказалось не для слабонервных хлюпиков, словно мы находились не на круизном лайнере, а на самой настоящей скотобойне. Стараясь не поскользнуться на окровавленном полу, я прошел внутрь, оставив капитана «Императрицы» караулить вход от случайных посетителей. Его широченные гномьи плечи прекрасно закрывали проход. Орки уже не смогли бы сбежать от дачи показаний, но вот остальным пассажирам незачем было видеть такие развернутые анатомические атласы.

Чтобы определить причину смерти, не нужно было быть магом Ордена Ланы или работать криминалистом в Страже Порядка. Проломленный череп, раздробленные суставы, разорванные вены и артерии, а также три вырванных сердца обобщались одним канцелярским выражением — травмы, несовместимые с жизнью. Только вот травмами их мог назвать лишь неопытный курсант, так как это были самые натуральные ранения.

— Сколько же их было? — задумчиво спросил сам себя капитан лайнера.— Так покалечить четырех здоровенных орков мог только боевой маг Гильдии или боевик из ОМОНа.

Тоже мне, первооткрыватель истины...

Присев на корточки рядом с ближайшим трупом, я положил ладонь на шею и настроился, инстинктивно морщась от сильного запаха алкоголя и орочьих испражнений. Смерть произошла практически только что, и я надеялся увидеть хоть какую-то картинку, а не элементарные остатки эмоций. Главное, не воспринимать чужие чувства как свои, чтобы умом не тронуться, как это иногда бывает с дознавателями. Картинки сохранились, не очень подробные и точные, но их вполне хватило...

...Очень хотелось в туалет. Пьяный мозг требовал поскорее облегчиться, но остатки благоразумия, сопротивляющегося неадекватному состоянию, настойчиво твердили о соблюдении норм приличия. Вот показалась дверь туалета, удар — и она, помятая, влетела вовнутрь. Сзади раздалось ржание пьяных товарищей, топающих следом. На пути к писсуару попался маленький ушастик. Рука сама потянулась к нему — и случайная помеха отлетела в сторону. Некрасиво, стыдно, но ничего, переживет, малек... Еще чуть-чуть — и тело испытает кайф... Уши уловили звуки какой-то возни за спиной.

Тут картинка быстро сменилась, и последнее, что успели увидеть глаза,— это озлобленный взгляд Кай'Ана, стремительным ударом худенькой ручонки пробившего грудину и вырвавшего огромное сердце...

Два других трупа показали схожие воспоминания с небольшими вариациями. Мозг четвертого был поврежден, так что до него очередь не дошла.

Закончив неприятную процедуру, я с облегчением выбрался на свежий воздух. Глаза слезились от едких испарений, впору было пошутить про выгорающие глаза, если бы не серьезность произошедшего. Мне на глаза попался какой-то незнакомый маг. Судя по нашивкам и шеврону, это прибыл сам архимаг Таун, комендант Дайса. Мы с ним заперлись в капитанском кабинсте для приватного разговора.

В отличие от многих своих коллег по Гильдии, Таун говорил мало. Его смуглое лицо напоминало шоколадную маску без примеси каких-нибудь эмоций. Как и большинство адептов, архимаг носил униформу постояшно. На каждом плече красовались опознавательные шевроны. Первый представлял собой знак Гильдии Магов — красная пентаграмма с жирным нижним углом V. На втором была нанесена символика Ордена Рео'Ора Учтивого — на желтом фоне два человеческих силуэта, мужчина и женщина, нарисованные один на другом и вписанные в обычную пентаграмму с направленным вверх углом. Если бы не знаки отличия, я бы не смог различить коменданта среди его коллег. Такой же высокий, физически крепкий, только выглядел чуть-чуть старше, чем это принято у магов,— лет на тридцать пять, наверное.

— Вам обеспечить связь с Управлением? — предложил архимаг.

— Зачем? Вы комендант. Так что я должен отчитаться перед вами.

Брови Тауна медленно поползли на лоб, выдавая его удивление.

— Все просто,— я не стал томить его и тянуть время, которое и так неумолимо ускользало.— Преступление уже раскрыто. Да, вы наверняка подумали, что раз оно произошло на борту «Императрицы Мионы», то вы не несете никакой ответственности, но это не совсем так. Убийца сбежал с лайнера: это показали камеры видеозаписи, зафиксировавшие, как он прыгнул за борт.

— Он разве маг? — Лицо архимага на мгновение поморщилось.— Левитатор на высоте лиги над землей. Достаточно просто поискать труп. Мне сообщили, что он простой художник...

— ...убивший четырех здоровенных орков,— я непринужденно подхватил его фразу, как если бы он сам собирался все это сказать.— К тому же служащих в армии. А один из них, оказывается, еще и инструктор по рукопашному бою. Теперь убийца бегает по всей планете, но именно вашим людям придется его найти. Насколько я помню, Гильдия Магов выполняет функции службы внешней безопасности для имперских граждан в обмен на невмешательство в вашу колониальную политику. Сомневаюсь, что преступник погиб при падении...

После этих слов ему окончательно все стало ясно: не получится спихнуть дело на молодого следователя, так удачно оказавшегося на борту левитатора. Только я и сам не собирался прикрываться своим отпуском, потому что дело касалось практически моего родственника: у Нейлы и Кая все шло к свадьбе...

Тяжело разговаривать с эльфийками, особенно в том состоянии, в котором находилась Нейла. Эмоции буквально хлестали во все стороны, оповещая весь мир о ее душевных страданиях. Но я уже привык, работа такая... Я пытался добиться от нее хоть каких-нибудь полезных подсказок и надеялся на ее память. Вдруг девушка сможет вспомнить что-нибудь важное из цепочки недавних событий? Мне пришлось рассказать ей, что произошло в туалете, но я умолчал о всплеске ярости ее жениха и о том, как именно были убиты орки.

— Нейла, вспомни, пожалуйста, не наблюдала ли ты в последнее время у Кая вспышки ярости, беспричинную злость?

Всхлипнув, девушка покачала головой и снова разревелась. Мне пришлось прекратить разговор.

За дверями капитанской каюты меня уже ждала Селина. Ее чувства напоминали тот же океан эмоций, который бушевал в душе ее сестры, но внешне она вела себя очень сдержанно.

— Зор, что будет?

— С Каем? Его будут искать. И, скорее всего, убьют при задержании, если он не согласится сдаться,— честно ответил я и обнял Селину за плечи.— Ты хочешь меня о чем-то попросить?

— Я не знаю, что он натворил, но нам с Нейлой было бы спокойнее,— она помолчала, нервно кусая губки,— если бы его нашел ты.

Чего-то такого я и ожидал. Но я и сам хотел заняться его поисками. Если у тебя вообще нет родственников, ты как-то иначе относишься к их появлению и дорожишь ими в большей степени. Для меня это становилось делом чести. К тому же мое участие могло спасти ему жизнь и помочь установить истину. Шанс был призрачный, так как Кай'Ан нарушил святое правило — бросил граждан Империи умирать. Ему бы срочно вызвать лекаря, и тогда все могло бы обойтись. Да, пожурили бы, поставили на учет, но он был бы жив и свободен, а теперь на него можно объявлять охоту без всякого суда и следствия.

— Я займусь его поисками,— в ответ Селина прижалась ко мне и шмыгнула носиком.

— Зор, я очень боюсь за вас обоих,— тихо проговорила она, и по ее изменившемуся голосу стало ясно, что она заплакала.

— Не бойся, Летова,— руки сами обняли ее еще крепче.— Главное в этой жизни — благополучно выбраться из туннеля на свет во время собственных родов, а остальное само собой как-нибудь сложится.

Эмоциональный фон Селины тут же изменился, и она буквально захрюкала, еле сдерживая смех.

* * *

Поселение Дайс на самом деле оказалось небольшой крепостью, а не городом, как говорилось в рекламном проспекте: аванпост пока еще медленно разрастался. Заправлял здесь Орден Рео'Ора Учтивого под присмотром наблюдателя из ИСБ. Планета считалась тихой и спокойной. Форт построили с официального разрешения местных жителей. Можно было, конечно, отгрохать мегаполис под носом у аборигенов, но ленивым дипломатам Учтивого показалось куда как проще дать им ящик искусственных алмазов и попросить не приближаться на расстояние выстрела из рельсотрона — до горизонта.

Географические координаты всех колоний выбирают таким образом, чтобы обеспечить одинаковый часовой пояс со столицей. Все планеты, выбираемые для заселения, имеют точно такие же параметры, что и Хинлауган: вес, размер, период обращения вокруг светила и расстояние до него, количество спутников, двадцать четыре часа в сутках и так далее. Такие планеты называются сопряженными, между ними существуют природные туннели, по которым и обнаруживают родственные миры, когда магам Гильдии надо найти новую планету для колонии. Так как миров много, сейчас стало нормой называть любые спутники лунами, а звезды солнцами.

Поэтому в Дайсс и в Хинлау было семь часов утра, когда я связался с шефом. Тот старательно обложил меня на древнеорочьем, после чего внимательно выслушал мой доклад. Он только уточнил, почему я желаю подработать оперативником, и пообещал выслать посылку с необходимым оборудованием из моего списка. В общем, инициатива нашла полное понимание у гранд-капитана Шерха, а моя личная заинтересованность в этом расследовании не смогла послужить поводом для отвода, так как дело происходило на чужой территории и я работал по приглашению.

Пока я ждал посылку из родной управы, я не терял времени и изучал информацию о Дайсгане и особенно о той стране, над которой выпрыгнул Кай'Ан. Самое интересное, что на этой планете жили только люди, разделенные на различные этнические группы, которые объединялись в независимые страны. Понятое дело, при таком положении дел воевали здесь часто и держать в руках оружие умели. Помимо прочего, аборигены не владели магией, считая ее вымыслом и сказкой. Имперских магов они воспринимали как величайших ученых инопланетной расы, прилетевших на межзвездном корабле с исследовательской экспедицией.

Меня крайне удивила информация о развитом на Дайсгане рабовладельческом строе. Это казалось странным, так как еще в школе нас учили, что рабство категорически невозможно при высоком уровне социального развития и неэффективно, когда требуется труд профессиональных рабочих, квалифицированных инженеров и опытных магов. А планета шла по техническому пути развития, и местные жители делали большие успехи в этом направлении, чему способствовали частые войны, служившие двигателем прогресса. Думаю, именно поэтому наши маги построили здесь аванпост, заинтересовавшись результатами научных исследований. Зачем тратить собственные средства и время, если можно заняться промышленным шпионажем?

Не хочу наговаривать на всех адептов Ордена Рео'Ора Учтивого, но, когда я читал вышеупомянутые строчки про Дайсган, сидя на гранитной плите транспортного артефакта-переместителя в ожидании посылки, из-за угла административного здания буквально выплыли две пьянющие магички. Растрепанные волосы, неопрятная одежда, пьяная походка... Знали бы аборигены, как наши «научные сотрудники» самозабвенно исследуют ассортимент их алкогольной продукции, они бы очень расстроились. Зрелище было забавное, несмотря на всю его недопустимость на полувоенном объекте. С другой стороны, это внутренние дела Ордена Рео'Ора Учтивого, и я не стану обсуждать их устав, а просто ограничусь упоминанием об этом случае. Посмотрев вслед пошатывающейся парочке, я решил глянуть и на других адептов Ордена. Как раз на тренировочной площадке неподалеку стояли навытяжку курсанты, прибывшие на летнюю практику. Перед ними вышагивал инструктор и что-то им втолковывал.

Встав с переместителя, я пошел в сторону площадки, чтобы послушать и разглядеть их поближе. Хоть и с трудом, но я рассмотрел на их форме нашивки седьмого курса.

— Господа курсанты! — Голос магистра усиливала магия, но она же и оставляла его в пределах тренировочной площадки, отчего я и не слышал его раньше.— Я понимаю, что вы считаете себя уже опытными, сильными, грамотными и так далее. Соглашусь с вами, но не могу не сказать о своем понимании ситуации. Мой куратор учил нас никому не доверять, кроме себя самого. Получили готовое заклятие или оружие — проверьте его перед использованием. Но время шло, и я понял, что к своей работе стоит относиться с осторожностью: все, что вы делаете, вы должны перепроверять по сто раз. Вам понятно?

Им было понятно, и мне, в принципе, тоже, но не это меня удивило. Больше всего я поразился тому, как вежливо разговаривал магистр с курсантами. Я же привык слышать совсем другие слова, когда учился в Ордене Магерта Осмотрительного.

Дальше я направился к строящемуся зданию, видневшемуся в стороне от тренировочной площадки. Судя по голографическому контуру, святящемуся на месте будущей постройки, здесь быстро вырастала жилая многоэтажка. На строительстве были заняты несколько джиннов, выглядевших словно пластилиновые человечки. Без глаз, рта, волос и других необходимых нормальному человеку органов. Подойдя к ним поближе, я услышал, как они общаются в ментальном диапазоне, транслируя из вежливости свои разговоры и мне. Однажды мне довелось наблюдать, как работают джинны конструкции Ордена Тагеда Остроумного. Столько матерных слов на древнеорочьем я до сих пор нигде не слышал... Местные рабочие сохраняли искусственную вежливость и учтивость своих хозяев.

Со стороны переместителя пришел сигнал об открытии перехода между мирами и прибытии пассажиров или груза. Вскоре я уловил телепатический импульс моей посылки и поспешил забрать присланное имущество, необходимое для поимки беглеца. Однако я понимал, что все поиски могли закончиться банально просто: сбежавший эльф разбился насмерть, и мы найдем изуродованный труп, растерзанный вездесущими падальщиками. Но мое чутье подсказывало, что он все еще жив и, возможно, очень напуган всем произошедшим: не производил жених Нейлы впечатления матерого убийцы...

На плите переместителя лежал небольшой чемодан с символикой Стражи Порядка. Я схватился за ручку, но не смог оторвать его от земли — гравитация крепко удерживала его в своих цепких лапах. Чемодан пропиликал какую-то мелодию, и телепатический голос произнес:

— Адресат опознан.

Удерживающая посылку гравитация исчезла, а я повалился на спину, так как продолжал тянуть ручку на себя. Старая шутка, а купился как наивный курсант...

Переодеваться пришлось прямо тут, на площади перед штабом Ордена. Боевые наручи, артефакт «следовик», настроенный на ауру Кай'Ана, «видеооко», автоматический пистолет «Оксид» с восемью обоймами, кожаные штаны и куртка, ножны и короткий меч.

Когда я вошел в приемную архимага Тауна, меня встретил удивленный взгляд его адъютанта.

— Проходите,— пробормотала явно шокированная девушка.

В кабинете меня уже ждали. Хозяин сидел за небольшим столом и беззаботно покачивался на офисном стуле вперед-назад. За ним на подоконнике сидела инспектор ИСБ. У обоих были скучающие лица, но стоило мне войти, как их физиономии вытянулись от удивления.

— Лейтенант,— голос инспектора оказался очень приятным.— Вы зачем так вооружились? Собираетесь захватить власть на планете? Мы не позволим, так как она по факту принадлежит нам двоим.

В ее словах сквозила неприкрытая ирония, и я понял, почему так удивилась адъютант в приемной,— инспектор намекала на боевые артефакты-наручи, почуяв их под курткой, но я не собирался с ними расставаться, так как мне хватило того, что видели орки перед смертью, чтобы оценить бойцовские возможности Кай'Ана.

— В любом случае я обязан выделить вам сопровождающего, который не только знаком с местными законами, нормами этикета и правилами поведения, но и сможет обеспечить вашу безопасность. А вы снимите, пожалуйста, меч и пистолет, так как у аборигенов не принято открыто носить оружие. К тому же на владение им требуется специальная лицензия, а мы стараемся мирно договариваться с аборигенами и не диктовать им свои условия, как это делают некоторые наши партнеры по Гильдии.

Я понимающе кивнул и отстегнул ножны от куртки. Не придумав ничего лучше, я оставил меч в углу кабинета, положив туда же кобуру.

— Простите, но больше негде,— развел я руками.— Кто будет моим сопровождающим?

Стоило мне спросить об этом, как в дверь постучали, и вошли две магички (эльф и человек), те самые, которые недавно шатались пьяные на площади перед штабом. Только теперь они были трезвые, свежие и опрятные. И пахло от них гораздо приятнее, чем полчаса назад.

Девушки поздоровались и представились. Первую звали Тая'Ли, вторую — Тергана Кираун. Молодые воспитанницы Ордена полностью оправдывали его название, ведя себя в соответствии с прозвищем гранд-мага-основателя. В общем, они умели производить приятное впечатление и казались какими-то утонченными, изящными и внимательными. Хорошо маскировались...

— Девушки только в этом году выпустились, сменили курсантские нашивки на дипломы Мечей Ночи,— счел нужным сообщить архимаг.— До этого они проходили практику на Дайсгане и прекрасно знакомы с местными правилами и жизненным укладом аборигенов. Надо сказать, он не сильно отличается от имперского, так что вы легко освоитесь.

Девушки внимательно осмотрели меня с ног до головы, и Тергана спросила:

— Где находится район поисков?

— Королевство Карон,— ответил комендант.

— Лейтенант,— магичка притворно засмущалась, но карие глаза иронично заблестели.— Мне нравится ваш стиль одежды, но советую переодеть штаны, там сейчас очень жарко — сопреете...

Мой наряд охотника за нечистью пришлось срочно сменить на облегченную местную одежду, только ботинки остались. Я решил не рисковать и прислушаться к совету опытных людей. Итак, мы отправлялись на поиски, будучи на полулегальном положении, и путешествовать предстояло на мотоциклах, потому что левитатор постоянно тревожил бы местные системы ПВО, раскинутые широкой сетью по всей планете, а, как мне объяснили, Ордену не хотелось нарушать договоренности с местными военными. Также я узнал, что гарнизон форта с завидной регулярностью ходил в увольнение на этой технике. До этого додумался кто-то из практикантов несколько лет назад, и теперь маги телепортировались на «маяки» в безлюдных местах и спокойно доезжали до какого-нибудь города, в котором собирались загулять. Во время передвижения общение предполагалось вести через гарнитуры по телепатическому протоколу связи. Очень удобно и надежно, особенно учитывая успехи аборигенов в радиоперехвате и дешифровке. Девушки, в отличие от меня, оделись основательно и напоказ. Обтягивающая женская униформа боевых магов не скрывала их идеальные фигуры, которые прикрывали сверху длинные черные плащи-ветровки с красной подкладкой. Ветер свободно развевал их полы, словно демонстрируя стройные ноги магичек. Очень красиво и эффектно, но слишком заметно и нецелесообразно. Такие красавицы выделяются в любой толпе, а уж военная форма тем более не даст ошибиться в их профессии. С другой стороны, аборигены могут и не знать, как выглядит униформа «научного сотрудника».

— А как местные реагируют на такие наряды? — полюбопытствовал я.

— Пытаются познакомиться,— дежурно улыбнулась Тергана.— Но мы не очень ими интересуемся, так что привыкли уже к приставаниям.

— А что, если у нас попросят документы?

— Покажем фальшивые или соврем что-нибудь,— мило улыбнулась стеснительная эльфийка.— Или убежим. Не впервой.

И это мои сопровождающие?!

Перекинув ногу через мотоцикл, я наконец-то уселся на него. Мощная имперская «Бритва» будила новые чувства. Мне еще не доводилось кататься на таком «низколете». Электродвигатель хищно рыкнул на холостых оборотах во время «предполетного» теста, и я почувствовал себя маленьким ребенком, дорвавшимся до долгожданной игрушки. Мотоцикл выглядел грозно. Язык не повернулся бы назвать его гражданской моделью, так как широченные колеса и прочная подвеска позволяли чуть ли не козликом прыгать по горам и обеспечивали отличное сцепление с поверхностью. Он заметно превосходил в размерах своих городских собратьев. Это было второй раз в жизни, когда я влюбился...

Девушки подъехали ко мне с обеих сторон и ждали отмашки, чтобы телепортироваться вместе со мной на «маяк» в Кароне.

— А может, стоит запросить у королевства Карон официальное разрешение на проведение следственно-розыскных мероприятий? — в последний момент спросил я коменданта, так как во мне сидел истинный служитель Закона, которому казалось диким что-либо нарушать.

— Летов, вот эти две прекрасные лапушки,— архимаг лениво указал на моих сопровождающих,— и есть ваше разрешение, выданное мной. Они уладят любые проблемы. Удачи вам в поисках!

Лапушки поймали мой обеспокоенный взгляд и очень мило улыбнулись, от чего мое беспокойство только усилилось...

* * *

Срез памяти.

Первое, что он увидел, когда пришел в себя,— это четыре трупа, лежавшие на полу в туалете. Руки оказались по локоть в крови. Впрочем, кровь обнаружилась повсюду. Первой мыслью, которую внушают всем гражданам с раннего детства, было вызвать лекарей, но тут страх затопил разум, мешая принимать правильные решения. Заработали какие-то новые рефлексы, и ноги сами понесли его наружу.

Весь в крови, Кай'Ан опасался попасться кому-нибудь на глаза, но больше всего он боялся, что его увидит любимая Нейла. И снова дикий страх завладел разумом. Перемахнуть через перила оказалось несложно, даже силовое поле не смогло его удержать и беспомощно пропустило тело, словно обволакивающая ныряльщика вода.

Он снова пришёл в себя, уже падая к земле. Кай'Ан внутренне сжался, готовясь к удару, но тут что-то произошло, скорость падения резко замедлилась, и ноги мягко ступили на землю Дайсгана. Держаться на ногах не было сил, и он рухнул на колени. Слезы беспомощности сами потекли из глаз, и впервые в жизни он зарыдал. В груди стоял тяжелый ком, не дающий вдохнуть полной грудью. «Вот ты и дописался, художник,— было первое, что он подумал, когда вспомнил кровавую картину в мужском туалете.— Бедная Нейла... А что было бы, если бы Зор пошел со мной?!»

Слезы продолжали течь ручьем, эмоции бушевали как штормовой океан, а выхода из сложившегося положения не было. Вдруг поток слез прекратился — вместе со спасительной идеей, пришедшей ему на ум: сдаться имперским магам и ждать справедливого наказания от Стражи. Словно в отместку за такие мысли, голову пронзила дикая боль. Эльф заорал во все горло и повалился на землю.

«Нет! Не сдаваться! Убить себя!»

Новая волна боли погасила предыдущую, оказавшись еще злее и жестче. Измочаленный Кай'Ан лежал на земле, у него больше не было сил плакать. Жить хотелось все сильнее, так как с каждой «неправильной» мыслью его мозг пронзала безумная боль. Если мысль была поверхностной, то вместо боли его одолевало жуткое беспокойство.

«Бежать! — Это решение принесло ему ощущение спокойствия и удовлетворения.— Спрятаться, затаиться, набраться сил!»

Эльф понимал, что с ним творится что-то неладное, но боялся возвращения безумной боли, диктующей свои условия.

Кай'Ан наконец-то осмотрелся: на горизонте за посевными полями виднелись какие-то невысокие постройки. Чувство голода резануло живот. Нужно было срочно найти еду... сознание захлестнуло ощущение покоя и удовлетворения...

Глава 2

Преследуя Цель...

На душе было неприятно. Чувство обиды на магов Рео'Ора не покидало меня с того самого момента, как мы отправились в путь. Они вели себя приторно вежливо и старательно изображали отзывчивость, но за маской учтивости пряталось настоящее безразличие. Приятные сопровождающие даже не скрывали свое равнодушие. Я чувствовал, что они мысленно общаются между собой на отвлеченные темы и чуть ли не рассказывают друг другу анекдоты. Скорее всего, так оно и было, я ощущал идущее от них веселье.

Колеса монотонно наматывали лиги местной дороги. «Следовик» указывал направление, и мы гнали на полной скорости. К сожалению, артефакт не смог дать нам четких указаний с точностью до сажени. Странным образом его разрешающая способность позволяла выделить область диаметром в сто саженей, словно Кай пытался скрыться за магической маскировкой. Найти беглеца в городе стало бы сложнее, поэтому мы торопились догнать его поскорее, пока он не добрался до какого-нибудь многолюдного места.

— Девушки, почему в форте Дайс так много женщин? — спросил я, чтобы хоть как-то завязать разговор.

— Комендант бабник, — отчеканили они дуэтом.

Ничего себе!

— Не думал, что все так просто.

Девушки не ответили, а у меня пропала охота продолжать попытку развить беседу, чувствуя их нежелание общаться. Оставив их в покое, я приступил к анализу ситуации, чего еще не успел сделать, хотя это было на меня не похоже...

Итак, что мы имеем? Художник Кай непонятным образом оказался сильнее четырех военных... красивых, здоровенных... Жаль мужиков... Второй вопрос: почему он сбежал? А не потому ли, что не хотел раскрывать источник своей силы? Хм... сомнительно. Если разобраться, он мог быть просто вооружен каким-нибудь боевым артефактом. Мало, что ли, их штампуют по лицензии или пиратским способом? Даже если предположить, что он оказался вооружен запрещенным артефактом, то что ему грозит по Уголовному Кодексу? Штраф в размере двадцати заработных плат... Не настолько страшно, чтобы разменивать смешную по сути статью на убийство. Откуда же могли взяться такие способности? Я вспомнил, как Селина посмеиваясь рассказывала, что Кай записался на рукопашный бой. И была права в своем сарказме, так как эльфу-легковесу логичнее пойти на фехтование. И сколько он тренировок отходил? Две или три — не больше. Мегабойцом явно не станешь. В каких еще случаях можно стать чудо-рукопашником незаметно для своих близких? Стоп! А почему он вообще сорвался на них?! Ну оттолкнули его от писсуара... неприятно, но не головой же в унитаз воткнули на глазах у любимой. Какие причины могли этому послужить? А если это вообще был не Кай'Ан?! Внезапная мысль налетела как ураган. Вдруг это умелый оборотень? Почему бы и нет? Какой-нибудь маг-мститель из остатков секты «Щит

Мага», разгромленной на луне! Скажем, он пытался сбежать от правосудия в параллельную Вселенную и заодно поквитаться со следователем Летовым... Так себе версия... Слишком много возомнил о себе «мусор» Летов и слишком мало натворил, чтобы кто-нибудь захотел ему отомстить. Но мысль насчет оборотня мне понравилась. Это объясняло действия художника, но ставило новый вопрос: почему Нейла ничего не заметила за все время круиза?

Мы приближались к первому на нашем пути населенному пункту. Здесь я с радостью сделаю небольшое отступление и расскажу тебе, имперский налогоплательщик, об особенностях Дайсгана, а конкретнее, о сельской местности королевства Карон. Оказывается, не везде можно соблюдать правила дорожного движения, как у нас на Хинлаугане. Вместо барьерных силовых полей здесь используют обычные устаревшие светофоры, которые даже не защищают пешеходов от гонщиков! Если у нас какой-нибудь водитель решит проскочить на красный свет силового поля, то его просто размажет по барьеру. Такое же поле не пускает пешехода и не дает ему попасть под колеса. Конечно же, и у нас дома не везде стоят такие системы с силовыми барьерами, но водитель все равно боится потерять свой автомобиль, когда видит красную световую преграду, и на всякий случай соблюдает правила. В общем, мы проскочили деревню на скорости сто пятьдесят лиг в час. Кого-то даже отшвырнуло в сторону воздушным потоком... «Бритвы» оказались суровым транспортом, но, к счастью, мы никого не зацепили. Рассказать о деревушке мне нечего, так как разглядеть что-нибудь в сплошном потоке мелькающих домов оказалось не в моих силах.

— Хейя! — выкрикнула довольная Тергана.— Давайте еще раз проедем! Видели, как разлетелись товары у стоявших на обочине старушек?!

Старушек я не заметил, мне даже слово это было не знакомо. Посмотрев на световой экран табельного кольца, показывающего данные со «Следовика», я прибавил скорость и приказал:

— Только вперед!

* * *

Подъезжая к расположившемуся у нас на пути городку, я ощутил тяжелое душевное состояние его жителей. Гнетущие эмоции разносились на всю округу, извещая всех, кто способен чувствовать, о произошедшей беде. Судя по отметке «Следовика», здесь прошел наш беглец... Эмпатическое давление было столь сильным, что я уже не обращал внимания на такие детали окружающей обстановки, как фасады домов, дороги, рекламу, транспорт и так далее.

Я механически двигался к цели — двухэтажному зданию, на вывеске которого были нарисованы скрещенные нож и вилка на фоне тарелки. Именно отсюда исходили эманации смерти, распространяясь по округе. На самом деле это оказался большой ресторан. Около входа толпились жители и о чем-то тихо переговаривались. Припарковав неподалеку наши мотоциклы, мы пошли к толпе. На шее у меня висел универсальный нейролингвистический артефакт-переводчик в виде медальона, позволяющий общаться практически со всеми существами во Вселенной. Приближаясь к судачившим людям, я все отчетливее слышал перевод и старательно вслушивался в слова.

«Всех, кто был там... Да, и детей малых... Нет, только стариков... Кровищи! По самое колено... Брехня! По щиколотку... Молчи, дурак... Откуда он пришел? Видели его уши? Точно инопланетник... Сам ты инопланетник, с луны рухнувший... Надо стражников звать... Да вызвали. Едут...»

Услышав про местную стражу, я решил поторопиться. К тому же Кай'Ан, скорее всего, давно уж пылил по дороге, удаляясь от места преступления. «Следовик» начал барахлить и теперь указывал более широкий район предполагаемого местонахождения беглеца. Для меня в этом не было ничего хорошего.

Вдохнув поглубже, я пошел раздвигать толпу, чтобы пробраться внутрь. Девушки-магички сообразили, чего я хочу, и помогли пройти без помех, обеспечив коридор с помощью направленного ментального давления, заставившего зевак немного расступиться. Новая «картина» художника Кай'Ана оказалась куда кровавее, чем предыдущая.

Мертвые тела лежали на полу в неестественных позах, словно куклы, разбросанные по всему этажу. Мебель при этом не пострадала, как будто эльф филигранно уничтожал посетителей, скользя между столами. Как бы мне ни было неприятно повторять недавнюю процедуру, я был просто обязан посмотреть ощущения и образы, сохранившиеся в памяти хотя бы у кого-нибудь из погибших. В глубине души я надеялся, что прошло уже достаточно много времени, и у меня ничего не выйдет. Так и оказалось... Мне оставалось только внимательно осмотреть трупы и все зафиксировать на камеру, которую я по привычке запустил над собой, когда вошел в здание. На всех телах были видны различные повреждения, но они оказались нанесены исключительно руками. На некоторых телах я обнаружил глубокие раны от когтей. Это было неудивительно, если учесть способности мага-оборотня к преображению.

— Девушки,— начал я и закашлялся — в горле пересохло.— Кто из магов любит убивать голыми руками?

Магички отвлеклись от очень «важного» занятия — перестали фотографироваться с оружием в руках на фоне трупов, словно это они устроили побоище.

— Простите, лейтенант,— притворно засмущалась Тергана.— Мы увлеклись... Я не знаю таких магических школ. Обычно маг использует личный артефакт, чтобы поразить врага «душегубом» и впитать его *темную* энергию. А кушать руками... если только маг потеряет свое оружие, и ему придется насыщаться без ножа и вилки.

У меня волосы встали дыбом от такого сравнения! Вот тебе и *Учтивые*...

А ведь действительно, ни один труп не сохранил следов души, отошедшей на *ту* сторону. Так бывает, когда ее поражают «душегубом» и банально *съедают*.

— Смотрите! — воскликнула эльфийка Тая'Ли и полезла под стол.— Кто-то живой!

Из-под стола, за которым сидели двое покойников, судя по виду, муж и жена, Тая осторожно достала маленькую напуганную девочку лет пяти. Ребенок дрожал и боялся открыть глаза. Со стороны могло показаться, что эльфийка прижимала к себе любимую куклу, потерянную давно в детстве и найденную только сейчас. Она с такой нежностью обнимала ребенка, словно это была ее собственная дочь. Тая гладила девочку по голове, посылая ладонью успокаивающие ментальные импульсы.

— Она многое могла увидеть,— холодно предположила Тергана.

— Я не читаю память живых,— запротестовал я.— Да и не выдержу напора таких эмоций, я же не дознаватель.

— Это не проблема...— задумалась магичка.— Ее потом можно будет оживить.

Тая'Ли буквально вспыхнула ярким всплеском негодования и еще крепче прижала ребенка к себе.

— Что ты с ней хочешь сделать? — Холодный тон суровой Терганы сменился на ядовито-снисходительный.

— Отдам на воспитание в Орден,— Тая снова успокоилась.— Вдруг у нее есть способности?

— У малышки могли остаться родственники,— напомнил я ей.— Может, они захотят взять над ней опеку или даже удочерить ее. В Ордене у нее не будет ни родителей, ни родственников. Кто станет ее навещать?

— Надо уходить — едут стражи,— предупредила Тергана. — Или мне их заморочить?

— Здесь нечего делать. Живых свидетелей, кроме ребенка, нет, а убийца все дальше. Тая'Ли, у вас есть минута, чтобы принять решение: оставить малышку здесь или отправить ее на «маяк» в форт. Мы ждем вас снаружи.

Я уже хотел выйти, как вовремя заметил на столе очень знакомый перстень...

***

Срез памяти.

Внутренние ощущения подсказывали ему, что сейчас пять часов дня. Время шло к обеду или к раннему ужину. У кого как заведено... Кай'Ан торопливо шагал по центральной улице деревни. Сознание автоматически подмечало все детали. Блоки двух- четырехэтажных домов были разукрашены картинами. Глаз художника не мог не обратить на это внимания. Эльф вымученно улыбнулся, увидев картину, на которой счастливые парень с девушкой держались за руки, связанные широкой лентой. Свадебная символичность ленты была понятна без перевода. Кай устало закрыл глаза и вспомнил Нейлу... Но голод тут же погнал его дальше.

Над дверями двухэтажки висела недвусмысленная вывеска, призывающая отобедать. Художник побрел туда, даже не задумываясь, как будет общаться с аборигенами, не зная их языка, и чем оплатит счет.

Аккуратные столики с белыми скатертями, улыбчивые официантки, довольные посетители... От всего этого не осталось и следа, стоило Кай'Ану войти в зал. Ну что такого в уставшем путешественнике, забредшем перекусить? Эльф был забрызган кровью... Всю его одежду, руки и лицо покрывали темные засохшие капли. Не обращая внимания на застывших от удивления людей, он присел за ближайший свободный столик.

— Вам отказано в обслуживании,— сообщил подошедший официант, но Кай'Ан ничего не понимал.— Пожалуйста, покиньте наше заведение.

— Пожалуйста, я очень хочу есть,— эльф снял с пальца платиновый перстень-печатку и положил на стол, умоляюще глядя на официанта. Выбранный им язык был понятнее любых слов. Жалко было расставаться с украшением, которое подарили ему на последний день рождения Селина и Зор, но разум уже плохо справлялся со своими функциями.

Он уже начал понимать, что выглядит ужасно, но все-таки на нем не написано, что это засохшая кровь. Вдруг ее примут за обычную грязь? Ведь засохшая кровь намного темнее свежей, тем более орочья. Пусть не в этом чистом зале, но хотя бы на кухне или на складе, где его никто не увидит, он никому не помешает...

Официант осмотрелся по сторонам, ища глазами управляющего. Барная стойка ограничивала обзор, и тот не видел, как Кай положил кольцо. На вопросительный взгляд прислуги он лишь презрительно поморщился и помотал головой. Решение было принято. Специальной охраны в заведении не было, так как в маленьком городке все друг друга знали и не позволяли себе буянить, да и персонал ресторана, состоявший исключительно из рабов, беспрекословно выполнял любые приказы начальства. Парень схватил субтильного эльфа за воротник и попытался поднять, но вместо этого сам чуть не взлетел вверх, получив сокрушительный удар в подбородок. Его глаза перед смертью успели на мгновение увидеть белый потолок, прежде чем мир потух окончательно.

А Кай'Ан как будто сошел с ума и был готов завертеться по ресторану кровавой мельницей. Он хотел есть! Рука инстинктивно сжалась на горле официанта, а пальцы прорвали плоть, словно бумагу. И тут он почувствовал, как *темная* энергия потекла в него мощным потоком. Магические силы вливалась в него с каждой новой жертвой. Эльф понял, что ему нужно было вместо еды. Тело и душа, потратившие силы на убийство четырех орков и остановку падения, требовали восстановления энергозапаса. Художник вновь принялся писать картину, но теперь ему была доступна только одна краска...

Когда эльф покончил с «пищей», он осмотрелся. Где-то под столом прятался испуганный комочек еды. Ребенок! Эльф ужаснулся своей догадке. Нет, только не дети! Он сжался, готовясь противиться внутреннему голосу, но вместо боли испытал странные ощущения, нахлынувшие вместе с нечеловеческой мыслью: *молодая душа — слабая пища, пускай подрастет...*

Спасаясь от внутренней раздвоенности, он поспешил на второй этаж. Там тоже нашлась взрослая еда... Все закончилось очень быстро, потому что люди даже не успевали выбегать из здания, как их настигал убийца. Все... теперь он был сыт, и внутренний голос похвалил его за хороший аппетит. Волны удовольствия накатывали не переставая. Когда он вспомнил про выдающие его капли крови, то снова испытал предостерегающий страх.

Помыться, сменить одежду! Мысль была дельной. Больше не задумываясь о содеянном, он разделся и залез в душ для персонала, чтобы смыть с себя пищевые отходы.

Он управился за десять минут: отмылся, отыскал новую одежду, раздобыл в сейфе ресторана деньги и даже нашел ключи от припаркованной на заднем дворе машины, раньше принадлежавшей управляющему. Разум снова возвращался к нему, а вместе с ним и способность быстро анализировать происходящее. Мысли пошли на убыль, а чувства притупились. Совесть замолчала вовсе. Что-то жуткое бесповоротно изменило его. Теперь им руководили только понятия «хорошо» или «плохо», существовало только белое и черное, словно не было в этой жизни полутонов. Все его прежние жизненные установки исчезли, будто система ценностей заново проходила калибровку, приспосабливаясь к новым, навязываемым извне реакциям на окружающий мир.

Проходя мимо ребенка, спрятавшегося под столом, он еще раз посмотрел на слабую ауру, светящуюся сквозь мебель. Побарабанил по столу пальцами и уже абсолютно спокойно и сыто произнес:

— Подрастай, я подожду.

Глава 3

Трудный полет

Тая'Ли вышла ровно через минуту. Мы не стали спрашивать о ее решении, а она сама ничего не сказала. По лицу девушки было трудно что-то понять, но от нее немного всяло эльфийским гламуром, пробивавшимся сквозь ментальную защиту. Вот так вот, на трупы они могут смотреть спокойно, а как только в деле появился ребенок, так инстинкты сразу же напомнили о себе.

— Лейтенант,— резкий тон и огрубевший голос Таи неожиданно резанул уши.— Вы уверены, что нам надо брать беглеца живьем?

— Нет, сударыня, теперь мне хватит только одной головы...

Междугородная трасса стала шире, превратившись в скоростную магистраль. Все чаще попадались указатели, сообщающие о приближении к столице королевства. Над дорогой замелькали камеры слежения, прикрепленные на рекламных щитах, но в обычную оптику нас было трудно заметить — так быстро мы проносились на экранах мониторов. Ну увидела бы нас Дорожно-Постовая Стража, но угнаться-то все равно не смогла бы. К тому же, как объяснили девушки, системы наблюдения работали в автоматическом режиме и реагировали на встроенные в транспорт идентификационные радиометки, которых в наших «Бритвах» не было. Вскоре показалась и столица...

Кай'Ан нам так и не повстречался, а самое ужасное, что магитроника «Следовика» перестала отслеживать его перемещение, словно эльф умер или спрятался... И тут я понял свою ошибку! Будь на месте Кая оборотень, я бы вообще не увидел беглеца на экране артефакта ни сейчас, ни раньше! Это означало, что преступник — действительно жених Нейлы... Какая-то смутная догадка маячила на краю осознания, но все никак не могла окончательно оформиться.

* * *

Какие бы страшные и отталкивающие картины мы ни увидели в ресторане, езда на скоростных мотоциклах так утомляла, что все равно пробуждала зверский аппетит. Въехав в Найстаг, столицу королевства Карон, мы первым делом остановились возле более-менее приличной закусочной. Общественных столовых, как у нас в Хинлау, здесь не водилось, но в огромном множестве имелись заведения помельче, заполонившие все королевство.

Больше всего меня поразили электронные технологии, царящие в быту повсеместно. Скажем, у нас не принято делать заказ на сенсорном экране, встроенном в стол. У нас в принципе нет твердых экранов, их заменяют голографические. Также у нас нет дистанционно управляемых электромеханических официантов, развозящих заказы по столикам. Управлялись подобные игрушки невидимыми операторами, сидящими в служебных помещениях. К чему такие сложности, я так и не понял, особенно если учесть развитый рабовладельческий строй. Возможно, техника стоила очень дешево, и ее применение становилось чем-то обыденным. Еще я заметил, что каждый посетитель забегаловки пользуется встроенным в стол компьютером для общения, чтения книг, просмотра новостей или какой-либо другой информации. Многие играли в сетевые игрушки, но этого добра и у нас навалом. Пока я осваивал местный компьютер, а артефакт-переводчик калибровался, привыкая к машинному тексту, девушки заказали ужин.

Разглядывая спутниковую карту королевства, я удивлялся ее точности и подробности, ведь она была сделана без использования магии. Первое, в чем я желал убедиться, так это в том, что Кай никак не сможет миновать Найстаг: это был единственный крупный город на пути его следования, который успел зафиксировать «Следовик». Оставались непонятны цели эльфа. Нужно было разобраться, что им движет, каковы мотивы убийцы...

И тут я осознал, что впервые подумал о Кай'Ане как о настоящем матером маньяке, испытав к нему полный букет негативных эмоций. До этого я думал о нем и о случившемся как-то механически, просто называя вещи своими именами. Но как понять мотивы, если они лишены логики? Хотя, как говорил один наш преподаватель в Академии, глубокий смысл познается не сразу, так что всегда надо иметь при себе крепкую лопату терпения и мелкое сито анализа. Дома я бы обратился к технарям из нашей управы, и они смогли бы даже ответить, из какого магического Ордена маг-убийца, оставляющий такие следы. Только Кай никогда не был магом и не владел магией. Даже по человеческим меркам его врожденные способности были ниже среднего. Природная *темная* энергия не выплескивалась из него, как это обычно бывает у эльфов, и я никогда не видел, чтобы он использовал хотя бы зачаточную магию в быту. Не обладал он такими умениями...

Стоп... А у кого в истории магичсских искусств проявлялись подобные способности? Ругая себя последними словами, я наконец-то понял, с чем мне пришлось столкнуться! Покосившись на девушек, я навскидку прикинул, смогут ли они защитить себя и меня от Кай'Ана, если мы встретимся с ним лицом к лицу?

— Дамы, вам приходилось встречаться с магическими боевыми системами специального назначения класса «Хил'Лесс»?

Мой вопрос настолько озадачил магичек, что они так и замерли, перестав размеренно работать челюстями. Настороженно переглянувшись, девушки решились ответить.

— Во время учебы мы проходили теорию изготовления бойцов по этой системе,— начала Тергана.— Но только теорию, так как в этом деле требуется глубокое знание астральной механики. Для практики мы сражались с готовыми орденскими изделиями, изготовленными из приговоренных преступников.

— И что скажете про боевые качества вампиров? Меня интересует именно ваше мнение.

— Во-первых, это не совсем вампиры, так как они не могут никого заразить,— ответила Тая.— А во-вторых, становится грустно от того, что кто-то овладевает тем же набором умений, что и Меч Ночи, всего за пару суток. Мы же десять лет проучились, долбя гранит магии.

— Зато вы можете развиваться дальше,— возразил я.— И способны перейти на *ту* сторону.

158

— Да какой прок от посмертной жизни, если боевого мага будут убивать наверняка — «душегубом»?! — Тон Терганы стал сварливым и злым.— Так что, как и у вампирчиков, у меня шансы нулевые. Хотя есть, конечно, некоторые плюсы в жизни мага.

— И незначительные минусы в существовании вампира...— закончил я за нее.

***

Срез памяти.

Быстро разобравшись в управлении машиной, Кай вырулил на шоссе, разрезающее поселок на две части, и двинулся в ту сторону, откуда доносились эфирные запахи огромного количества людей. Он на глаз определил, что впереди их больше одного миллиона, и это его полностью устроило. Внутренний голос настойчиво советовал набираться сил и затаиться от возможного преследования, а в том, что оно будет, Кай даже не сомневался. Город подходил для этого идеально. Понемногу он мысленно примерял на себя статус вампира, пытаясь понять, как ему это новое состояние. Внутренний указчик молчал, не вмешиваясь в мысли, пока они не касались самосохранения. Но эльф уже не собирался умирать, ему почему-то нравилось ощущать себя в новой роли: сильного, быстрого и ловкого пожирателя душ.

Вскоре Кай'Ан почувствовал неладное и интуитивно свернул с шоссе, прячась в низине на обочине. Новые инстинкты заставили его затаиться, и это оказалось очень кстати, так как в этот самый момент три скоростные «Бритвы» промчались на полном ходу. Эльф проводил взглядом своих преследователей и остался очень собой доволен. Внутренний указчик тоже подбодрил его. Переждав полчаса, он снова вырулил на асфальт и продолжил путь в город. Машина понеслась по трассе, нарушая скоростные ограничения.

Как бы то ни было, а местная стража оказалась очень опытной в поимке преступников, и по горячим следам за Кай'Аном уже летел вертолет, быстро его нагоняя. Возможно, в позаимствованной машине был установлен радиомаяк, который и сообщил о месте нахождения убийцы. Можно предположить, что пилот вертолета хотел напугать водителя и прошел над самой крышей машины на бреющем полете, но эльф даже не вздрогнул. Его новые способности легко позволяли почувствовать преследование и уже вполне себя оправдали, так что он ничуть не удивился такому повороту событий. Только чувство досады кольнуло его, когда с вертолета ударил электромагнитный импульс, и автомобиль остановился, лишившись всей бортовой электроники. Кай вышел из машины. Упругая волна воздуха попыталась сбить с ног, но вампир уже успел измениться, и его тело стало тяжелее, чем было раньше. Вертолет висел всего в двух саженях над дорогой и в десяти — от эльфа. Заработал громкоговоритель, но Кай ничего не понял. Тут опять заиграли новые инстинкты, заставляя действовать по наитию. В руке преступника зажегся плазменный шарик и под действием телекинеза сорвался ввысь, чтобы обойти воздушную волну от винта и не размазаться по земле. Плазма, словно управляемая ракета, сделала маневр «горку», и тут ее потянуло вниз ветровым потоком над вертолетом. Заряд проскочил мимо лопастей и врезался в основание ротора, легко испаряя авиационный сплав, словно воду. Вращающийся винт сорвался с креплений и унесся вверх и назад, а вертолет рухнул вниз и начал козлить на шасси, как бывает, когда самолет сажает неопытный пилот. Один, два, три... а на четвертый раз стойки не выдержали и подломились, остановив эту бешеную скачку.

— А теперь мы снова подкрепимся,— вслух произнес эльф.

Остатки прежних чувств попытались воспротивиться, но их тут же подавили новые одобряющие ментальные посылы внутреннего указчика. Разбив остекление кабины, Кай вытащил обоих пилотов из кресел, сорвав ремни безопасности. Мгновенно выросшие когти пронзили кожу жертв, давая доступ к их душам, и *темная* энергия снова потекла в пожирателя. Разум затмили новые чувства, которые он никогда бы раньше не испытал в подобной ситуации, эльфу было хорошо и сытно. Искусственное ощущение радости целиком овладело им...

Снова «перекусив», Кай первым делом задумался о своих новых способностях. Стоило это сделать, как перед его внутренним взором возник экран, на котором появилась надпись на древнеорочьем наречии: *«Инструкция по боевой эксплуатации»*. Эльф не знал языка, но каким-то образом к нему пришло понимание текста. Взгляд сконцентрировался на словосочетании *«Справка о продукте»*, и тут же перед его мысленным взором выскочило еще одно окошко с надписью: *«Биоастральный боевой робот „Террор“. Версия дистрибутива — 2.06»*.

Увидев это, Кай'Ан испугался, но его снова переполнило неожиданное чувство удовлетворения.

Нет, не робот... пусть лучше мифический вампир... так романтичнее... и не бьет по самолюбию. Чувство удовлетворения только усилилось.

***

Темнело здесь так же рано, как и в Хинлау (как и положено на жарком юге), а мы еще даже не начали искать себе жилье. В том, что нам придется задержаться в Найстаге, я уже не сомневался. Были у меня мыслишки, как найти Кай'Ана, но сначала требовалось закрепиться на новой для меня территории. В качестве опорного пункта выбрали гостиницу подороже. Девушки хорошо ориентировались в местных обычаях и правилах, тем более что они действительно не очень отличались от наших. Все же сила денег способна разрушить любые языковые и культурные барьеры, и в итоге мы получили двухкомнатный номер с балконом, открывающим вид на реку и королевский дворец на противоположном берегу, с двумя большими кроватями, ванной с бассейном и столом с компьютерным терминалом. Мне этого вполне хватало.

Когда мы решили вопрос с жильем, я составил рапорт, зашифровал его и отправил шефу. Послание должно было пройти через информационный канал ИСБ в переместителе Ордена Рео'Ора Учтивого и достигнуть Хинлаугана. Утром я рассчитывал получить очередную посылку со служебной магитроникой, необходимой для поимки вампира.

Девчонки отправились спать, а я засел за терминал, изучая местную информационную Сеть и пытаясь найти какие-нибудь намеки на манеру работы Стражи королевства. Практика показывает, что очень много полезной информации попадается на публичных серверах с видеозаписями, сделанными любительскими камерами. Работать с поисковиком оказалось практически невозможно, так как я не владел языком и не мог даже набрать интересующий меня запрос. Чувствуя себя котом, который все понимает, а сказать или написать ничего не может, я методом тыка и переходов по похожей информации кое-как добрался до любопытных видеозаписей. Посмотрел, как спецотряд Стражи избивает задержанных подозреваемых. Приемы у них оказались очень жесткими и, скорее всего, незаконными. У нас бы за такие дела ИСБ быстро к ответу привлекла. Главное, что я узнал, так это методы розыска подозреваемых: нашлись, к счастью, любопытные статейки. Например, человека искали по тепловому портрету в инфракрасном спектре. Со сбежавшим Кай'Аном этот номер не прошел бы, так как его организм уже перестроился, и без обновленного портрета его было бесполезно искать, но нашлось у местных стражей кое-что еще. Поиск по внешним биометрическим данным через городские камеры видеонаблюдения, причем в автоматическом режиме. Конечно же, существовал определенный процент ошибок, но в целом система работала неплохо. Нужно было как-нибудь заставить местных оперов взяться за вампира, а самому идти по их следам. С другой стороны, я не сомпевался, что, появившись в городе, Кай сам даст о себе знать, да так, что репортаж с места событий покажут во всех новостях. Но пока мое чутье молчало, и я не ощущал присутствия убийцы в Найстаге.

Так получилось, что ночь пролетела незаметно, как это часто бывает, когда засидишься в Сети. Поэтому мне пришлось принять заклятие-стимулятор, чтобы не спать на ходу. Душ, завтрак в номер и снова — исследования и анализ. Вот, как бы вы заставили местных стражей поработать на имперского следователя? Как вариант, я мог использовать служебные артефакты, чтобы принять внешний облик Кая, и в таком виде... ограбить банк. Тогда бы его фотография появилась у каждого стражника, а поисковые системы начали свою кропотливую работу. А можно было наведаться к местным коллегам и попытаться договориться о сотрудничестве. Только вот девчонки сразу отговорили меня от этой идеи.

— Понимаете, Зор, это у нас привыкли шнырять между мирами и встречаться с различными культурами, а для аборигенов мы настоящая диковинка, некий прорыв, словно открытая дорога к звездам. Они не готовы к такому простому сотрудничеству. Для координации работы с вами им придется провернуть ржавеющий двигатель всей бюрократической системы. Это долгий процесс. Лучше задействовать их втемную.

Совет был дельный, а объяснение вполне доходчивым. Оставалось как-то преодолеть письменный языковой барьер, чтобы начать свободно пользоваться местной клавиатурой и разжиться средством для компьютерного взлома, не зря же наши технари в Страже свою икру трескали. Для этого я просто вынул из пазов терминал, встроенный в стол, и отправил его телепортационной почтой через структуру ИСБ к нашим спецам в управлении, сопроводив простеньким техническим заданием. Несмотря на мгновенное перемещение, моя посылка должна была попасть в руки к адресату только через шесть часов, так как ночью технари не работали. А пока, проделав эту небольшую шалость с кражей терминала, я вышел на балкон осмотреться.

На улице шел дождь, я бы даже сказал, ливень. Сплошная стена воды мешала рассмотреть королевский дворец, да и вообще ничего нельзя было увидеть, если не прибегать к магическому зрению, которым я и воспользовался. Широкая река Стаг прямым, как стрела, потоком рассекала город на две части. Это очень напоминало наш Хинлау, построенный на реке Хин. Подозреваю, что здесь не обошлось без участия градостроителей и ландшафтных дизайнеров, ибо слишком ровные берега были у этой водной артерии. С нашей стороны реки вправо и влево от меня тянулась цепочка ухоженных островков курортной зоны, застроенных различными торгово-развлекательными комплексами для туристов, а перед самой гостиницей раскинулся песчаный пляж, от которого расходились ухоженные набережные, ведущие к другим таким же зонам отдыха.

На балконе появились наши лапушки.

— Сезон дождей,— сказала Тергана.— Поэтому и туристов так мало. Скоро он должен закончиться, и сюда повалят толпы отдыхающих.

— Можно прикупить себе чего-нибудь на распродаже,— поддержала разговор Тая'Ли.— Сейчас большие скидки.

— А чем мы расплачиваемся с аборигенами за аренду территории под форт?

— Да как всегда — стеклянными бусами,— фыркнула Тергана и, увидев мой удивленный взгляд, пояснила: — Это у нас так принято называть искусственные брильянты.

А я уж было испугался за сообразительность местных чиновников.

— Был случай, когда арендодатели земель, на которых раньше находился форт, стали возмущаться нашим присутствием и потребовали платить технологиями,— рассказала Тая.— Ну мы же Учтивые... молча согласились, а за последний месяц аренды заплатили им заклятием левитации, записав все маготехнические подробности на информационный кристалл,— пусть учитаются, и переехали на заранее подготовленную площадку в другом государстве.

— Возмущались? — Я понял, что аборигены не смогли воспользоваться информацией.— Ножками топали на мировой арене?

— Еще бы! — захихикала Тая.— Но предъявить им было нечего, к тому же их копия договора испарилась.

— Девушки, вы можете устроить мне экскурсию по городу? «Следовик» не работает, но, может, у меня получится отыскать вампира с помощью гадания, а для этого я просто обязан почувствовать территорию и начать хотя бы примерно ориентироваться.

— Не вопрос! — неожиданно обрадовалась Тергана.— Все злачные места Найстага к вашим услугам! Но только ночью... Хотите пройтись по магазинам?

Ну да, смотреть картины они меня не позовут. Хотя куда там с нашим общим полувоенным воспитанием и образованием. Я тоже не тонкий ценитель достижений архитектуры или изобразительного искусства. Чтобы хоть что-то понимать в этой области, недостаточно восхищенно глазеть на ее плоды, надо в этом хоть чуточку разбираться, а в идеале постоянно быть в теме. Я бы, например, посетил какой-нибудь местный музей Стражи Порядка. Это мне ближе и понятнее...

— Можно и по магазинам. Чувствую, что мы можем задержаться здесь на неделю, так что одежду прикупить неплохо бы. Но я хочу познакомиться с городом, а не только расслабиться.

— Обещаю, напряжетесь так, что долго не забудете.

* * *

К моему удивлению, лапушки все же переоделись, сменив боевую форму на легкие летние сарафаны, еще больше подчеркивающие достоинства их внешности. Мне было приятно иметь такой милый эскорт, даже несмотря на их специфические характеры. И вот, собравшись, мы неторопливым прогулочным шагом двинулись по широченным пешеходным улицам города. Я старался принюхиваться и приглядываться к астральным потокам и просто осваивался в непривычной обстановке.

Когда мы вышли из гостиницы, меня охватило легкое неприятное ощущение чужого взгляда, и я невольно напрягся, вертя головой и пытаясь выследить источник.

— Зор, не дергайтесь,— крепче вцепилась в локоть Тергана.— Это местная Тайная Стража вышла на наш след. Теперь будет постоянно вести за нами наблюдение. Лучше, пока ждете посылку, с умом используйте свободное время. И сделайте вид, что просто находитесь на отдыхе, ущипните Таю за задницу, например, или положите руки нам чуть-чуть пониже талии.

Жаль, что нам не удалось сразу найти Кай'Ана по горячим следам. Теперь могли появиться нежелательные вопросы со стороны местных «архангелов».

— Наше с вами понимание «с умом» может сильно различаться. Скорее всего, что так и есть...

Девушкам по роду службы было положено знать все о Дайсгане. Видать, на курсантской практике они времени зря не теряли, основательно изучая местную культуру и быт во время прогулок по магазинам и ночным клубам. Как они сами поведали, это оказалась уже третья их вылазка в Найстаг, славящийся развитой работорговлей и курортами.

Магички целенаправленно вели меня в какой-то определенный торговый комплекс, хотя для меня они внешне практически не отличались. Оказалось, что разница между ними была, и весьма существенная.

Все зависело от уровня магазинов, арендующих торговые площади. Отсюда и различная отделка помещений, удобство стоянки для транспорта и так далее. Мы же в Империи привыкли практически все заказывать через Сеть, так что я словно попал на экскурсию в музей истории торговли. Красиво, мать их!

И тут у самого входа в комплекс я увидел такое, что могло бы выбить из колеи многих имперских граждан. На грязной засаленной подстилке сидел человек. Он был настолько худой, что походил на паучка с маленьким телом и длинными лапками. Длинные седые волосы, жиденькая бороденка, красные воспаленные глаза, загорелое лицо, слюна стекает из уголка рта. Немощный человек тряс правой рукой и о чем-то жалобно просил прохожих. Я прислушался к его эмоциям, и меня словно удар хватил. Закружилась голова, и заныли виски.

— Что с этим человеком? — спросил я сопровождающих.

Улыбки стерлись с лиц девушек. Мне ответила Тая'Ли:

— Это инвалид. Он просит милостыню у прохожих. Его зовут Дряхлый Бу. Мы впервые увидели его на практике два года назад. Тоже удивились вначале. Знаю только, что он раньше был военным и получил ранение во время Матонкских учений, когда Вторая гвардейская бригада ВДВ «Стальные шершни» Пятого Экспедиционного Легиона разгромила армии двух противоборствующих сторон.

— Имперская армия любит проводить учения таким образом,— пояснила Тергана.— Если где-то идет война, они громят все, что подвернется.

Я осторожно приблизился к калеке и сел рядом на корточки. Тот посмотрел на меня, и до меня донеслось его бурчание:

— Бу, бу, бу! — произнес он и потряс рукой.— Подайте, пожалуйста...

Вдруг его голова беспомощно свесилась на грудь, а руки повисли как плети.

— Уснул,— прошептала в ухо склонившаяся сзади Тая'Ли.— Бедняга тронулся умом.

От бедняги перестали исходить эмпатические волны, и он мирно засопел в неудобной позе. Дряхлый Бу оказался удивительно легким, когда я немного приподнял его, чтобы уложить на подстилку. Инвалид дернулся во сне, словно ему приснилось что-то страшное, и снова успокоился. Я подложил ладонь ему под голову, чтобы придержать ее, и случайно нащупал какое-то устройство. Стоило мне попытаться прозондировать его магическим зрением, как меня сразило яркое видение, окунувшее в круговорот чужих событий...

* * *

Тяжелый фугас рванул впереди нашего отряда, и мы вжались в землю еще сильнее. Звук взрыва, приглушенный автоматикой шлема, донесся вместе с ударной волной.

— «Стилет», танки идут через тебя! — раздалось в наушниках.— Делай, что хочешь, но десяток сжечь обязан!

— «Арсенал», понял тебя,— ответил я.

— Отбой.

На тактическом экране шлема зеленью светились мелкие бусинки светодиодов, показывая количество бойцов в моем отделении. Солдаты сами знали свои обязанности, и мне не требовалось указывать им каждый шаг. Я только поставил перед ними тактическую задачу, как полагалось по правилам.

В наушниках начали раздаваться сообщения от бойцов, подтверждающих свою готовность. Мы закрепились в недостроенном жилом доме, зная, что танки противника пойдут по дороге, обходя минные поля. А они знали, что их ждут, и тоже готовились. Я посмотрел на карту, на которой светились огоньки, отмечавшие местоположение моих парней, прятавшихся на позициях. Нет, не пройдут танки! В груди разлилось приятное удовлетворение от мыли о профессионализме моего отделения.

— Братишки,— я включил внутренний канал, связывающий отделение.— Все помнят слабые места каронской «Черепахи»? Отлично... И не вздумайте бошки высовывать, а то без глаз останетесь — на танках «микроволновки» мощные. Работать ракетами только по наводке БПЛА.

Тяжелые «Черепахи» ползли к нам под прикрытием собственной авиации. На тактическом экране были видны их многочисленные отметки, и это не прибавляло уверенности...

— Командир! — Голос оператора БПЛА резанул ухо.— Там происходит что-то непонятное. Посмотрите сами.

Я переключился на камеру беспилотника и увидел, как неизвестные объекты уничтожают танки и вертолеты противника. Над полем боя быстрыми смертельными росчерками проносились какие-то летающие аппараты. Они делали стремительные броски, кидаясь из стороны в сторону, и при этом оставляли после себя груды разбитого металла. Сверхпрочные «Черепахи» вспыхивали, как фейерверки, когда детонировала их боеукладка, спрятанная под толстыми листами брони. Тут один летающий объект отделился от своей группы и понесся в нашу сторону.

Что это? Прямо перед балконом, где я прятался, завис огромный человек в необычном анатомическом бронекостюме, подчеркивающем его мощную мускулатуру. Он стоял на летающей доске, которая парила в воздухе без каких-либо видимых реактивных струй. Лицо солдата скрывал шлем-маска, на котором выделялись два больших окуляра-визора. В правой руке он держал какое-то массивное оружие наподобие пистолета-пулемета, но только очень большое. К левому плечу крепилось какое-то устройство, скорее похожее на гранатомет, а из-за правого плеча торчала рукоять меча. Солдата окутывала легкая дымка дрожащего воздуха, причем какая-то грязно-серая, а не абсолютно прозрачная. На запрос о государственной принадлежности объект не отвечал, а на тактическом экране ее не было видно.

— Уничтожить, — коротко приказал я.

Пустые глазницы окон тут же разразились вспышками выстрелов, но неизвестный солдат лишь откинулся назад, подставив под пули днище своего летательного аппарата. Воспользовавшись паузой, он неожиданно быстро развернулся и усеял наши позиции свинцовым роем, вылетевшим из его скорострельного оружия. Сразу три зеленые точки на экране сменились красными.

— Пули вообще не берут его! — предупредил я по общему каналу. — Пробуйте гранаты и ракеты!

Но огромный дымчатый солдат неожиданно ловко пригнулся и проскользнул в оконный проем, уйдя таким образом из-под обстрела. Мне стало понятно, что сейчас он начнет отлавливать нас по одному.

— Быстро найти его!

Я сам побежал с балкона, чтобы поскорее найти неприятеля. Еще два зеленых огонька сменились кровавыми капельками. Черт! Из-за угла появился конец летающей доски, а затем и сам летун выплыл мне навстречу. Я выстрелил, но пули лишь завязли в серой дымке, чтобы через мгновение упасть на пол. Серая защита немного просветлела, видимо, слабея, и я снова выстрелил, но пули расплющились о костюм гиганта. Какой огромный!

Великан сделал неожиданный выпад летающей доской, и я остался без оружия. Долю секунды он смотрел на меня и сделал непонятный выпад пятерней в мою сторону. Резкая боль ударила по вискам и затылку, и я провалился в беспамятство...

* * *

Очнулся я катаясь по земле от дикой боли, охватившей мою голову жестокой хваткой. Было безумно больно, но я постарался справиться с этой неожиданностью и взять себя в руки. На помощь пришла Тая'Ли со своей лечебной магией. Боль понемногу отступала, а я начал приходить в себя.

— Может, его к лекарю лучше? — донесся до меня безразличный голос Терганы.

— Не надо, сейчас он окончательно придет в себя,— ответила Тая, массируя мне виски своими изящными ручками и держа мою голову у себя на коленях.— Похоже, лейтенанту удалось примерить на себя роль дознавателя.

— Невозможно! — возразил я, пытаясь подняться, но руки эльфийки налились силой и намертво зафиксировали мою голову на своих коленках.— Мне не осилить чужой ментальный барьер.

— Да какой тут барьер...— проворчала Тергана.— Дряхлый Бу болен на всю голову, а у вас все-таки есть природная предрасположенность. Иначе не читали бы память мертвецов. Просто не всякий выдержит переживание событий чужой жизни.

Выдержать как раз несложно, если не будет такой сильной боли, но вот как остаться собой? Теперь во мне поселилась частичка сержанта Терроуза. О, что стало бы со мной, если бы я пропустил через себя всю его жизнь? А если бы я пережил жизнь сексуального извращенца? Кем бы я стал? Но точно не остался бы самим собой. Но как это у меня получилось? Я вспомнил, что пытался прощупать неизвестное устройство и мысленно потянулся по электродам, уходящим вглубь мозга.

— Что за прибор у него в голове?

— Там только электроды, вживленные в участок, отвечающий за удовольствие,— рассказала Тергана.— Местные любят получать удовольствие. Сам же приборчик вешается рабам для контроля. Мы вам потом все расскажем и покажем.

Я встал на ноги и посмотрел на спящего Дряхлого Бу, в прошлом сержанта Терроуза, солдата Содружества Матон, пострадавшего от магической атаки имперского десантника. Это ведь был наш орк на десантном левитаторе.

— Подождите. Я должен ему помочь.

Я снял с пояса исцеляющий артефакт с необычным названием «Я жить хочу», произведенный в Ордене Ланы Милосердной. Он выглядел как тонкая пластиковая телескопическая палочка, собранная из двух полых трубок. Внутри них скрывалась пружина и тончайшая зачарованная игла. Артефакт служил универсальным лекарством, обладая при этом одним коварным свойством. Когда им кололи больного, того парализовывал энергетический вирус, который подцеплялся к душе и начинал черпать из нее энер-

173

гию для лечащих заклятий. Пострадавший проводил в коме какое-то время, в зависимости от ранений, а потом просыпался полностью здоровым, но сильно уставшим. Колдовать же после этого было еще труднее.

— Это бесполезно,— Тергана в последний момент перехватила мою руку, сжав ее, словно тисками.— Он чей-то раб. Просить милостыню — его работа. Вы хотите лишить его единственного способа к существованию?

— Я хочу дать ему возможность исправить свою жизнь! — Боевые наручи предупреждающе засветились, чувствуя мое настроение, и Тергана отступила.

— Он слаб духом. Ему не хватит силы воли что-то исправить. Его внутреннее Я искалечено этим образом жизни. Это больше не тот храбрый солдат, что был раньше.

— Он действительно обречен,— вмешалась милая Тая'Ли.— Его дух отравлен страхом.

— Это не страх, а болезнь. Я ничего не меняю, я только даю шанс,— игла артефакта уколола калеку, и он заснул еще крепче.— Человек не должен так жить.

Перед тем как встать, я вырвал электроды из его головы и сломал контролирующее устройство.

***

Когда мы оставили Дряхлого Бу и наконец-то пришли в себя после длительного молчания, девушки заметили, что я немного испачкался, когда катался по земле от боли перед торговым центром.

— Зор, давайте купим вам хороший костюм, Орден платит! — нарочито бодро предложила Тая, и они потащили меня в один из явно не дешевых магазинов одежды.

Резкая перемена ситуации изменила наше настроение к лучшему, а я старался не вспоминать о действиях имперской армии на учениях...

Жуть, ну не привык я, чтобы вокруг крутились пять улыбчивых продавщиц, всячески меня обхаживая. Жаль, не было рядом моей зайки, а то бы она быстро подобрала мне костюм по своему вкусу, и мне не пришлось бы мерить еще два десятка...

— Как вам идет,— восхищалась самая старшая продавщица, не забывая при этом нахваливать свой товар.— Костюмы коллекции Падлика Адова известны по всему миру. Даже сам король носит наши костюмы. Все петельки только ручной работы.

Мать их, да какая мне разница, как петли прошивали?! Бред!

Вот честно, замучился я мерить все это добро. Если бы не кондиционсры, то вспотел бы так, что им никогда не отстирать воротники их костюмов. Остановились на легком шелковом костюме бежевого цвета.

...И тут мне почему-то вспомнились омоновцы из «Трайхана» и «Когтя», которым точно было плевать на свою одежду. У людей в жизни есть и другие интересы, кроме как производить впечатление на окружающих стоимостью своего костюма или часов. Даже гильдейские маги никогда не форсят роскошными одеждами, предпочитая удобную боевую униформу, хоть и любят дорогие интерьеры и ювелирные цацки, словно гномы. Мне стало как-то неловко и стыдно. Я понимал умом, что все это временно, что подарок Ордена не взятка, что в чужих мирах можно и расслабиться, но совесть с этим смириться не смогла. Имперский стражник может себе позволить носить любую одежду, это нормально, когда общество заботится о своих гражданах, отдающих жизнь служению этому самому социуму, но надевать костюм ради показухи? Было в этом что-то бессмысленное и неприятное. Я привык, что одежду носят для подчеркивания принадлежности к определенной профессии или просто для удобства. Вот солдаты, например, даже в быту с гордостью надевают свою форму. Да, тоже для показухи, но тут что-то другое. Они словно хотят сообщить всему миру: «Я — имперский солдат!» Даже генералы каждый день ходят в обычной форме, а парадную надевают действительно по особым случаям.

— Не могу,— прошептал я.

— Не дурите, лейтенант,— строго произнесла Тергана.— Поносите его, пока идет следствие,— у местных пунктик насчет представительской одежды, а потом выкинете, если будет неприятно носить костюмчик, который стоит столько же, сколько стражник королевства зарабатывает за два года.

Тут у меня даже в глазах потемнело. Мне трудно было сравнивать доходы местных стражей со своими, так как за меня всегда платит организация, но простейшая логика подсказывала, что это ненормально! Что нельзя так жить, когда кусочек тряпки, себестоимость которого равна полноценному ужину и обеду, вдруг становится практически бесценным.

Махнув на все рукой, я согласился, хотя и без удовольствия. Пришлось подождать еще полчаса, пока портниха подогнала костюм по фигуре. За это время нам успели втюхать еще и ботинки из коллекции Падлика Адова.

— Почему они постоянно улыбаются? — спросил я, когда продавщицы потеряли к нам интерес, поняв, что больше мы ничего не купим.— Я чувствую, что они искренни, но меня что-то смущает.

— Они испытывают удовольствие от продажи,— ответила Тая'Ли.— Рабы должны быть довольны от самого процесса работы. Это один из инструментов развитого рабовладения.

— Это омерзительно,— процедил я.

— Это просто социальная модель, отличная от нашей,— ухмыльнулась Тергана и спросила ядовитым тоном: — Желаете силой навязать им наш образ жизни?

Я хотел было ответить «Да!», но вовремя осекся, вспомнив действия имперских гвардейцев ВДВ на учениях...

***

Вышел я из магазина записным франтом. Цена всего этого барахла откровенно смущала, тем не менее мне предстояло попытаться привыкнуть к этой одежде максимально быстро. А девчонки, недолго думая, снова потащили меня куда-то, обещая шокировать окончательно.

«Фирма „Альдонадо". Офис продаж бытового персонала»,— гласила вывеска, и я даже засомневался в правильности перевода.

— Лапки, вы куда меня привели? — поник я.— Уж не рабов ли тут продают?

— Их самых. Пойдем, вынесем мозг продавцу! — азартно предложила Тая.

— Я не умею,— развел я руками.

— Ничего, мы научим,— заверила Тергана, и они потащили меня в торговую секцию мимо недоумевающего охранника.

— Вам отказано в посещении,— заправским шмелем прогудел вышибала.

— ТИХО. ЗАМРИ,— выдохнула Тая, и парень застыл со стеклянным взглядом.— С ними лучше так, а то ведь встречают по одежке... балбесы.

Менеджер подлетел тут же. Мгновенно просканировал нас на предмет платежеспособности, оценив по внешнему виду, и расцвел лучезарной улыбкой, увидев костюм из новой коллекции Падлика Адова. Девушки улыбнулись в ответ, а я вымучил кривую ухмылку.

— Здравствуйте, спасибо, что посетили наш офис. Присаживайтесь, пожалуйста.

Я осмотрелся. Маленький магазинчик, рассчитанный на низкую проходимость. Для гостей предусмотрены диванчики, телевизионная панель, чай с печенюшками и куча рекламной продукции. На глаза попался яркий буклет в розовых тонах, и я взял его полистать. Девушки, девушки и еще раз девушки. Разного возраста и национальностей, все очень красивые, а совсем не те недоразумения, которых я видел на улицах Найстага... Фотографии в полный рост, артикул и физические данные. Жутковато...

— *Только голубенький буклетик не трогайте,*— мысленно шепнула Тергана.— Нашему шефу требуется умная, воспитанная девушка для работы в офисе. Чтобы красивая была, маленькая и изящная.

— Все красивое и воспитанное всегда пользуется популярностью,— «куртуазно» произнес продавец и рассмеялся, довольный собой.

Ну мы, понятное дело, шутки не поняли, и он осекся, увидев наши постные лица.

— Мы иностранцы,— сообщила Тергана.— Не удивляйтесь, что говорим без акцента. Господин Летов хочет открыть в вашем городе филиал своей компании, и ему потребуется квалифицированный персонал. У нас в стране рабство запрещено, так что мы хотели бы узнать некоторые технические подробности.

Я прямо почувствовал, как эмоции продавца засветились жадностью и предчувствием наживы, а улыбка стала еще шире.

— Наша компания с готовностью возьмется удовлетворить ваши потребности,— пафосно начал продавец.

Мне это уже успело надоесть, и я решил вмешаться:

— Парень, как ты себя ведешь? Кончай вилять хвостиком, словно тебя по холке погладили. Говори нормально,— я старался говорить спокойным тоном и без лишних эмоций, хотя очень хотелось на него рявкнуть.

— Это называется техникой продаж, господин Летов,— нарочито громко подсказала Тая.— Заведено у них лебезить перед людьми вашего достатка.

Непривычно как-то... Но перейдем к демонстрации «товара», который нам показали на экране.

Голос за кадром подробно рассказывал о возникновении рабства, об изменениях, произошедших с ним за тысячи лет, и о том, какая это замечательная модель социально-трудовых взаимоотношений. В качестве доказательства приводились примеры эффективности рабского труда и его превосходства над договорными трудовыми отношениями. На всех кадрах у «товара» были счастливые лица, словно они поймали вселенский «приход» и находились под трансцендентным кайфом. Я скептически поморщился, воспринимая эту информацию. Тут речь зашла о технологии воспитания, и меня чуть не вывернуло наизнанку. На экране показывали какие-то белые кабинеты, в которых на столах лежал «товар» под наркозом, а люди в салатовых халатах ковырялись у них в головах. Как я и подозревал, им вживляли электроды. Помимо этого, некоторым рабам встраивали особые контроллеры эмоций, управляемые дистанционно или голосом. Кому-то подсоединяли к электродам внешний контроллер. Именно через эти устройства осуществлялось перевоспитание человека, попавшего в рабство. Дальше шли кадры, показывающие процесс дрессировки людей. Трудно было назвать это по-другому. Дрессировщик отдавал команду, и, если раб не выполнял ее, следовало наказание — недовольный голос, произносящий условную фразу. Тут же вступало в действие устройство контроля, и раб начинал ощущать жуткий страх перед временным хозяином. Правильное выполнение приказа сопровождалось похвалой, и «товар» испытывал чувство радости и удовлетворения. Такими нехитрыми приемами и перевоспитывали попавших в рабство, приучая выполнять любые приказы хозяина.

Теперь мне стало понятно, как рабский труд стал эффективнее добровольного. Рабу не нужно было платить, и при этом он с радостью бросался осваивать новую профессию, выполнял любые приказы, а главное, проявлял инициативу, лишь бы получить простую похвалу от надсмотрщика.

И вдруг у меня возник вопрос: а что произойдет, если все население попадет под контроль? Этот вопрос я и задал продавцу, заставив его краснеть и путаться в ответах.

— Общество превратится в муравейник,— подсказала правильный ответ Тая.— Ведь муравей-рабочий не может отказаться от выполнения инструкций, передаваемых через определенные запахи.

— Как будет здорово! — притворно обрадовалась Тергана.— Представляете себе, как кучка тиранов руководит всей планетой? Зато все довольны! Даже сексом будут заниматься по команде. А зачем иначе?

Поймал радиосигнал «хозяин тобой доволен», и сиди, радуйся жизни.

— Ну что вы, до этого не дойдет,— заверил нас специалист.— Есть же закон...

— ...строгость которого компенсируется необязательностью его исполнения! — перебила вечно недовольная Тергана.— Короче говоря, не зря у нас в стране запрещены опыты над человеческим мозгом, а подобные операции караются смертной казнью.

— Почему рабы не сбегают и не ломают внешние контроллеры? — спросил я продавца.— Они же понимают, что их чувства искусственные и навязаны им насильно.

Тот вдруг стал серьезным, позабыв о своей технике продаж, и ответил, глядя нам прямо в глаза сильным волевым взглядом:

— Удовольствие и чувство удовлетворения — самая твердая валюта во Вселенной.

— Дамы, идем отсюда...

Глава 4

От меня не уйти

На выходе из торгового комплекса нас ждало продолжение встречи с Дряхлым Бу. Бывший умалишенный инвалид с кем-то громко ругался, и ссора вот-вот грозила перерасти в драку. Он не помнил себя инвалидом, так как артефакт привел его мозг к тому состоянию, в котором он находился до повреждения магической атакой. Я сразу же поспешил к ним, чтобы вмешаться в спор, так как привык по долгу службы следить за порядком, но девушки вовремя меня остановили:

— Не надо. Вот-вот появится стража, и все решится лучшим образом, так как «Я жить хочу» должен был уже растворить электроды и полностью залечить все следы прежних операций,— пояснила Тая'Ли.— Его бывший надсмотрщик просто окажется в глупой ситуации и заплатит штраф за свое поведение.

— Лейтенант, могу предложить зрелище поинтереснее. Хотите позабавиться? — вдруг сказала Тергана.— Сейчас в нашем номере орудуют сотрудники Тайной Стражи. Можно прыгнуть на «маяк», застать их с поличным и отрихтовать.

— Жучков, случаем, не напихали?

— Как раз закончили. Теперь пытаются оторвать от пола вашу новую посылку, пришедшую на «маяк».

— Отлично, «насекомых» не трогать. А с гостями можно и позабавиться, если только вы все сами сделаете. Мне как-то не хочется бить коллег, хоть и тайных.

— А на вас все равно не хватит,— сказала девушка, и мы телепортировались в номер.

Агентов оказалось двое. Они дружно осматривали мою посылку, надежно защищенную гравитацией, и пытались ее вскрыть. Магички не стали использовать все свои возможности, а начали просто играть с незваными гостями. Те, в свою очередь, попытались изобразить из себя обычных воров, но у них это не очень получилось. Я пригляделся к ним в магисском спектре и обнаружил интересные вещи: люди оказались напичканы всякой непонятной электроникой. У одного даже правая рука была полностью электромеханической, сделанной из синтетических материалов вместо нормальных живых тканей. Уже через минуту оба валялись на полу, а я звонил администрации гостиницы, требуя вызвать Стражу Порядка...

Командовал всем этим безобразием капитан Лытарь, эдакая махина почти с орка ростом, на искусственных ногах и тоже с высокотехнологичными руками. Как я потом узнал, называли таких ребят киберами, и занимали они особое положение в касте воинов. Потерял ли он конечности в бою или заменил осознанно, я тактично не спросил, хотя очень хотелось. Абсолютно равнодушным взглядом капитан скользнул по задержанным, но никаких эмоций не проявил. Когда он представился, заклятие правды пискнуло, указывая на явную ложь. Ну понятное дело, никакой он не следователь Стражи. Самое забавное, что он попытался провести опрос по всем правилам, но явно очень давно (или вообще никогда) этим не занимался, уже привыкнув раскалывать подозреваемых в пыточных камерах. Забавно выглядело, как капитан вспоминал зазубренные во время давней учебы фразы. А еще меня удивил его возраст, я, в принципе, замечал на улицах старых людей, но впервые стоял так близко от пожилого человека. Глубокие морщины и грубая кожа ничуть не портили героический облик капитана, а, наоборот, придавали ему какую-то профессиональную суровость и выдавали в нем человека, тертого жизнью. Когда тебе в глаза заглядывает такой «гоблин», как-то иначе начинаешь воспринимать жестокую реальность.

Мне удалось его успокоить, сославшись на то, что материального ущерба не было нанесено. Капитан расслабился и перестал вести опрос, но вдруг он привязался к моей посылке и стал засыпать меня вопросами невпопад.

— Откройте, пожалуйста, ваш сундук. Я хочу убедиться, что там нет взрывчатки, наркотиков или трупа. А что означает пентаграмма на шевронах у ваших коллег? А вы тоже ученый? А что означает второй символ? Да вы что?! Кстати, хороший костюмчик. А в какой области науки вы работаете? Штиблеты тоже симпатичные. А почему на вашей планете нет рабства? Да ладно?! И как вам наш город? Хорошие у вас мотоциклы, вчера такие же видели на шоссе. А ученая степень у вас есть, и какая? Да, очень низко летели. А вы по дороге ни в какой ресторан, случаем, не заезжали? А куда вы так быстро ехали? Ах, жарко было, хотели освежиться...

Хм... Вот тут-то мне и подфартило. Капитан знал, где мы находились вчера. Наверняка у него имелось изображение Кай'Ана, полученное с камер видеонаблюдения. В принципе, оставалось дать Лытарю четкие фотографии беглеца и ждать результата. Получилось, что действия эльфа навлекли внимание спецслужб на нас, а не на него, как я планировал.

Апогеем всего этого бреда стала попытка капитана выкрасть из моего ящика служебный артефакт мыслесвязи. Мне и в голову не могло прийти, что стражник способен так себя повести. Только я отвернулся от посылки, как проворная искусственная рука метнулась к клипсе, намереваясь спрятать ее в кармане. Не взошло... Я почувствовал его движение и на автомате вскинул руку на перехват. Невидимый силовой клинок отсек предплечье капитана почти у самого локтя. Подняв с пола тяжелый обрубок, я вытащил артефакт и протянул стражу часть его протеза:

— Это, кажется, ваше?

Уверен, он меня на всю жизнь запомнил. И больше вопросов не последовало...

Забава закончилась, и мы приступили к проверке номера. Жучков нам накидали полным-полно, но и я отличился, повесив на капитана заклятие с похожими свойствами.

— Давно я не видела столько «насекомых»,— усмехнулась Тая.— Вытравить не желаете?

— Зачем? Все равно они имперского не знают и не смогут перевести записи,— пояснил я.— Лучше сейчас распечатаю большие фотографии Кай'Ана, и пусть знают, кого надо на самом деле ловить.

Но мне не пришлось печатать фотографии. Выдернутый терминал мне вернули, приложив к нему заклятие-дополнение для переводчика и разместив всю рабочую информацию на носителях устройства. Надо заметить, что вставлялся компьютер на прежнее место так же просто, как и извлекался, хорошо, что я был осторожен и не повредил разъемы. В итоге он встал на место как влитой. В прилагавшемся сообщении сотрудники технического подразделения извинялись за невозможность создать универсальное устройство для взлома компьютеров Дайсгана в столь короткие сроки и просили дать им хотя бы полгода на разработку подобной магитроники. Только не было у нас на это времени. Провалив расследование по горячим следам, я надеялся, что смогу найти убийцу хотя бы за неделю. С возможностями местной Стражи это было не то чтобы трудно, а скорее затянуто, так как поиски велись пассивным методом — слежением через камеры, как я уже говорил.

Рассуждая как охотник, я опасался, что дичь уже наелась и залегла на дно, чтобы полностью освоить свои новые способности. Готовый вампир не нуждается в постоянном питании, так как он испытывает голод только во время трансформации, когда вирусу требуется много энергии, либо после интенсивного использования магии, например в бою. А вот мировоззрение стражника заставляло переживать за возможные жертвы. Помимо прочего, очень хотелось понять, стерилен наш вампир или нет? Что будет, если он не до конца иссушит душу жертвы, скопируется ли дистрибутив магического вируса?

На всякий случай я все же задействовал нашу родную магитронику, надеясь найти Кая по образцу его крови, присланной с Хинлаугана, но ДНК эльфа уже успела кардинально измениться. Поисковые артефакты окончательно замолкли, словно расписавшись в своей беспомощности.

Махнув на них рукой, я приготовился смотреть шоу про капитана Лытаря, а также его разговоры с подчиненными и начальством.

* * *

Срез памяти.

Бег давался ему легко. Даже в прошлые годы Кай
мог, если нужно, бежать без устали, не занимаясь регулярно спортом, но теперь само понятие усталости
перестало для него существовать, и его голые подо-
швы шлепали по асфальту, приближая к неведомому
городу. Понятное дело, что мокасины, не предназна-
ченные для интенсивного бега, не выдержали подобного обращения и прямо на полном ходу развали-
лись по швам, но эльф даже не замедлил свой бег:
теперь он мог бежать и босиком, не обращая внимания на острые камни, коварное стекло или шерша-
вый, словно наждак, асфальт. Он стал прекрасно видеть в темноте и не боялся переломать себе ноги,
случайно оступившись. Огромная южная луна, гото-
вящаяся к полнолунию, освещала ему дорогу, компенсируя свое одиночество размерами.

Где-то на краю сознания мелькнула мысль, что
мертвые не потеют, заставив Кая улыбнуться. Биоло-
гически он не был мертв. Ему-эльфу даже хотелось
есть, но не так сильно, как ему-вампиру два часа назад. В голове понемногу начал складываться план
дальнейших действий. Продвигаясь маленькими
шажками к правильному решению, чтобы не схло-
потать очередной контролирующий удар головной
боли, Кай'Ан наметил для себя основные задачи: за-
теряться, набраться сил и вернуться домой на Хинлауган. Последняя мысль вызвала особенное одобре-
ние невидимого указчика.

Поутру эльф добрался до огромного города, не
зная, что это столица королевства Карон, и предусмотрительно перешел со стремительного бега на шаг.

187

Сильнейший тропический ливень скрыл его от автоматического наблюдения, и местная стража могла только предполагать, как кровавый маньяк, уже разыскиваемый по записям с камер, проник в Найстаг.

В городе Кай растерялся, но ненадолго. Новое чутье подсказывало, что где-то впереди есть река, туда он и направился, ища мосты, под которыми можно схорониться. Широкая река имела широкие мосты и роскошные каменные набережные. Логика подсказала эльфу, что, чем «злачнее» будет место под мостом, тем менее вероятно, что его там станут искать. Такой мост нашелся. Он был перекинут через один из рукавов Стага. Не очень длинный, скорее широкий, что позволяло избегать дорожных заторов. В обе стороны от него уходила пустынная набережная, почему-то огороженная решеткой. Кай легко перемахнул через ограждение и спустился под мост. Восемь спящих бродяг не стали для него сюрпризом. Стараясь не запачкаться в крови и грязи, он аккуратно «перекусил» ими, лишь легонько вонзая когти в горла жертв. Еще недавно в бою он бездумно набрасывался на пищу. Чуть ли не разрывая тела, чтобы добраться до души. На самом же деле было достаточно получить контакт с кровью. Кай представил себя со стороны, «питающимся» по-старинке, как это описывают мифы про вампиров,— через клыки. Боевой биоробот вдруг невольно представил эротическую картину: он крепко держал обнаженную Нейлу и нежно впивался клыками в ее шею.

Нейла! Но тут незримый указчик снова прошелся болью по его нервам. Нельзя, надо забыть все лишнее!

Эльф застонал от ярости, стараясь не навлечь на себя новое наказание и больше не думать о прошлом. И снова волна удовольствия накрыла его «пряником» дрессировки.

***

Сидя за пультом наблюдения, я продолжал болтать с девушками. Совместный поход по магазинам помог сломать незримую преграду в общении, словно магички только того и добивались, чтобы макнуть следователя Летова носом в местную грязь.

— Вот вы говорите «маги то, маги это»,— присела мне на уши более ласковая Тая, почему-то вызвав странную ревность грубоватой Терганы.— А нам, магам, за вредность надо драконье молоко выдавать.

— Драконы не млекопитающие,— совершенно автоматически поправил я.

— Тьфу на вас! — притворно обиделась девушка.— Не срывайте налет трагичности с моих слов.

Ну-ну...

— Вот вы всего лишь на два часа окунулись в местный быт и поверхностно ознакомились с социальными нормами, а мы постоянно испытываем весь этот ужас. Думаете, написали в «Страже Порядка» статью про свое расследование, так уже героем стали? — ошарашила меня Тая.— Маги, видите ли, у вас плохие... а мы, между прочим, постоянно наблюдаем всю дикость чужих традиций и законов. Мы вынуждены смотреть на все это и терпеть... а так иногда хочется пройтись по улицам их городов с пулеметом, расстреливая от бедра все это дерьмо!

Ой, беда! Либо меня разыгрывали на доверии, либо девочке надо было как следует разрядиться. Понятное дело, я не стал лезть со своими советами, а только еще внимательнее принялся следить за Лытарем, который в это время менял свой поврежденный протез.

— А вообще, интересная у них система дрессировки,— вспомнил я поразивший меня ролик.— Влияние именно на центры удовольствия головного мозга.

— Да ерунда все это, баловство,— хмыкнула Тергана.— Мы уже две тысячи лет примерно таким же способом контролируем операционные системы артефактов, чтобы искусственный разум не вышел за грани дозволенного.

Не знал...

Тут контрразведчик Лытарь завел интересный разговор, и я полностью переключился на него, закрывшись в своей комнате.

* * *

— Нет, ну ты себе представляешь?! — жаловался капитан, лежа в операционном ложементе.— А если бы это была настоящая рука?

Подглядывающее заклятие передавало по телепатическому каналу четкую картинку, зависшую под потолком комнаты.

Речь капитана щедро разбавлялась ненормативной лексикой, недостойной настоящего стража правопорядка.

— Спокойно, Мант, не размахивай культяпками,— предупредительно поднял руку врач.— А то снотворное вкачу.

— Не надо! — резко отмахнулся капитан.— Башка от него потом раскалывается, а это единственная боль, которую я не могу блокировать. Хотел бы я так уметь, как этот чертов инопланетник! Рукой махнул, вот так вот... ладно, не размахиваю... и сверхпрочный пластик словно лазером отсекло, но это не лазер.

Рядом с врачом на столике лежал маленький обрубок искусственной руки от локтя до плоскости среза силовым полем. Всю руку капитану менять не пришлось, и ему восстановили только предплечье.

— Да уж, не представляю, как он это сделал,— поддакнул врач и поспешил воспользоваться минутой спокойствия, охватившего стражника: — Ты в следующий раз чужие вещи не хватай, особенно у инопланетников.

— Королевству нужны новые технологии! — воскликнул капитан, снова теряя спокойствие.— Его Величество ждет от нас результатов!

— Для этого у Его Величества есть Академия наук, а ты... падла... прекрати дергаться! Тебе же не шило в задницу воткнули.

— А видел бы ты, как он излечил раба! — Капитан все же заинтересовал врача, возбудив его профессиональное любопытство.— Всего полтора часа — и тот полностью исцелился! Даже мозги в норму пришли.

— Действительно, королевству нужны новые технологии,— задумался врач.

— Завидуешь, что не умеешь так же? — ухмыльнулся капитан.— Ничего, все мы им завидуем.

— Я никогда не завидую.

Дальше последовало идиоматическое выражение, после чего тертый жизнью Лытарь произнес фразу, засевшую у меня в голове на всю жизнь:

— Зависть — налог на успех. Его платят обе стороны, но разными чувствами. Так что не надо заниматься самообманом...

Вскоре врач (хотя его действия больше походили на работу автослесаря) закончил все манипуляции и отпустил вспыльчивого капитана, поспешившего на ковер к начальству. В принципе, все происходило в той же последовательности, к которой я сам привык.

Получив нагоняй от руководства, капитан вернулся к своим непосредственным обязанностям — охоте на инопланетников и их технологии...

Было интересно наблюдать, как Лытарь распекает уже своих подчиненных, словно стряхивая с себя таким образом весь эмоциональный груз, навалившийся на него чуть раньше. В первую очередь досталось руководителю группы прослушки, сидевшей прямо за стенкой нашего номера. Парни работали ушами, а вот их начальник прохлаждался в управлении, где его и отловил капитан Лытарь.

Первая фраза сплошняком состояла из идиоматических выражений, заботливо переведенных артефактом, но я сознательно пропущу ее, так как основная смысловая нагрузка легла на предлоги и междометия, которыми оказался богат лексикон моего коллеги из Тайной Стражи, а не на прилагательные, глаголы и существительные.

— Ну, что там у твоих?

— Есть одно интересное наблюдение, кэп,— начал в свое оправдание лейтенант Корсун.— Во-первых, все записи делаются на языке пришельцев...

— А на каком еще языке им разговаривать?! — взорвался капитан и смахнул со стола документы подчиненного.

— Кэп, парни, сидящие в гостинице за стенкой, слышат разговоры на каронском! — заорал тот, чтобы перекричать начальника.

Все это выглядело бы забавно, если бы участники событий не работали в Тайной Страже Его Величества...

— И это еще не все... Пришелец сначала изъял, а потом вернул рабочую станцию, принадлежащую гостинице. На ней нашлась довольно интересная информация,— еле успел сообщить лейтенант, прежде чем оказался на полу, а капитан занял его рабочее место.— Ну и замашки у вас, армейских... Кто же тот идиот, который додумался вас из армии на эту работу взять?

Последний вопрос был задан ворчливым шепотом, но усиленные имплантатами уши капитана уловили его недовольство.

— Поговори мне, салага! Двести отжиманий!

Капитан углубился в изучение информации, размещенной на компьютере в моем номере. Умные глаза бывшего военного внимательно бегали по заранее подготовленным строчкам. Для него же и подготовленным.

— Деза! — рявкнул капитан.— По-любому фуфло.

— Капитан, обратите внимание, что вы читаете копии, набранные стенографистками вручную,— лейтенант проигнорировал приказ отжиматься и теперь пальцем тыкал в экран, протянув руку через плечо шефа.— А вот здесь лежат оригиналы. Смотрите, какая чушь чухастая.

Переводчик снова исправно довел до моего сведения все идиоматические выражения Лытаря.

— А как же так получается? — непонимающе уставился он в текст на имперском языке.

— Как я вам уже пытался сказать,— поддел лейтенант шефа,— все записи делаются на языке пришельцев, но если находишься рядом с ними, то начинаешь воспринимать их речь как родную. Почему-то на приборы этот эффект не распространяется. Тут еще много всяких интересных нюансов.

— Покажи мне этого парнишку,— потребовал капитан, имея в виду меня.

На мониторе появилась кровать гостиничного номера, на которой развалился я сам с закрытыми глазами для лучшего телепатического контакта с пультом управления.

Судя по раздавшемуся звуку, капитан презрительно фыркнул.

— Покажи девчат,— потребовал он.

Ох, я чуть не вскрикнул от удивления, когда увидел, какой разврат творился за стенкой.

— Сделай крупнее! — Голос Лытаря дрогнул.— Запись идет? Отлично! Потом мне на диск закатай и закрой доступ для других подразделений.

М-да, не ожидал я увидеть такое в исполнении магичек Гильдии.

— Шеф,— заискивающе начал летеха.— У меня брательник двоюродный — продюсер и режиссер фильмов для взрослых. Давайте ему покажем.

— Зачем?! — Удивленный Лытарь посмотрел на него круглыми глазами.

— Для экспертной оценки с точки зрения кинематографической ценности. Это будет бесплатно.

Звук глухой оплеухи, словно отпущенной пластиковой рукой по деревянной голове, опустил нас с небес на землю.

* * *

Пока добрая половина Тайной Стражи мозолила свои глаза, глядя в мониторы, я составил фальшивое предписание самому себе, в котором от лица старшего инквизитора Воронова приказывал найти и уничтожить сбежавшего биоастрального робота, дабы не допустить утечку технологий. Предписание я отправил сам себе по почте и начал ждать, когда вуайеристы из Тайной Стражи заметят письмо на компьютере. Видимо, они свою икру не зря кушали и, несмотря на случайные отвлекающие маневры магичек, уже через десять минут докладывали лейтенанту Корсуну.

— Шеф, танцуйте, вам письмо! — радостно сообщил он, помахивая распечаткой из принтера.

— Я тебе сейчас дыхло прогрею! — рявкнул киборг Лытарь и стремительным броском вырвал листок бумаги.

Он пробежал глазами по строчкам и выдал, опираясь на свое чутье и жизненный опыт:

— Брехня! Ну какой из него доктор наук? Так, лаборантишка... И как это старший инквизитор Воронков (у них что, фамилии переводятся на наш?) приказывает Летневу (ну глянь, точно переводятся!) изловить боевого робота? Видимо, это самый настоящий боевой доктор наук! — Лытарь заржал, наверное вспомнив какой-то случай.— Ну прямо как в старом бородатом анекдоте: «Так вот, батенька, это были самые настоящие боевые педерасты!»

Тьфу ты... Не люблю остряков!

...С нейролингвистическими заклятиями всегда такие сюрпризы. Всем известно, что фамилии не переводятся на другие языки, но бездушная магитроника черпает словарь из мыслей. Поэтому и получается, что слова, имеющие хоть какое-то значение, будут переведены автоматически...

Несмотря на скепсис капитана, я все равно был уверен, что он заинтересуется информацией. К тому же следом за указом из принтера выползли четкие фотографии эльфа.

— Так-так,— протянул киборг.— Знакомые ушки... так бы и оторвал! Выходит, это и есть тот опасный биоастральный робот...

— Да, кэп! Прикажете его изловить?

— Твое дело в мониторы пялиться,— снисходительно фыркнул Лытарь.— Куда вам, слухачам...

— Ну конечно,— снова не удержался языкастый лейтенант, прежде чем охнул от удара в «солнышко».— Куда уж нам до боевых педерас...

Как я и рассчитывал, поисковики королевства наконец-то заработали на полную мощь. Не мог Лытарь проигнорировать мою информацию, хоть и относился к ней с недоверием. Что поделать, наверное, во всех мирах в страже действует тот же принцип: даже при наличии лучшей версии требуется проверять любую зацепку. Вот и остряк-капитан действовал по инструкции, чем наконец-то меня порадовал.

***

Срез памяти.
Выбравшись из-под моста, эльф побрел искать настоящее пропитание. Желудок требовал обычной пищи. Когда Кай случайно бросил взгляд на бродячих собак и вездесущих крыс, он получил от незримого указчика, засевшего в голове, посыл одобрения. Старые привычки взбунтовались, не позволив питаться помойными животными. Его чуть не стошнило, но желудок оказался пуст, и рвотный рефлекс сработал вхолостую. Указчик разумно отступил...

Старательно осмотрев себя, он пришел к выводу, что выглядит помято и неопрятно, но вполне сносно. Главное, что от него не разило ни потом, ни перегаром, ни помойкой. И, набравшись смелости, эльф пошел в ту сторону, откуда долетали запахи еды. Бояться было чего, так как он хорошо помнил тот ресторан, где оставил свою печатку, которой очень полюбил «подписывать» новые картины.

К несчастью, на пути попадались всякие забегаловки быстрого питания, где люди стояли в живой очереди или же сидели за столиками с автоматизированным меню. Тут потребовался бы переводчик, которого у эльфа не было. В традиционном кафе или ресторане общение облегчалось наличием официанта, чаще готового на лингвистические подвиги ради хороших чаевых, но подобные заведения, как привило, открываются не раньше полудня. А Кай продолжал двигаться от одного источника запаха к другому, ориентируясь в них, как настоящая легавая, идущая по следу.

Кто ищет, тот обязательно находит, будь он хоть биоастральным роботом. Вот и Каю повезло, и он нашел утреннее кафе. Официантка-рабыня была улыбчива и приветлива уже с момента открытия. Несмотря на заспанный вид, она искренне улыбалась. Еще бы! Все на благо хозяина.

Кай сел за дальний столик лицом ко входу. Новые инстинкты диктовали свои правила, а он даже не замечал этого, принимая их за свои собственные. Эльф, конечно же, мог попытаться проанализировать свое поведение, но ничего, кроме удовольствия от обладания новыми способностями, не испытал бы.

Сделать заказ получилось довольно просто, так как в меню обнаружились цветные картинки. На полиграфию хозяин не поскупился, и эльф уже с первых минут чуть не захлебнулся слюной.

— Это, это, это и вот этот десерт,— скорее по привычке прокомментировал Кай, тыча пальцем в картинки.

Официантка приняла заказ и убежала, оставив голодного эльфа размышлять о дальнейших планах.

Новоиспеченный убийца снова обратился к своему внутреннему информаторию, чтобы получше разобраться в новых способностях. Ориентироваться оказалось довольно просто, словно все создавалось в расчете на настоящего гуманитария. *Отчет о системе: достигнут минимально необходимый энергетический уровень. Физическая и биоэнергетическая трансформации закончены. Достигнутая боеготовность — сто процентов.* Эльф снова нашел инструкцию и углубился в изучение. Почему-то прежних эмоций он не испытывал. Даже если они и возникали где-то на границе сознания, то все равно не влияли на измененный организм эльфа, больше не вызывая всплеска гормонов. Талантливый художник уже давно умер в этом теле, уступив место бойцу специального назначения.

Кай потирал руки и радовался приобретенным способностям. Так уж устроены мужчины, что не могут спокойно держать в руках оружие. Тот, кто заявляет, что относится к оружию безразлично, либо врет, либо ненормальный, либо просто не понимает, что все равно находится под влиянием его природной силы, а спокойствие — лишь следствие самоконтроля и воспитания. Есть как минимум три вещи, которые, несомненно, влияют на сознание мужчины, попадая ему в руки: власть, оружие и женщина... Или же он сам попадает под их влияние...

Новые способности оказались исключительно прикладными, но зато в бою работали как часы и не подводили. Заклятий прямой атаки насчитывалось очень мало, так как считалось, что они неэффективны против боевых магов. К тому же, согласно магическим правилам, с увеличением дистанции эффективность их применения падала обратно пропорционально квадрату расстояния. Только плазма и телекинез, не более, зато нервная «ускорялка» и трансформация работали идеально, а последнее не у всякого мага легко получается.

Девушка принесла заказ, отвлекая его от изучения Инструкции, но Кай был только рад этому и тут же набросился на еду, даже не разбирая, что намешано в тарелках. Вместо плотного завтрака получился натуральный обед для обжоры, закончившийся большой порцией десерта. В нормальной жизни Кай никогда бы столько не осилил, его желудок просто не справился бы с таким объемом пищи, но теперь его тело по своему устройству мало походило на эльфийское, хотя и сохранило природную гибкость и изящность. А еще он перестал улыбаться, глаза превратились в систему наведения, потеряв всякое сходство с «зеркалом души».

Наступило время платить по счету. Откуда-то у Кая появились способности к быстрым математическим вычислениям, которых так не хватало в прежней жизни. Внизу счета сумма была обведена в овал. Цифры оказались незнакомыми, но эльфа это не смутило. Достав деньги, он быстро вычислил, как выглядит ноль. Потом очередь дошла до единицы и пятерки. А дальше все было делом техники, так как десятичная система счисления свойственна большинству десятипалых народов. Он мог и ошибиться, но иностранцу это простительно. Так что Кай смело отсчитал нужную сумму. Угадал, надо же. Напоследок он жестами кое-как упросил официантку написать ему в ряд цифры от нуля до девяти, чтобы больше не решать математические головоломки...

...В своих действиях эльф был последователен. Стремясь остаться незамеченным, он прикупил простую серую куртку-балахон с капюшоном, новые удобные темно-серые штаны и спортивную обувь. Стал он серым как мышка, только новизна одежды выдавала его, но все же не привлекала пристального внимания. Так как ливни в королевстве не были чем-то особенным, никого не смущало, что молодой парень одет в легкую куртку из плащевой ткани, несмотря на жару. Темные очки прятали его новый пристальный взгляд, чтобы не пугать прохожих.

Отправившись на прогулку по городу, Кай изучал его улицы, присматривался к планировке зданий с магазинами, наблюдал за жителями и туристами, анализировал их поведение и действия попадающихся стражников. Он понимал, что рано или поздно ему надо будет проникнуть в форт Дайс, а сделать это силой было практически невозможно.

А зачем ему возвращаться домой? Внутренний указчик напрягся. Может, все-таки остаться? Легкий предупреждающий укол указал на глупость таких мыслей. Так зачем же ему возвращаться на Хинлауган? Зачем? Для чего?

Найти Хозяина...

Вспыхнувшая в сознании подсказка сначала его напугала, но потом он убедился в необходимости этого действия и продолжил готовить свой план.

***

Беглеца заметили к вечеру. Компьютерные программы, анализирующие информацию с камер, не сразу опознали гуляющего эльфа, но вскоре настроились на новые данные и уже не выпускали его из поля зрения. Наружка Тайной Стражи вела Кая исключительно дистанционно, не выводя в «поле» своих агентов. Здесь снова пришлось постараться мне лично, чтобы особо резвые топтуны не спугнули дичь, у которой должно было до предела обостриться восприятие. Для этого оказалось достаточно прислать самому себе документ с описанием магико-технических характеристик биоастрального робота, загрузив работой весь аналитический отдел Тайной Стражи.

— «Рисует» карту,— сказал я сам себе, увидев действия эльфа, когда мы с магичками сидели за столом и делали вид, что просто ужинаем. Камеры местной охранки фиксировали только то, что мы едим молча.

— Согласна,— кивнула Тергана Кираун.— Он что-то задумал. Знать бы директивы, которыми он руководствуется.

— Это мы узнаем, только когда поймаем,— развел я руками.— Будьте готовы пойти по следу в любой момент. Теперь вся надежда на вас — я, вероятнее всего, просто не справлюсь.

— Не беспокойтесь, лейтенант, ваша задница в надежных руках.

Я внимательно посмотрел на нее и увидел проступивший на щеках румянец.

— Тергана, вы Орденом не ошиблись? Может, вам лучше в Орден Тагеда Остроумного перейти? И капитана Лытаря с собой возьмите: там таких любят,— поддел я ее и еще подлил масла в огонь: — Только девушки там не столь покладисты, как наша милая Тая'Ли, и тоже остры на язык — как бы вы не поранили друг дружку.

...Вечером Кай'Ану как-то удалось избавиться от наблюдения следящих систем и скрыться на окраине города, в неблагополучном «спальнике», где камеры уже не были такими вездесущими. Не помогла даже моя магитроника, настроенная на новые данные, полученные в результате слежки, но все-таки вводные характеристики остались неполными, и я особо не надеялся на результат. Эльф очень искусно скрывался, подменяя свою ауру, словно опасаясь, что его ищут *свои*. Я боялся, что беглец возьмется за старое, но вся известная информация про вампиров четко указывала на окончание периода созревания, так что безумного количества жертв больше не предвиделось, но это в теории... Приходилось думать о лучшем, но готовиться к худшему. Я уже не верил в возвращение прежнего Кая, увидев его последние художества. К сожалению, эльфа уже нельзя было излечить, а только переработать или подправить и перенастроить на выполнение легальных функций. И все равно получился бы не тот Кай. Не та личность...

Глава 5

Остановка силой

Срез памяти.

Кай чувствовал, что его ищут абсолютно все. Уходя от слежки, он учитывал и то, что землю топтать будут и соотечественники, и потому принял максимальные маскировочные меры, изменив себя полностью. Теперь «гончие» не смогут его найти. Единственное, чего не мог знать эльф, владея информацией о методах Стражи исключительно по фильмам, так это о способности некоторых следователей к предчувствию и ясновидению.

Первым делом он хотел убедиться, что имперские охотники уже в Найстаге. Для этого он и запланировал свою террористическую акцию. К тому же это был неплохой повод еще раз подзарядиться. Столица королевства жила туризмом, даже в сезон дождей тут гостило полно народу, город гулял и ночью. Пропустив очередной ливень, эльф отправился в присмотренный им многоэтажный развлекательный комплекс. Здесь были бары, рестораны, казино, танцевальный клуб, бани, массажные салоны с дополнительными услугами и многое, многое другое. В ночное время РК «Золотая коллекция» привлекал чуть ли не всех туристов. Помимо них, тут ошивались местные жители, кормящиеся от гостей города, и всякая шваль, промышляющая мошенничеством, грабежом или кражами.

Обнаружив все посты охраны комплекса во время дневной прогулки, Кай'Ан еще раз убедился в правильности своих наблюдений и двинулся в караульное помещение, где находились пульты и мониторы видеоконтроля и где поочередно отдыхали охранники. Благодаря его новым способностям оказалось довольно легко пройти незамеченным даже мимо камер видеонаблюдения. Они просто не срабатывали, так как не могли различить в дрожащем воздухе какое-нибудь достойное внимания движение. Дверь в дежурку оказалась прочнее, чем он ожидал, но это не означало, что она сможет его остановить. Сама комната располагалась в безлюдной части комплекса среди множества других служебных помещений. В коридорах царил полумрак, слепящие вспышки плазменных зарядов разогнали темноту, расплавив дверные петли и замок. Мощный телекинетический удар довершил разгром преграды, и эльф вошел в дежурку, в которой сидели пять шокированных жертв, как раз пригодившихся для восполнения затраченной энергии. Охранники так и не успели ничего понять, когда нападающий стремительными движениями всех их парализовал. Наконец-то Кай'Ан полностью контролировал свои действия и не срывался «трапезничать» как безумное животное. Теперь он знал, как можно парализовать жертву легкими прикосновениями, чтобы уже потом с достоинством полакомиться тщательно переваренной человеческой *душонкой*...

Остальные охранники все еще находились на своих постах и не знали о случившемся. Пока не успела включиться тревога, Кай'Ан поспешил закончить задуманное. Если его боевые возможности ограничивались прикладными заклятиями, то террористическая составляющая оказалась на высоте. Создатель этой системы не поскупился на разработку совершенной магической системы, управлявшей телом вампира. Пока эльф искал вход в вентиляционную сеть, внутри него дозревала биологическая мина с нейротоксинным газом.

Огромная силовая установка снабжала развлекательный комплекс свежим воздухом, разгоняя его по трубам по всем помещениям, кроме служебных, в которых была своя замкнутая система вентиляции. Рука вампира с легкостью пробила жестяную гофру и оставила внутри большой кусок плоти, который начал медленно переходить в газообразное состояние. Потоки воздуха подхватили парализующий газ и понесли его к новым жертвам. Пока гости комплекса беспомощно оседали на пол, Кай'Ан вышел на охоту за остатками охраны.

* * *

Спасибо магии, я мог позволить своему телу спать, но при этом часть сознания бодрствовала и отслеживала происходящее в штабе моего невольного союзника — капитана Лытаря. В показываемые магичками сюжеты больше никто не верил, так как они случайно прокололись на повторах. Наблюдатели догадались, что их дурят, но не могли понять как, что и нагоняло на них тоску и раздражение.

Надо было срочно что-то предпринять, так как мое чутье стражника снова завопило о приближающейся опасности. Я четко чувствовал кровавые преступления, которые совершал Кай, несмотря на то что души погибших не отходили на *ту* сторону, а просто поглощались им в качестве пищи.

«Проснувшись», я вышел из своего номера и постучал в соседний, где засели слухачи. За дверью раздались звуки лихорадочной возни, но еще острее я чувствовал происходящее эмпатически. От скуки не осталось и следа, и наблюдатели срочно решали, какую комедию разыграть для меня.

— Доброй ночи,— поприветствовал я женщину в халате, с мокрыми спутанными волосами. В отличие от многих виденных мною местных представительниц прекрасного пола, эта была еще куда ни шло.— Я понимаю, что вы удивлены столь поздним визитом незнакомого симпатичного мужчины, но буду признателен, если моему обаянию и подскажете, где я могу найти большую карту города желательно на пластиковой биоразлагаемой бумаге?

Мне удалось застать ее врасплох, и она только удивленно захлопала глазами, а в нашем номере посмеивались магички, слышавшие меня в этот момент.

— Марта! Кто там?! — раздался противный требовательный голос еще одного актера.— Я слышал мужской голос!

— Доброй ночи! — крикнул я, забавляясь ситуацией.— Я потерял своего знакомого, и мне очень нужна карта города, чтобы узнать место, где он остановился. У вас нет случайно такой? Если вдруг у вас в багаже она найдется, не могли бы вы одолжить мне ее на пять минут?

— Хм, я как раз клала ее перед поездкой,— задумчиво протянула Марта, а может, просто решила подыграть мне, уже поняв, что их инкогнито раскрыто.— Если найду, то я вам ее занесу.

— Спасибо, мы с подругами спать не собираемся, так что буду рад вашей помощи.

Вернувшись в номер, я уселся в мягком кресле, продумывая возможные варианты поведения беглеца.

Логика его действий стала более-менее понятна, когда обнаружилось, что бедный художник превратился в вампира. В ходе дела выяснился очень серьезный факт — судя по череде событий, инфицировали Кай'Ана еще в Хинлау. Допустить, что его заразил случайно выживший вампир, удивительным образом сохранившийся еще со времен Объединения, я просто не мог и понимал, что, только найдя Кая, смогу узнать, кто настоящий преступник. Сам того не заметив, я заснул в кресле.

...Мне почему-то снилась моя средняя школа для магов в Ордене Магерта Осмотрительного. Мы сидели в большой аудитории, а магистр Донра читал вводную лекцию о чарах, их видах и способах их наложения.

— Таким образом, для сохранения сложной структуры многокомпонентных заклятий требуется устойчивое полевое образование или же твердое тело, желательно с кристаллической решеткой. Именно поэтому мы не можем зачаровать воздух сложными вирусными чарами. Газы удерживают в себе лишь очень простые магические эффекты, например температурные, химически активные и другие. Более сложные эффекты может удерживать простая вода, но ей мы посвятим отдельный урок... Так что для защиты от зачарованного воздуха хватает простейшего заклятия-антивируса. И ему необязательно быть активированным резидентно, достаточно постоянной работы в режиме мониторинга входящих пакетов магических операнд...

От такой науки было немудрено и заснуть.

Я чуть не вскочил с кресла — таким резким было мое пробуждение. В реальной жизни я тогда заснул на заумной лекции, а проснулся уже с переломанными костями и кучей синяков, так как лектор Донра оказался скор на расправу, и контузионнная волна его телекинетического импульса заставила меня несколько раз удариться о задние парты и разорвала много кровеносных сосудов. Больше я никогда на лекциях не спал.

На улице послышался усиливающийся рев сирены. Звук шел с другой стороны здания, но я все равно его услышал благодаря чуткой магитронике. Вой прекратился, и раздался визг тормозов, кто-то очень торопился. Эта же спешка передалась и тому, кто прошел по гостиничному коридору к номеру моих «подглядывателей». Человек крался очень тихо, но фонящие эмоции выдавали его волнение и торопливость.

Понятно, привезли карту... Я посмотрел на часы — прошло пятнадцать минут. Даже не знаю, быстро это или долго по местным меркам. За стенкой раздался звук затрещины... Как хорошо иметь чуткие уши! Курьеру влепили за лишний шум, поднятый сиреной.

В дверь нашего номера постучали, и я пошел получать карту. Вежливая улыбка во все тридцать два, «огромное спасибо» и заверение, что утром занесу. В ответ «Всегда пожалуйста» и «Оставьте себе, мы на компьютере посмотрим».

Карта оказалась очень старая. Подозреваю, что она провисела на стене в Тайной Страже не один десяток лет. Наверняка многие здания успели уже снести, а другие — построить, но общая схема города все равно оставалась прежней. Развернув бумагу, я осторожно прикрепил ее к той стене номера, за которой начиналась набережная Стага и высился королевский дворец. Разглаживая ее складки, я настраивался на поиски беглеца. Размером она была примерно сажень на половину: приблизительно два миллиона точек. Это, по сути, были вероятные места, куда мог угодить дротик. Это вам не в два десятка фотографий целиться, но здесь я знал убийцу наверняка, что помогало отсеять неверные варианты, снизив допустимое количество попаданий. Вернувшись в кресло, я погрузился в транс, сжимая в руках дротик. Метательный снаряд принимал от меня «инструкции», а я сам собирал из астрала эмоционально-энергетические следы, оставленные Кай'Аном. Подсознание работало как вычислительный центр, отсекая все ложные цели. Лишние вероятности броска отсеялись, затем оставшиеся откатились в конец очереди, уступив первое место одному-единственному. Встав, я швырнул дротик, так и не открыв глаза. Раздался громкий сухой щелчок, и я посмотрел на карту.

— Гадание на картах? — В голосе Терганы послышался сарказм.— Интересно, что стало со стеной?

Я откинул бумагу и увидел большое отверстие в бетонной стене, из которого сильно сквозило. Сила моего броска оказалась столь огромной, что удар дротика произвел такой же эффект, как попадание снаряда.

Ну не моя в том вина, все дело в трансе...

— Теперь я почти не сомневаюсь, что он вот тут,— указал я пальцем на аккуратную дырку в карте (на бумаге она была с дротик диаметром) и провел ногтем от предполагаемой точки до нашей гостиницы прямую линию, прожигая ее магией.— Дамы, это в первый и последний раз, когда я смог найти Кай'Ана таким способом. Магия вероятностей имеет свои ограничения. Так что очень прошу вас приложить максимум усилий для поимки вампира, но самая главная наша задача — сделать полную сканограмму его биоэнергетической составляющей. Тогда он уже не сможет уйти от нас. Собираемся. Мы должны прибыть туда раньше местных стражей.

На самом деле, последнюю фразу я сказал для капитана Лытаря, чтобы он не терял времени даром и уже высылал спецназ для захвата вампира. Я был почти уверен, что какой-нибудь отряд быстрого реагирования вот-вот помчится к отмеченной мною точке на карте, поэтому собирались мы не спеша, давая им фору.

Ночной город полыхал цветастой светящейся рекламой, полностью затмевающей свет далеких звезд. Зато луна светила в полный накал, зависнув в темном небе идеально ровным диском, словно хотела подтвердить миф о своем магическом влиянии на нечистую силу. Где-то далеко стрекотали вертолеты, перемалывая своими лопастями слои влажного воздуха. Регион был не самый удачный для полетов, так как сильные ливни очень мешали воздушным судам, но необходимость диктовала свои условия.

Теплый ветерок, полнолуние, популярный курорт и немногочисленные туристы, лениво прогуливающиеся по ночным улицам после дождя, наводили на мысли об отпуске, прерванном столь неудачно. Я вспомнил о своей ушастенькой зайке, которую оставил на борту «Императрицы Мионы». Лайнер уже должен был вернуться на Хинлауган. Было бы хорошо прогуляться с Селиной по ночному городу, попасть под дождь и прятаться от него под деревом, прижимаясь друг к другу, но вместо этого мне приходилось ловить своего условного родственника, пропавшего по велению чьего-то злого умысла. Было бы глупо жаловаться на судьбу, так как я сам встал на этот путь несколько лет назад, я сам зарядил себя в обойму и теперь летел из ствола к своей вечной Цели — охране правопорядка. Не оправдав надежды Ордена Магерта Осмотрительного, я был вынужден выбрать другой профсоюз, чтобы получить достойную профессию. Инструкторы и воспитатели неохотно расставались со мной, но Устав диктовал вполне разумные требования: обучаться боевой магии должны только талантливые маги. Перевестись на гражданский факультет артефактостроения я не мог — отсутствие способностей к оперированию, да и куратор группы откровенно посоветовал идти в Стражу по той причине, что я рос гиперответственным и с обостренным чувством справедливости.

...Вполне возможно, что лет через пятьсот мне надоест работать в Страже, и я захочу сменить профессию, но пока мой полет продолжается, и я готов идти напролом или огибать препятствия, лишь бы поразить свою Цель...

Наши «Бритвы» находились на стоянке, принадлежавшей гостинице, так что идти пришлось недолго, даже прогулочным шагом. Вполне возможно, что местные пройдохи из Тайной Стражи попытались поковыряться в устройствах мотоциклов. Представляю, какие у них были лица, когда они наткнулись на противоугонную систему, бьющую мощными электрическими разрядами.

— Думаю, что они уже подъезжают,— подсказала опытная Тергана.— Это был хороший результат для работе спецслужб.

Я посмотрел на часы. Десять минут. Да это и для Империи неплохой показатель, хотя дежурная мобильная группа СОБРа прибывает примерно через полторы минуты после сигнала тревоги, учитывая расстояние между координатными «маяками» и местом преступления. А вот специальные отряды, такие как ОМОН, добираются дольше, потому что они реагируют на вызовы совсем другого характера и им не приходится гоняться по горячим следам.

Мы тронулись с места, выезжая к пункту назначения. Я смотрел на дорогу через специальные очки ночного видения, а девушки пользовались собственной магией. Было видно как днем, так что фары «Бритвам» не требовались, хоть и входили в комплектацию. Подъезжая к площади, на которой высился РК «Золотая коллекция», я обратил внимание на затухающее уличное освещение. Все реже горели фонари, пока совсем не погасли, а нам в глаза ударил мощный прожектор, установленный на вертолете. Только толку от него практически не было, так как мы видели картинку в дневном формате.

— Научные сотрудники Научно-Производственного Объединения имени Рео'Ора Вежливого! — раздалось с неба с таким забавным переводом от нашего артефакта, допустившего ошибку.— Приказываю остановиться! Сотрудники НПО Рео'Ора Культурного, именем Его Величества короля...

Я ударил по тормозам, опасаясь, что Кай'Ан услышит этот голос из «матюгальника» и разберет в непонятной ему фразе название магического Ордена, известного всем в Империи, даже детям и бойцовым чешуйчатым котам. Реакция девушек оказалась на высоте, и они остановились всего лишь на полкорпуса впереди меня. Вертолет опустился чуть ниже, и из него выпрыгнул кибер, одетый в черную униформу, поверх которой виднелись вставки броневых пластин. Я внимательно посмотрел на идущего к нам человека и ахнул, увидев как мало в нем осталось от живого существа. В руках боец сжимал короткоствольный пистолет-пулемет с навинченным глушителем. Выражение его лица не предвещало ничего хорошего, но нам нечего было бояться — сила была на нашей стороне.

— Пройдемте, господа,— бросил он короткую фразу.

— Садись сзади меня, и мы проедем,— ответила Тергана.— Только заранее подсказывай, куда поворачивать.

Кибер не стал отказываться и ловко вскочил на заднее сиденье «Бритвы».

***

Пока мы приближались к мобильному штабу, я все гадал, где же он расположен. Кругом царила непроглядная темнота, поэтому я не расставался со своими очками. Остановившись возле дома напротив развлекательного комплекса, мы подошли к люльке, висевшей у самой земли. Судя по креплениям и оставленным следам, устанавливали ее в спешке буквально несколько минут назад. Вот на ней мы и поднялись наверх. На этот раз девушки убрали мотоциклы, положив их в магические «карманы».

При свете полной луны нас встретил огромный вагон-вертолет, приземлившийся прямо на крышу здания, в котором я успел насчитать десять этажей. Вот в этой махине и находился мобильный штаб Тайной Стражи. Мы поднялись по аппарели и, отодвинув плотные занавески, оказались внутри.

— А вот и наши герои! — услышали мы знакомый голос остряка Лытаря.— Я просто сражен вашей способностью к системному анализу. Шучу, конечно же. А дырку в стене номера, так и быть, мы залатаем сами. Господин Летов, сударыни...

Мне он протянул свою пластиковую руку, а девушкам даже поцеловал пальчики, проделав это с какой-то комичной куртуазностью. Магички оказались хорошо воспитаны и не подали вида, что его поведение кажется им глупым и смешным, но я все равно уловил их чувства. Хотя поведение капитана можно было понять, если вспомнить жадный взгляд, которым он смотрел все видеозаписи из девчачьей комнаты.

А вообще, есть целая категория таких людей, как капитан Лытарь. Вы их наверняка знаете, достаточно вспомнить самого смешного одноклассника в школе, привыкшего быть в центре внимания. С другой стороны, вся нарочитая карикатурность Лытаря компенсировалась его искренней непосредственностью. В этом он здорово походил на какого-нибудь рубаху-парня из орков. Видимо, у капитана были какие-то свои достоинства, неразличимые с первого взгляда, раз его назначили на занимаемую должность. Такие люди никогда не поднимутся выше по служебной лестнице, но и понижать их не будут, принимая в расчет прежние и новые заслуги. Наверняка сам Лытарь это прекрасно понимал и просто делал свою работу, не особо заботясь о своем имидже.

— Хороший костюм,— в очередной раз польстил мне Лытарь и проводил нас к свободным местам.— Давайте я введу вас в курс дела! Наверняка вам будет интересно посмотреть, как наш спецназ захватит вашего робота? Вот посмотрите пока по мониторам, а я сейчас приставлю к вам кого-нибудь из «экскурсоводов», а то у меня дела, сами понимаете, королевская служба...

— *Лейтенант, можно я оторву ему руки?* — услышал я мыслеголос Терганы.

— Можно, но только попозже и не больно,— ответил я.— А пока готовьтесь выдвинуться в любой момент. И вот, возьмите это...

Я протянул им два артефакта «Я жить хочу».

— А вы жестокий,— засмеялась Тая.— После применения «Я жить хочу» у капитана Лытаря отпадут искусственные органы и вырастут натуральные.

Ну не всегда же мне быть добрым...

К нам подошел «экскурсовод», который ввел нас в курс дела. Я сначала было удивился, к чему такая забота, но потом почувствовал пристальное внимание камер, следящих за нашей реакцией на услышанную информацию.

Как показывали мониторы, в обесточенное здание «Золотой коллекции» уже проникли маленькие разведчики в виде электронных паучков. Они быстро вползли в щели и равномерно распределились по всему комплексу. Их крошечные камеры передавали довольно сносное изображение, хотя я и привык к более совершенным устройствам. Самое интересное, что нам удалось увидеть Кай'Ана, разгуливающего по комплексу. Эльф подозревал, что за ним наблюдают, но, судя по его поведению, не мог понять, где источник, рождавший это предостерегающее чувство.

— Первые изображения мы получили с сетевых камер, а потом и с камер мобильных коммуникаторов,— пояснил стражник.— Пауков мы запустили, как только «Карлсон» сел на крышу. Отключили свет, чтобы террорист не мог видеть наших бойцов, когда они пойдут на штурм, и паучки прошли незаметно.

— Я вас расстрою, но в темноте он видит так же, как днем,— подсказал я ему.— Так что лучше включите свет.

Агент тут же отошел передать информацию командиру спецназа и быстро вернулся. Физиономия у него была жутко недовольной.

— Ладно, продолжаем...

— Что, ваши «гоблины» в спешке перерубили силовой кабель? — ехидно спросила Тергана, подслушавшая разговор аборигенов.

— Да,— резко ответил он.— Далее... Мы думаем использовать мини-робота с транквилизатором, чтобы усыпить террориста выстрелом из-за угла.

— Не поможет,— протестующе замахал я руками.— И мой совет, не стреляйте в голову — это его не остановит, а только разозлит.

Насколько я понял, мне ничуть не поверили. Но ничего страшного, я все равно надеялся на помощь магичек, которые и должны были тайком прокрасться следом за спецназом и застать эльфа врасплох.

— Как скоро ваши бойцы будут готовы выдвинуться? — спросила Тергана.— Какими боеприпасами они будут стрелять?

Хороший вопрос, однако...

— Бронебойными.

— Пусть лучше работают разрывными с максимально высокой дульной энергией, но точно не в голову,— помогла мне таким образом девушка.— У биоастрального робота узлы энергетических контуров находятся вот здесь!

Ее тонкий, но жесткий палец уткнулся агенту чуть ниже пупка, заставив его охнуть.

— А управляющие схемы не только в голове, но и продублированы по всему телу, они работают как многоядерный процессор,— пришла на помощь и Тая.— Так что для остановки робота его надо лишить энергии, а не управления. Понятно?!

Я и не допускал, что у местного спецназа вообще появится шанс выстрелить в нашего беглеца, но на всякий случай старался уберечь его голову, как самое удобное хранилище памяти.

— Спасибо...— протянул пораженный агент.— Извините, я срочно должен передать информацию.

К нам подскочил озадаченный командир штурмового отряда, у которого на голове была смешная шапочка с прорезями для глаз и рта, и закидал нас вопросами. Я помалкивал, помня о том, что это планета Рео'Ора, и не мне решать, что можно, а что нельзя говорить местным силовикам. Девушки ничего не скрывали и с удовольствием рассказывали все, известное им о мнимых вампирах. Вопросы звучали разные. Например, кибер испытал шок, когда услышал, что одним выстрелом вампира не достать и только массированный огонь принесет желаемый результат. Но больше всего боец расстроился, узнав, что все их техническое преимущество не поможет отряду незаметно приблизиться к Кай'Ану. Своими рассказами о прыти вампиров девушкам даже удалось запугать опытного ветерана, да и мне стало как-то жутковато...

В тонкости плана штурма нас не посвятили, поэтому нам осталось только наблюдать на мониторах изображение с видеокамер, закрепленных на шлемах спецназовцев.

* * *

Отряд крался по коридорам развлекательного комплекса, разделившись на три отделения, чтобы перекрыть убийце возможность отхода. В каждой группе насчитывалось по шесть человек или киберов, если пользоваться местной терминологией. Впереди них шагали скорпионообразные роботы размером с большую тарелку. Спецназ двигался следом за ними, стараясь оставаться в укрытии, чтобы выскочить из-за поворота в нужный момент или просто забросать вампира гранатами.

Кай'Ан почувствовал их сразу: это стало понятно при одном взгляде на экраны. Он сначала напрягся, а потом начал «принюхиваться» к астралу. Аборигены не догадывались, почему он закрыл глаза и вращает головой, словно что-то видит через закрытые веки. Им было невдомек, что вампир вообще смотрит сквозь стены. И тут Кай'Ан засмеялся. Его голосовые связки издали такой зловещий хохот, на который бывший художник просто не был способен. Мы все вздрогнули, когда нас обдало жутким холодом, а волосы встали дыбом...

Вампир и не думал скрываться и только выбрал другое место, более подходящее для обороны по его разумению: он перешел в огромный танцевальный зал, где на полу лежали сотни парализованных *душонок*, готовых к употреблению.

— Ох и выдаст он им,— расстроенно покачала головой Тергана.

— Знаю, давайте потихоньку выдвигайтесь. Я на мыслесвязи, если что,— указал я пальцем на клипсу в ухе.— Всех, кто будет мешать, долбите заклятием «Я жить хочу». Если по дороге попадется Лытарь, то его в первую очередь. Напоминаю, главное — сделать полную сканограмму.

На месте девчонок остались фантомы, а они сами, став невидимыми, вышли из вертолета, попутно оглушив бойцов спецназа, охранявших аппарель.

Тем временем до танцзала добралось первое отделение, но парни не спешили, ожидая, когда вторая и третья подгруппы перекроют служебные входы. Это не должно было занять много времени, но нервы были напряжены до предела, ведь вампир оставался в зале, прогуливаясь между гражданскими. Не успели две другие группы перекрыть все входы, как эльф начал демонстративно убивать парализованных людей, таким образом вынудив первое отделение начать штурм.

Первым в зал вбежал робот-скорпион и остановился. Я переключился на его камеру, изображение с которой было гораздо качественней, чем у паучков. Эльф повернулся к роботу и отбросил окровавленное тело своей жертвы. На его лице появилась презрительная ухмылка, которую тут же стер росчерк маломощного лазера, выжигая вампиру сетчатку глаз. Вертолет наполнился радостными воплями, когда Кай заорал от злости. Следом за сверкнувшим лучом лазера в зал ворвались штурмовики и мгновенно открыли стрельбу по террористу. Тяжелые пули столкнулись с невидимой преградой, но с каждым попаданием силовая защита теряла энергию и требовала постоянного обновления. Выстрелы буквально выжигали барьер, пока полностью его не уничтожили. И тут тушка эльфа превратилась в фарш, нашпигованная осколками разрывных «маслин», он не удержался и упал рядом со своими жертвами, заставив спецназовцев прекратить стрельбу. Вдруг прямо под их ногами раздался мощный взрыв, разом уничтоживший все отделение.

* * *

Срез памяти.

Кай скучал. Он уже устал ждать, когда местные стражи пойдут на штурм. Единственное, что его удивило, так это то, как быстро они приехали, ведь он точно знал, что сигнал тревоги внутри комплекса не включался. Когда погас свет, эльф сначала растерялся, но потом сообразил, что это значит. Глупые стражи сами усложнили себе задачу. Он чувствовал, что за ним наблюдают, но не мог засечь маленьких роботов, потому что они пробрались совсем незаметно и только потом приступили к наблюдению. Пока стражи готовились к штурму, Кай тоже не терял времени даром, делая вид, что просто гуляет, а на самом деле закладывал мины. Его боевые модули действительно оказались уникальными даже для опытного мага-истребителя. Он мог сделать такие вещи, которые по силам только очень узкому кругу магов. Например, создать из живого человека управляемую бомбу, использовав для этого его же душу как источник энергетической накачки для фугасного заклятия. Даже со своим гуманитарным образованием эльф понимал всю уникальность таких способностей. Тот маг, который разработал его дистрибутивы, был настоящим злым гением. Он даже мог сделать из своих жертв зомби, но, безоружные, они были бесполезны, а стряпать вампиров он еще не научился. Да и мог ли?

Когда в здании появились крадущиеся тени, эльф захохотал, так как прекрасно видел их души в магическом спектре сквозь стены. «Крик баньши» автоматически добавился к его смеху, словно он почувствовал всю значимость момента. Аура штурмовиков дрогнула, что не осталось для него незамеченным. Они его боялись... Кай бросил минирование и поспешил туда, где скопилось больше всего жертв, способных поделиться своей энергией. Зачем рисковать? Внутренний указчик одобрил его решение, выдав свежий «пряник» удовлетворения.

Кай видел, как его окружают, и лишь улыбался действиям спецназа. В мозгу прочно сидели новые инстинкты, подсказывающие что и как делать. Они, словно инструкции, всплывали в сознании, и он находил их вполне логичными. Задача: *не дать себя окружить*. Решение: *уничтожить ближайших противников*. Дальше уже шла его личная импровизация, и он решил перекусить на глазах у подглядывающих за ним охотников...

Внимание эльфа привлек тихий цокот обрезиненных лапок робота-скорпиона. Человек не расслышал бы его, но любой маг или вампир слышал этот звук превосходно, да и эльфийские ушки сильно упрощали задачу. Кай повернулся и уставился на неживую «кастрюлю с лапками», как он мысленно прозвал робота. Инстинктивно ощущая опасность, он мигом активировал защитные барьеры, но луч лазера разрезал темноту и ослепил эльфа, беспрепятственно пройдя сквозь прозрачные щиты.

Из глотки вампира вырвался звериный вой, а через мгновение в него полетели пули, расковыривая защиту. Он тут же переключился на внутреннее магическое зрение и увидел нападавших, но внезапность лазерного луча и массированная атака его обескуражили. Боли не было, улучшенное тело ее не чувствовало, ощущая лишь повреждения как таковые, без болевых импульсов. Единственное, что он мог сделать, так это упасть на пол и закрыться чужими телами. По его команде взорвалась одна из мин. Мощное фугасное заклятие мгновенно убило всех штурмовиков

В следующий миг он вонзил когти в ближайшие тела, насыщаясь *темной* энергией. Автоматически заработали медицинские заклятия, восстанавливая поврежденные ткани. Регенерация шла очень быстро, но так же стремительно рос голод вампира, вынуждая его убивать снова и снова. Восстановив подвижность, он перекатился к следующим телам. Кай видел, как к залу спешат остальные спецназовцы, но входить не собираются, затаившись в укрытии.

Наконец тело полностью восстановилось, и эльф спрятался, использовав заклятие «хамелеон». Больше рисковать он не собирался. Попади хоть одна пуля в голову — и он бы восстанавливался гораздо дольше, а его память пришлось бы собирать по кусочкам из резервных копий, раскиданных по всей биоэнергетической оболочке.

Тут он заметил, что начинает терять контроль над своими управляемыми минами, словно кто-то убивал жертвы или их излечивал. Четкий след тянулся от входа в комплекс, а нарушителей его спокойствия видно не было. Лишь слабые возмущения в эфире доносились до него, но ощущение опасности все усиливалось. Настала пора срочно сваливать из этой мышеловки. Добив несколько жертв, вампир поспешил скрыться. Напоследок он взорвал еще десяток мин, возле которых предположительно находились невидимые охотники, успевшие подобраться слишком близко.

Кай'Ан догадался: это крадутся маги Гильдии. Наконец-то эльф полностью убедился, что родина помнит о своем гражданине и не собирается бросать на произвол судьбы или на волю случая — его шли убивать, но теперь он точно знал, что надо делать...

Глава 6

Пуля, летящая в Цель...

Чем хорошо фугасное заклятие? Да тем, что оно не может вызвать пожар, если не сдетонирует что-нибудь взрывоопасное. Само по себе оно не дает огня. Из-под обломков вытаскивали раненых и погибших. Последних оказалось значительно меньше, так как обвалился лишь небольшой участок развлекательного комплекса. Наши девушки оказались абсолютно целы, если не считать разорванной в клочья формы, словно с ними поиграл маньяк-насильник. Они успели залечить все полученные повреждения и теперь щеголяли полуголые, демонстрируя аборигенам свои прелести. Суровый взгляд Терганы мигом пресекал все похотливые чувства, заставляя переключаться на эльфийку Таю, которая очень мило смущалась и даже краснела. На фоне произошедшей трагедии это выглядело нелепо, но силовики-профессионалы настолько привыкают ко всякого рода ужасам, что могут думать о женщинах даже глядя на трупы. Местные парни ничуть не отличались от наших имперских коллег, бросая на магичек голодные похотливые взгляды.

Помимо спецслужб Карона, по комплексу шарили маги из форта Дайс и исцеляли инфицированных людей, если это было еще возможно. Работы оказалось очень много, а магов-лекарей очень мало. Все же в нашем обществе популярнее военное образование или общемагическое. Становиться врачами они стремятся в последнюю очередь.

— Вы ответите за это! — Казалось, ярость Лытаря сейчас материализуется, а от прежнего благодушия не осталось и следа.— Столько трупов! И все из-за вашего чертова робота! Вы понимаете, какой ущерб нанесли нашему государству? Вы хотя бы примерно представляете, сколько туристов откажется посетить нашу страну в ближайшие пять лет?!

Мне не нравился его тон. Хоть я и разделял его негодование, но только мой шеф может разговаривать со мной таким тоном.

— Капитан! — резко одернул я его.— Попридержите язык, пока его не вырвали через задницу! Последствия случившегося — не наша с вами проблема, пусть ее решают политики. Мы же должны отловить Кай'Ана!

Его эмоции вспыхнули еще ярче, но он сдержался. Капитан видел, что произошло с бойцами спецназа, которые сейчас лежали в коме и постепенно выздоравливали. К счастью, я успел предупредить врачей, чтобы те не вмешивались. Лытарь уже убедился в действенности наших технологий...

— Я не собираюсь его ловить — я хочу его уничтожить! — честно предупредил он.

— Не вопрос,— меня это устраивало.— Я хочу получить только его голову. Тело можете забрать на изучение.

— Добро,— тут же согласился капитан и потихоньку успокоился.

Убийца снова ушел, но теперь я увидел его изменения и получил четкую сканограмму. Если Кай не догадается измениться еще раз, я смогу отыскать его по карте или через поисковые системы стражи Найстага.

— Как вы? — поинтересовался я у девчонок.

— Спасибо за беспокойство,— смущенно улыбнулась Тая'Ли.— Горячая ванна, чашечка бодрящего чая — и я буду в полном порядке.

— Горячая Тая, чашечка кофе,— процедила Тергана.— И я тоже буду в порядке.

Эльфийка покраснела еще гуще.

— Признавайтесь, какое у вас звание? — спросил Лытарь, отведя меня в сторону.— Только не надо лечить меня сказками про НПО имени Рео'Ора Учтивого. Даже если это так, то вы должны работать в его службе безопасности.

— Лейтенант Стражи Порядка Империи Хинлау,— с невольной гордостью произнес я.— Управление по Борьбе с... преступлениями, совершенными с применением особых технологий. Убойный отдел.

— Какие у вас есть предложения? — Капитан не собирался затягивать поиски.

Оно и понятно, Лытарь отвечал перед престолом своей головой, а я — всего лишь своей репутацией.

— Не беспокойтесь, капитан. Теперь ему не уйти,— заверил я его.— Мне бы только взлететь повыше, чтобы локатор сканировал город сверху. Поможете?

— К вашим услугам, лейтенант,— кивнул Лытарь.

* * *

Вертолет «Карлсон» тяжело поднялся с крыши и, сильно гудя, как объевшийся шмель, устремился в небо, неторопливо наматывая круги над городом. Светало. Первые лучи коснулись иллюминаторов, осветив потолок летающей машины. Капитан Лытарь закурил сигару, в салоне кто-то закашлялся, но его это не остановило. Вертушку сильно тряхнуло, но никто и не подумал паниковать.

— Лейтенант! — громко позвал Лытарь, перекрикивая шум двигателя.— А правда, что у вас в стране нет рабства?

— Конечно же, нет! — возмущенно ответил я.— Нельзя вмешиваться в чужую волю, особенно таким способом!

— А как вы тогда наказываете преступников?!

— По-разному...

— Какое у вас предусмотрено наказание за предательство родины?!

— Смертная казнь. Уничтожение всех близких родственников: родителей, детей, братьев и сестер,— ответил я.— Родственников могут приговорить к изгнанию, в зависимости от степени их участия в воспитании преступника.

— А за убийство?! — Глаза капитана уже немного округлились.

— Смотря по обстоятельствам. А вообще, смертной казнью наказываются примерно семьдесят процентов всех совершаемых преступлений. В остальных случаях это конфискация имущества, публичная порка или изгнание на Новые Территории.

— Должностные преступления? Взятки, использование служебного положения?

— Смертная казнь для государственных чиновников с конфискацией имущества. В том числе и у близких родственников, с вариациями для частного сектора.

— Как вы еще не вымерли?

Это был риторический вопрос, но у меня нашелся на него ответ в стиле самого капитана:

— Живем долго, сношаться — любим...

Вертушка наконец-то забралась ввысь, где нас уже ждал воздушный вертолетоносец «Кашалот». Зависнув над летающим монстром, «Карлсон» открыл аппарель, и мы вчетвером спрыгнули на палубу дирижабля...

Это был какой-то неправильный дирижабль, так как вместо подвесной гондолы у него была открытая палуба, с обеих сторон которой крепились цистерны с летучим газом. На самой палубе ровными рядами расположились беспилотные боевые вертолеты. На высоте трех лиг, куда успел подняться вертолетоносец, дул сильный холодный ветер. Здесь не было силовых полей, способных защитить от него. В общем, на высоте драконьего полета оказалось прохладно, но очень красиво.

...Рядом со мной стояли магички и капитан Лытарь. Он с любопытством следил за световым экраном, на который постепенно выводились все новые данные со «Следовика». Сначала магитроника нарисовала подробную карту города. Потом на ней стали высвечиваться мельчайшие точки, изображавшие людские ауры. И вот на экране загорелась алая точка, и масштаб карты увеличился, показывая длинный проспект, уходящий за пределы города.

— Так просто? — В голосе капитана сквозил неприкрытый скепсис.— Почему вы не сделали этого раньше?

— У нас не было необходимых данных,— ответил я.— Теперь же мы легко сможем его отыскать, куда бы он ни отправился.

— Удобно... С такими технологиями вам даже не надо знать, что такое кропотливая работа с уликами и фактами. Это должно сильно снижать профессиональные качества следователя...

— Кто бы говорил... Не вам меня учить, с вашими незаконными методами выбивания признаний из задержанных.

— Брехня! — тут же воскликнул капитан.

Ну-ну... Я и без заклятия правды вижу ложь в его словах.

По самому краю палубы шла широкая полоса стальной сети. Нагнувшись, я посмотрел через нее на утренний город. Даже на высоте ощущался страх жителей перед ночным «террористическим актом», о котором уже раструбили все информационные агентства, излишне накаляя обстановку. Многие горожане уже успели своими глазами увидеть поврежденный развлекательный комплекс. У нас дома такие события вызывают не страх, а яростное желание найти и отомстить, порвать собственными руками, вырвать сердце собственными когтями или прибить собственной магией!

— Дамы, а вы уверены, что справитесь с вампиром? — спросил я, сомневаясь в их силе.— Может, мне все же запросить ОМОН из метрополии? Что, если попросить архимага Тауна помочь?

— Вдвоем справимся! — огрызнулась Тергана.

— Хорошо, но все же подумайте еще раз: это вам с ним сражаться, а не мне.

Я в последний раз посмотрел на капитана, понимая, что больше мы никогда не встретимся.

— Прощайте, капитан. Не завидуйте и не злитесь.

Первыми за борт шагнули магички и понеслись к тому месту, где был обнаружен Кай'Ан. Я усмехнулся, увидев круглые глаза Лытаря, и последовал за девушками, перепрыгнув ограждение.

...Приятное ощущение свободного полета и невольный страх перед надвигающейся землей. Но это было здорово! Сильный встречный ветер навалился на меня, словно пытался спасти честного «мусора» от неминуемой гибели. Он жил своей жизнью, его упругое тело находилось в постоянном движении. Если бы он имел свою волю, то мог натворить бед или же, наоборот, сделать много хорошего, но ветер, как и наша удача, зависел от посторонних факторов. За спиной раскрылись силовые крылья, развернутые спасательным артефактом, и я начал свободно планировать, не забывая поглядывать на магическую метку, обозначившую местонахождение вампира, на световом экране. Сделав несколько кругов, я вышел на посадочную глиссаду. Девушки уже ждали меня на земле. В местах их приземления остались воронки, и они стояли немного в стороне на обочине, уже подготовив наши мотоциклы. Спасательный артефакт подвесил меня над асфальтом и погасил силовые крылья.

— А асфальт вы зря попортили,— пожурил я их, забираясь на мотоцикл.— Две стройные секс-бомбочки, а разрушений от вас...

Закрыв глаза, я прислушался к своим ощущениям. Нас ждали... Кай точно знал, что мы идем по его следу. Он прекрасно чувствовал погоню, так как она велась не просто за абстрактным вампиром, а именно за ним.

Я посмотрел на внешне строгую хищницу Тергану, и она чуть-чуть улыбнулась краешком губ, а весь ее боевой вид говорил: «Ррр». Я посмотрел налево и увидел румянец зардевшейся Таи, ее улыбка буквально прошептала: «Мяу».

— Ну, поехали!

«Бритвы» сорвались в свой стремительный разбег. Если бы не боевые наручи, я бы не удержался и сорвался, но усиленные руки прочно держались за руль. Мотоциклы быстро набрали скорость, и мы снова неслись в погоне за вампиром, только на этот раз нам приходилось обгонять медлительные машины, еле плетущиеся по проспекту.

Далеко впереди показалось серое пятно, при виде которого я испытал странные чувства — смесь охотничьего азарта и тревоги за бывшего художника Кай'Ана.

— Девчонки, он там,— левая рука указала на дорогу впереди.— Я уже сам чувствую его без помощи магитроники. Поднажмем.

Нам повезло: впереди вовремя образовался просвет, и мы решительно воспользовались этой возможностью. Охота близилась к своему естественному финалу, не давая одичавшей жертве ни единого шанса. Я снова пригляделся к выросшему пятну, от него исходили мощные эманации беспомощности и страха, тревожа *темную* энергию в эфире. Это был большой автобус, на крыше которого стоял Кай'Ан, держа в руке длинную эльфийскую саблю. Я почувствовал, что наши взгляды встретились и он меня узнал...

***

Срез памяти.

Развлекательный комплекс остался позади, а вампир все бежал и прятался, опасаясь «привета» с родины. Внутренний указчик разделял его страх и поддерживал желание спрятаться и выжить своими «пряничными» поощрениями, выдавая их в виде чувства удовлетворения. В какой-то момент эльфу даже понравилось скрываться и убегать, испытывая вместо страха удовольствие. Но вскоре пришло понимание, что на хвосте никого нет, и экстаз внезапно закончился, уступив место спокойному анализу событий.

Прокрутив в голове все произошедшее, эльф пришел к единственному правильному выводу: пора валить домой. Стало жутковато... А что, если на Хинлаугане его найдут быстрее? Но тут же всплыла подсказка, что *Хозяин защитит, Хозяин поможет спрятаться...*

Единственное место, откуда можно было попасть домой, находилось в форте Дайс, но пробраться туда он и не мечтал. Кай не знал очень многих тонкостей службы на Новых Территориях, но у него уже возник вполне выполнимый план. Ждать и прятаться было бесполезно, так как среди его преследователей мог быть опытный прорицатель-следопыт. А как еще можно объяснить столь быструю реакцию на его террористическую акцию в «Золотой коллекции»? Сознание получило порцию одобрения: Каю понравилось быть вампиром-террористом...

Новый преступный замысел все четче формировался в мыслях эльфа. Пользуясь своим знанием местности, Кай умело скрывался от камер слежения, при этом очень быстро передвигаясь по городу. Его внимание привлек большой автобус на шестьдесят мест: на экскурсию в пригороды Найстага ехала детская группа. Ничего лучше было и не придумать!

Захватить транспорт с помощью нервного газа оказалось проще простого, а вот привести в чувство водителя и внушить ему мысль следовать далее, как будто ничего не случилось, вышло не сразу. Без знания местного языка пришлось повозиться, воздействуя на желания шофера. К тому же сказывалось отсутствие опыта. В общем, ему удалось лишь отдать приказ ехать дальше, а куда, было не так важно. Обыскав парализованных детей и экскурсовода, Кай конфисковал у них личные коммуникаторы. Ему вовсе не хотелось снова попасть под пули местных вояк, даже несмотря на то, что дистрибутив боевых программ обновился до версии 2.07, о чем ему сообщила операционная система, обещая новую адаптированную защиту от кинетических боеприпасов. Больше не хотелось получать в брюхо разрывные пули, даже имея под боком шестьдесят легкоусвояемых, но очень непитательных детских *душонок*.

Кай прошел по салону, инфицируя каждого ребенка. Для этого он воспользовался выросшими клыками, а не когтями, как раньше. Логика подсказывала, что так дети будут видеть в нем чудовищного вампира из легенд и мифов, а их страх был очень нужен для привлечения имперских охотников... Делать из детей бомбы он не собирался, к тому же их оказалось слишком легко «разминировать», пройдясь заклятием-антивирусом, если, конечно, чары не успевали закрепиться как следует и схватиться намертво. В ход пошло кое-что из арсенала новой версии боевых программ...

Охотники приближались. Кай почувствовал их, когда усилилось напряжение в эфире. По *темной* энергии, разлитой в пространстве, начали расходиться круги, словно по воде от упавшего камушка или капли. Но и сам автобус с детьми тоже эманировал тревожные волны, заставляя ежиться любое одушевленное существо. Водители на длинном проспекте словно чувствовали это напряжение и невольно стремились свернуть на соседние улицы. Впереди и позади автобуса проспект очистился от лишних автомобилей, и только самые толстокожие водители упорно гнали свои машины по неуютной трассе.

Вместо исчезнувшей после превращения интуиции, у эльфа теперь появилась способность чувствовать эфир осознанно. Повинуясь внутреннему ощущению, он забрался на крышу автобуса, чтобы лучше рассмотреть преследователей. Три огромных мотоцикла стремительно догоняли захваченный автобус, буквально пожирая расстояние между ними. Он пригляделся, и глаза, усиленные магией, словно приблизили картинку. Эльф невольно улыбнулся, увидев такие знакомые «Бритвы», на которых сидели две юные девушки в форме Мечей Ночи и будущий родственник Зор Летов.

Нейла!

Вспыхнувшая в голове мысль была мгновенно наказана уже позабытым разрядом боли. Кай от злости стиснул зубы, проклиная все на свете. Это было чудовищно. Мало того что его лишили собственной воли, так он еще и прекрасно понимал всю свою беспомощность, безвыходность своего положения.

Летов... В голове тут же появилась четкая директива: *отомстить!*

Убить? *Неверно*. Сделать вампиром? *Неверно*. Селина? *Верно*...

Теперь Кай был просто обязан попасть домой! Но как ему справиться с боевыми магами?

Но за него все было уже давным-давно придумано талантливыми разработчиками дистрибутива боевых программ. Разорванная пулями одежда, висящая лохмотьями, натянулась от распирающих ее изнутри доспехов, которые вырастали прямо на коже эльфа. Хитиновая броня сочеталась с прочной кожистой чешуей, сформировавшейся в местах стыков. Через минуту на Кай'Ане появились практически полные доспехи, исключая шлем, а в руках начала расти длинная широкая сабля из такого же прочного хитина. Максимальная толщина клинка оказалась в два пальца, а ширина лезвия — с ладонь орка. Эльф почувствовал, как *темная* энергия насыщает оружие, покрывшееся магическими рунами, придающими хитину неестественную прочность. Активировались боевые компоненты оружия, получив приток *темной* энергии, и эльфа накрыла огромная волна удовлетворения.

Кай'Ан криво улыбнулся. По его шее поползла граница трансформации, изменяя гладкую нежную кожу на грубую чешуйчатую. На голове вырос глухой хитиновый шлем. Через мгновение мир видоизменился, так как эльф смотрел на него искусственными глазами шлема. Все стало четче, течение времени замедлилось, но мысли проносились так же быстро, и реакция не уступала прежней, а доспехи, сращенные с телом, даже не сковывали движений.

Преследователи гнались по пятам, и до них оставалось всего ничего. Кай перешел по крыше в переднюю часть автобуса. Его длинная сабля выросла в размерах до двух с половиной сажень. Огромное тяжелое оружие, словно перышко, крутилось в руках вампира.

Троица была совсем близко, женщины-маги уже достали свои короткие мечи, отведя их назад, как будто замахивались.

ВРЕМЯ!

Эльф прыгнул вперед по ходу движения, вонзив саблю в асфальт, и повис на ней, как прыгун на шесте. Экскурсионный автобус разрезало пополам, будто бумагу бритвой, несмотря на наличие таких высокопрочных деталей, как двигатель. Часть оружия эльфа осталась в земле, а сам он снова оказался на крыше располовиненного автобуса...

* * *

Видимо, судьба хранила меня, так как огромный осколок сабли чуть не разрезал меня вместе с мотоциклом, но я успел среагировать и объехать опасность. Эльф стоял на медленно разъезжающихся половинках автобуса. Когда расстояние между частями стало достаточно большим, он прыгнул на дорогу, а под ним неожиданно появился спортивный мотоцикл незнакомой модели.

— Тая, проверь, что с детьми! — приказал я.— Тергана, за мной.

Мотоцикл эльфа мгновенно увеличил дистанцию, унеся своего ездока вдаль. «Бритва» набирала скорость ненамного хуже, но я не успел сразу среагировать и теперь пытался нагнать беглеца.

— *Они все инфицированы!* — сообщила Тая по мыслесвязи.— *Стандартный антивирус не справляется. Вызываю помощь из форта.*

На дороге, сменившейся загородным шоссе, снова появились случайные автомобили, и нам пришлось играть в пятнашки. Мотоцикл эльфа был меньше наших в четыре раза, обладал лучшей динамикой разгона, но соперничать с «Бритвой» в максимальной скорости было бесполезно. Когда поток машин стал плотнее, мы с Терганой выехали на обочину. Огромные колеса нашей модели справлялись и с грунтовкой, а вот «спортсмен» Кая мог показать себя только на качественном асфальте.

Тут двухколесный монстр девушки резко ускорился, подгоняемый магией, и она вырвалась вперед. Поравнявшись с беглецом, она взмахнула в его сторону своим мечом-артефактом, метнув в него мощный телекинетический заряд, который отбросил мотоцикл вампира под колеса проносящегося мимо лесовоза. Огромный грузовик даже не замедлил хода, подмяв под себя двухколесный «хрустик». Развернувшись, я спешно подъехал к Кай'Ану, пытавшемуся отползти на обочину. Хитиновые доспехи покрылись трещинами, шлем раскололся, а сабля валялась где-то вдалеке, отброшенная бампером машины.

Хватать вампира было не за что, так как доспехи были герметичными, а в трещины пальцы не пролезали. К тому же в разных местах брони торчали защитные шипы. Телекинетический удар моих боевых

234

наручей перевернул вампира на спину, раскрошив броню еще сильнее. Я приблизился к эльфу. Короткий взмах рукой, и силовой клинок наручей отсек ему голову. Туловище замерло, прекратив цепляться за жизнь. Наклонившись, я поднял ее с земли. На меня смотрели два черных стеклянных глаза, как у насекомого. Маска полностью повторяла лицо и даже работающую челюсть, но именно пустота в глазах отражала то, что стало с талантливым художником.

Раздался скрип тормозов, и рядом остановилась Тергана. Посмотрев на труп, она скептически произнесла.

— Как-то слишком просто...

Вдруг тяжесть в руках исчезла, растаяв черным дымом, как и все тело вампира.

— Неужели морок?! — ужаснулся я.

— Нет, физический фантом. Мы его опять потеряли!

Лицо Терганы исказилось... По нему прошла судорога. Она схватила меня за руку и забросила на заднее сиденье своей «Бритвы».

— Тая не отвечает! — коротко пояснила она, и я поспешил покрепче обнять ее талию, чтобы не сорваться с вставшего на дыбы мотоцикла.

...На дороге лежала Тая'Ли. Сердце тревожно сжалось. Я подскочил к ней, надеясь на чудо, но она оказалась мертва. Ее легкое изящное тело было проткнуто множеством хитиновых игл, застрявших в плоти. Я так и представил себе, как добрая девушка обняла плачущего ребенка, чтобы его успокоить, а тот вдруг обернулся снявшим маску вампиром...

Лекаря нигде не оказалось. Можно было предположить, что эльф взял врача в заложники. Тергана склонилась над телом подруги и закрыла ее васильковые глаза, удивленно смотрящие в утреннее небо Дайсгана.

— Он уже на базе,— отчеканила Тергана и снова схватила меня за руку.

На этот раз она телепортировала нас на центральный «маяк» в форте Дайс, а здесь уже шла настоящая бойня...

Вампиру очень повезло, так как во дворе форта не оказалось Мечей Ночи, и он с легкостью убил нескольких магов-операторов. Поглотив их души, он насытился достаточно, чтобы потягаться с любым бойцом спецназа. Прикрываясь заложницей, он отступал к плите переместителя. В грудь девушки уже были предварительно воткнуты когти, чтобы в мгновение ока вытянуть из жертвы всю *темную* энергию.

— Я требую открыть проход домой! — в ярости кричал Кай.— Я сожру ее, если вы не выполните мои условия!

Во двор форта понемногу прибывали боевые маги, но предпринимать активные действия не решались, ожидая указаний начальства. Переговоров с террористом быть не могло. Не в традициях Империи потакать подонкам. Маги окружили вампира, стягивая кольцо. Он понял, что совершил ошибку, сделав ставку на силовой вариант и захват заложника. Кай встал на плиту переместителя и что-то зашептал на ухо врачу.

Раздался резкий выстрел, сопровождавшийся голубой вспышкой. Зачарованный боеприпас пробил сразу обоих. Я мельком обернулся и увидел наблюдательницу из ИСБ, которая стояла перед зданием Штаба, уперев в плечо приклад рельсотрона. Заклятие «душегуб» сработало не мгновенно, и теперь мы наблюдали, как изменяется лицо заложницы. Смертельные чары достались магичке, а вампира всего лишь пробила легкая скоростная пуля, не способная его убить. Он присел на плиту, сжимаясь маленьким хитиновым комком, словно уменьшал площадь поражения. Что-то происходило с его телом.

— Он сейчас взорвется! — первой догадалась наблюдательница из ИСБ. — *Таун, ставим щиты!*

— Тергана, мне очень нужна его голова! — Я чувствовал, что еще немного — и тайна заражения эльфа умрет вместе с ним.

Ничего не говоря, девушка взмахнула рукой, оставив «маяк» на земле, и устремилась к убийце, стрелой промелькнув перед глазами. Эльф не сопротивлялся: его плоть с удивительной скоростью трансформировалась в дейтерий, готовясь полыхнуть огнем ядерного синтеза. Было достаточно одного наперстка топлива, чтобы выделилась энергия, как при сжигании тысячи пудов угля! Девушка в последний момент проскочила защитный барьер, выставленный архимагом Тауном, и ловко смахнула мечом голову вампира. Вот-вот должна была вспыхнуть плазма, а за ней последовать термоядерный взрыв, но в последний момент Тергана сумела вернуться на свой «маяк». Яркая вспышка рукотворного солнца озарила все вокруг, сделав день еще ярче, пока силовос полс не потемнело, словно солнцезащитные очки.

Тергана молча протянула мне голову Кай'Ана, и я с тоской посмотрел в глянцевые глаза вампира, понимая, что моя настоящая Цель все еще впереди.

* * *

Заскочив в Управление, чтобы сдать главный «вещдок» и дополнительное обмундирование, я поспешил домой, заказав по дороге ужин из ресторана с доставкой на дом. Можно было позвонить и попросить зайку, чтобы она что-нибудь приготовила, но мне хотелось сделать ей сюрприз.

От «маяка» до квартиры я уже бежал, стараясь опередить доставку, а то Селина могла догадаться о моем возвращении. Спешно открыв дверь, я влетел в квартиру.

— Селина! — крикнул я.— Это я! Твой следователь по особо красивым зайкам!

Тишина...

У родителей, что ли? Достав коммуникатор, я набрал ее номер.

— Ну, здравствуй, «мусор»,— произнес хриплый голос из динамика.— Наконец-то ты вернулся, писака, а то я уже начинаю поглядывать на твою эльфийскую подстилку. Слушай меня внимательно, ублюдок...

Часть третья

У смерти на пути

Где столкнулись два Добра — там рождается Зло. Стоять балансом между Справедливостью и Законом — вот наша основная задача...

Грандмаг Тергон, первый принц Империи,
основатель Имперской Службы Безопасности.
20 год от Объединения

Глава 1

Ни с кем и никогда!

Я замолчал, и в кабинете шефа стало очень тихо, лишь кондиционер шумел вовсю, борясь с летней жарой. Несмотря на несомненную пользу агрегата, я был готов разгромить не только его, но и половину Управления вместе с сотрудниками. Похищение Селины выбило меня из колеи, и я начал срываться на окружающих. А вот шеф оставался спокоен и внимательно меня слушал, не обращая внимания на мой жуткий тон и нервные угрозы в адрес любого, кто не поможет мне спасти Селину! Он терпеливо ждал, пока я не разряжусь и не устану кричать. Вместе с ним ждали и близнецы Гайт.

— Зор, ты успокоился? — лениво спросил шеф.— Думаешь, с помощью крика удастся создать новое спасательное заклинание?

— Нет.

— Вот и я так считаю... Так как пока не поступило конкретных требований, это говорит о том, что они рассчитывают использовать тебя или твое положение для достижения своих целей,— шеф закурил, и над ним заработала вытяжка, добавляя шуму.

— Это также означает, что нам надо принять их правила игры,— добавил брат-близнец.— А тем временем мы отыщем вашу жену.

Меня одолевали сомнения. Дело в том, что жену похитили адепты боевой секты «Щит мага», точнее, ее вполне боеспособные остатки, а они умели скрываться и знали, как прятать концы в воду. Даже ответив на мой вызов с коммуникатора Селины, они не выдали свое местоположение. Поисковое заклятие по крови также не дало результатов. Глупо было рассчитывать найти ее такими устаревшими способами, так как враг сам прекрасно владел магией и знал многие распространенные приемы, а точно сказать, сколько еще «оборотней» осталось работать в рядах Стражи Порядка, никто бы не взялся. Идти у них на поводу было недопустимо, да и коллеги не дали бы мне этого сделать, но и с шефом я не мог согласиться. Но больше всего меня тревожило то, что за дело взялась ИСБ. Эта структура никогда не отличалась осторожностью и всегда рубила сплеча, даже тогда, когда можно было обойтись переговорами. Среди стражей даже ходила такая шутка про безопасников: «В каком, вы говорите, доме остановился беглый преступник? Спасибо. Ребятки, взрываем». Сами же Гайт вызывали у меня симпатию, но не более того, однако в профессионализме архимага я сомневался, так как не был знаком с его прошлыми расследованиями.

— Боюсь, что пока мы будем строить планы и искать похитителей, может произойти что-то ужасное...

— А какие у тебя предложения? — Шеф прищурился, внимательно изучая мою реакцию.— Ты пойми, мы не в той ситуации, когда можно пойти и тупо отбить твою жену у врага. Будем играть по их правилам, узнаем их требования, и в чем-то они ошибутся. Вот на этом мы их и подловим.

Ну-ну... А Селина все это время, пока мы переигрываем врага, будет в заложниках? Кто знает, как с ней обходятся?!

Голова заболела от нервного напряжения и переживаний, но я лишь согласно кивнул шефу, затаив в душе недовольство. Повторюсь, идти на поводу у террористов нельзя, это главный принцип имперского Закона, политики и доктрины. Две с половиной тысячи лет назад, когда закончилась война за объединение народов, многие недовольные пытались отстаивать свои права с помощью террора, но мы выстояли именно потому, что никогда не боялись жестокостью отвечать на жестокость и никогда не шли на уступки. Как же все это красиво в теории...

И все же, ИСБ или Стража Порядка — кто справится лучше? Ведь мы сделаны из одного теста, заряжены в одну обойму... но калибр у нас у всех разный...

— Я только прошу постоянно держать меня в курсе о ходе следственно-розыскных мероприятий. Это возможно?

Шеф кивнул.

— Зор, тебе продлить отпуск?

— Нет,— нарочито медленно и ровно проговорил я, чтобы не выдать свое волнение и планы.— Я сойду с ума от беспомощности. Лучше быть поближе к своим и хоть как-то отвлечься от всего этого. Я могу пока довести до конца следствие по делу вампира... покойного Кай'Ана, инфицированного биоэнергетическим вирусом.

— Твой хороший знакомый, почти родственник... свояк, — задумчиво протянула сестра-близнец, а брат продолжил:

— Ладно, заканчивайте следствие... Только одно обязательное условие — никто из ваших коллег не должен знать о случившемся, ни малейших подробностей. К сожалению, мы пока еще полностью не очистили ряды Стражи от адептов секты. Слишком много их оказалось... Дознаватели не успевают, они и так работают с риском для разума. Всех подряд не проверишь.

Я вздрогнул, вспомнив, как мне случайно удалось прожить отрезок чужой жизни. Прочувствовав на своей шкуре, что это такое, я стал лучше понимать магов-дознавателей. Обычные граждане считают, что это очень простая профессия, но это вовсе не так. Мне рассказывал один коллега, как его старший брат, работавший раньше в отделе дознания, сошел с ума. Парень чуть ли не плакал, когда вспоминал об этом. Его брат был очень хорошим дознавателем. Он совершенно спокойно переносил все сканирования памяти и никогда не жаловался, если ему доводилось столкнуться с чем-то омерзительным и страшным. Окружающие не замечали перемен в поведении некогда веселого и жизнерадостного дознавателя. Прошло несколько десятков лет, прежде чем наступили необратимые изменения. Многим казалось, что он начал грустить из-за личных проблем, и над ним даже подшучивали, но все открылось, когда маг совершил свое первое преступление. Он так часто проникался мыслями подонков, так часто переживал их деяния, их внутренние метания, что накопившаяся чужая грязь изменила его характер. Это объяснялось тем, что во время каждого сканирования маг сам на время как бы становился преступником, личность которого навсегда оставляла отпечаток в памяти, и это не могло не влиять на его сознание. Закончил свою жизнь этот маг-дознаватель на конце меча сотрудника ИСБ...

— Спасибо,— я встал из-за стола.— Пойду я тогда.

— Иди...

***

Стоило мне выйти из кабинета, как зазвонил коммуникатор. Бросив взгляд на экран, я выругался — звонила теща. Наверняка она уже обыскалась, названивая похищенной дочурке. И что я должен был ей сказать в этот момент?

Отключив звук, я решил взять паузу. Нельзя было говорить родителям Селины, что произошло на самом деле. Мало того что погиб жених Нейлы, так еще и младшая дочь в руках подонков. А кто будет во всем виноват?! Хотя, возможно, и не я. Тесть с тещей *люди* умные и воспитанные, и я никогда не чувствовал их негативных эмоций ни в мой адрес, ни в адрес Стражи Порядка вообще.

Закрывшись в кабинете, я постарался успокоиться. Моя помощница Дарх Бауми находилась в длительном отпуске вместе со своим новым знакомым из «ГномТехЭлектрона», так что меня никто не отвлекал. Устроившись в кресле, я старался отгородиться от ненужных эмоций, мешающих моему делу. Надо было заставить себя работать, а не бросаться из стороны в сторону, совершая лишние телодвижения. Помогла медитация, и мне удалось отрешиться от всего мира и привести свои чувства и мысли в порядок.

Когда я пришел в себя, то увидел пропущенный вызов на коммуникаторе: звонила Нейла. Тут же следом пришло сообщение: «Зор, пожалуйста, приезжай, я у мамы. Мне очень плохо...» Пожалуй, я сам бы хотел кому-нибудь поплакаться в тот момент, но, как единственный мужчина в семье, не мог себе этого позволить. Тесть был не в счет, так как сейчас он находился за тридевять миров от Хинлаугана, работая по контракту с Орденом Тагеда Остроумного на Новых Территориях, и его месячная вахта началась совсем недавно. Доложив оперативному дежурному, я оправился к Нейле, в родительское гнездо семейства Талиан.

Особняк ее родителей находился за пределами столицы на берегу озера Морских Драконов, больше походившего на море, так как с одного берега невозможно было разглядеть противоположный. Добираться до особняка было очень неудобно и дорого, если бы не мой бесплатный проезд по сети транспортеров.

Первой меня встретила теща — Майна Талиан, ради приличия выглядевшая чуть старше собственных дочерей. С одного взгляда она обо всем догадалась и невольно обдала меня волной эльфийского гламура, словно резанув осколком стекла и грубо распоров спрятанные швами медитации переживания. Она поняла абсолютно все, но взяла себя в руки и внешне ничем не выдала, только нахмурилась.

— Здравствуй, Зор,— устало поприветствовала она меня.— Проходи скорее, Нейла уже заждалась тебя. А я пока приготовлю ужин.

Я коротко с ней поздоровался, стараясь не смотреть в глаза, и трусливо прошмыгнул через весь дом на берег, где у самой воды сидела Нейла, уставившись в одну точку. Подозреваю, что она уже не первый час проводила в такой позе. От нее мощно веяло гламуром, что мешало сосредоточиться и сбивало с мыслей, но волна была какая-то вялая и сильно повлиять на меня не могла. Это напоминало электричество, когда при очень высоком напряжении действует маленькая сила тока. Разряд проскакивает четкий, но не убивает.

...Я от природы, как сильный эмпат, очень хорошо чувствую эльфийский гламур, но на меня он практически не действует. Чем острее страх или переживания эльфийки, тем сильнее ментальное давление гламура. Это природная защитная реакция, защищающая женщин от насилия со стороны мужчин. Гламур сбивает с мыслей, подменяет желания и даже может отбить охоту к жертве у насильника. Даже убийца, попав под влияние чар, откажется от задуманного и начнет признаваться в любви к своей жертве. Только вот у имперских граждан уже выработался стойкий иммунитет к ментальному воздействию, но определенное неудобство гламур все же причиняет...

— Нейла,— тихо позвал я ее.— Я приехал.

Она тут же повернулась ко мне, посмотрев на меня красными заплаканными глазами. На нее был надет тот же сарафан, что и несколько дней назад, когда мы были на «Императрице Мионе». Она вскочила и бросилась мне на шею, прижимаясь ко мне как маленькая беспомощная девочка. Я осторожно вложил в ее кулачок перстень Кай'Ана.

— Что с ним?! — выпалила она, лишь мельком глянув на безделушку.

— Мертв,— я не стал тянуть с ответом и только покрепче прижал к себе Нейлу.— Его заразил вампир.

Девушка всхлипнула, но не заплакала. Она уже выплакала все слезы, да и просто устала рыдать.

— Это все проклятая тренировка! Говорила я ему: не надо туда ходить!

Я насторожился. В памяти всплыло, как я допрашивал Нейлу на лайнере. Там она тоже вспоминала о тренировке по рукопашному бою, но тогда это было сказано в другом ключе. Теперь же она с уверенностью говорила о ней.

— А при чем тут тренировка? — постарался я спросить как можно нейтральнее.

— Когда он возвращался с нее домой, на него кто-то напал,— девушка шмыгнула носом.— Но его не избили. Кай потерял сознание, а когда очнулся, никого рядом не было. Это был вампир!

— Ладно, дорогая, я разберусь,— пообещал я, поглаживая девушку по спине и украдкой глядя на часы.— Пойдем ужинать, мама наверняка уже приготовила. У вас ведь джинн-домовой есть, насколько я помню.

Полное сканирование головного мозга занимало около суток. Голову Кай'Ана я сдал в Управление всего несколько часов назад. Оставалось набраться терпения и просто подождать результатов. Но где же его взять, это самое терпение?

Я приобнял Нейлу за плечи и повел в дом, она отстраненно шагала рядом. В столовой уже вкусно пахло ужином из морепродуктов. Теща сидела на своем привычном месте, а кресло главы семьи пустовало. Майна указала мне на него и, видя мое замешательство, добавила:

— Садись, Зор. Другого мужчины в нашей семье сейчас нет.

Стараясь не выдать свое смущение, я занял место во главе стола. Повисла неловкая пауза, но тут включилась телевизионная панель, настроенная на новостной канал,— начинались «Вести Хинлау».

— Селина пропала...— сам не знаю почему, произнес я именно в этот момент.— Но мы найдем ее.

Новости никто не смотрел. Мы молчали над едой, уставившись в центр стола. Мать перенесла эту новость стойко, выдав свое волнение хлестнувшими по мне эмоциями. На Нейлу мое сообщение подействовало благотворно: это отвлекло ее от смерти Кая, но переживать так же сильно за сестру она не собиралась, так как «пропала» не означает «скончалась».

— Я верю, что ты найдешь ее,— попыталась подбодрить меня Нейла (словно это от меня зависело), хотя несколько минут назад сама нуждалась в поддержке.

Спасибо им, что не расспрашивали об обстоятельствах ее пропажи. Я и сам не знал, чем не угодил похитителям, но Селина была отличным рычагом влияния на меня или даже мести.

Помолчав минуту в память о Кай'Ане, мы приступили к семейному ужину. А потом дамы взяли меня в оборот, заставив проделать такие нужные вещи, как мытье и переодевание. Забота обо мне отвлекала их от горя, и я послушно исполнял все указания, так как действительно еще не мылся с тех пор, как вернулся с Дайсгана. Пах я довольно неприятно, и даже костюм из коллекции Падлика Адова пропитался потом насквозь (так ему и надо), и я его выкинул. А затем мы допоздна сидели на берегу озера, разведя костер, и любовались лунным диском, идущим на убыль.

Вечер закончился спокойно и без приключений, а утром они собрали меня на работу и отправили совершать подвиги на благо семьи.

Глава 2

Жестокие нравы

До ближайшего транспортера меня доставила Нейла на своем катере, и я благополучно оказался в рабочем кабинете. Связавшись с техническим отделом по локальной информационной сети, я оставил им запрос на срочную выдачу извлеченной памяти Кай'Ана. После прошедшей ночи я чувствовал себя более-менее отдохнувшим и мог попытаться поиграть с вероятностями еще раз.

Если я нашел вампира в незнакомом городе, гадая на карте, то неужели не смогу найти любимую жену?

Повесив на стене атлас Хинлаугана, я снова взялся за дротик. Не буду углубляться в тонкости своей медитации, но раньше интуиция меня ни разу не подводила. На этот раз все произошло совсем иначе — я даже не попал в карту! Впору было опустить руки, ведь я очень надеялся на свой метод.

Тут тренькнул планшет, сообщая об электронном письме. Подскочив к столу, я увидел входящее сообщение от неизвестного адресата. Пришло оно на мою домашнюю почту, а не на служебную и содержало вложенное видеоизображение. Открыв его, я не знал, радоваться мне или горевать, так как его прислали похитители Селины...

...На экране был виден огромный каменный зал, ярко освещенный сферическими светильниками. Посредине высились стройные резные колонны, украшенные фресками. Справа и слева от них расположились рядами мраморные параллелепипеды: то ли столы, то ли саркофаги. На одном из таких столов я увидел лежащую Селину, и сердце застучало чаще. В кадре появился человек в форме Меча Ночи. Он подошел к моей жене и провел над ней рукой. «И снова привет, „мусор“,— произнес он спокойно.— Пишу тебе, чтобы расстроить посильнее,— с помощью гадания ты не найдешь свое ушастое отродье. К тому же твоя подстилка оказалась в интересном положении, и я все размышляю, как с ней лучше поступить? От твоих действий будет зависеть, останутся ли она и ее плод невредимыми. А пока для тебя есть задание: нужно уничтожить всю информацию, извлеченную из памяти недавно отловленного вампира. Действуй, боец!»

На этом запись закончилась. Интересно, а знают ли похитители, кто поймал вампира? Вполне вероятно... А сейчас просто проверяют мою исполнительность? Возможно...

Я не сомневался в привычке наблюдателей из ИСБ без спросу шарить в моем компьютере и потому даже не стал сообщать архимагу Гайт о присланном сообщении, так как был уверен, что его помощник тоже уже читает его.

К сожалению, отследить, откуда пришло письмо, оказалось совершенно невозможно. Несмотря на то что следствие вели Гайт, я не надеялся раскрыть дело самостоятельно по новым зацепкам. Я обратил внимание на колонны с фресками и сделал фотографии из видеозаписи, чтобы показать соответствующим специалистам. Поиск по подобиям в Сети ничего не дал: такие колонны не производились ни на одном из каменнообрабатывающих предприятий Хинлаугана и колониальных планет в том числе. К сожалению, пока зацепок больше не нашлось...

Не забывая о работе, я поднялся на семнадцатый этаж к нашим технарям, туда, где находились останки зараженного Кай'Ана, отправленные на извлечение памяти. За экспертизу и сканирование информации с любых носителей отвечали два эльфа из магов-операторов, покинувшие Гильдию и недавно взятые на службу к нам. Оба сидели в разных концах кабинета за своими столами и скучали от избытка свободного времени. Когда я появился в их отделе, парни откровенно прохлаждались, перекидываясь самолетиком, сложенным из пластикового листа. При этом они пытались поразить его слабыми электрическими разрядами.

Тоже мне ПВО Хинлау...

— Я за результатами по вампиру,— бросил я, не здороваясь.

— Еще не готовы,— ответил старший, запуская самолетик.— Через... Ой, уже готовы. Мог бы подождать доставку у себя в кабинете.

— Некогда. Давай на кристалл.

Эльф неохотно протянул руку в сторону вещдока, закрепленного в сканирующем артефакте, и магитроника сама прилетела к нему. На стол опустились установка и голова вампира, запертая в темпоральном пузыре для сохранности. Очищенная от хитиновых наростов, она производила неприятное впечатление... особенно на меня... Эльф вставил в установку кристалл горного хрусталя и сообщил:

— Две минуты.

Маги снова принялись запускать друг в друга самолетик, словно ничего интереснее нельзя было придумать. Тут младший сотрудник перестарался с молнией, и сбитый аэроплан оплавленным комком рухнул на «землю».

— Балбес! — Старший схватил вещдок и швырнул его в подчиненного.

Голова Кай'Ана, защищенная магией, грохнулась о бетонную стену, оставив выбоину, а я стиснул кулаки...

Терпеть! Надо дождаться конца копирования!

Это выглядело как настоящее издевательство. Либо они были круглыми идиотами, либо... полными дебилами, что в принципе одно и то же. Неужели они не знали, кто такой Кай'Ан и кем он приходится следователю Летову? Да и вообще, использовать вещдок по такому назначению — это чревато увольнением! Одним словом, гильдейские...

Артефакт пискнул, сообщая об окончании копирования, и я, вырвав кристалл из приемника, быстро спрятал его в кармане брюк. Придурки продолжали играть головой-вещдоком, как мячом.

— Извините, но вы сами напросились,— произнес я, обращаясь к старшему эльфу, и поднял правую руку, словно замахиваясь или грозясь кулаком.

— Да ладно те...— только и успел он ответить, прежде чем мой левый кулак мелькнул на границе его периферийного зрения.

Тонкая эльфийская кость не выдержала, и челюсть мага-оператора сломалась. Болевой шок оказался настолько сильным, что игрок рухнул на пол, потеряв сознание.

— Эй, лейтенант, ты чего?! — заорал второй, увидев мой безумный взгляд.— На помощь!

Он не на шутку испугался. Я попер на него, как танк, играючи отбив телекинетический импульс. В тот момент я действительно был опасен, а передо мной стоял не боевой маг. Это вам не Меч Ночи или омоновец Стражи, а самый обыкновенный гражданский технарь, не обученный воевать, хоть и способный на некоторые фокусы. У него даже не было боевых рефлексов, которыми наделяют в Академии всех будущих стражей, выбирающих специальность следователя или оперативника.

Один длинный подшаг — и мой кулак свернул еще одну челюсть за миг до того, как дверь распахнулась, впуская других магов-операторов.

— Вяжи его! — раздался молодецкий возглас, а я повернулся к двери, вставая в боевую стойку.

— Попробуй, крикун! — рявкнул я и увидел в глазах технарей сомнение.

Все замерли. Тишину нарушали стоны избитых эльфов и быстрые шаги, доносившиеся из коридора. Одни, размашистые, принадлежали кому-то высокому и очень тяжелому, вторые — мужчине среднего, примерно моего, роста. Через мгновение к ним прибавился стук каблуков. В комнату вошли трое: близнецы Гайт и мой шеф.

— Отставить! — Мощный рев орочьей глотки громом ударил по барабанным перепонкам, заставив нас вздрогнуть.— Что здесь происходит?

Как мог, я объяснил.

Больше всего беспокоило выражение лиц близнецов — «все по барабану». Если, глядя на шефа, можно было выстроить целую стратегию поведения, разумно подстраиваясь под него, то Гайт могли выражать совершенно противоречивые чувства одновременно.

— Ничего страшного не случилось,— неожиданно произнес брат-близнец, и я почувствовал, как все вокруг мгновенно начали успокаиваться, принимая слова архимага за аксиому.— Но лучше Летова пока отстранить от работы... Да, пусть отдохнет и нервы подлечит, а этих двух балбесов я приказываю лишить финансового содержания на два месяца. Будут знать, как с вещдоками развлекаться.

— Но как же?! — удивленно выпалил я.— Я же еще не закончил!

И вот тут я почувствовал, что такое настоящий боевик, когда орочья лапа схватила меня за грудки и, приподняв над полом, впечатала в бетонную стену. Кажется, даже оставила на ней отпечаток.

— Не спорь, Летов,— голос шефа оказался на удивление спокоен, и никаких эмоций от него не исходило. Однако это говорило о том, что орк их старательно скрывает, а не об их полном отсутствии.— Пожалуйста, иди домой...

* * *

Итак, меня отстранили от расследования, заблокировали различные функции моего следовательского кольца-артефакта, предоставив взамен кучу свободного времени. Зря я сорвался на операторах...

К счастью, кабина транспортера все так же оставалась для меня бесплатной, и я поспешил на нашу новую квартиру. «Маяк», как всегда, находился в центре двора или сквера, исключая возможность попасть под колеса доморощенных гонщиков. Новый район на окраине Хинлау еще полностью не заселили, и он считался непрестижным, но сейчас меня бы устроил даже шалаш на лунной поверхности, лишь бы вернуть Селину в целости и сохранности. Я вдруг вспомнил слова похитителя о ее интересном положении, и мне стало не по себе, в глазах потемнело, словно орк ударил по голове...

Квартира встретила меня тоскливой пустотой, если не считать той минимальной мебели, которая положена по стандартам строительства. Это был совсем новый дом, и до нас тут никто не жил. Наши вещи лежали упакованные в коробки. Мы еще не успели переехать, когда я получил семейную путевку в управе.

Сев за стол в столовой, я подключил к планшету кристалл с памятью Кая и начал работать, надеясь хоть как-то отвлечься от своей беды. Грудь и спина болезненно ныли, отвлекая от чтения. Грудь саднила от глубоких царапин, случайно оставленных когтями гранд-капитана Шерха, а спина ныла от обширной гематомы от шеи до самой задницы. Но вскоре я перестал вспоминать об этих мелочах и полностью погрузился в воспоминания Кай'Ана, которые мне удалось утянуть напоследок. Теперь я мог просмотреть их любым удобным для себя способом: хоть текстовым, хоть в видеоформате, хоть с помощью эффекта слияния памяти. Его память представляла собой огромнейшую базу данных. Я впервые по-настоящему работал с подобным массивом информации, так как раньше у меня была возможность только поверхностно ознакомиться с чем-то похожим во время учебы. Даже все эмоции Кай'Ана оказались записаны в базу. Я читал память покойного, как открытую книгу...

Я видел, как менялось сознание, видел, как он страдал, пока его, словно раба на Дайсгане, не перевоспитали методом эмоционального кнута и пряника. Это оказалось очень мерзко и больно. Хотелось выпить, но я знал, что если накачаюсь алкоголем, то стану еще сентиментальнее и не смогу серьезно работать. Мне удалось отыскать самые важные моменты становления новой личности вампира. Помимо них, сохранились данные о магических способностях, о которых узнал сам Кай, читая инструкцию. На кристалле была абсолютно вся история жизни художника за последний месяц, но я не смог найти тот момент, когда парня инфицировали. Зато я узнал, что у Кая было задание отомстить мне через Селину! Понемногу клубок событий распутывался, и все эпизоды нанизывались на спицу последовательности и логики. Одно мне осталось непонятно: чем я сумел зацепить сектантов из «Щита мага», что они так люто меня возненавидели? Я ведь просто делал свою работу. Да и то, мне больше везло. На моем месте мог оказаться любой другой следак. Ну надо же было так нелепо помереть этому гному Дарх Мауду! Вот зачем Тина Агерова замаскировала его убийство под отравление?! Убила бы чем-нибудь другим, и следствие поручили бы опытному сотруднику... хитрая, сука...

Меня заинтересовал тот факт, что Кай собирался искать Хозяина на Хинлаугане, и поначалу рвался домой именно с этой целью. Только увидев меня, он получил новую директиву. А как он должен был найти Хозяина? Я предположил, что эта информация могла быть зашифрована в вирусном пакете, которым заразили Кая, и позже обнаружилась бы в виде новой директивы. К сожалению, у меня не было дееспособного вампира, сидящего на толстой цепи, чтобы проверить свои догадки.

Более-менее мозаика складывалась. Оставалось найти того, кто заразил художника.

Голова уже пухла от полученной информации, и мне требовалось срочно разрядиться. Медитация не подходила, так как в моем состоянии я просто не желал успокаиваться. Нужна была физическая нагрузка. На глаза попалась коробка с вещами Селины. Мысленно извинившись перед зайкой за свой произвол, я принялся копаться в ее имуществе. Первое, что я увидел, была традиционная эльфийская сабля в роскошных ножнах, добытая в качестве приза за первое место в чемпионате за кубок Хинлау. Этим призом Селина дорожила особенно.

Клинок легко вышел из своей «одежи», и я несколько раз взмахнул саблей. Отличное оружие, действительно боевое, несмотря на роскошную отделку. Я начал тренировку с воображаемым противником, а мысли упорно возвращались к идее заняться поисками жены самостоятельно. Только теперь они текли медленнее и размереннее, не мешая анализу и не перескакивая от темы к теме...

...Найти Хозяина мог вампир, получивший задание отомстить мне через Селину. Некий Хозяин и похитители — это одна бригада или просто их цели совпали? Приму за версию, что это одна секта, а то многовато для молодого лейтенанта — напакостить сразу двум группировкам. Прямого указания адреса Хозяина в памяти художника не оказалось, но, проследи мы тогда за Кай'Аном, наверняка нашли бы логово преступников. Ну, и где мне найти нового душегуба, чтобы следить за ним? Да и после отстранения это уже за пределами моих возможностей. Хоть сам становись вампиром...

Промелькнувшая идея вначале показалась отличной, но потом я задался вопросом, а как можно заразиться и при этом остаться самим собой? Хорошо бы за пару дней стать полноценным боевым магом. А судя по возможностям погибшего эльфа, это был весьма выгодный размен. Смертная душа на одной чаще весов и боевая магия — на другой. Как сказала Тергана Кираун, способность перейти на *ту* сторону в посмертный мир не имеет смысла — все равно будут убивать наверняка... «душегубом». Однако, став вампиром, я уже никогда не смогу использовать ту магию, которой меня наделила природа, например сдвигать вероятности и читать остатки памяти мертвых. И дознавателем я уже точно не стану.

Очень пугала зависимость вампира от своего создателя, но не исключено, что это можно обойти какой-нибудь специальной блокадой. Главное, найти виноватого, заразившего Кая именно этой особой версией вируса. Им мог оказаться как маг, так и другой вампир. Мага следовало взять под арест и допросить с пристрастием, а вампира просто выпотрошить вместе со всей памятью и директивами, но я пока еще не вычислил носителя вируса.

Также в качестве зацепки оставались фотографии с фресками. Надо было показать их знающим людям, раз в Сети не нашлось ответа на этот вопрос. Да только в какой музей нести эти изображения? Закончив махать саблей, я снова сел за компьютер. Согласно Имперскому Реестру, на Хинлаугане работало более десяти тысяч различных музеев, включая дома-музеи всяких известных и не очень личностей. Недолго думая, я всем разослал с нового почтового ящика одинаковое письмо с просьбой идентифицировать фрески на моих фотографиях. В письме поставил отметку «Срочно», но надеяться на оперативность гражданских лиц было наивно. Так же глупо было надеяться, что это останется незамеченным сотрудниками ИСБ. Главное, что я сам взялся за поиски, а не покорно ждал чужих результатов.

Глава 3

Месть бывших

Понимая, что мне предстоит искать Селину самому, я не мог рисковать собственной безопасностью. На всякий случай я должен был подстраховаться от заражения, а главное, от прямого контроля со стороны разработчиков вирусного дистрибутива. Только к кому мне стоило бы обратиться? К своим же не придешь и не скажешь: «Братва, я собираюсь искать жену и, возможно, скоро стану вампиром. Помогите!» Покрутят пальцем у виска и возьмут на прицел со словами: «Давай потом как-нибудь?» В этом деле мне мог помочь только опытный маг-оператор или еще более опытный Меч Ночи. Таких друзей или приятелей у меня не водилось, а среди магов-истребителей тем более, а вот в Ордене Ланы Милосердной служила одна моя старая знакомая... ну как знакомая... когда-то очень близкая знакомая. Ее знания с лихвой перекрывали все умения других магических профессий. Да и в астральной механике и биоконструкции она намного превосходила любого магистра.

Рука сама потянулась к коммуникатору...

— Тамина, здравствуй...— В горле пересохло.— Это Зор.

В динамике воцарилась тишина. На том конце пытались понять значение моего звонка.

— Чего тебе надо, сволочь? — Голос Тамины был спокоен, что внушало надежду.

— Непростой разговор. Хочу встретиться. Я заеду к тебе?

— Ладно,— послышалось после долгой паузы.— Только прямо сейчас, пока я не передумала.

Звуки отбоя сменили ее голос. Я посмотрел на закладку контактов в коммуникаторе, где был записан домашний адрес Тамины,— он изменился, но система автоматически обновляла данные.

Мы вместе учились с Таминой в школе для магов в Ордене Магерта Осмотрительного. Потом я перешел в Стражу, а через три года она не выдержала учебной программы и перешла в Орден врачей, где от нее не требовали убивать все, что шевелится, по первому же приказу грандмастера. Но мы все равно продолжали общаться... потом начали встречаться, пока я не познакомился с Селиной. Удар по самолюбию Тамины оказался тяжелейшим. Еще бы! Променять ее, мага, на какую-то студентку-фехтовальщицу! Но любовь по расчету претила моему воспитанию. Тамина пыталась возобновить отношения, но все ее попытки граничили с безумством влюбленной женщины или разъяренной самки дракона. К счастью, Селины это никак не коснулось, хотя со стороны Тамины были намеки на физическую расправу с конкуренткой. Пришлось даже искать защиты у Закона от ее мести, а теперь я сам шел к ней на поклон.

Сейчас она жила и работала на другом конце континента, в городе Теллади. Большой мегаполис, густонаселенный, но вполне ухоженный и комфортный, особенно если у тебя есть проездной на транспортер Гильдии Магов. Если в Хинлау сейчас солнце светило в зените, то в Теллади оно только выползало из-за горизонта. Климат здесь был уже другой, но все равно по-летнему теплый. В отличие от Хинлау, тут не росли пальмы, персики или виноград, но вполне хватало других садовых деревьев и кустарников. По крайней мере во дворе Тамины на глаза попались смородина и силианский крыжовник.

Квартира моей бывшей находилась в доме для магов. Здесь не было лифта или лестницы. Вместо этого дом пронизывала сквозная шахта для левитации. Внутри самого здания «маяки» не ставились в целях безопасности, и маги попадали домой через эту самую шахту. К счастью, мой следовательский артефакт еще функционировал в рабочем режиме, обеспечивая меня силовыми возможностями. Урезанными оказались доступы к серверам и различным вспомогательным структурам. Взлетев на седьмой этаж, я лишь на мгновение остановился перед дверью, задержав руку у звонка.

— Входите! — Голос принадлежал мужчине, и я несколько растерялся, но дверь открыл.

— Доброе утро,— криво ухмыльнулся маг-истребитель, стоявший в темной прихожей.

Его татуировка вокруг глаз синевой светилась в полумраке, выдавая общую профессию и специализацию. На его плечах засветились опознавательные шевроны Гильдии Магов — обратная красная пентаграмма и Ордена Затона Наблюдательного — прямая синяя пентаграмма с зорким кошачьим глазом с вертикальным зрачком в центре.

— Доброе,— кивнул я в ответ.— Хорошего вам дня.

Магистр хмыкнул и позвал:

— Солнце, может, проводишь меня на службу?! И к тебе твой бывший пришел.

Далее последовала прощальная сцена, пропитанная нарочитой пошлостью: смачные поцелуи и лапанье за различные выпуклости. Все это проделывалось с фальшивой страстью — ну не обманешь меня просто так. Как эмпат я достаточно силен. Легче закрыться полностью, чем подделать свои чувства. Особенно в таких вещах...

— Смотри у меня,— погрозил любовнице маг и, подмигнув мне на прощание, телепортировался с легким хлопком.

— Ну, здравствуй, Зор Летов, любитель... ушастых девчонок,— вся радость с лица Тамины куда-то исчезла.

Спасибо, что обошлась без пошлости, мне сейчас вообще не до шуток. Впустишь?

— Идем.

Ведя меня длинными коридорами, Тамина раскачивала бедрами, провоцируя меня на жаркие взгляды, но не до того мне было.

— Завтракать будешь? — предложила она внезапно изменившимся тоном, словно до нее наконец-то дошло, что я действительно не пришел бы без крайней необходимости.

Я молча кивнул, садясь в глубокое кресло.

Тамина хлопнула в ладоши, и перед ней появился джинн-домовой. Отдав ему указания, она окончательно переключила свое внимание на меня:

— Ну, рассказывай.

Время и так было не на моей стороне, и я не стал тянуть дракона за хвост.

— Слышала про секту «Щит мага»? — спросил я ее и, получив утвердительный кивок, продолжил: — Они похитили Селину.

— Зачем?! — Тамина даже фыркнула от презрения.— Тоже мне красавица.

— Мне мстят,— ответил я.— За следствие по их делу.

Лицо моей бывшей скривилось. Она всем своим видом показывала, что не верит в это. Не в мои слова конкретно, а в мотивы секты.

— Зор, ты, конечно, парень интересный, но чтобы мстить тебе... ну не смеши. Тут что-то другое, не связанное с твоим следствием или касающееся его только косвенно,— выражение лица Тамины изменилось, словно замерзшее озеро оттаяло, открывая спокойную гладь воды.— Чего ты хочешь?

— Нужна помощь в одном вопросе... Меня могут взять под контроль, воздействуя на центры боли и наслаждения...

— Поняла,— остановила она меня жестом.— Почему к своим не обратишься? И разве в твоем рабочем артефакте нет антивируса?

— Тамина, меня отстранили от следствия. Я в принудительном отпуске,— я сделал паузу, показывая световое удостоверение, которое пересекала красная полоса *«в отпуске»*.— К тому же я боюсь, что если попаду в руки секты, то они просто сделают из меня свою марионетку. Я хочу иметь какой-то скрытый козырь. Если уж меня инфицируют какой-нибудь гадостью, то я хотя бы сохраню свободу воли, чтобы спасти Селину. А среди моих коллег могут оказаться «оборотни» сектантов.

— А мне ты, значит, доверяешь? Ну-ну...— Тамина замолчала.— Я скажу тебе: «Нет!» Так тебе и надо, сволочь!

В ее глазах снова бушевала злость, спокойная озерная гладь сменилась океанским штормом. От нее буквально разило ненавистью. Я встал с кресла, стараясь не смотреть на нее. Глядя сквозь Тамину, я положил на стол кристалл с памятью Кай'Ана.

— Посмотри, тебе понравится,— сказал я ей и вышел не прощаясь.

Странно все это было. Больно, тяжело и тоскливо. Душа ныла, но чувство долга не давало покоя гораздо сильнее жалости к самому себе. Все же сказывалось воспитание и медитативные установки, прививающие правильные мысли и цели в жизни. Обгладывая куст красной смородины во дворе Тамины (витамины нужны организму в любом настроении), я пытался понять, что мне делать дальше, у кого еще я могу попросить помощь? Посвятив свою короткую жизнь работе и семейным отношениям, я потерял многих друзей-магов, которые по своей природе чаще остаются одиночками. Но, даже сохранив дружбу, я не мог бы рассчитывать на их помощь, так как то, что я просил, было довольно непросто, дорого и находилось на грани беззакония.

На всякий случай я решил проверить почту. Планшет всегда был со мной, и я присел на скамейку. В почтовом ящике обнаружилось только одно сообщение. Оно пришло от смотрителя частного Музея истории Олерского архипелага. В письме говорилось, что интересующие меня фрески относятся к эпохе Объединения, и им уже более двух с половиной тысячелетий. Больше ничего не уточнялось. Я не стал задавать дополнительные вопросы и лишь включил в свои планы посещение этого музея.

Могла ли Селина находиться на Олерских островах? Вполне возможно, но лезть в предположительное логово врага было чревато провалом всей операции. Вместо этого я решил пока вплотную заняться только анализом неудавшихся тренировок покойного Кай'Ана, в надежде вычислить того, кто был носителем вируса. Отправляться же инспектировать тренера и всю секцию было пока рано...

Причина, надоумившая Кая пойти записаться в секцию рукопашного боя, лежала, по сути, на поверхности. Маленькому хрупкому эльфу хотелось почувствовать себя настоящим мужчиной. Быть быстрее, смелее, сильнее многих из своего окружения. Как это естественно для любого мужчины! Нам ведь так важно чувствовать, что мы в состоянии защитить свою женщину, свою семью... Многие проходят этот путь осознания своей силы или бессилия, но не все пытаются что-то предпринять или изменить, не всем хватает силы воли оторвать свою задницу от дивана и заняться собой. Ведь гораздо легче трескать пиццу, посматривая боевичок про крутого военного или боевого мага.

Выбранный путь не совсем подходил для него — по многим причинам. Лучше бы Кай занялся фехтованием или стрельбой, толку от этого было бы куда больше. Ну как эльф может тягаться с орком или гномом в рукопашном бою? Нереально это. Так нет же, он упрямо пошел записываться в секцию, но хоть хватило ума в детско-юношескую, не постеснялся.

А с другой стороны, что мешало злоумышленникам вообще не иметь никакого отношения к рукопашке, а значит, я абсолютно зря собирался рыть землю? Но такова моя работа — проверять любую более-менее приличную версию.

Тренера, у которого занимался Кай, звали Горн Мастов. Это был довольно молодой вольноопределяющийся Меч Ночи, не входивший в какой-то определенный магический Орден или артефакто-строительное производственное объединение. Разве что в Гильдии Магов состоял и исправно отчислял им профсоюзные взносы. Он вообще нигде не работал, кроме Дворца Спорта, в котором и преподавал рукопашку для подростков. Подработка для курсантов, если уж говорить начистоту, но никому не позволено осуждать людей за их работу. Пусть хоть дворниками работают, заменяя джиннов, лишь бы им нравилось, и они были счастливы. То, что Меч Ночи не входил в какой-нибудь магический Орден, было странно, но не более того, ведь Гильдия не настолько серьезный покровитель, как полубоевая организация единомышленников. Сам Мастов отучился в Ордене Триана Неутомимого, но сразу после получения диплома покинул своих учителей-благодетелей, уйдя на вольные хлеба.

Зайдя на страницу секции в Ссти, я посмотрел расписание занятий и список учеников, вывешенный в свободном доступе. Несмотря на летние каникулы, подростки продолжали ходить на занятия, не делая длительного перерыва. Вроде ничего подозрительного, не подкопаешься. Но Нейла тоже просто так наговаривать не стала бы, да и мое следовательское чутье подсказывало: *«Копай глубже»*. При этом интуиция задницы требовала копать осторожно. Ближайшая тренировка начиналась завтра в три часа дня. Надо было, не привлекая внимания, посетить ее и посмотреть не только на инструктора, но и на занимающихся.

И тут в голове возникла догадка — зачем похитители требуют уничтожить останки вампира? Боятся, что Стража узнает тайны их магического оперирования? Да ну... Или они боятся, что в памяти вампира осталась запись о Хозяине и его местонахождении? Вот это более вероятно, но еще логичнее было бы предположить, что сектанты боялись выдать того, кто заразил Кая вирусом. Я понимал, что к таким же выводам могут прийти и мои коллеги, ведущие следствие.

А я ведь не стал уничтожать голову Кая, хотя мог попытаться... Посмотрим, что из этого выйдет.

Глава 4

Летя наудачу

Основной корпус Дворца Спорта уносился ввысь всего на десяток этажей, каждый из которых превышал в высоту обычные пролеты в жилых домах. Это было связано с тем, что на каждом этаже находилось множество спортивных залов, способных вместить всех желающих. Вокруг Дворца, как лепестки ромашки, выросли восемь стадионов, где практически круглосуточно кто-то занимался. Спорт как таковой не очень приветствуется в столичных кругах, в отличие от жителей периферии. У нас в Хинлау предпочитают заниматься боевыми искусствами или прикладными видами спорта, например биатлоном или военным ориентированием. Всякие игры в мяч и производные от них мало интересуют основное население имперского континента. У нас в крови слишком силен зов боевых барабанов, и наши гены помнят этот громогласный звук. Нас трудно заставить заниматься плаванием, если это не многоборье, мы не любим бег, если не с оружием и без препятствий. Мы стреляем только по движущимся мишеням, стрельба по стендам — для детей в школе.

Я просто прошелся по коридорам Дворца, запоминая все повороты и расположение залов. Нашел, где проводит занятия тренер Мастов, посмотрел зал. До завтрашней тренировки оставалась еще уйма времени, и я не знал, чем заняться. Разве что посетить музей Олерских островов? А если... Нет, ну не станут же ее держать в музее!

Иногда лучший стимул к действию — понимание, что нельзя откладывать на завтра то, что можно сделать сегодня. С другой стороны, как гласит известный анекдот, можно отложить дела на послезавтра и иметь в запасе целых два свободных дня, но это мы оставим тем, кого лень навсегда приклеила к дивану. Мое же состояние требовало постоянных действий, я даже не думал о сне или еде, хотя мог бы заставить себя поесть и заснуть с помощью заклятия-снотворного, встроенного в мой артефакт.

Махнув рукой на все остальное, я решил посетить музей Олерских островов. Я быстро написал смотрителю письмо с просьбой принять меня в музее и взялся за изучение путей, ведущих на острова. К счастью, до архипелага было рукой подать, тем более на транспортере, но тут меня ждал неприятный сюрприз: в графстве не было общественных «маяков»! Я боялся, что моего нынешнего доступа не хватит, чтобы одолжить служебный левитатор, а наше автоматическое казначейство не подтвердит аренду гражданского вертолета или самолета. Частых регулярных рейсов в графство не было, лишь раз в неделю два пассажирских лайнера привозили туристов на острова Ратный и Мирный, где они развлекались, дышали свежим воздухом, питались морскими деликатесами и ковырялись в земле, ведя таким образом «археологические раскопки» в местах давних боев и уничтоженных городов. Ответ пришел уже через полчаса. Меня приглашал сам граф Олерский, изъявивший желание увидеть молодого лейтенанта, чьи литературные потуги недавно опубликовали в «Вестнике Стражи». Я очень обрадовался, так как граф предлагал доставить меня на остров через собственную систему транспортировки, пообещав помощь своего референта, как только я буду готов.

Маг-референт встретил меня в порту Тайлау, городе-сателлите Хинлау, раскинувшемся на западе, на берегу залива. Я специально выбрал это место, так как здесь было меньше вездесущих камер наблюдения, чем в столице. Неопределенного возраста человек в обычном гражданском костюме ничем не выдавал своей профессии, разве что на шее под сорочкой висел медальон мага Гильдии — обратная пентаграмма из драгоценных сплавов. Этот опознавательный символ я учуял сразу же. Про внешность мага вообще молчу — стандартно-смазливая. Мы поздоровались, я посветил своим удостоверением, и референт Ларсен телепортировал меня в графство Олер, бывшее некогда отдельным государством.

День катился к концу, но солнце еще светило ярко, готовясь нырнуть за горизонт в ближайшие три-четыре часа. Мы очутились в каменном портале (в архитектурном смысле этого слова), выход из которого вел в сторону особняка графа Олерского.

— Ожидали увидеть роскошный дворец? — спросил насмешливо маг-референт.

— Нет, даже не думал,— признался я, разглядывая скромный по своему декору особняк.— Горгульи действующие?

— А то! — Маг усмехнулся еще раз.— Некоторые сам делал.

Практически над нами пролетел тяжелый транспортный вертолет, и мы невольно проводили его любопытным взглядом. Рядом с ним, словно охранник, летел небольшой дракон.

— Груженый,— прокомментировал Ларсен.— Полетел на Скалистый остров, где у нас фасовочные цеха. Потрошат рыбу еще в море, на плавающем рыбозаводе, чтобы субпродукты оставлять морским обитателям, а вот пакуют для потребителей уже на суше.

Желудок предательски сжался, и я сглотнул голодную слюну. Вот так вот, организм не обманешь даже самой большой бедой.

— А дракон ваш?

— Конечно,— с готовностью ответил маг.— Это боевой, переделанный из обычного по военно-магичеcким технологиям, так же делают вампиров... У нас на архипелаге часто встречаются дикие ящеры, и мы специально используем дрессированных особей для защиты жителей, туристов и собственности. Дикие не понимают опасность технических систем и гибнут почем зря, а вот мощных сородичей сторонятся и не залетают на большие острова.

Я внимательно слушал и запоминал...

На пороге особняка нас ждал мужчина средних лет. Он выглядел заметно старше многих имперских граждан, возможно сознательно подчеркивая таким образом свой социальный статус и значимость.

— Граф Олерский,— представил его маг Ларсен, специально не называя имени, что было логично, так как по имени его знали лишь близкие люди.— Лейтенант Летов, следователь Стражи Порядка.

Хватка у графа неожиданно оказалась стальной, и я внимательнее присмотрелся к наместнику Императора... Сильно развитые, широко развернутые плечи, длинные, несмотря на невысокий рост, ноги, узкие бедра, необычный профиль лица, как у древних статуй или словно с древних монет, нос с легкой горбинкой, серые глаза упрямым взглядом целятся в упор, как пулеметы из амбразур,— вот-вот выстрелят, абсолютно белые короткие волосы, загорелая кожа с медным отливом. Можно было бы сказать — красавец-военный, только еще немного увеличить рост до современных стандартов.

— Здравствуйте, лейтенант! Ларсен, спасибо, ты свободен. Пойдемте...

Граф не погнушался распахнуть дверь перед гостем, и я вступил под своды фамильного особняка. Прямо на первом этаже находилась приемная комната, и мы уединились в ней, так как дом, к моему удивлению, оказался очень густо населен родственниками графа, которые стайками слетались вечером на ужин. Особенно много встретилось детей и женщин, пока мы шли в кабинет.

Внутри особняка все оказалось не менее скромно, чем снаружи. Разве что основным элементом декора здесь служили не горгульи, а манекены в доспехах с древним оружием. Судя по доспехам, железная армия графа состояла не только из людей, но и из орков, эльфов и гномов. Я даже раз вздрогнул, увидев чучела двух самых настоящих гоблинов и одного огра, полностью истребленных Тергоном, первым принцем Империи, во время войны за Объединение, или Глобализацию, как принято говорить сейчас. Больше всего удивила их ответная реакция — чучела демонстративно поморщились и отвернулись.

— Интерактивно...— протянул я.

— Присаживайтесь, лейтенант. Чай, кофе, какао, молоко, сок, кефир?

Я еле удержался от смеха, но сам граф остался абсолютно серьезен. Он не блистал аристократическими манерами и не пытался проявлять куртуазность. Я чувствовал, что передо мной бывший военный, привыкший убивать, и его глаза молча подтверждали мою догадку.

— Кефир, если не трудно,— выбор пал на кисломолочный продукт по той причине, что, кроме завтрака и смородины, в мой желудок сегодня еще ничего не попало.

Граф прищурился, внимательно меня разглядывая, и хлопнул два раза в ладоши. На его зов явился джинн-домовой.

— Графин кефира и двойной ужин стражу! И мне одну порцию,— резким, сильным командным голосом приказал он и спокойно продолжил, уже обращаясь ко мне: — В моей армии ни один солдат не голодал.

— Благодарю вас, граф,— я постарался сдержать эмоции благодарности, чтобы они не хлынули через край, сообщая всем в округе о моем настроении и чувствах.

— Не стоит,— голос графа был очень спокоен, было в нем что-то жизнеутверждающее, не терпящее возражений, но не капризное. Что-то генеральское.— Скоро прибудет смотритель музея, и вы сможете с ним пообщаться столько, сколько посчитаете нужным. Я буду рад, если вы примете мое предложение и останетесь у нас в гостях до завтра или до послезавтра... или сколь угодно долго, пока ваши исследования не увенчаются успехом.

Во поперло! Конечно же, я согласился. Ужин в фамильном особняке удался, особенно если учесть свежесть морских продуктов и мой голод.

— Я надеюсь, что наши блинчики с акульей печенью по-олерски не хуже, чем у вашей жены? — спросил граф с некоторой ехидцей в голосе.— Я внимательно читал вашу историю в журнале. Мне очень понравилось, как вы разделались с Мечом Ночи. Трудный поединок — достойная победа.

— Ужин просто изумительный,— благодарно улыбнулся я, а про себя тоскливо вспомнил Селину, томящуюся в руках похитителей.— Спасибо за вашу оценку.

А вскоре прилетел смотритель музея, посадив свой грузопассажирский вертолет на лужайку на заднем дворе особняка. Это оказался вполне стереотипный гном по имени Борн Майлон. По меркам занимаемой должности и традиционным понятиям своего бородатого народа, он еще был слишком молод, так как даже не отпраздновал свой сотый день рождения. Густая борода, вплетенная проволока из чистого золота, массивные кольца в мясистых ушках, нос картошкой, вечно любознательный взгляд, жадный до информации, широкие плечи и невысокий рост... типичный такой гном.

Граф представил нас друг другу и оставил наедине. Не теряя времени даром, мы погрузились в вертолет и, сопровождаемые драконом-охранником, отправились на остров Ратный, на котором и находился музей. С высоты полета стало видно, как солнце вот-вот нырнет в глубины Тихого моря. Было красиво. Несмотря на архаичность транспортного средства, полет не доставлял неудобств. Техника у гномов работала гораздо лучше, чем у жителей Дайсгана. Пока мы летели, смотритель рассказывал о своем музее.

...Сам музей появился относительно недавно, когда территории Олерских островов были частично очищены от последствий той давней войны за Объединение. Граф мечтал о развитии туризма, поэтому его поисковые отряды старательно, сажень за саженью, проверяли территорию островов, разыскивая «сюрпризы» войны и магические аномалии, которыми полнилась захваченная земля. Как я помнил по школьным урокам, княжество Олер последним пало под натиском объединенных войск Хаокана. Этот пласт истории очень скудно освещен, о нем почему-то мало информации содержится в учебниках, тогда как цивилизация олерцев насчитывает более пяти тысяч лет.

— Экспедиционный корпус вел адмирал Мархуз Стальное Сердце,— рассказывал, чуть ли не захлебываясь от эмоций, гном.— Под его командованием Четвертая Завоевательная Эскадра разгромила флотилию олерцев и высадила на остров Ратный пятьдесят тысяч морских пехотинцев, обеспечивших плацдарм для будущего полномасштабного вторжения!

Ратный пострадал больше всех, так как здесь находились военно-производственные мощности княжества, верфи, казармы, Генеральный Штаб и Адмиралтейство. Но храбрые островитяне не желали сдаваться, даже когда против них выступила вся планета. Их магия оказалась столь искусна, что имперские с завистью смотрели на своих противников. Если в молодой Империи только начинали овладевать магическим оперированием, то в распоряжении военно-магических сил княжества уже имелись самые настоящие боевые системы, приспособленные для уничтожения всего живого и адаптированные под ведение магической войны. Например, это были биоастральные роботы, прозванные вампирами с оглядкой на мифы.

— Хрен бы адмирал взял острова, если бы не орочья и гномья пехота! — с гордостью заявил смотритель.— Именно мы, благодаря своей природной защите от магии и личному мужеству, отстояли право имперских оккупантов на эти территории!

Гнома несло, видать, давно не было таких благодарных ушей.

Я на секунду представил себе этот марш имперских оккупантов: неудержимый натиск морских

273

пехотинцев, сокрушающую атаку мотострелковых отрядов орков, осадные орудия гномов и многое другое, что так любят показывать в исторических фильмах. Две с половиной тысячи лет назад было очень мало магов. Магическая медицина была в диковинку и еще только готовилась вступить в пору расцвета. Это было золотое время для орков, которые не болели, никогда не уставали и легко переносили погодные невзгоды. Еще бы! Два сердца, три почки, две печени, три селезенки и так далее... Следы от их когтей гноились, и мало кто выживал после ранения, особенно в нашем влажном и жарком климате. Времена были очень жестокие, недовольных убивали целыми семьями за одни только неугодные высказывания, если они граничили с подстрекательством или предательством... Только в одном ошибался гном — важнейшую роль сыграла Гильдия Магов, в которую входили даже маги княжества Олер. Вот они-то и предали своего князя...

Собственно, все, что находили розыскные команды нового графства, ставилось на учет и складировалось до поры до времени. Иногда острова посещали маги Гильдии, выпрашивая для исследований что-нибудь диковинное, а так некому было заняться добром, представляющим определенную историческую ценность. И вот всего двадцать лет назад на складе с боевым и культурным «хламом» появилась вывеска, гласившая о полученном статусе музея,— гном Борн взялся за работу.

Вертолет пошел на посадку, а наш дракон полетел в свое гнездо, находящееся неподалеку. Уже стемнело, но, как уже говорилось, я прекрасно видел в темноте благодаря своим артефактам и внутреннему магическому чутью. Гном же просто надел специальные очки, и мы пошли смотреть его музейное хозяйство.

В огромном зале, пропитанном консервирующей магией, зажглись лампы, и перед нами предстали тысячи экспонатов. Назвать все это музеем можно было только с натяжкой, так как это была скорее кладовая, а сама экспозиция еще только создавалась.

— Итак, вас интересовали фрески,— гном заглянул в свой планшет и повел меня по залу.

— У вас сохранились какие-то предания или легенды? — поинтересовался я.

— Что вы, какие предания! Настоящие журналы боевых офицеров, лабораторные записи магов, описания экспериментов и так далее. Государственность в княжестве была на высоком уровне, и бюрократический аппарат работал на полную тягу. К сожалению, не все архивы олерцев удалось захватить, и многое погибло в прожорливом пламени войны.

Мы остановились перед столом, на котором стояла стопка книг. Еще один фолиант лежал раскрытым. На левой странице начиналась какая-то новая глава, а поверху шел такой же орнамент, как и на фресках, обнаруженных на колоннах.

— Что это? — спросил я гнома, не понимая ни слова на древнеолерском.

— Это реестр дворянских родов княжества Олер. Интересующий вас орнамент был отличительным знаком побочной ветви княжеского рода — Сиранам, занимавшей важное место в религиозной жизни островитян.

— Они верили в богов? — удивился я.

— Лейтенант,— гном весело засмеялся.— Тогда все верили в богов! Даже сейчас многие верят в них.

В ответ я лишь фыркнул. Меня учили верить в себя, в силу воли, сжатой в кулак, и смелые решения!

— Понимаю вас,— вежливо улыбнулся гном.— Нас всех в школе учили одинаково.

Я не стал объяснять, что, помимо школы, есть еще и институт стражей, и у нас совсем другие жизненные приоритеты.

— И вот этот орнамент, что вполне логично, является символом рода Сиран, то есть, по сути, это обычный герб.

— Кто-нибудь из рода Сиран сейчас жив?

— Ой, сомневаюсь,— снова захихикал гном.— Имперские войска уничтожали всех мужчин княжества. Даже если какая-нибудь дворянка и родила наследника рода, то за две с половиной тысячи лет потомок уже давно растворился среди других человеческих наций Империи.

— А есть ли где-нибудь записи о недвижимости рода? — Я почувствовал, что наконец-то начал продвигаться в поисках.

— Все должно быть здесь, но, есть ли на самом деле то, что вас интересует, или нет, я не знаю. Еще не все книги каталогизированы. Вот, полюбуйтесь на записи в архивной книге, которую я успел оцифровать для удобства.

Он сунул мне под нос свой планшет, и я увидел там древнюю запись, сделанную магом гвардии адмирала Мархуза: «Книга № 3578... Название не видно, обложка цвета... обугленности... да идите вы в задницу со своими букварями! На мне еще висят восемьсот неопознанных артефактов и четыреста квадратных лиг минных полей!»

— И таких вот неопознанных «букварей» у меня тысяч десять как минимум. Будем искать?

М-да... Абсолютно неважно обстояло дело с этими поисками. И тут мой взгляд привлекла высокая бронзовая статуя. Было в ней что-то очень знакомое, но при этом неправильное. Статуя воина держала щит и длинный трехгранный кончар, а на поясе висела кобура с пистолетом. Знакомыми показались шипастые доспехи, такие же я видел на Кай'Ане в день его смерти. Я подошел к статуе. На меня смотрел молодой мужчина неизвестной национальности. Видимо, так выглядели коренные жители княжества Олер.

— Заинтересовало? Ничего знакомого не замечаете?

— Что-то она мне напоминает, но не могу вспомнить, что,— уклончиво ответил я.— Чей-то памятник?

— Почти. Скульптура Смерти. Культура Олерских островов оказала большое влияние на всю Империю. В этом, конечно, есть заслуга и самого графа. Вот как принято описывать Смерть? Кто это? Как выглядит?

Я задумался, ища в вопросе подвох, но, не найдя его, с готовностью ответил:

— Молодой боевой маг в костюме Меча Ночи. В руках рельсотрон или что-нибудь подобное.

И тогда смотритель рассказал мне о том, как изменялся образ Смерти под влиянием культуры олерцев... Изначально Смерть имела женский облик, как и Жизнь, но со временем имперцев привлекла идея о том, что забирающий жизнь должен быть исключительно красивым воителем, вооруженным по последнему слову магии и техники.

— Куда приятнее уйти на *ту* сторону от руки такого вот непобедимого воина, чем подохнуть от костлявой кисти безмозглой бабы! Раньше всех эту идею приняли орки, а с ними редко кто спорит, особенно когда они напьются,— гном снова засмеялся, веселясь собственной шутке.— В княжестве процветал культ Несущих Смерть. Он не имел ничего общего с жертвоприношениями или темными ритуалами. Просто люди верили, что тот, кто решил посвятить себя служению другим, личной мести или совершению немыслимого героического поступка, может стать олицетворением Смерти и ее посланником.

Как правило, ими становились люди, потерявшие близких и жаждущие отомстить.

Смотритель засуетился, ища какую-то книгу. Это оказалась священная книга, в которой рассказывалось о культе, о его идеях и о том, как стать Несущим Смерть. Помимо этого, в книге имелись прекрасные рисунки, изображавшие Несущих Смерть в черных хитиновых доспехах. Это были древние вампиры (если их так можно назвать), не стесненные, в отличие от Кая, волей хозяина. В каком-то смысле они служили стражами порядка, как и я сам, но при этом охраняли не столько Закон, сколько Справедливость.

— Гильдия Магов изучала этот вопрос? — Я стал абсолютно серьезен, позабыв о своей легенде исследователя, даже голос изменился.

— Нет, что вы. Я лишь недавно, лет пятнадцать назад, докопался до истории культа, да и то по подсказке графа. А Гильдия Магов давно уже выгребла все ее интересующее или скопировала документы, а религиозными историями их не заманишь,— Майлон демонстративно развел руками.— Да и среди олерских магов было полно ренегатов, которые сразу указали на самые интересные образцы... только с нами они поделиться не пожелали.

— Кто-нибудь интересовался именно историей культа?

Гном задумался. Он долго о чем-то вспоминал, пока не решился рассказать:

— Десять лет назад наш только-только открывшийся музей посетил магистр Сидд Буддарх из Ордена Канора Мудрого. Довольно любопытный человек.

— Чем же? — Я подозрительно прищурился.

— Внешностью. Янтарные глаза, густая, но короткая черная борода, вместо ботинок — туфли с загнутыми носами, широкие шаровары, а не форменные штаны, разве что куртка Меча Ночи с длинным широким поясом. Интересовался языком и религией княжества Олер и понемногу докопался до тайн культа, которыми и поделился со мной.

Становилось все интереснее. Получался весьма любопытный клубок взаимосвязей: похитители Селины, секта «Щит мага», своеобразные вампиры древнего культа, маг-истребитель Буддарх, видоизмененный эльф Кай. Оставалось только понять, причастен ли к этому инструктор Горн Мастов?

На сегодня все мои открытия закончились, и Борн Майлон отвез меня обратно на остров Ладный к графскому особняку, где у нас с графом состоялся интересный разговор.

* * *

— С возвращением, лейтенант,— меня встретил лично стальной граф, как я прозвал про себя хозяина архипелага.— Как ваши успехи?

Интересно, а может сам граф оказаться связанным с сектантами и быть на их стороне? Что мешает ему работать с ними заодно и укрывать у себя?

— Спасибо за разрешение посетить ваши музейные кладовые,— поблагодарил я его.— Теперь мне будет что написать в моей новой истории про простого следователя Стражи. Осталось только найти более-менее подходящий сюжет и скрестить вымысел и реальные факты.

— Вот об этом я и хотел бы с вами поговорить.

Мы устроились в одной из беседок, взяв с собой вино. Мне очень льстило внимание такого человека, как граф. Все же не последнее лицо Империи, наместник Императора, управляющий инфраструктурой граф-

279

ства, по сути такой же государственный служащий, как я, только по хозяйственной части и находящийся на другом конце карьерной лестницы. Я спросил его, где у них на островах находится отделение Стражи Порядка, но его просто не оказалось.

— Мы пользуемся правом самоуправления, господин Летов,— ответил он.— За порядком следим сами, благо знаем, с какой стороны браться за оружие, да и маги наши всегда помогают, и военных среди нас полно. Как вы смотрите на то, чтобы поработать моим рекламным агентом?

Вопрос поставил меня в тупик. Мой ответный вопрос, который тут же пришел мне в голову, звучал так: «А оно мне надо?» Но я не стал его озвучивать, так как граф Олерский был очень полезным человеком и отказывать таким людям весьма неосмотрительно и недальновидно.

— А что надо делать?

— Это правильный вопрос... Вы будете писать очередную повесть или статью про стражей, возможно, про себя или кого-нибудь из ваших коллег, вы сами это сказали. Так вот, я прошу, чтобы действие сюжета происходило на Олерских островах. Мне было бы приятно, если бы вы рассказали о наших пейзажах, о красоте женщин, о достоинствах островной кухни, о развитой инфраструктуре туризма.

— Вам нужна реклама,— заключил я, еле сдерживаясь от смеха.— Замечательная идея!

— Я заплачу вам десять тысяч империалов сейчас и еще сорок, как только в продаже появится книга или публикация в журнале «Вестник Стражи».

А не взятка ли это?

— Уплату налогов я беру на себя,— развеял мои сомнения граф, а на столик легла карта электронных платежей.— Это безымянная карта нашего собственного банка, действующая на предъявителя. Сами понимаете, от наших доходов зависят суммы поступлений в бюджет Империи, поэтому я и пекусь о пополнении казны. Я не забуду вашей помощи.

Я забрал карту. Было глупо отказываться, так как поиски Селины могли потребовать неучтенных казначейством Стражи расходов.

Голос графа все так же оставался стальным, но было видно, что вино берет свое, и он начинает расслабляться. Дальше последовали разговоры общей направленности: семья, дети, воспитание, культура, магия и так далее. Граф, что было вполне естественно, оказался искусным собеседником, готовым поддержать любую тему.

— Передайте мое почтение вашей жене,— попросил он.— Мне очень понравился ее образ, созданный в вашем повествовании. Думаю, что в жизни она еще лучше.

Я искренне смутился.

— Если она не против многоженства, буду рад увидеть вас на нашем весеннем Балу Невест. Женившись на одной из наших воспитанниц, вы сможете по праву войти в клан Олерских и получите приставку к фамилии.

Это было почетное приглашение. Его получали многие, но далеко не все. Я был наслышан об этой практике клана Олерских. Они торговали невестами, выдавая их за значимых и статусных людей в Империи. Это накладывало определенные обязательства и на женихов, но, насколько я знаю, на воспитание невест с островов пока еще никто не жаловался. Это был дальновидный ход, так как именно мать воспитывает в ребенке правильное отношение к клану. Олерских было очень много... Но двойную фамилию (Летов-Олерский, например) мог носить только муж островитянки и их дети. Внукам же этот отличительный знак не передавался.

— Спасибо, мы с женой это обсудим.

Да какое там... Скорее бы найти Селину!

— Хорошо, будем ждать вас обоих.

Наш разговор прервал звонок. Я удивленно уставился на экран — звонила Тамина.

— Алло! — произнесла она несколько пьяным голосом, а на заднем плане шумела музыка, но вскоре звуковой фильтр справился с помехами.— Зор, приезжай сейчас, пока я не передумала. Я на концерте тяжелого металла, который проходит под открытым небом на Латунном озере. Найдешь меня там... До встречи.

Я виновато посмотрел на графа.

— Извините, но надо бежать. Срочная встреча по работе.

— Ничего страшного, вам же хуже,— угрожающе произнес он, так что я даже вздрогнул.— Не отведаете нашего чудесного завтрака.

Фу... аж отпустило, а то я успел вспотеть от страха.

— Пойдемте, я провожу вас до транспортера,— услужливо предложил граф.

Глава 5,

короткая, или Месть бывших-2

Тяжелый мсталл гремел над Латунным озером и его окрестностями. Здесь собралась огромная толпа любителей музыки. Играли различные известные группы и коллективы поскромнее. Я появился на «маяке», когда «рубили» песню «Марш имперских оккупантов». Конечно же, это не был марш в прямом смысле слова. Солист-орк старательно рычал свой текст, а благодарные слушатели ему подпевали в меру своих вокальных данных. Песня начиналась медленно, но с каждой строчкой темп нарастал. Первый куплет просто читался, как обычный текст. Я заслушался...

> Тяжелый марш имперской расы
> Гремит в пыли военной трассы.
> Решать судьбу чужого счастья
> Дает нам право сила власти.
> Крушить, ломать, сносить преграды:
> Не надо нам другой награды.
> Ветра войны нам дуют в спины,
> Мы разобьем все ваши силы!

Ну и так далее... Там еще тридцать куплетов по сюжету положено, целая доктрина в песне выражена. Любят, однако, имперские жители музыку потяжелее... Мне особенно понравились в этой песне финальные строчки: «Коль сбили с ног — сражайся на коленях, притупляло не сможешь встать — лежа наступай. // И только смелые отпразднуют победу, // и только храбрые получат пропуск в рай!»

Отыскать Тамину оказалось не так просто. Ужасное столпотворение вносило неразбериху и в эмоциональный фон. Сказывалось и пьяное состояние магички. Она не могла ощутить мое внимание к своей персоне. Но служебное положение выручило меня и на этот раз: я просто нашел ее через наши поисковики по ее коммуникатору. Мой табельный артефакт подсвечивал точное местоположение магички посреди этой толпы, а вот вытащить ее оттуда оказалось труднее, но тоже реально.

Злоупотребить алкоголем она не успела, но размотало Тамину довольно сильно, пока мы пробивались через толпу. Такое часто бывает, когда едешь с каким-нибудь горе-таксистом, который не умеет плавно трогаться. В итоге садишься трезвый, а к дому подъезжаешь уже никакой...

— Поехали к тебе,— предложила пьяная Тамина.— Не бойся, приставать не буду... или не сразу.

Ее слова меня насторожили, но мне очень была нужна ее помощь.

— Только ты протрезвей сначала,— поставил я свое условие.— Тогда и двинемся.

Все же не зря она служила в Ордене Ланы Милосердной. Вся магия, связанная с биохимией и астральной механикой, изучалась там особенно плотно. Не прошло и минуты, как Тамина уставилась на меня трезвым взглядом, и мы отправились к ближайшему транспортеру, чтобы оказаться на «маяке» во дворе моего нового дома.

— Ну и бардак,— поморщилась моя бывшая, когда мы вошли в квартиру.— Сколько комнат?

— Две,— с гордостью ответил я.— А не прибрано потому, что мы еще не жили здесь. Только переехали, как случилось несчастье.

— Всего две? — В тоне Тамины послышалось презрение.— Мне Орден сразу пятикомнатную выдал.

— А мне Стража тоже выдаст, когда дети пойдут,— парировал я.— Вот только домового не дают. Покупать придется самому.

— Ясно. Мне надо, чтобы ты снял с себя абсолютно все артефакты и принял горизонтальное положение. Короче, в койку.

Следовательские артефакты могли помешать магическому оперированию из-за встроенных антивирусов. К тому же при некотором желании ИСБ могла следить за мной через них. Тамина предусмотрительно убрала их в свой магический «карман», избавив нас от возможных любопытных глаз. Зачем была нужна кровать, оставалось непонятным, о чем я и спросил магичку.

— До утра проваляешься без сознания,— коротко объяснила она.— Не на голом же полу.

В спальне нашлась простейшая двуспальная кровать, входящая в комплектацию квартиры, и я кое-как застелил ее. Раньше этим занималась исключительно Селина... стирка и глажка тоже были на ней. Я вдруг вспомнил, как мы делили обязанности, когда начали встречаться...

— Раз ты умеешь готовить, то тоже иногда будешь дежурить по кухне,— обрадованно заявила она тогда.— Убираться поможешь?

— Иногда,— улыбнулся я ей.— А чем еще ты займешься?

— Всем остальным и конечно же...— Тут она сделала многозначительную паузу, обдав сильной ментальной волной гламура.— Буду командовать в своей родной стихии — в постели!

Я тогда закинул ее на плечо и понес в спальню наказывать за эти слова...

— Зор! — оторвала меня от воспоминаний Тамина.— Ложись давай. Ну ты хоть носки сними. Приготовься, вся процедура происходит автоматически. Я поставлю тебе резидентный фильтр между физическим телом и биоэнергетической оболочкой. Он будет тебе сообщать о попытке вмешательства, не просто блокируя, а работая как виртуальный головной мозг. При этом ты всегда будешь знать, когда тебя попытаются контролировать.

— Тамина, а доступнее никак? У меня помощница есть — Дарх Бауми, так она такая же зануда.

— Ладно, закрывай глаза и вырубайся...

* * *

Проснулся я абсолютно бодрым. Просто мгновенно распахнул глаза и понял, что уже наступило утро. Разве что я не сразу осознал, где нахожусь. Чья-то голова лежала у меня на груди, раскидав по ней копну волос. Селина?! Неужели все это был сон?

Но тут все мои надежды, на миг окрылившие меня, рухнули, так как я догадался, чьи это волосы и чья это рука шарит по мне.

— Тамина, пошла вон! — рявкнул я, и магичка слетела с кровати, прихватив с собой одеяло.

Я понял, что ночью что-то было, о чем я даже не помню. Ах, Тамина, посмеялась надо мной, как над мальчишкой. Сам же ей отдал свои защитные артефакты, а взять меня под контроль, когда я сам открылся, оказалось проще простого. Да и воздействовать на животные инстинкты легче всего.

— Зачем ты это сделала?! — Я уже стоял над ней, от злости готовясь отвесить затрещину, если она вздумает огрызнуться или повторить ночной фокус.— Отдай табельные артефакты, быстро!

Она откинула одеяло и насмешливо уставилась на меня. Вскинув руку вверх, она разжала кулак.

— Забирай. А вообще, ночью ты был ниже среднего,— Тамина и не думала обижаться.— А вот сейчас хорошо смотришься голышом... знаешь, какой вид у тебя смешной?

Развела... Зачем только? Отомстить? Неэффективно, да и Селине будет наплевать. Она вообще у меня самая понимающая. Ну Тамина этого не знала... Чего же она хотела?

— Зачем ты это сделала? Просто из мести? — Я спешно надел свои кольца.— Я так надеялся на твою помощь...

Магичка поднялась с пола, демонстративно показывая свои прелести. Томно потянулась, и на ней начала появляться одежда.

— Твою просьбу я выполнила,— с достоинством произнесла она.— А остальное — просто дело привычки, я не работаю бесплатно, а что можно взять с нищего «мусора», кроме натуры?

Она демонстративно сплюнула на пол и исчезла с хлопком телепорта.

Вот так вот...

Глава 6

Наделенные силой

Часы показывали семь утра. До тренировки оставалось еще очень много времени. Больше всего, кроме возвращения Селины, я хотел встретиться с магистром Буддархом. Но меня не осталяла мысль, что он может быть причастен к похищению моей жены, и встреча с ним чревата летальным исходом. Чем занимался магистр в Ордене Канора Мудрого, осталось для меня тайной, но информация о его местожительстве лежала в открытом доступе, и найти мага труда не составило. Другое дело, что он не был обязан встречаться со следователем, находящимся в отпуске. Дозвониться до Буддарха оказалось сложнее. Маги редко пользуются коммуникаторами, оставляя возможность связаться с ними в любое время исключительно своим коллегам. К домашнему телефону он подошел только через десять минут.

— Д-да?! — Голос мага казался испуганным.

— Магистр Буддарх? — уточнил я на всякий случай и продолжил: — Я лейтенант Летов, следователь Стражи Порядка. Мне очень нужно задать вам несколько вопросов при личной встрече.

— Это телефон? — неожиданно спросил маг уже осмелевшим тоном.

— Да, я звоню вам по телефону. Что тут удивительного?

Далее последовала длинная тирада на незнакомом мне языке, закончившаяся смехом мага и коротким пояснением:

— Я впервые услышал у себя дома звук звонка. Перепугался до жутиков. Десять минут искал причину трезвона, пока по проводам от динамиков не вышел к неизвестному аппарату. Еще раз, что вы от меня хотите?

Одним словом — МАГ...

— Мне необходимо с вами встретиться и задать несколько вопросов о ваших исследованиях.

— Да без проблем. Давайте прямо сейчас. Я вас приглашаю в столовую нашего Ордена. Угощу деликатесами.

Ой, сомневаюсь, что после ужина у графа Олерского меня можно чем-нибудь удивить...

Конечно же, я с готовностью согласился. Почему бы и нет? Это гораздо безопаснее, чем встречаться с магистром наедине.

— За вами заскочить или вы сами доберетесь? Улица имени Адмирала Мархуза, дом сорок. Ну на входе скажете, что ко мне, вас проведут.

На этом разговор закончился. Я быстро принял душ, мигом оделся и спустился на первый этаж, где находился общественный транспортер. Набрал адрес и вышел прямо у дверей одной из столовых Ордена Канора Мудрого. Магов любых Орденов она обслуживала бесплатно, а вот все остальные посетители питались исключительно за деньги. Я без проблем нашел Буддарха. Он выглядел точно так, как его описал гном, забыв только упомянуть хищный нос крючком.

Столовая напоминала любую другую общественную столовую, только здесь царил полумрак, и не было системы самообслуживания. Еще бы, практически монополисты в магии могли себе позволить персонал из джиннов.

— Здравствуйте, это я вам звонил,— сказал я, присаживаясь за столик на двоих.

— Приветствую вас, страж,— маг привстал и уважительно поклонился, немного удивляя необычными манерами.— Советую попробовать блинчики с акульей печенью по-олерски, сегодня они удивительно хороши.

Тьфу ты... Так я переем блинов. А графу стоило бы в будущем отменить поставки акульей печенки, чтобы туристы ездили на дегустацию деликатесов исключительно на его острова.

В голове даже проскочила шутливая мысль, что это разогретые блины из остатков графского ужина.

— Благодарю вас за совет, магистр,— ответил я.— Приятного аппетита.

После бурной ночи, не оставившей никаких следов в памяти (кстати, теперь мне стало понятно, почему я так легко проснулся), организм требовал плотного завтрака, который я и заказал.

— Магистр, позвольте обойтись без долгих предисловий. Я вчера был на острове Ратном. Разговаривал со смотрителем музея Борн Майлоном. Он поведал о культе Несущих Смерть. Вы не могли бы рассказать мне, к каким выводам по этому вопросу вы пришли?

Лицо мага изобразило удивление, которое не могла скрыть даже его густая борода. Вот за что люблю магов, так это за идеальную память, поэтому их так легко допрашивать...

— Да с удовольствием! — откликнулся он.— Я занимался исследованием истории островитян и изучением магической составляющей религии. Дело в том, что у нее много общего с высшей магией гранд-магов. Как у вас с общей теорией магии?

— В общих чертах знаком, но многое позабыл со школы.

— Ну тогда слушайте внимательно, разговор выйдет длинный, и объяснять буду подробно. В первую очередь,что такое магическая энергия? Более-менее внятное объяснение этому понятию смогли дать гномы, обозвав ее *темная* энергия. Темная она не за цвет обрядов или намерений использующего, а потому что долгое время оставалась неуловимой для исследователей, фигурируя лишь в расчетах в виде неизвестной персменной. Когда маги и учение начали работать вместе, кое-что стало проясняться. Во-вторых, что такое магическое оперирование? — По воле магистра над столом повис маленький шарик холодной плазмы.— Когда мы оказываем телекинетическое или пирокинетическое воздействие, мы не задумываемся о его природс. Для нас оно просто есть. Если же изучить этот вопрос внимательнее, то окажется, что любое колдовство — это не просто состояние души, а сложнейшая система функций. Разобрав функции на составляющие, древним магам удалось составить «алфавит» состояний души — магические операнды. Познав эту математику, мы научились плести сложные заклятия и создавать мощнейшие магические артефакты, повторить работу которых не по силам ни одному простому магу. Мы ведь не можем со скоростью компьютера менять состояние души, чтобы обеспечить работу заклятий. Так стали появляться первые артефакты.

— А при чем тут религия? — перебил я магистра.

— Сейчас и до нее дойдем. Пока что я просто освежаю ваши познания в памяти. Помимо известной нам магии, существуют и другие способы влияния на мир. Если наш вариант сильно «пахнет» научным обоснованием, то в случае с религией все остается хитрой загадкой. Так вот, когда появляется новая религия и люди свято верят в какого-то идола, начинает зарождаться энергетическая структура, растущая с увеличением числа молящихся и истинно верующих. Со временм у этой энергетической структуры может появиться зачаточный разум, который будет постоянно развиваться. Самый простой способ сделать «божество» разумным — приносить ему жертвы, чтобы души умирающих сливались с энергетической структурой. Доподлинно известно, что магия религиозных божеств не имеет ничего общего с магическим оперированием и больше похожа на иррациональную магию желаний грандмагов, способных одним лишь желанием влиять на мир без затрат *темной* энергии. Кстати, даже у простых магов иногда проявляются иррациональные способности, которым нет объяснения. Вот я и пытался проследить эту общую связь. Понятно?

— Почти, спасибо. А что именно вы выяснили по религии островитян? Они ведь верили в Смерть?

— Да, но не все. Меня очень удивило, что их молодой культ имел мощную поддержку божества и бесчисленное количество верующих. Такое было бы возможно при массовых жертвоприношениях, но тогда они получили бы не божество, а демона — пожирателя-душ. «Кормить» молитвой — одно, а вот скармливать живых существ — другое. Довольно быстро я понял, в чем дело: олерцы действительно верили в Смерть, а это существо известно всем народам всех миров. В той или иной форме Смерть есть у всех рас. Вот поэтому божество культа Несущих Смерть имело высокий разум и огромную силу, несмотря на молодость религиозного течения.

Более-менее я понимал, о чем говорит магистр.

— А что вы знаете про вампиров культа? Не довелось ли вам исследовать именно тех вампиров?

— Простите, но я не люблю эту терминологию. Вампир — существо, питающееся чужой энергией, а в нашем с вами случае это обычные биоастральные роботы. Простите за занудство. Так вот, самих Несущих Смерть я не видел, так как все они давно погибли, но мне удалось выудить из статуи Смерти в музее остатки этой магии,— магистр замялся.— Я даже переделал их функционал с учетом современных требований и элементной базы. Ну это была своего рода практика. Мне тогда помогал брат Сой Скарон из Ордена Ланы. Редкий случай — мужчина-лекарь. Мы вместе создали новый вирусный дистрибутив, опираясь на базу уже имеющегося.

— Ваш продукт предусматривал функцию подавления воли и полный контроль над зараженным? — Я даже подался вперед.

Лицо магистра изобразило недовольство.

— Да будут моими свидетелями Жизнь и Смерть, я еще никогда не преступал Закон! — голос мага задрожал от возмущения.— За это ведь грозит смертная казнь «душегубом»!

Верующий, что ли?!

— У вас остался этот дистрибутив? — спросил я с надеждой.

— Конечно, но отдам я его только по приказу вашего начальства.

Тупик... Передо мной сидел автор первоначальной версии улучшенного вирусного дистрибутива, безопасного и абсолютно безвредного для заражаемого, но получить его в своем нынешнем статусе я не мог. Хотя очень хотелось...

— Ну что вы, мне и не надо,— соврал я, даже не поморщившись.— Просто интересуюсь. А с братом Скароном вы все так же поддерживаете отношения?

— Нет, к сожалению. Он вообще пропал куда-то пять лет назад.

Я почувствовал, что разговор подходит к той теме, которая меня интересует.

— А ничего особенного в поведении или увлечениях Скарона вы не заметили?

Маг снова проявил чудеса памяти:

— Ну он все время говорил о том, что мы, маги, должны править миром, что техника — олицетворения Зла. Даже поссорились мы с ним из-за этого — я ему челюсть свернул за всякие глупости во время совместного распития спиртосодержащих напитков,— маг показал свой дюжий кулак и даже изобразил сокрушительный удар снизу вверх, вызвав мою улыбку.

— И не стыдно вам? — пожурил я его.— Маг-истребитель побил лекаря...

— Хм... вы, наверное, еще очень молоды... Адепты Ордена Ланы Милосердной слабы только в прямом бою, но их способностей хватает, чтобы успокоить кучу боевиков, если действовать хитростью. Вот мы, если парализуем кого-то, воздействуем исключительно на тело. Мы умеем только убивать и перерабатывать души в *темную* энергию, а врачи парализуют чужую биоэнергию. Они могут сделать вас простым человеком, блокировав магические способности, могут полностью взять под свой контроль или соорудить из вас ходячую бомбу. Магистры, конечно же, овладевают их секретами, но не всеми и не сразу...

— А вы овладели?

— Да,— ответил с некоторой заминкой маг и сделал интересное пояснение: — Не зря же я столько времени с Соем провозился...

Просить Буддарха показать мне слепок ауры Скарона было бесполезно, так как без нужных доступов я бы не смог задействовать поисковые системы Стражи.

— Это действительно интересно, почему самый слабый магический Орден владеет такой непростой магией, а остальные уже учатся у него,— задумчиво заметил я.

— А вы не в курсе? — Густые черные брови взлетели на лоб.— Они совершили прорыв, так как их Орден основан на вере в Жизнь как в разумную сущность. Наши коллеги из Ланы Милосердной очень религиозны, но стараются это скрывать.

Тут уже на лоб полезли мои брови:

— Но ведь маги не верят в богов!

— Верят,— сказал магистр сухо, словно скупясь на эмоции.— При этом в их случае это божество настолько сильно и вездесуще, что его нельзя уничтожить. Ведь во всем Мироздании так или иначе верят в Жизнь. Как же в нее не верить? Жизнь и Смерть — единственные истинные божества, которых нам не уничтожить. Все остальные культы и религии — от необразованности. Это вам не эльфийские заблуждения с их Вечным Лесом.

— А есть Орден, в котором верят и почитают Смерть?

— Я о таком не слышал. Разве что культ Несущих Смерть в княжестве Олер мог бы подойти под это определение, но они не имели той мощной организации, что присуща имперским конторам. Но ни в коем случае не воспринимайте Жизнь и Смерть как Добро или Зло, ведь на самом деле это такие же неотъемлемые части Вселенной, как время или *темная* энергия. Кстати, есть народы, которые поклоняются времени...

Интересные вещи поведал мне магистр Буддарх. Завтрак близился к концу, и неудобно было задерживать словоохотливого мага.

— Вы случайно не знаете Горна Мастова? — спросил я его на всякий случай.

— Нет,— мгновенно ответил маг.— Не слыхал даже. Знавал только некоего Меча Ночи Зарка Мастова из Остроумных, точнее, с ним был дружен брат Скарон. Зарк пропал совсем недавно, вернее, его идентификатор перестал отвечать во внутренней информационной сети Гильдии.

Я напрягся еще больше, что не осталось незамеченным.

— «Щит мага»? — спросил я прямо.

— Да, наверное. Звал меня туда Скарон... но я слишком осторожен... к тому же мне симпатичны технические исследования... да и вообще любые исследования. Я по своей натуре за любой прогресс. В этом мире еще столько удивительного и непознанного, что я считаю кощунством тратить свое время в разрушительных идеях.

— И последний вопрос, магистр, если позволите: с какой целью вы проводили исторические исследования в княжестве?

— Все просто — существует версия, что эта нация пришла в наш мир с другой планеты. Язык олерцев удивительно похож на санскрит — один из древних языков моей родины. Я ведь тоже не местный,— маг, словно извиняясь, развел руками.

— А откуда же вы и как к нам попали?

— Самоназвание моей планеты вам ничего не скажет, а сюда меня пригласили Мерлин и Канор, случайно обнаружив во мне магический дар во время своих странствий.

На этом наша встреча логично закончилась. Может, я и упустил что-то в своих вопросах, но маг был искренен и словоохотлив. Это говорило о том, что он всегда даст дополнительные показания, если такие понадобятся.

Он ушел на службу, а я остался в столовой. Положив перед собой планшет, я углубился в изучение информации в Сети и на наших серверах. Меня интересовали Меч Ночи Зарк Мастов и брат Сой Скарон. Как правило, найти хоть что-нибудь про магов довольно трудно. Их дети, рожденные в тайне, практически никогда не попадают в гражданские реестры. Лишь иногда они выходят из безвестности, когда речь заходит о работе, например как в случае с Горном Мастовым. Он попал в поле зрения государственных структур только тогда, когда пришел во Дворец Спорта устраиваться инструктором. А на тот момент ему было уже двадцать восемь лет. Старше меня, между прочим.

Но мне удалось докопаться до кое-чего... Горн оказался сыном Зарка... Это не служило прямым доказательством причастности к похитителям, но все же... Если бы секта «Щит мага» пыталась свергнуть существующий строй и отца или сына признали бы виновными, то смертная казнь ждала бы обоих, но ни один из них вообще не был замечен в связях с сектантами, если не брать во внимание информацию Буддарха. Я не исключал, что Зарк Мастов погиб на луне Тисет во время штурма...

Если учесть стремление похитителей скрыть данные из памяти Кая, родство инструктора и, скорее всего, погибшего Меча Ночи Ордена Тагеда Остроумного, то вполне логично в этом усматривалась определенная и четкая взаимосвязь. Только на один вопрос я так и не находил ответа: при чем тут мы с Селиной?

Времени до тренировки оставалось еще много, и я решил уладить некоторые юридические моменты. Мало ли как могло повернуться дело, и я не хотел, чтобы мои знания пропали даром. Кроме своей памяти и мелких ненужных вещей, мне нечего было завещать Селине, но, помимо материальных ценностей, существуют и иные. Я завещал ей свою память, которую смогут извлечь из меня после случайной смерти. Письмо я отправил в юридическую фирму по электронной почте, подписав его своей должностной подписью следователя для надежности.

Кроме этого, я хотел пополнить боезапасы к «Оксиду», валявшемуся в одной из коробок с вещами. На всякий случай я почистил и смазал и без того сверхнадежную машинку. Патронов была одна обойма, а на войну я собирался затяжную. Не самое лучшее оружие против магов, но один раз он уже поставил жирную точку в стремительном бою. Патроны продавались в любом оружейном магазине, и я заказал на дом целую коробку с дополнительными обоймами. Деньги графа Олерского очень в этом пригодились. Боеприпасы с «душегубом» мне вполне обоснованно не продали, но пули, зачарованные «энергопаралитиком» от Ланы Милосердной, вполне подходили. Исход для жертвы практически тот же, но не летальный. Обойму с «душегубом» я решил распотрошить и распределить смертельные патроны между другими, зарядив ими каждый третий в очереди.

* * *

Настало время. Я в последний раз проверил всю свою магитронику, закинул на плечо сумку с формой и вышел из дома, отправившись во Дворец Спорта. Меня еще никогда так не колотило. Даже когда я стоял один на один против Меча Ночи. Сейчас я словно предчувствовал, что должно было произойти какое-то ключевое событие.

Я прибыл пораньше, но все равно не успел застать тренера одного. Он уже открыл зал, и подростки пошли переодеваться. Это были крепкие ребята, и я не рискнул бы связываться с ними, особенно с темнокожими орками. В свои четырнадцать они уже могли потягаться со взрослыми профессионалами из людей. Разве что боевые маги не боялись биться даже со взрослыми орками на равных, но, с другой стороны, и орк орку рознь...

С первых минут разговор пошел не так. Меня сразу узнали, но я постарался скрыть, что понял это.

— Здравствуйте, я Зор Летов, можно ли позаниматься у вас?

Заклятие правды работало на полную мощь, но я, наученный шефом, не собирался, если собеседник начнет врать, показывать, что понял это.

— Добрый день. Горн Мастов. Почему подростковая группа? — Инструктор протянул руку.

— Ну у взрослых уже не та подготовка. До них мне еще расти и расти. Я вообще-то служу следователем в Страже и мог бы ходить на занятия с нашим ОМОНом, но они скидку не делают, да и некогда им со мной возиться. Возможно, вы читали последний выпуск «Вестника Стражи»?

— Нет, что вы,— помотал головой Горн.

Мастов-младший играл так плохо, что даже заклятие правды не потребовалось бы, но агрессии от него не исходило. Я передумал проходить пробную тренировку, хотя форма была при мне.

— Я бы просто посидел на скамейке и понаблюдал за вашими тренировками,— скорректировал я свою просьбу.— Заниматься не могу — у меня встреча в центральном парке через полтора часа.

— Да без проблем! — попытался он изобразить радушие.

Эх... дилетант.

Заняв свой наблюдательный пост, я принялся следить за Мастовым магическим зрением, подмечая случайные изменения в его ауре, поведении и так далее. Маг нервничал, я это прекрасно видел. Один раз он общался с кем-то мысленно, после чего даже вспыхнул злостью и с трудом себя успокоил. В мою сторону он не поглядывал, но это не означало, что он не может смотреть на меня с помощью магии.

Я уже не сомневался, что Мастов имел отношение к похитителям,— слишком он нервничал. Меня беспокоило, что, если за мной следят ребята из ИСБ, они могут попытаться сцапать его и нарушат мои планы. Был еще вариант самому сдать его моим коллегам, чтобы они выпотрошили память подозреваемого, но я очень боялся, что Мастов сбежит, а может, он просто не знает, где держат Селину. Все возможно... Только Гайт уже однажды показал, как иэсбэшники умеют арестовывать живыми...

Этот час тянулся очень долго. Я не терял времени даром и снова просматривал память Кай'Ана. Я нашел интересный эпизод, в котором эльф рассказывал Мастову о знакомстве со мной! Стрелки показывали четыре, и я встал со скамейки. Инструктор заметил это и поспешил меня проводить.

...А в парке было замечательно. Это, конечно, не совсем парк, а, скорее, на половину сад, так как фруктовые и ягодные деревья растут стройными рядами, перемежаясь с дубами. Персики, абрикосы, сливы, груши, айва, вишня, кусты ежевики и так далее. По меркам фермерских угодий, площадь парка была очень маленькой, и его использование в коммерческих целях не предусматривалось. Джинны-садовники ухаживали за деревьями, но практически весь урожай (а в климате Хинлау он созревал до четырех раз за год) пропадал, сгнивая на земле. Если бы не прожорливые карликовые кабанчики, запасливые ежи, юркие белки и многочисленные муравьи, то весь парк вскоре превратился бы в одну сплошную кучу гнили. К счастью, природный баланс оказалось несложно поддерживать с помощью магии.

Обычно все гуляют по ухоженным тропинкам, не забредая в маленькую чащу, но я специально свернул с протоптанных дорожек и поэтому мог наблюдать все разнообразие парковой живности. Здесь уже не было скамеек, и я прилег на густой траве, подстелив полотенце, которым собирался вытираться после душа на тренировке. Хорошо... Лишь бы дождь не пошел. Достав планшет, я вышел в Сеть: раньше полуночи дождь в районе парка не планировали.

Еще раз просмотрев память Кая, я окончательно убедился в причастности Мастова к преступлению. Сделав несколько глубоких вдохов, словно перед прыжком в воду, я позвонил тренеру.

— Здравствуй, Меч,— голос как-то странно изменился от переживаний и стал хриплым.— Это Летов. Жду тебя в Центральном парке — поговорим о Кай'Ане и моей жене. Я один.

* * *

Я с нетерпением ждал появления Мастова, надеясь, что не ошибся в своих выводах. Рукоять чемпионской сабли успела нагреться в ладони, хватавшейся за нее при малейшем шорохе, а тренера все не было. Холодное оружие с трудом поместилось в спортивную сумку. Больше всего я боялся, что он пройдет незамеченным, так как Мечей Ночи учат именно скрытой атаке, а не прямому противостоянию, хотя боевые маги не прочь помахать мечом или сойтись в рукопашной. Так как маг нужен был мне живым, я перезарядил одну обойму парализующими патронами. Это была дерзкая авантюра, но я уже знал, как можно победить Меча, и надеялся на свои следовательские артефакты.

Маг появился открыто. Он уверенным шагом приближался от ближайшего «маяка», с легкостью найдя меня в парке. На Мастове была обычная форма боевых магов, лоснящаяся густой чернотой драконьей замши. Он и не думал скрываться. При нем не было оружия, но это не означало, что из магического «кармана» не может появиться целый танк.

— Вот я и пришел, «мусоренок». Не заждался? — Он полностью подтвердил все мои подозрения с первых же слов.

— Где моя жена? — Я спросил то, что действительно волновало меня больше всего.

— В надежном месте,— в руке Мастова появился огромный меч с очень широким клинком.

Лезвие двуручника больше походило на широкую доску или короткую лопасть вертолета. Таким оружием можно было даже закрываться от пуль. Как он только держал его? Но секрет был прост — огромный меч был не столько оружием, сколько личным артефактом мага, способным плести заклятия быстрее самого владельца. Когда-то атрибутом колдуна служил посох или волшебная палочка ваджра, созданные согласно алхимическим рецептам. Таким артефактом можно было наносить огромные повреждения, концентрируя и направляя *темную* энергию. Но с появлением магического оперирования прямые силовые атаки потеряли свою популярность, уступив первенство искусности чар, а не их мощи.

Сабля Селины смотрелась смешно на фоне «лопаты» Мастова, но за неимением лучшего я вытащил ее из ножен. Для Меча Ночи мой клинок не представлял опасности, если только я не смог бы нанести ему серьезные ранения. Рукоять «Оксида» легла в правую ладонь, прибавляя уверенности. Я привел служебные кольца-артефакты в боевую готовность. Самоубийственная авантюра...

— Я никак не мог придумать, как тебе получше отомстить,— начал свою речь Мастов, а я внимательно его слушал.— Хотел просто убить, но не стал спешить. К счастью, мне так удачно подвернулся этот спляк художник. Тогда-то я и узнал о твоей молодой жене.

— Зачем? Почему Селина?

— Других родственников у тебя нет,— пожал плечами тренер.— Не искать же твою биологическую мать, которую ты сам никогда не видел?

— При чем тут мои близкие?

— Моих же ты не пожалел,— только сейчас на его лице промелькнула тень гнева.

— Твой отец был преступником,— возразил я.— Он погиб в бою на Тисете, хотя мог сдаться и рассчитывать на изгнание в чужие миры — не самое тяжелое наказание для мага.

Мастов в ярости взмахнул мечом и одним взмахом перерубил мощную яблоню.

— Все так! Но мать же вы заставили помучиться!

Я удивленно вскинул брови и вздрогнул, не ожидая столь сильного напора эмоций. Теперь я понял мотив похитителей, но продолжать этот разговор было бессмысленно. Память, если что, я не только из парализованного, но и из трупа вытащу.

Выстрел заглушил природные звуки, спугнув стайку мелких птиц и оставив только звон в ушах.

Пуля ударилась в подставленное лезвие и рикошетом ушла в небо.

— Идиот! Если, конечно, по кустам не прячется ОМОН, который я, скорее всего, заметил бы сразу,— Мастов повел носом, словно принюхиваясь к эфиру.— Нет, чистый воздух. Только от тебя несет «мусором».

Тренер начал разбег, легко уворачиваясь от выстрелов, но я и не надеялся поразить противника так просто, а только усыплял его бдительность, внушая ложное ощущение безопасности. Я вовремя подставил под удар саблю, давая артефакту сигнал к срабатыванию при касании. Мир должен был на какое-то время застыть, но вместо этого меч Мастова со всей тяжестью обрушился на мой жесткий блок, и я отлетел в сторону, повалившись при этом на землю. Сабля Селины не выдержала и сломалась, но встроенная защита служебных артефактов не подвела.

В голове прозвучало системное сообщение от артефактов: *«Внимание! Вирусная атака. Незаконная авторизация. Блоки...овка фун...й».* Артефакты замолчали, а я почувствовал, как тают мои щиты и вся магитроника выходит из строя. КАК?!

Мозг еще не успел все осмыслить, как подсознание само начало отдавать телу приказы. Вот тут мне на самом деле стало страшно, а по коже пробежал лютый мороз. Страх перед смертью буквально плеснул в кровь адреналин. В тот момент я уже ни о чем не думал, полностью отдавшись рефлексам. Телекинетический всплеск подбросил меня с земли, поставив на ноги, и я замер, целясь в Мастова. Артефакты подвели меня, но сейчас, как это обычно бывает, действовали те рефлексы, которые нарабатывались долгими тренировками и медитациями. Ложные вероятности решающего выстрела потекли назад, становясь в конец очереди, чтобы уступить место одному верному, способному пройти защиту Меча и поразить его парализующими чарами. Мастов ускорился и мгновенно сократил дистанцию, но я успел сделать рывок назад, уходя из-под выпада, и выстрелил практически в упор. Одиночная пуля «Оксида» совершила невозможное, пройдя дымчатые щиты мага, которые попытались накинуться на летящую опасность, но вдруг промахнулись.

Тренер зарычал от злости и парализованным манекеном повалился на землю. Его оружие упало рядом, но не реагировало, так как хозяин был жив, а мысленных приказов не поступало. Полуразумной системе было не понять, что энергетические вирусы полностью парализовали магию владельца и в данный момент пожирали его *темную* энергию, буквально выдирая ее из биоэнергетической оболочки.

Удача! Я потянулся за коммуникатором, чтобы вызвать ОМОН, так как со сломанными артефактами я бы не удержал и не допросил Мастова. И тут сильный удар сзади опрокинул меня на землю. Чужая тяжелая нога встала на спину так, что затрещали ребра. Другая нога выбила пистолет из руки. Следующий удар пришелся по голове, и я потерял сознание.

Глава 7

На ту сторону Закона

— *Эй, парень, ты чего тут разоспался?* — разбудил меня чей-то странный голос. — *Заболеешь же.*

Я с трудом разлепил глаза и понял, что мне жутко холодно. Чья-то тяжелая рука бесцеремонно тормошила меня. Свет падал какой-то не такой, интуиция подсказывала, что уже наступило утро, к тому же вся одежда оказалась насквозь мокрой от ночного дождя, не оставившего на мне для утренней росы ни клочка сухого места.

Приняв сидячее положение, я осмотрелся, но хозяина странного голоса нигде не увидел. Удивленно протерев глаза, я все же обнаружил его.

— *Ну вот, с добрым утром,* — раздался мыслеголос аркенийского чешуйчатого кота, разлегшегося рядом со мной. — *Ты чего это под дождем спать удумал? Пьяный был, что ли? Хотя нет, не пахнешь. Я тебя немного погрел, пока пытался разбудить, но со всех сторон мне не прижаться.*

И действительно, бок, к которому прижимался горячий кот, уже начал согреваться после ночного холода.

— И тебе привет, — наконец-то сообразил я. — Как тебя зовут, добрый кот?

— *Фугасик,*— он с гордостью вскинул голову.— *Бывший бойцовый кот Имперской Службы Безопасности, где и получил соответствующее усиление разума. Нахожусь на пенсии и подрабатываю сторожем в детском садике «Черемушка».*

Кот мог общаться только мысленно. С ним было приятно вести диалог, так как все мысли Фугасика блистали кристальной чистотой, светились дружелюбием и не имели двойного дна. Только воспринимал я их как-то не так, но пока не мог понять почему.

— А я простой следователь Стражи Порядка, лейтенант Зор Летов,— я протянул руку и осторожно пожал огромную лапу бойцового кота.— Как я заснул, сам не понимаю, а вот ты тут зачем в такую рань? На кабанчиков охотишься?

Кот молча отреагировал малопонятным движением, но я не знал, что оно означает. Все невербальное общение Фугасика ограничивалось сменой положения головы, определенным прищуром глаз и вилянием хвоста. Я не разбирался в языке тела чешуйчатых котов и не понимал большинства его реакций.

— *Нет, что ты, я выгуливаю своих детенышей, вон они резвятся,*— на этот раз хвост кота однозначно указал направление в ту сторону, где на траве развлекались три котенка.— *Ну и показываю, как надо подкрадываться к врагу и нападать на него.*

Маленькие котята, сами размером с карликового кабанчика, боролись, барахтались в мокрой от дождя и росы траве и ни о чем не беспокоились. Им было абсолютно наплевать на папашку, который вздумал начать учить их раньше положенного природой срока, позабыв о собственных инстинктах.

— Мне кажется,— мягко произнес я.— Что им абсолютно до звезды твоя наука.

— *Нет, что ты. Смотри. Дети, а ну ко мне!* — Вдобавок он рыкнул, не надеясь, что котята поймут его разумную мыслеречь.— *В воспитании детенышей все основывается на личном примере. Поверь мне, лейтенант, я уж этой науки у магов в ИСБ нахватался сполна. Да и в детсаде воспитательницы подсказывают.*

Фугасик вдруг вжался в траву и пополз вокруг меня. Детеныши замерли, навострили ушки, и тут их еще детские охотничьи инстинкты начали просыпаться, но пока только в виде игры. Папа-кот замер и вдруг резко подпрыгнул вверх и упал на землю, что-то прижимая к ней лапами. Котята поняли игру по-своему. Еще неуклюжие, на слабеньких лапках, они подползли к Фугасику поближе и начали прыгать на него, вызвав у того бурю восторга и смеха. Я тоже не удержался и заулыбался.

— *Ну как считаешь, похожи они на меня?* — В его мыслеголосе чувствовались нотки гордости.

— Абсолютно! — поддержал я папашу-кота, так как, на мой взгляд, все они были на одну мордочку.

Я взял на руки одного котенка, на самом деле оказавшегося кошечкой. Девочка смешно зашипела, протестуя против такого обращения. Я положил ее на траву и начал гладить по голове.

— *Ну что ты ее как собачку по голове гладишь? По спине надо!* — недовольно заворчал Фугасик.

— Это полезно,— возразил я.— Пока чешуйки еще не наросли и кожа мягкая. Легкий массаж кровеносных сосудов, снабжающих мозг кислородом. Умнее будет.

— *Да?!* — Кот начал вылизывать голову ближайшему котенку, тут же попытавшемуся увернуться от могучего языка отца.— *А у тебя есть свои детеныши?*

— Пока нет...— Я мигом погрустнел, но тут же постарался справиться с эмоциями, чтобы не испугать кота.— Но скоро должен появиться первый.

— *Молодец! А у меня это уже третий помет!* — похвастался Фугасик. — *Я как пришел в «Черемушки», так и началась жизнь вольготная. Рядом парк со свинками, озеро небольшое, детишки в детском саду. Я люблю детей... Разве что кошки здесь не разумные, так как их на службу не берут и разум им не усиливают. Не о чем с ними поговорить, но я с воспитательницами болтаю. Они, бывает, ворчат, если я подсказываю детишкам на математике.*

Не только Фугасик любил детей, вся кошачья порода имеет такую особенность. У них слишком сильно развиты родительские инстинкты. Они готовы заботиться о совершенно любых детенышах, даже другого биологического вида... Скажи я, что моя Селина в плену, и она ждет ребенка, кот тут же бросил бы все и пошел со мной штурмовать любые крепости. Достаточно было просто рассказать, даже просить не пришлось бы... От воспоминаний о Селине веселое настроение, подаренное жизнерадостным котом, улетучилось окончательно, но я продолжал сдерживать эмоции, чтобы не расстроить Фугасика.

— *Вы с женой потом приводите детеныша в «Черемушки». Хороший садик,* — авторитетно посоветовал кот на полном серьезе. — *Мои как раз подрастут, так что, думаю, смогут покатать твоего на спине. Глядишь, подружитесь с кем-нибудь и возьмете к себе жить. Нам, котам, нельзя без дома и без заботы о детенышах.*

На этот раз эмоции изменились у самого кота, но его, скорее, потянуло на философию.

— *Ладно, пойдем мы. Скоро детей приведут в садик, а они привыкли, что утром я их встречаю. Вдруг подумают, что я уже умер? Мяу-мяу-мяу через левое плечо. Да и моих котят пора мамке вернуть на кормежку. Удачи тебе, следователь Летов.*

— И тебе, бойцовый кот Фугасик,— я с тоской смотрел вслед удаляющейся семейке.

Впереди вальяжно шел папаша-кот, а следом за ним прыгали игривые детеныши, продолжая охотиться на условную жертву.

И вдруг холод снова вернулся, накатил, поглотил, дошел до самых костей. Стало жутко и неуютно. Страх сделал холод материальным. Я подумал было согреться с помощью табельных артефактов, но с ужасом обнаружил, что их нет. И тогда я вспомнил, что вчера произошло...

* * *

Кроме сломанных вчера в бою артефактов, пропали коммуникатор и планшет. В том, что меня инфицировали «вампиризмом» (если так можно назвать модифицированный вирус), я даже не сомневался. Иначе я не провалялся бы столь долго на траве посреди парка, проснувшись от холода еще ночью. С другой стороны, это могло быть заклятие-парализатор, но я чувствовал, что моя собственная биоэнергетическая оболочка ведет себя как-то не так, поэтому полностью уверился в версии заражения. К тому же я не чувствовал последствий ударов: последний из них просто обязан был вызвать сотрясение мозга. Мне оставалось только благодарить свою предусмотрительность, заставившую меня обратиться к Тамине. Пропажа артефактов объяснялась тем, что неизвестный, напавший на меня сзади, знал о возможностях моих колец, способных подать сигнал бедствия, и, скорее всего, уничтожил их. Думаю, он не был в курсе их поломки и просто решил перестраховаться. Планшет, коммуникатор и артефакты пропали по одной и той же причине — по ним меня могли отыскать. Злоумышленнику было невыгодно, чтобы я попал в руки к ищейкам ИСБ до того момента, как вирус переработает душу и возьмет контроль над разумом. Я осмотрелся: Горн Мастов исчез вместе со своим оружием, а на земле в траве валялись остатки призовой сабли и верный «Оксид».

Воздух начинал прогреваться после ночного холода, но испаряющаяся с одежды влага охлаждала меня согласно законам физики, будь она неладна. К счастью, карта, выданная графом Олерским, оказалась при мне, и я мог купить себе новую одежду, не засветившись в поисковых системах ИСБ. Появляться дома я опасался, так как знал, что меня начнут искать, если мои табельные артефакты перестанут фиксировать прямой контакт со мной. Наверняка пропажа магитроники уже не осталась незамеченной. Первая же поверхностная проверка памяти вскрыла бы очень интересные факты, касающиеся последних часов моей жизни. Но самое главное — и это раскаленным гвоздем сидело в голове — то, что я сам оказался вне закона, как и похитители Селины. Получив легким путем силу, перед лицом Закона я встал на одну ступеньку с преступниками. Имперский Уголовный Кодекс не признавал биороботов личностями, приравнивая их к джиннам, а вампиров, жаждущих чужой энергии, тем более. Любое устройство или артефакт, не подчиненные жесткому контролю, подлежали переделке или уничтожению. Я оказался на краю игровой доски: одно неосторожное движение — и меня смахнут на пол или я оступлюсь сам, а там меня уже намотает на колесо истории, даже не оставив следов...

Мысленно вспоминая карту города, я легким бегом отправился искать ближайший магазин одежды. Надо было переодеться в сухое и подобрать одежду так, чтобы она мешала поисковым системам Стражи вести розыск. Вспоминая случай с Каем, я понимал, что особо стараться мне не придется, так как коллеги задействуют стандартные методы, не подозревая, что аура следователя Летова уже не такая, как раньше. Однако всегда мог найтись инициативный умник с хорошей памятью, не забывший учебу в Академии, где всем объясняли, что личные предметы несут отпечаток хозяина, и по ним также можно искать человека.

Нехоженые тропинки Центрального городского парка вывели меня к историческому центру Хинлау с его невысокими домами, узкими дорогами с односторонним движением и очень дорогой арендой на цокольных этажах. Преимущественно на них располагались офисы очень известных частных компаний, публичные представительства магических организаций, антикварные лавки и тому подобное. Я искал магазин спортивной одежды, чтобы не тратить время на подгонку по фигуре у портного, но найти таковой оказалось непросто. К счастью, в недавно построенном торговом комплексе имелись самые разнообразные отделы. «Гостиный Двор» специально построили для торговли товарами с Новых Территорий. Тут было несколько секций государств из отдаленных миров, коммерсантам которых Верховный Совет позволил торговать на нашей земле. Интересы остальных представляли посредники из Гильдии Магов, свободно шныряющие между мирами, как ветер в поле.

Здесь я и приобрел новую одежду, отправив старую в утилизатор. Туда же полетела и цепочка из высоколегированной гномьей стали, подаренная мне свояченицей Нейлой на День Стражи как символ надежности. Ничего, подарит новую. Я не очень привык к такому стилю одежды, но в ней действительно было удобно. Заодно я прикупил небольшой рюкзак и набил его продуктами, готовясь отсиживаться в подполье.

Теперь оставалось спрятаться и найти запасы концентрированной темной энергии. Убивать ради нее кого-либо я бы себе не позволил, да и для нужного мне количества пришлось бы покрошить немало народу, как это сделал Кай. А еще были маги, способные не только оперировать энергией, но и накапливать ее. Но кто из них поделится добровольно? Надо было вспомнить, чему нас учили в нашей Академии. Что происходит, если душу поглотить не полностью? Восстанавливается ли она после этого или нет? Или, переваренная агрессивным воздействием заклятий, она уже навсегда теряет свои свойства? Лучше всего на этот вопрос могла ответить Тамина... Вряд ли в Сети была подобная информация. Не любят маги заниматься такой ерундой, как поддержка общего информационного пространства.

Купить новый планшет было делом пятнадцати минут, но стоило мне с ним засветиться, как покупка утратила бы всякий смысл. Вместо этого я воспользовался справочным терминалом, зная некоторые секреты, позволяющие задействовать его в качестве персонального компьютера. Мне он потребовался для того, чтобы восстановить утерянную записную книжку в коммуникаторе и сообщения с почты. Распечатав всю необходимую информацию, я поторопился скрыться на тот случай, если коллеги или ИСБ давно отслеживают все мои действия с почтой.

У меня было огромное преимущество перед преступниками, так как я знал наши методы и мог предугадать многие принимаемые меры. Своим временным убежищем я выбрал крышу высотного здания, принадлежащего Министерству образования, так как сегодня здесь практически никого не было.

Охранять в нем было нечего, кроме контрольных вопросов для ежегодных экзаменов в школах, так что я никого не потревожил. Я стоял на самом краю и удивлялся переменам в себе. Мне не было страшно, я мог спокойно смотреть вниз — даже дух не захватывало. Внизу проносились машины, шли пешеходы. Люди спешили по своим делам, а я остался один на один со своей проблемой, со своими мыслями.

На душе было не по себе от начинающих проявляться во мне изменений. Первое, на что я обратил внимание, так это на пропавшую восприимчивость к чужим эмоциям, но я знал, что скоро способность вернется, пусть и в другом виде. Полностью исчез страх, связанный с любыми физическими действиями. Это означало, что вирусный дистрибутив установлен и уже начинает трансформировать мое тело. В сознании уже дважды всплывало системное сообщение о том, что неплохо бы вскоре подзаправиться энергией, ну а пока что надо просто поесть. Вот едой я запасся основательно, понимая, что организм действительно потребует ее немало. Хватило бы на неделю, но я готовился съесть все это до вечера. Трансформация шла очень быстро, превосходя по скорости ту, что происходила с Кай'Аном. Скорее всего, это объяснялось особенностью эльфийского организма и души. К тому же мое тело и так было модифицировано в Академии Стражи нашими магами-биохимиками, так что некоторые этапы могли попросту остаться невостребованными. Да и его установка протекала значительно дольше: тогда вирусу потребовалось почти два дня, а не одна ночь, как у меня.

И все же где взять энергию? Поможет ли Тамина еще раз или просто уничтожит меня, пока я не набрал силу? Надо подумать, где у нас может храниться темная энергия? Души магов и в меньшей степени простых людей, а также артефакты, джинны, специальные аккумуляторы для магитроники.

...Я снова посмотрел вниз на пешеходов. Вот она, энергия. Готов ли я убить кого-то из них ради обретения силы? Будет сила — будет шанс найти похитителей и спасти Селину. Готов ли?

Страха не было, но собственные размышления причиняли душевную боль. Хотелось броситься вниз и разбиться, лишь бы не выбирать между личным и общественным. Для меня, как для госслужащего, это был настоящий конфликт интересов... Я поклялся защищать Закон и жизнь граждан Империи, а сейчас был вынужден его нарушать... В голове дятлом стучали заученные принципы стража и привитые рефлексы законника, старательно напоминая о себе. Сброситься? Да бесполезно уже... Что ценнее, жизнь жены или жизнь других людей? Что ценнее для лейтенанта Летова, следователя Стражи Порядка?

Хотелось забыться в медитации, качнуть в себя хоть немного энергии, но отформатированная душа уже не принадлежала мне в той же мере, как прежде, став основой живого артефакта. Меня учили идти вперед и преодолевать препятствия, а не разрываться от морального выбора. Меня приучили жить в поисках правильных решений.

— Я — пуля, летящая в Цель,— произнес я, спасаясь от путаницы в мыслях.— И от меня не уйти...

И не только в Селине дело... Найду ее — отыщу и остатки секты.

* * *

Мне было несоизмеримо легче, чем Каю, так как я оставался свободен от чужих указок. Потихоньку уничтожая припасы, я ждал окончательной транс-

315

формации и исследовал свои новые способности, пока еще не доступные из-за энергетического голода. Инструкция оказалась довольно короткой, так что остальное время я посвятил поиску выхода из сложившегося кризиса, придумывая различные варианты.

Как это часто бывает, правильная мысль пришла очень неожиданно, когда ее никто не ждал. Нужно было торопиться...

Не испытывая сомнений, я встал на край крыши. С исчезнувшим страхом пришло четкое понимание того, что я уже могу сделать, а что еще не доступно из-за нехватки *темной* энергии. Шаг навстречу земле — и я полетел вниз. У самой земли левитирующее заклятие оборвало свободное падение, вырвав меня из цепких объятий гравитации и мягко приземлив на тротуар. Прохожие даже не обратили на меня внимания, приняв за обычного мага.

Зайдя в ближайший магазин электроники, я купил самый дешевый коммуникатор, уже подключенный к какому-то гражданскому оператору. Я настолько привык пользоваться служебным, что даже не пытался запомнить названия этих фирм.

— Господин Ларсен? — позвонил я референту графа Олерского.— Это лейтенант Летов. Вы бы не могли помочь мне с повторным посещением острова Ратный? Да, к музею... В рамках личной просьбы графа о рекламе. Спасибо. Я на проспекте Воинской Славы, около театра Имперской Армии. Жду.

Как же отблагодарить мага? Да нечего мне ему дать. Может он помочь с энергией? Нет уж... Буду придерживаться прежнего плана!

Ларсен никак не мог меня найти, так как искал по старому слепку ауры. Хорошо, что я заметил его сам и подошел.

— И не найдете,— Я невидимкой подкрался к магу, заставив его вздрогнуть.— Я в долгосрочном отпуске. Даже табельные артефакты поснимал.

Внимательный магический взгляд сканом прошелся по мне, но я успел от него закрыться.

— И продуктов набрали? — маг ничего не заподозрил и протянул руку для пожатия.— На сколько вы дней?

— На два-три. Не больше. Надеюсь, что смотритель приютит.

— Граф прикажет, так он вам и готовить начнет,— маг хитро подмигнул.— Ну, полетели?

Мы оказались на острове Ратном. Удобно быть магом... Любой «маяк» к твоим услугам, а если хочешь, то можешь и свои ставить, где попало.

Вертолет оказался на стоянке, но это не означало, что сам смотритель находится в музее. Поэтому Ларсен, на всякий случай, проводил меня до дверей.

— Ну и где же этот бородатый коротышка? Уж не пиво ли с утра в баре хлещет? Сейчас сам открою,— под руками мага замок щелкнул и несколько раз провернулся.— Подождите его внутри, а я позвоню ему, чтобы поскорее вернулся.

— Спасибо, сударь,— поблагодарил я.— Всего вам самого наилучшего.

— И вам успехов! — пожелал маг, шутливо отдав честь ударом кулака в область сердца, прежде чем исчезнуть.

Однако я очень удивился той легкости, с какой мне удалось проникнуть в запасники музея. Гном рассказывал об огромных кладовых древнего магического оружия. Надеюсь, что за годы томления в них носители смерти не утратили своей былой мощи. Говорят, что у каждого оружия есть своя душа, открытая только его владельцу. Посмотрим...

Новые способности позволяли мне обходиться без света, и я, оставив рюкзак у входа, пошел бродить по залу, делая ставку на магическое зрение и новое восприятие. По рассказам гнома, основное добро складировали в подвале, подальше от любопытных глаз и шаловливых рук. Пол сохранил отпечаток ауры смотрителя, и я легко нашел вход в подвал, куда вела лестница с удобными широкими ступеньками. Будь у меня «амбарная» книга, поиски заняли бы меньше времени, но удобный список вещей, хранящихся в музейных кладовых, был только у смотрителя на его планшете. Так что я пока шел буквально на ощупь, перебирая все предметы руками и пытаясь определить уровень их опасности.

Некоторые артефакты сопровождались кратким описанием на привязанных к ним бирочках, оставшихся еще от той древней, самой первой, инвентаризации. Они сами по себе представляли определенную музейную ценность, хоть и не значительную на общем фоне. Я наугад взял со стеллажа первый попавшийся предмет. Это был небольшой стеклянный флакон с какой-то вязкой жидкостью. На бирке я прочитал следующую надпись, начинавшуюся на разных языках: «Внимание! Арктунген! Шухер! Ти'Кай! Алхимическая граната системы архимага Ториуса. Минимальный радиус поражения — двадцать саженей. Не встряхивать и не направлять потоки энергии одновременно! Необходимая энергия для инициации взрыва — один децимаг». Трясти этот флакон я и не собирался, но вот об оставленном у входа рюкзаке сильно пожалел. Ничего, еще пройдусь по хранилищу с баулом.

Запомнив место с гранатами, я взял себе одну на память и двинулся дальше, разыскивая защитные артефакты, так как традиционно они были более энергонасыщены, чем атакующие. Это было прекрасно видно магическим зрением. Мои руки пошли гулять по различным предметам. Вытягивать аккумулированную *темную* энергию оказалось не столь просто, так как зачастую для этого требовалось сломать артефакт. Так что я действовал с переменным успехом, но упорно продолжал свои исследовательские поиски, потихонечку извлекая *темную* энергию. Я настолько увлекся, что забыл про время и даже не обращал внимания на системные сообщения о преодолении энергетических порогов и открытии доступа к новым способностям.

Тут по потолку пробежали вспышки света — кто-то включил освещение в музее, и я остановился. Пора было идти здороваться со смотрителем.

— Ну вот ты и качнулся, лейтенант Летов,— сказал я сам себе, забавляясь ситуацией.— Квест ты выполнил, осталось только «мобов» набить, чтобы окончательно «апнуться».

Борп Майлон встретил меня, жуя колбасу. Пока я потрошил его кладовые, он между делом возмещал ущерб, ковыряясь в моем рюкзаке.

— Учуял запах,— не здороваясь, пояснил он.— Ветчинная — моя любимая.

Тьфу ты... еще один обжора. Я уж думал, что после Бауми меня ничем не удивишь.

— Приятного аппетита. Там еще хлеб и сыр есть.

— Доставай,— кивнул гном, непринужденно перейдя на ты.— Я пока чай организую. Или чего покрепче?

— Давай покрепче,— я согласился, ощутив потребность организма в высококалорийном топливе.

Заодно и гнома накерогазим, чтобы под ногами не путался...

Гном все не напивался. Я оставался кристально трезвым, благодаря новой особенности организма, перерабатывающего весь алкоголь без остатка. Если бы не это, я уже давно отправился бы на «вертолетике» полетать по просторам пьяных снов.

Гном сохранял такой же ясный ум, как и раньше, но его словоохотливость выросла до немыслимых размеров. Как мог, я направлял этот поток сознания в нужное русло, совмещая защиту собственного мозга от полного выноса с получением полезной информации.

— Зор, а что ты собираешься еще расследовать? — ненароком поинтересовался Майлон.— В смысле, в твоей повести?

Я даже растерялся от этого вопроса, но очень быстро нашелся. Несмотря на всю сложность моего положения, я не смог удержаться и немного не посмеяться над смотрителем. Мне было не до смеха, но язык сам нес то, что могло у кого-нибудь вызвать улыбку:

— Главный герой — коллега лейтенанта Зора Летова. Ищет похитителей его жены. Как тебе?

— А кто он? Какой расы?

— Гном. Родом из высокогорного города. Его отец из древнего клана схемотехников, а мать — из черных металлургов. Сам он кандидат технических наук, мастер спорта по рукопашному бою, чемпион Хинлау по стрельбе и так далее.

— Ух ты! — искренне восхитился Майлон.— Круто! А он один работает или у него есть симпатичная помощница, как твоя Дарх Бауми?

— Лучше,— соврал я, не моргнув глазом, и попытался описать вымышленную дивчину, помогая себе руками: — Вот с такими ягодками, вот с такими булками, носик кнопкой, щечки алые, губки бантиком...

Гном аж заслушался, судя по его лицу.

— И вот с такой бородой,— не выдержал я и подколол его, показывая размеры руками.

— Тьфу ты! — картинно возмутился гном.— Приколист нашелся.

— Да ладно тебе. Нормально все будет. А само следствие заведет героя в графство Олер, на остров Ратный. Хочешь, и про тебя там напишу?

— Давай!

— Хм... Ну вот моему герою по сюжету нужно зарядить служебный артефакт *темной* энергией, и, скажем, он остановился в твоем музее. Чем бы ты помог следователю Стражи? Только надо, чтобы было правдоподобно.

У нас как раз закончилась закуска, и гном Борн, сам того не подозревая, выручил меня с *темной* энергией.

— Пожрать больше нечего, так что пойдем в подвал, поищем контейнеры с боевыми джиннами,— предложил он, вставая с табуретки, и тут же пояснил: — Попробуем его перепрограммировать на изготовление еды. А я пока подумаю, чем бы мог помочь твоему коллеге.

Я не стал возражать, старательно изображая пьяного человека. Конечно же, у нас ничего бы не получилось, так как древние знания сильно отличались от нынешних, и те джинны мало походили на современные боевые системы. Зато энергии в них хранилось хоть отбавляй.

Идя в подвал, я бросил мимолетный взгляд на статую Смерти и обомлел, когда голова воина повернулась в мою сторону и с достоинством кивнула. Глаза на миг вспыхнули зеленым светом, а потом все вернулось на свои места. Я же остался в полном недоумении. Пора было уложить гнома спать...

Мы спустились в подвал, где Майлон, пользуясь своим планшетом, быстро нашел стеллаж с боевыми артефактами. Это оказались серебряные браслеты, сдсланные из широких плоских звеньев, напоминающих косточки для четок.

Гном надел браслет и начал общение с артефактом.

— *Слушаю и повинуюсь*,— раздалось в голове, и перед нами появилось бесформенное облако тумана, светящееся в магическом спектре.

Олерцы не ломали голову над разработкой дизайна для боевого джинна, придав ему простейший вид. Собственно, это логично, так как для военных само отсутствие дизайна уже считается нормой. Хорошо, хоть про эргономику не забывают.

— Кстати, Зор, обрати внимание, что традиционная фраза джинна была придумана именно магами княжества Олер.

— Прикольно, хе-хе.

Дождавшись, когда гном набалуется с игрушкой и уберет облако обратно, я воткнул ему в спину тонкую хитиновую иглу, выросшую у меня между пальцев. Вырастить ее оказалось довольно просто: стоило мне представить ее себе, как игла появилась сама собой. Ну а что тут сложного, ведь хитин состоит из кислорода, водорода, азота и углерода, находящихся в обычном воздухе. Укол был не смертельным и абсолютно безболезненным, но чары надежно парализовали болтуна, отправив его в объятия крепкого сна. Если бы не новые способности, мне понадобилась бы тележка, чтобы отвезти гнома к кровати. Спальню я нашел по магическому «запаху», куда и сгрузил смотрителя.

Покончив с этой помехой, отвлекавшей меня от работы, я вернулся в подвал к браслетам с боевыми джиннами. Надев один из них, я вызвал искусственное существо. Надо было понять, как переработать его в энергию. Но все оказалось так же просто, как и

322

с иглой. Рука вошла в энергетическое облако, и новые хищные инстинкты сделали свое дело. Боевой джинн не сопротивлялся. То ли не защищался от носителя браслета, то ли оказался мгновенно парализован, но я спокойно вытянул из него всю энергию. Остальные джинны, словно «мобы» в компьютерной игрушке, выстроились в очередь на растерзание...

Моя сила росла, открывались новые способности, но меня это не радовало, так как я все равно не знал, как найти Селину. Так как допросить Горна Мастова мне не удалось, я рассчитывал получить подсказки от внутреннего указчика, чей ментальный голос стал звучать все чаще. Только он почему-то зациклился на исполнении первоначальной программы, пытаясь взять меня под контроль, и обезумевшим дятлом долбил поставленную Таминой защиту.

Закончив с питанием, я решил еще раз осмотреть себя, точнее, изучить свои собственные способности, раскрывшиеся уже на сто процентов. Это оказалось интересно и даже немного порадовало меня, но я навсегда потерял свои прежние навыки, выручавшие меня в моей работе. Я перестал чувствовать окружение и ощущать преступления, эмпатия исчезла полностью, но ее заменило вампирское чутье. Даже обычная медитация стала мне недоступна из-за структурных изменений в биоэнергетической оболочке. Самое обидное, что я больше не мог сдвигать вероятности и навсегда потерял это драгоценное магическое умение, которое не воспроизведешь с помощью оперирования. Но все это стоило того, если хотя бы на шаг приближало меня к спасению Селины.

И тут эфир взорвался ментальными образами. Оказалось, это экстренные новости. Достаточно было закрыть глаза, чтобы увидеть картинку, передаваемую населению всей планеты. Каждый житель Хинлаугана мог посмотреть эти новости. На моей памяти эту систему еще ни разу не использовали, но каждый гражданин с детства знает о ее существовании.

— *Внимание! Жители Хинлаугана, прослушайте экстренное сообщение,*— произнес невидимый голос, и я увидел собственное изображение.— *Это — лейтенант Зор Летов, следователь Стражи Порядка, которого заразил вампир в ходе следствия. Сейчас этот человек представляет огромную опасность для мирных граждан, так как инфицирован особо опасной версией вируса. Если вы увидите этого человека, просим вас немедленно сообщить в дежурную часть ИСБ. Боевых магов, в случае обнаружения инфицированного, просим уничтожить его на месте, соблюдая все меры предосторожности.*

Меня словно молнией ударило. Я ожидал чего-то подобного, но не думал, что ИСБ задействует систему глобального предупреждения населения.

— *Зор,*— на «экране» появился старший инквизитор Воронов.— *Если вампирский дистрибутив еще не сломал тебя, поспеши сдаться. Тамина не знала, с чем тебе придется столкнуться, и ее защита слишком уязвима. Мы сделаем все возможное, чтобы поставить тебе более сильную защиту и легализовать твой нынешний статус. Поспеши! Чем сильнее ты будешь становиться, тем упорнее начнет тебя ломать внутренний контролер операционной системы. Если же ты уже сломался... то прости, что не смогли защитить тебя от этого. Мы все равно найдем твою жену...*

«Экран» погас, а я беспомощно опустился на пол. Мне стало понятно, почему ИСБ использовало эту систему предупреждения: меня не смогли найти и отправить мне адресный информационный пакет, так как я полностью изменился. Если бы новость пришла раньше, я не стал бы наедаться и смог бы игнорировать инструкции указчика и дальше...

Нужно было что-то делать. В первую очередь, бежать, так как я не верил в свое чудесное исцеление. Воронов мог хоть тысячу раз расчувствоваться, но инквизитора ИСБ не изменишь. Дятел в голове стучал все сильнее, хотя защита пока держалась, постоянно сообщая мне о ментальных атаках. Мне нужно было успеть сбежать из музея, так как маг Ларсен, доставивший меня на остров, должен был сразу же доложить обо мне в ИСБ после прослушивания новостей. Он же мог сообщить координаты «маяка», чтобы ОМОН поскорее прибыл за моей головой.

Единственное, что я успел схватить, выбегая из подвала, это алхимические гранаты, которые помогли бы мне взорвать себя при малейшем продвижении внутреннего указчика. Новое тело, казалось, ничего не весило, и я несся по музею, как ветер, чтобы ускользнуть от охотников. Входная дверь чуть не слетела с петель от моего удара плечом, а в следующий момент я увидел перед собой десантника на левитаторе-аэролыже. Его реакция оказалась быстрее моей, и я получил удар краем доски в подбородок, от чего отлетел назад в зал музея.

***

Мне повезло. Маг-референт не стал сообщать о моем местонахождении в ИСБ, а доложил своему непосредственному начальнику — графу Олерскому. Тот поспешил прибыть со своим личным боевым отрядом, беспокоясь за жизнь Борн Майлона. Убедившись, что с подчиненным все в порядке, граф перешел к допросу. Гнома решили не будить, чтобы он мог проспаться и не увидел ничего лишнего. Мне же пришлось рассказать графу обо всем, со всеми подробностями и без утайки. Его взгляд мог так пригвоздить на месте, что врать не хотелось, а спина сама вытягивалась по струнке.

— Примите мои соболезнования,— произнес граф, когда я закончил свой рассказ, но его голос даже ни капли не смягчился.— Но вы мужчина и должны действовать. Я понимаю вас, как муж и отец, и не сдам вас ИСБ, воспользовавшись правом самоуправления. С другой стороны, меня очень беспокоит, что похитители находятся на Олерском архипелаге, и даже ваше прежнее чутье и ясновидение не смогли отыскать их базу. И еще меня очень беспокоит ваше состояние.

— Ваш маг в силах помочь мне? — спросил я с надеждой.

— Не думаю. Капитан Ларсен в прошлом боевой маг, а не лекарь или оператор,— отчеканил граф Олерский.— В вашем случае я вижу иной способ решения проблемы. Вы помните сказку про грандмага Бессмертного и мага-истребителя Умственно Ограниченного? Напомните мне краткое содержание. Это важно для вас, лейтенант.

Я только удивленно кивнул головой, не в силах понять, при чем здесь фольклор.

— Жил-был грандмаг, пожелавший навсегда стать бессмертным. Чтобы не бояться других грандмагов, он саму смертность своей души передал другому объекту. После проделанной работы грандмаг, по сути, стал ничем. Чем бы враг ни выстрелил, ему все нипочем. Ему не нужно было даже защищать себя от врагов. Чувствуя собственную безнаказанность, грандмаг Бессмертный рассорился со своими друзьями и коллегами и начал совершать различные злодеяния,— как мог, я вспоминал смысл сказки. В отличие от многих сограждан, я не слышал ее в детстве от матери и лишь случайно знал содержание.— И вот однажды грандмаг похитил невесту мага-истребителя Умственно Ограниченного. Тот затаил обиду на Бессмертного и решил отомстить.

— Уже ближе к делу. Продолжайте,— подсказал Олерский.

— Бессмертный был абсолютно уверен в своих силах,— продолжал я, все лучше вспоминая сказку.— Поэтому смело рассказывал всему миру, что его смертность зачарована на игле, и не просто на игле, а на ее кончике. Где эта самая игла находится, никто, естественно, не знал, но обидчивый маг-истребитель был настолько умственно ограничен, что все же начал искать эту самую иглу.

— Немного не туда вы отклонились от сюжета,— остановил меня граф.— Видимо, читали юмористический вариант, а не триллер. Кто помог ему в поисках?

— Юная ведьма, воплощение Жизни, подарила ему волшебного коня по кличке Скользящий, способного скакать по Мирозданию,— вспомнил я тут же.— Он нашел иглу. В тридевятой Вселенной, в тридесятой Галактике, и демон его знает, в какой звездной системе хранилась эта пресловутая игла...

— Стоять! — снова остановил меня граф.— Теперь самое важное и интересное лично для вас. Такая же сказка существовала и у олерцев. Только там после ведьмы Жизнь магистр обратился к генералу Смерть, который и подарил ему меч-кладенец, способный уничтожить любого грандмага. Знаете, как назывался этот меч? Душегуб...

Вот тебе и сказка! От удивления у меня отвисла челюсть. Совпадение?

— Маги Ордена Ланы Милосердной присвоили себе славу изобретателей заклятия «душегуб». Но и это не главное. Я не зря вспомнил эту сказку, так как она основана на реальных событиях. Согласитесь, глупо было бы доказывать вам существование Жизни и Смерти, приводя в пример исторические случаи их божественного вмешательства. Все это можно было бы опровергнуть, сославшись на магов, но пример же с «душегубом» очень показателен, так как это весьма специфическое колдовство. Поймите, я всего лишь хочу, чтобы вы поверили в разумность высших сил.

— Но меня учили верить только в себя! — Я не сдержался, нечаянно повысив тон. Это указчик в очередной раз атаковал ментальную защиту.— Извините...

— Я вас понимаю,— голос графа удивительно потеплел и окрасился нотками неподдельного беспокойства, а его рука ободряюще легла на мое плечо.— Как гласит известная поговорка, на грандмага надейся, а заклятия держи на рефлексе. Но у каждого разумного существа в жизни наступает момент, когда одной веры в себя недостаточно. Я хочу, чтобы вы поверили в них. В обеих вариантах сказки герой получает ценный подарок от высших сил, чтобы добиться справедливости и отомстить. Боги охотно помогают людям, но только тем, кто верит и в себя, и в них. Ваша ситуация требует божественного вмешательства. Боюсь, что сейчас даже грандмаг окажется бессилен исцелить вас, не повредив вашу личность...

Мороз пробежал у меня по коже, несмотря на вампирскую трансформацию и нечувствительность к страху.

— Вы хотите, чтобы я начал молиться?! — Я не удержался, и в моем голосе проскочило презрение.

— Нет,— в голосе графа Олерского снова зазвучала сталь, а рука на плече стала удивительно тяжелой.— Но вы должны хотя бы поговорить с Ним...

— С кем?!

— С Ним,— рука графа освободила мое плечо и указала на статую Смерти.— Он всегда помогает тем, кто жаждет возмездия.

***

Перед моими глазами снова предстала статуя Смерти. Я не знал, как себя вести в такой ситуации, и лишь тупо стоял и смотрел на Него. Помолиться? Но я никогда этого не делал... Тут незримый указчик добрался до моего мозга, пробив искусственную защиту Тамины. От боли я упал на колени и сцепил зубы от боли, чтобы не заорать. У меня появилось такое ощущение, будто вся нервная система сейчас служила только одной цели — наказывать за неповиновение. Новый удар уложил меня на холодный пол. Указчик продолжал атаки, так как защита все еще существовала, хоть и начала ослабевать. Их незримое противостояние било по нервам.

— Помоги...— прошептал я, доведенный до отчаяния.— Прошу тебя...

И тут стреляющие боли прекратились. Высшая сила не стала выдерживать эффектную паузу, а сразу же вмешалась в события.

Статуя воина повернула голову в мою сторону и вдруг... Смерть сошел с постамента и двинулся ко мне. Бронзовый красавец подошел ближе. Из его рук куда-то пропали кончар и щит. Воин склонил голову, глядя на меня сверху вниз. Его глаза засветились зеленым, а в моей голове зазвучал чужой мыслеголос:

— *Здравствуй, Несущий. Я ждал тебя.*

— Спасибо...— с трудом выдавил я неожиданно пересохшим горлом и поднялся на ноги.

Мир вокруг нас начал удивительным образом меняться. Стены музея истаяли, уступив место степным просторам и бушующим волнам где-то внизу. Мы оказались на самом верху дозорной башни, построенной из камня. Она возвышалась на краю скалистого обрыва, под которым начинался пляж. Постепенно пейзаж обрастал деталями: у подножия башни суетились солдаты, наскоро сооружая окопы в неглубоком слое почвы, покрывающем скалу, так как с моря уже надвигалась безжалостная армада. Выкопанную землю они засыпали в мешки и сооружали из них дополнительные защитные ограждения. Огромные десантные корабли спешили к берегу, а в небе висели дымные следы ракет. Я присмотрелся: весь берег уже был перепахан минометами и снарядами тяжелых морских орудий. Мне захотелось крикнуть солдатам внизу, что их работа бессмысленна, но я понимал, что призраки прошлого меня не услышат. Это были княжеские войска, готовые умереть, защищая свою родину. Им бы отступить вглубь острова из-под обстрела корабельных орудий, но они понимали, что если уступят хоть пядь побережья, то морские пехотинцы адмирала Мархуза закрепятся окончательно, и по их плечам пойдут безжалостные имперские легионы. Мне отчего-то стало их жалко, и я проникся уважением к храбрецам, но две с половиной тысячи лет назад победила наша армия, возглавляемая адмиралом. Мархуз Стальное Сердце славился своими принципами: люди, держащие оружие, умирали с ним в руках, независимо от возраста. Войска Мархуза были известны своей любовью и преданностью адмиралу, оттого и следовали его идеалам.

— Ты ведь не заберешь меня? — спросил я Смерть, когда до меня дошел смысл его слов.

— *Никогда. Ты сам придешь ко мне. Мои инструменты — Время, Случай и Несущие Смерть. Не хочешь идти на свидание со мной — не умирай. Я никогда не настаиваю на встрече, но мои поклонники могут быть другого мнения.*

Я был благодарен Ему за отступившую боль, но язык не поворачивался попросить о большем. Не было у меня такой привычки.

— *Я помогу тебе, Несущий. Я чувствую, что ты хочешь этого. Ты отравлен чужой волей — я исцеляю тебя.*

Долбивший, как дятел, внутренний указчик замолчал окончательно. Вся вампирская программа тоже поменялась, не функционально, а структурно, словно ее разобрали на модули, разложили на магические операнды и собрали вновь, но уже иначе, как-то правильнее.

— Что со мной?!

— *Пора возродить культ Несущих Смерть. В этом деле я возлагаю на тебя большие надежды.*

...Как же так? Сам Смерть разговаривает как простой смертный?

— *Образ Смерти — лишь воплощение ваших страхов и вымыслов,*— мыслеголос статуи зазвучал вкрадчивее и тише.— *Раньше я был немой старухой с тупой ржавой косой вместо рельсотрона, но многие бравые парни захотели видеть меня именно таким — я не в силах отказать храбрецам. И еще... я не совсем Он. Я только Его воплощение, я Его божественное дыхание, заключенное в статуе и согреваемое вашей верой. Но я — только малая часть Смерти. Было бы странно, если бы вторая сила Мироздания разговаривала с тобой напрямую. Пора было бы вызывать психиатров...*

А тем временем на берег, не обращая внимания на артобстрел, начали десантироваться морские пехотинцы адмирала Мархуза. Орков среди них было очень мало, что давало защитникам хоть какую-то надежду пережить этот штурм, но еще больше вселяло в них веру присутствие Несущих Смерть, вставших на защиту княжества вместе со своими соотечественниками.

Не замечая нас со Смертью, на смотровую площадку башенки вынесли станковый пулемет. Прямо из люка снизу тянулась длинная лента с патронами. Рядом положили несколько сменных стволов на случай перегрева.

С обеих сторон гибли настоящие мужчины... чьи-то отцы, мужья, братья, сыновья, а политики продолжали сидеть в безопасных уютных кабинетах...

— Среди защитников совсем нет магов,— заметил я.— Видимо, перешли на сторону Хаокана.

— *Они практически все входили в Гильдию Магов. Им нельзя было иметь никакого гражданства в то время,*— напомнил Смерть и хищно улыбнулся.— *Но мои Несущие заставили войска имперского адмирала умыться собственной кровью!*

Вокруг нас снова начали рваться снаряды, не способные причинить вред сторожевой башне: магическая защита надежно отклоняла их в стороны. Однако ряды обороняющихся все равно таяли под пулями стрелков, сгорали в огне напалма и гибли от осколков фугасов, но и морская пехота завязла, не в силах преодолеть условную линию, переступить которую означало верную встречу со Смертью от рук его Несущих. Из-за укрытий били береговые орудия олерцев, не способные достать до линкоров, но достигающие береговой линии.

И тут на берег выскочили юркие десантные корабли на воздушной подушке. Из их недр показались рослые широкоплечие бойцы в тяжелой броне гномьих оружейников, способной остановить осколок фугаса, пулю снайперской винтовки или даже крупнокалиберного пулемета.

— Орки...— процедил остановившийся пулеметчик и, сплюнув от досады, продолжил свою работу.

Если бы военное преимущество заключалось только в толщине броневых листов, то гномы выпустили бы самый прочный в мире танк, но на деле исход схватки решали не доспехи, а тот, на кого они надеты. Орки прекрасно владели боевыми методиками и могли голой рукой сбивать летящую пулю, но Несущие Смерть превосходили их в скорости и практически всегда побеждали в рукопашной. Темнокожие гиганты держались, ожидая подмоги, и она пришла в лице архимага...

— Господин! — обратился Несущий к Смерти, отличавшейся от остальных наличием прозрачных крыльев.— Нам не устоять. Прощайте. Спасибо, что лично пришли попрощаться! А ты... я надеюсь на тебя, преемник!

Последняя фраза предназначалась мне, и я опешил от такого поворота сюжета в этой исторической реконструкции.

— *Мой Вестник, я обещаю тебе и твоим братьям новую встречу со мной. И мы уже никогда не расстанемся, чествуя героев в чертогах славы. А теперь иди со спокойным сердцем — через много веков у тебя нашелся преемник.*

В руках древнего Вестника появились хитиновый щит и трехгранный кончар, насквозь пропитанные магией, и воин легко взлетел на своих полупрозрачных крыльях, нарушая законы аэродинамики, словно заправский шмель, чтобы спикировать на боевого мага Империи Хинлау. Архимаг медленно шел по полю боя, будто тяжелый танк, и неумолимо вгрызался в позиции олерцев. Он явно нарушал общепринятые в Гильдии правила ведения боя, но маг знал, что делает. Его магия позволяла нарушать мировые Законы, и он не боялся за свою жизнь, понимая, что противнику практически нечего ему противопоставить. Это был ренегат княжества, он знал силу Несущих Смерть и их способности. Они были единственными, кого боялся архимаг. Вместо меча он держал тяжелую булаву, а в левой руке — прочный овальный щит. Расчет строился на том, что вампир не сможет пробить щит, а дробящее оружие легко раскрошит хитин, лучше защищенный магией от колющих и режущих ударов, и попросту переломает кости. По скорости ренегат практически не уступал Вестнику, а по магическим способностям намного его превосходил. Противники обменялись пробными ударами, и тут хитиновый щит промялся, а левая рука оказалась сломана. Навершие булавы отсоединилось от рукояти и повисло на толстой цепи. Следующий удар пришелся по туловищу, и исход поединка был уже предопределен наверняка, но в самый последний момент Вестник сумел вложить всю силу в окончательный рывок. Кончар, зачарованный «душегубом», пробил мага, но и навершие кистеня проломило хитиновый шлем. Оба противника медленно опустились на колени, встречая Смерть в своем последнем боевом танце...

— *Это действительно происходило,*— уточнило воплощение Смерти.— *Мы заглядываем в прошлое, а не восстанавливаем события по памяти мертвых. Мой прежний Вестник увидел тебя и понял, кто ты такой. Ты станешь новым Вестником и восстановишь культ Несущих Смерть.*

Нас в Академии учили, что движение против течения времени невозможно. Даже грандмаги не берутся плыть против этого потока. Это какой же властью над миром надо обладать, чтобы переместиться в прошлое?

— *Я тебе не какое-нибудь мелкое божество, а первооснова Мироздания!* — ответило воплощение Смерти на не заданный вопрос.— *И не надо думать, что я просто какое-то воплощение. Я и есть Он, но только малая самостоятельная часть. Жизнь и Я — две стороны одной медали, без которой невозможно само существование Мироздания...*

В душе словно открыли кран, через который в меня вливались свежие силы и уверенность. Я был готов действовать, я был готов сделать все что угодно, лишь бы найти и спасти Селину. Надо восстановить культ? Да без проблем, все, что Он прикажет.

— Какие задачи у возрожденного культа? — Я должен был четко понимать, что меня ждет.

— *Одна-единственная: дать слабым возможность отомстить.*

— Так точно, будет сделано,— ответил я деловым тоном.

— *И еще... мне пора уходить... Я не хочу, чтобы грандмаги Гильдии или...*— воин презрительно фыркнул,— *...вашей ИСБ ковырялись во мне, пытаясь открыть какие-то секреты. Достаточно было хитрого магистра Буддарха, обманувшего меня, как младенца, но я прощаю ему его любопытство... Магия в вашем мире сильно изменилась, и древним Несущим трудно соответствовать современным требованиям к воину, поэтому я дам тебе чуточку больше, чем было у твоего предшественника. Только не обольщайся, всесильным или бессмертным ты не станешь, но многие полезные таланты обретешь. Может быть, мы еще встретимся до того, как Жизнь окончательно отвернет от тебя свой лик.*

— Спасибо! — Я не мог сдержать чувства благодарности.

— *Скажи спасибо адмиралу Мархузу,*— усмехнулся воин.

— Кому?! — удивился я.

335

— *Ему*!

Мы мгновенно перенеслись в рубку боевого корабля. Невысокий человек с белыми волосами, одетый в бушлат с адмиральскими нашивками, смотрел на побережье в мощный электронный бинокль. Он отнял от лица прибор, и я узнал в нем графа Олерского. Позади него справа в устаревшей форме корабельного мага стоял капитан Ларсен...

— *Когда-то я предлагал адмиралу стать Вестником, но он отказался... к сожалению. А теперь прощай, я ухожу.*

Видения исчезли, и я понял, что снова нахожусь один посреди главного зала музея.

Подойдя к буквально «опустевшей» статуе, я попытался почувствовать хоть что-то. Ведь если Буддарх смог, как он выразился, вытянуть из нее целый дистрибутив, то Несущий Смерть может еще больше. И тут я прекрасно ощутил присутствие Смерти, но не в этой статуе. Теперь я откуда-то знал, где находится каждый артефакт древнего культа. Мне стало известно местонахождение всего, что когда-либо было связано с княжеством Олер. Я словно вспомнил расположение всех храмов, заводов, административных зданий и даже таких маленьких предметов, как экспонаты в музейных кладовых. Но самое главное, что я не только знал, где находилась вся недвижимость рода Сиран, но и чувствовал местоположение базы похитителей Селины!

Глава 8

Пуля, Несущая Смерть

— Поздравляю, смертоносец,— произнес маг Ларсен, первым почувствовав произошедшие со мной изменения.— С излечением.

Я прислушался к себе и почувствовал, что у меня волосы встают дыбом. Казалось бы, теперь меня ничем не пронять, но не тут-то было. Самое интересное, что теперь я мог изменять свою биоэнергетику, выбирая одно из двух состояний. Первое состояние соответствовало мне-человеку, каким я был до всех моих приключений: и ко мне вернулись мои природные способности. Появилось понимание, что никакими магическими средствами нельзя обнаружить мою вторую составляющую — Несущего Смерть. Простое усилие воли — и душа наполнялась мощью, превращая меня в Вестника, мощного бойца и мага. Я прислушался к своим новым способностям и скептически усмехнулся. Не врал Смерть, всесильным я не стал. Меня мог бы победить простой маг-истребитель при определенной доле везения и, конечно, при необходимой вооруженности артефактами и подготовке, но... при желании, я мог разменять свою жизнь на жизнь любого грандмага. Я чувствовал, что стоит мне очень-очень захотеть, и я смогу уничтожить это воплощение магического могущества, пусть и ценой собственной жизни. Однако выгодно... Помимо этого, пришло ощущение множественности миров. Я стал понимать, что смогу преодолеть границы между Вселенными. Хороший приз. Но самое интересное, что теперь на меня не действовал «душегуб»!

— Спасибо вам, адмирал,— я встал перед Стальным Сердцем и низко поклонился.— Я навсегда останусь вашим должником.

Мархуз вздрогнул, услышав свое звание. Он не был готов, что я узнаю, кто скрывается за титулом графа Олерского. Внешне он не подал виду, но эмоции выдали его внутреннее состояние. Я почувствовал, как его стальное сердце тисками сжала боль давних воспоминаний.

— Единственное, чем вы мне можете отплатить, так это найти засевшие в графстве остатки преступной секты,— отчеканил адмирал, словно ничего и не случилось.— Пора выкорчевать эти сорняки.

И тут моя память снова получила свежую порцию информации. Она касалась исключительно Олерского архипелага. Практически все, что происходило здесь последние несколько тысячелетий, все время существования культа вплоть до наших дней, стало мне доступно. Я узнал, как остатки флота вторжения медленно умирали от естественной смерти, и лишь единицы с помощью медитаций и других методик сумели преодолеть этот заложенный природой порог и дожить до развития магической медицины. Я узнал, что с адмиралом осталось всего несколько человек, и все они сейчас находились здесь, в музее, или на улице у входа. А еще я узнал, как Мархуз получил свое прозвище, которым совсем не гордился, а скорее даже ненавидел...

...Перед глазами пробежали сцены, случившиеся две с половиной тысячи лет назад. Я увидел, как к адмиралу подбегает адъютант и сообщает, что отделение морской пехоты, захватившее и контролирующее городскую больницу, позволило себе поразвлечься с медсестрами. «Расстрелять все отделение...» — коротко произнес адмирал. Адъютант замялся и испуганно посмотрел на него: «Это отделение вашего старшего сына». Мархуз на миг замер, но тут же, с опустевшим сердцем, отчеканил новый приказ: «Повесить. И не снимать, пока полностью не сгниют!..»

Я уже в который раз посмотрел на графа с новым чувством. Он не переставал меня удивлять.

— Не беспокойтесь, граф, я знаю, где их искать.

* * *

Выйдя наружу, я вздохнул полной грудью. Воздух был наполнен ночной прохладой и свежестью. Чувствовалась близость моря. На улице нас ждал взвод морской пехоты. От флота адмирала уже ничего не осталось, только его бывший флагман «Провокатор» стоял на вечном приколе, превращенный в корабль-музей, на реке Хин в столице Империи, но по морской привычке Мархуз давал подразделениям флотские названия. Он даже этажи в зданиях называл палубами. Все парни были экипированы современной магитроникой и оружием: аэролыжи, бронекостюмы, новейшие пистолеты-пулеметы и гранатометные комплексы. Графство могло себе это позволить. Гермошлемы их костюмов были раскрыты, а на головах морпехов красовались ультрамариновые береты. Я теперь прекрасно видел в ночной темноте и мог разглядеть даже такие подробности.

Среди них выделялись командиры. Я сразу же отметил этих мужчин. От них веяло храбростью и силой древних солдат, сумевших дожить до наших дней. Два орка, эльф и человек... Четыре воина, друг для друга они больше, чем просто друзья. Стоило нам выйти, как они подлетели на левитаторах к адмиралу.

— Приветствуем, наш адмирал,— тихо произнесли они, не поднимая лишнего шума.

— Назначить командира взвода и поручить ему следовать за лейтенантом Летовым,— как всегда четко и сухо приказал Мархуз.

Повисла неловкая пауза. Я чувствовал, что они общаются телепатически. Воздух неожиданно пропитался четким «нет», и я понял, что адмирал запретил этой четверке идти в бой. Тут звучали лишь отголоски эмоций, но адмиральское слово казалось тверже камня, чуть ли не материализуясь в физической форме. Однако сила бывает не только в магии, но и в характере.

К нам резво подлетел молодой морпех с отметками суб-лейтенанта на металле экзоскелета и лихо остановился, осадив левитатор. Удар в грудь перед строем военных и короткий поклон графу Олерскому. Он не знал, что это и есть древний адмирал Мархуз, доживший до наших дней. На меня же морпех агрессивно зыркнул колючим взглядом, вспомнив последние планетарные новости.

— Суб-лейтенант Хорш, вы уже знаете лейтенанта Летова,— начал Мархуз, показывая свою осведомленность о личном составе.— ИСБ ошибается, и на самом деле он вовсе не опасен. Вы и ваш взвод поступаете в его распоряжение для уничтожения группы террористов, устроивших свою базу в нашем графстве. Приказ понятен?

— Так точно! — проорал Хорш, оглушив нас.

— Идите к своим бойцам и готовьтесь к бою,— приказал граф и повернулся уже ко мне: — Как спасете свою жену, уничтожьте их логово до основания, без сожалений и сомнений,— рука адмирала легла мне на плечо, а серо-стальные глаза засветились какой-то внутренней силой.— Коль сбили с ног — сражайся на коленях, не сможешь встать — лежа наступай...

— ...и только смелые отпразднуют победу, и только храбрые получат пропуск в рай! — закончили мы вместе.

* * *

Пора было набраться смелости и обрасти хитиновой броней. Хоть она и снималась легче, чем любые другие доспехи, но мне становилось не по себе от мысли, что ее надо «надевать» на голое тело. Отойдя в сторону, подальше от чужих взглядов, и раздевшись, я стал ждать, когда закончится это наращивание пластин. Я не хотел видеть себя в том же цвете, в каком щеголяли древние Несущие, и потому у меня доспехи получились армейской раскраски под зеленку в саванне.

...Кто бы мог подумать, что случай, произошедший в начале этого лета, словно настоящий снежный ком, захватит меня и потащит с горы? А ведь как все лирично начиналось! Теперь же мне осталось все это закончить...

Обрастя доспехом, я вернулся в музей и продолжил сборы. На поясе повисли алхимические гранаты, а пистолет «Оксид» удобно закрепился хитиновыми ремешками на правом бедре. В подвале музея нашлись очень интересные вещи, оставшиеся от древней цивилизации,— шастры, которые, бесспорно, стали приятной находкой. Это были не просто банальные инструкции по магическому искусству, а ключ к настоящим навыкам, способным привиться любому подготовленному за несколько мгновений. Шастры хранились в древних кристаллах, и мое счастье, что никто из наших магов, жадных до знаний, не обратил на них внимания. Полезных нашлось немного, но я не был разборчив, изучив все, что только попалось под руку.

Пора было продолжить подготовку своего тела. Отрастить крылья я мог в любой момент, но вместо них предпочел воспользоваться знаниями одной из шастр и запустил производство шершней-сателлитов. Они росли прямо на спине в наростах на броне, с обеих сторон от позвоночника, и были готовы атаковать любого врага. А левитировать я и без крыльев в состоянии...

Я снова вышел на улицу. Адмирал и его ближайшее окружение уже покинули остров. Остался только взвод морпехов, с нетерпением ожидавших настоящего сражения. Суб-лейтенант Хорш внимательно оглядел меня с ног до головы и протянул руку для знакомства:

— Тайкон,— назвал он свое имя.— Мой позывной — «Таран».

— Зор,— ответил я и пожал руку, закованную в латную перчатку.— Сколько их будет, я не знаю, но наша задача — спасти мою жену. Потом закладываем мины и уходим... Гори оно все жарким пламенем.

— Что конкретно требуется от моих ребят?

— Скрытно следовать за мной и поддержать на отходе. Я все сделаю сам, но, если их окажется слишком много, вызывай ИСБ, пусть присылают «Трайхан», не рискуй парнями...

— Они сами рвутся в бой. Обижаются... Если бы не твоя жена, мы бы точно пошли на штурм...

— Сам смотри, ты их командир, и это на твоей совести...

Практически все владения рода Сиран располагались на острове Ладный, который еще давным-давно, как, собственно, и сейчас, был густо заселен: население главного острова насчитывало два миллиона жителей против ста тысяч на Ратном. Сираны прослыли ярыми сторонниками культа Несущих Смерть и с готовностью предоставляли земли под постройку их храмов и размещение статуй-идолов. Вообще, я прекрасно чувствовал эти «кусочки» Смерти по всему графству. В основном они стояли вдоль дорог, на стенах древних крепостей или на ухоженных набережных. Олерцы не поклонялись Смерти, но верили в него и с уважением относились к его Несущим. В одном из уголков графства находилась статуя культа, которая видела, если можно так выразиться, где сектанты основали свою базу...

Вертолетом я умел управлять лишь в теории или на симуляторе, но умная техника гномов стремилась в своем совершенстве за левитаторами магов, поэтому управление делалось максимально простым: штурвал, регулятор скорости вращения двух соосных винтов и две педали поворота. Куда как сложнее оказалось разобраться в устройстве связи, а я был уверен, что оно мне понадобится для переговоров с авиадиспетчером графства. Хотя можно было лететь и в качестве нарушителя.

Двигатель завелся автоматически, когда я отжал от себя ручку газа. Это был древний движок, работающий на производных от нефти продуктах. Лопасти плавно набрали обороты, но я не спешил взлетать, на всякий случай прогревая систему. Досчитав до тридцати, я увеличил скорость винта и буквально пятой точкой почувствовал, как тяжелая грузопассажирская машина отрывается от земли. Ощущения были совсем не те, что при взлете на левитаторе с системой искусственной гравитации. И снова, повинуясь интуиции, я проверил, как машина слушается педалей. Все было в порядке, и я продолжил набирать высоту. К моему счастью, база похитителей находилась тут же, на острове Ратный.

Рассвет на высоте двух лиг начался немного раньше, чем на земле, но я почувствовал его задолго до появления первых лучей, словно опытный маг, постоянно следящий за обстановкой. Невидимая обычным глазом часть солнечного спектра огибала горизонт чуть-чуть быстрее из-за разницы в длине волны. Это был известный эффект дифракции электромагнитных волн. Я уже видел несколько подобных рассветов, когда мы недавно путешествовали на круизном лайнере, но сейчас все казалось еще изумительнее и краше благодаря новым свойствам моего зрения...

Внизу виднелись следы уничтоженной цивилизации. Выжженные смертельными заклинаниями поля хранили остатки древних фундаментов. Я почти физически ощущал боль земли, пережившей пекло ядерного синтеза. Вряд ли маг смог бы это почувствовать... Видимо, не все во время штурма адмирала проходило гладко, раз он прибегнул к крайним мерам. Скорее всего, здесь когда-то находились казармы или какая-нибудь крепость, и я как раз пролетал над ее руинами, навсегда сплавившимися с землей. Но моя цель находилась еще дальше в глубине острова, спрятанная среди разросшихся джунглей. Я знал, что храм культа Несущих Смерть остался нетронутым, так как все его адепты сложили свои головы на побережье островов вместе с береговой охраной олерцев.

— «Бородач», я «Гнездо». Доброе утро,— раздалось из динамиков шлемофона, и я поспешил застегнуть ремешок с ларингофоном.

— Доброе утро, «Гнездо»,— ответил я, хорошо имитируя голос музейного смотрителя.

— Ты там трезвый за штурвалом?

— Как дистиллят! — выдал я экспромт.

— Хм... от кого ты нахватался умных словечек? — В голосе авиадиспетчера чувствовался сарказм.

— От следователя Летова. Всю ночь пили... за здоровье графа.

— Тогда непонятно, как ты можешь быть трезвым? — подозрительно спросил диспетчер.

— Слышь, «дупло»,— раздался в наушниках спасительный голос суб-лейтенанта Хорша.— Хватит мусорить в эфире...

Вертолет понемногу приближал меня к цели. Сектанты выбрали в качестве базы древний монастырский комплекс. Скорее всего, это было их резервное убежище, так как построили его еще десять лет назад. Преступники могли бы попробовать устроиться на Ладном, делая ставку на то, что, находясь у всех под носом, они будут в безопасности, но древние постройки приглянулись им больше. Это здорово упрощало задачу, так как боевые действия в городских условиях могли летально сказаться на здоровье жителей графства. Скорее всего, при выборе места свою роль сыграли безжизненные поля спекшейся земли, которую никто не посещал. После боевых действий пригодной для обитания землицы на Ратном осталось очень мало, и, несмотря на то что прошли тысячелетия, природа отвоевывала жизненные пространства с переменным успехом. Лютовал адмирал, однако, но все же молодец, что и с поставленной задачей справился, и вовремя остановил чуть не вспыхнувший геноцид олерцев.

Вертолет завис над джунглями на высоте трех лиг. Включив автопилот, я начал вглядываться в древние строения. Окружающая среда пока оказалась бессильна окончательно стереть память о монастыре с лица планеты, но Время было более непреклонно, и рано или поздно история могла стать мифом. Внизу виднелись стены, украшенные стершимся орнаментом рода Сиранов и замаскированные «зеленкой» джунглей: ровный прямоугольник со сторонами пятьсот и двести саженей. В центре него тянулась вверх мельхиоровая статуя Смерти, установленная на огромнейшем валуне. Воин тоже держал щит и кончар, но размеры идола превзошли мои ожидания. Присмотревшись, я вдруг откуда-то узнал, что его высота пятнадцать саженей, не считая гранитного постамента. Информационные чудеса продолжали радовать сюрпризами. Весь двор давно зарос бамбуком, сквозь куцую листву которого проглядывали остатки внутренних построек, сгнивших много веков назад, от которых остались только каменные фундаменты.

Я начал всматриваться во все это иным зрением, пытаясь увидеть скрытые помещения под землей. Однако вместо сквозного зрения я испытал какие-то новые и непонятные ощущения. Прямо перед моими глазами клубились какие-то эфемерные змеи или непонятные дымчатые трубы. Они проносились передо мной с огромной скоростью, и я понимал, что это все разные змеи. Их было бесчисленное множество. Я вспомнил, как в Академии нам рассказывали об этом эффекте и о том, что все эти трубы на самом деле туннели в другие миры. Стоило мне подумать о сопряженных с Хинлауганом мирах, как лишние змеи начали таять и исчезать окончательно. Я продолжал думать о сопряжении, вспомнив только о том, что это должны быть самые ближайшие Вселенные на карте Мироздания. Передо мной осталось всего три туннеля. Все правильно, это и есть первые колонии Империи. Самое приятное и удивительное, что я мог свободно пройти по этим естественным дорогам между мирами. Я продолжил поиски, подумав о том, что меня вообще не интересуют другие миры. Вспомнилось наше Управление, имеющее сжатое внутреннее пространство. Что, если база сектантов также находится внутри искусственного объема? Тогда у них должен быть какой-нибудь предмет, выполняющий роль носителя. Статуя же видела, как шныряли строители базы по двору монастыря десять лет назад. Стоило мне об этом подумать, как передо мной возникла интересная картина: огромная каменная пирамида, словно изрытая внутри многочисленными ходами и комнатами, пряталась неглубоко под землей. Ее вершина находилась прямо на земле, прячась в одном из углов внутреннего двора монастыря. Вполне логично, ведь все внимание случайных археологов будет привлечено к Смерти, так зачем ставить пирамидку рядом с идолом? Мне стало понятно, что из маленького «макета» высотой в половину сажени, присыпанного мусором, сделали удобную базу, утрамбовав в него объем, в десятки раз превышающий первоначальный. В обычном мире большой пирамиды не было, но реально она существовала. Маленькая же пирамидка служила не только вместилищем базы, но и воротами между пространствами. Все это прекрасно объясняло, почему я не нашел Селину с помощью своих дротиков: ее не было на Хинлаугане, она была спрятана в искусственном пространстве-каверне.

...Смогу ли я пройти в чужие владения без спроса?

Ответ, судя по внутренним ощущениям, был утвердительный, но я понимал, что лезть в самое пекло без разведки не стоит, ведь у сектантов может быть сигнализация от непрошеных гостей. А как делают военные, если не могут заслать разведчика глубоко в тыл врага? Ну, в фильмах они берут языка. Только как мне его выманить наружу? Решение нашлось довольно быстро, но я не был окончательно в нем уверен. Что, если искусственное пространство — это остатки инфраструктуры древнего монастыря? Тут мне вспомнилась дата официального изобретения сжатых пространств, и я почувствовал себя увереннее.

— *«Таран»,* — позвал я суб-лейтенанта телепатически.— *Террористы прячутся в искусственном пространстве-каверне. Я имитирую крушение, чтобы выманить кого-нибудь из них. Держи отряд подальше от пирамиды, в углу двора. Меня видно на тактической карте?*

— *Понял тебя, Зор,* — откликнулся морпех.— *На карте вижу, но будет лучше, если ты подключишься к нашему тактическому информационному полю, чтобы мы видели происходящее твоими глазами.*

— *Пока подключаюсь, но потом из каверны не поступит ни одного сигнала. Отбой.*

Заставить вертолет упасть оказалось не так просто, как мне думалось вначале. Стоило выставить регулятор мощности на ноль, как умная автоматика перехватила управление и больше не реагировала на мои попытки регулировать высоту. К счастью, любая техника бессильна перед вредительскими действиями бывшего следователя Летова.

Несколько плазменных зарядов сделали свое грязное дело, и двигатель вертолета замолчал навсегда, истекая огненными слезами расплавленного металла. Авторотации не последовало, так как редуктор тоже пришел в плачевное состояние. Вертолет начал падать, а я поспешил наружу. Повиснув в воздухе, я снял с пояса алхимическую гранату и, качнув в нее немного *темной* энергии для активации, швырнул со всей силы вниз, чтобы она обогнала покалеченную вертушку. При желании, можно было накачать склянку *темной* энергией больше необходимого, и взрыв стал бы еще мощнее, но мне этого не требовалось. Я лишь опасался, что какая-нибудь хитрая противопожарная система не позволит вспыхнуть вертолетному топливу, потому и перестраховался, подготовив небольшой взрыв. Можно было засунуть гранату внутрь салона, но тогда вряд ли от машины что-нибудь осталось бы, а мне требовалось сымитировать натуральную авиакатастрофу.

Внизу полыхнуло жаркое пламя, мгновенно выжигая бамбук и полностью очищая двор монастыря от мусора. Следом за гранатой рухнул вертолет. Внешние стены монастыря удержали пламя, не давая ему перекинуться на джунгли. Мельхиоровая статуя Смерти оплавилась и продолжала деформироваться, все больше напоминая уродливый огарок свечи. Мусор, прикрывавший небольшую пирамидку, также сгорел, обнажив полированный гранит, которому магическое пламя оказалось нипочем. Не желая быть обнаруженным, я стал невидимым для окружающих и принялся ждать в воздухе, когда кто-нибудь любопытный выберется наружу, чтобы лично поглазеть на случившееся.

М-да... вот она, сила древней алхимии. Сейчас маги редко прибегают к ней, и только гномы помнят о магических свойствах химических элементов, используя их в своих разработках. А ведь как все просто и элегантно: пузырек со смертельным отваром, немного энергии для активации «запала» и контакт с воздухом для подрыва. Из чего состоит сам отвар, уже никто и не .вспомнит, а граната работает спустя две с половиной тысячи лет, ничуть не утратив свои великолепные свойства. Мне даже захотелось поискать древние учебники по алхимии... исключительно для мирного использования на кухне.

После недолгого ожидания я наконец-то увидел два ярких пятна биоэнергетической оболочки вампиров, появившихся у самой пирамиды. Я терпеливо ждал, пока они осматривали место происшествия, не торопясь возвращаться. И тут мне в голову пришла идея, как незаметно проникнуть на базу сектантов. Сменив окраску на аналогичную той, которая была у патрульных, я тихо опустился возле пирамиды и сделал вид, что жду их возвращения. Как бы мне это ни претило, но лицо пришлось скрыть под выросшим шлемом.

— Ну, что там?! — требовательным тоном окликнул я их.

— Вертолет разбился. Видать, топлива было до дури, полыхнуло так, что статуя Хозяина оплавилась.

Удивленно открыв рот, я только невольно клацнул зубами, поторопившись его закрыть: поддельные вампиры так же верили в Смерть, как и древние Несущие.

— Лишь бы спасатели толпой не налетели,— нашелся я.

Вампиры подошли к пирамиде. Первый положил ладонь на гранит и исчез. За мгновение до того, как второй успел дотронуться до камня, я легонько коснулся его плеча и переместился вместе с ним.

***

В пирамиде оказалось абсолютно темно. Здесь явно экономили на освещении. В искусственном пространстве вся излучаемая энергия быстро таяла, бесследно рассеиваясь, потому я не видел базу сектантов насквозь магическим зрением. В отличие от местных солдат, я вполне мог заблудиться. Чтобы такого казуса не произошло, я затаился в ближайшем пустом закутке, используемом под склад съестных припасов. Вот тут и пригодились мои шершни, созревшие в наростах на броне. Сорок хищных ядовитых насекомых улетели на разведку, чтобы «нарисовать» подробную карту. Пока они сканировали все помещения, я одним глазом подглядывал за их успехами, а другим просматривал содержимое ящиков, пытаясь отыскать что-нибудь посытнее, чтобы восстановить расход «строительного материала» собственного организма.

Шершни летали как угорелые, но пока не смогли обнаружить большую комнату, в которой держали Селину. Но тут одному особо настырному насекомому все-таки удалось найти узкий вентиляционный ход, ведущий в скрытое помещение без дверей. Это оказалась та самая каменная камера с расписными колоннами, мраморными столами и сферическими светильниками. У одной из стен, оставшейся за кадром во время той записи, стояла некогда «опустевшая» статуя Смерти. Теперь я знал, что это часть древнего монастыря, которую сектанты умудрились затащить на свою базу. Когда-то здесь проводилась трансформация последователей культа, пожелавших измениться навсегда. В зале находились двое. К моему бескрайнему удивлению, один из них был орком, а второго я уже встречал. Им оказался инструктор по рукопашному бою Горн Мастов. Маги о чем-то спорили, и я с радостью прислушался к их разговору, транслируемому шершнем...

— Сой, отдай ее мне! — требовал пьяный Мастов.— Я хочу отомстить!

— Обойдешься! — Голос орка, несомненно оказавшегося тем самым Скароном, про которого рассказывал магистр Буддарх, громом ударил по ушам.— Ты и так уже наворотил бед! Зачем только я тебе дал копию дистрибутива? Сначала художник, а теперь и сам Летов. Если бы я вовремя не вмешался тогда в парке, близнецы из ИСБ сцапали бы тебя и разобрали твою память, как когда-то поступили с матерью! Ты не мог проделать все это аккуратнее?

Я так и обомлел, услышав упоминание о близнецах. Скарон говорил об архимаге Гайт! Неужели они были тогда в парке? Но почему тогда они бросили меня, зараженного вирусом?! Злость была плохим советчиком, и я поторопился вернуться к своей первоочередной проблеме...

— Не мог! — огрызнулся Горн заплетающимся языком.— Я хочу отомстить! Я поклялся уничтожить Летова!

— А жена его при чем? Мы должны не мстить, а следовать целям «Щита мага»! — Скарон несколько раз глубоко вдохнул-выдохнул, приводя эмоции в порядок.— Горн, я обещал твоему отцу позаботиться о тебе, пока ты окончательно не повзрослеешь и не набьешь себе шишек, но ты уже не мальчик... пора самому отвечать за свои решения. Твои действия ставят под угрозу существование нашей группы. К счастью для тебя, мои братья не знают о твоих ошибках. Иначе головы снимут нам обоим. Иди, проспись.

Разрешения спора так и не последовало, потому что обиженный Мастов с недовольным видом покинул зал, переместившись на «маяк». Оставалось дождаться, когда Селина останется одна, и выкрасть ее из рук похитителей. Посадив шершня наблюдать за залом, я поспешил по темным коридорам в комнату Мастова, где он продолжал напиваться в одиночестве. Поспешил — это сильно сказано, так как перемещаться приходилось «со скоростью основного потока», чтобы не привлекать внимания. Вампиры хоть и находились под чужим контролем, но логику вполне сохранили.

Надо сказать, что во всей пирамиде обнаружилось всего двое людей, а остальные оказались вампирами, но их насчитывалось безумно много, около полутора тысяч. Это где же они столько жертв набрали?

Рукопашник сидел в своей каморке, освещенной старинным сферическим светильником, и допивал остатки вина, задрав бутылку донышком вверх. Хитиновая игла выстрелила прямо с моего предплечья, надежно парализуя врага, а я мстительно ударил по бутылке, вгоняя ее в глотку молодому магу. За моей спиной возник светозвуковой барьер, выставленный совершенно рефлекторно, чтобы не привлекать лишнего внимания вампиров.

Бутылка выпала изо рта вместе с зубами, а Мастов свалился на пол, изрыгая красноватую жижу. Схватив его за волосы, я усадил мерзавца на кровать, прислонив спиной к каменной стене. Он почти не мог шевелиться, делая простые неосмысленные движения. Колдовать он не мог тем более, так как способности Несущего Смерть оказались похожими на те навыки, которыми владеют адепты Ордена Ланы Милосердной, верующие в Жизнь, и биоэнергетика мага больше не слушалась своего носителя.

Я мельком осмотрелся. Стены хранили в себе память об обработке плазмой, как и все коридоры внутри пирамиды, но здесь они прятались за дешевыми коврами, развешенными с варварской небрежностью: чувствовалась нехватка женской руки. Небольшой стол, стул и узкая кровать завершали убранство комнатушки. Спортивная тренерская сумка валялась у кровати и говорила о той поспешности, с какой Мастов отправился в бега.

— Ну, здравствуй, животное,— выдавил я из себя и присел на стул, поставив его перед Мастовым.

Почему-то мне не хотелось убивать его просто так. У многих граждан погибли родственники во время штурма базы на Тисете, но они не выстраивались в очередь, чтобы отомстить лейтенанту Летову. Месть порождала месть...

— Кто ты? — пробулькал кровавыми пузырями Горн, постепенно начиная трезветь.— Это Сой, сука, все же решил меня убить? Вряд ли...

Хитиновый шлем начал расползаться в стороны, чтобы маг смог рассмотреть мое лицо. Глаза Горна полезли из орбит от удивления, а все его тело скорчилось, когда он попытался схватить меня за горло.

— Ну что, страшно, когда творение твоих рук смотрит на тебя плотоядным взглядом? — Я хищно улыбнулся, предвкушая свою месть.— Ну расскажи мне, чем это тебе не угодил следователь Летов? Что он тебе сделал?

Он перестал дергаться и замер. Ненавидящий взгляд вдруг потух и сменился каким-то стеклянным и невыразительным, словно обреченный Мастов смирился со своей участью. Так как маг не мог себя контролировать, по его щеке потекла горькая слеза. Я даже растерялся от такого поворота.

— Ты виновен в смерти моей матери,— кое-как выдавил он изменившимся голосом сквозь ком горечи в горле.— Тина Агерова — моя мать. Скорее всего, она еще жива и медленно гниет в вашей камере смертников. Я не мог этого перенести...

Беззубый рот Мастова выговаривал слова с большими искажениями, и я с трудом его понимал.

— Агерова?! — выпалил я.— Тина Агерова — твоя мать?!

— Да, но об этом никто не знал, и об этом нет никаких записей.

Я в ужасе схватился за голову. Угораздило же меня вляпаться в историю с кровной местью... Новые чары потекли через иглу в тренера, чтобы принудить его к сотрудничеству.

— Я прощаю ту физическую боль, которую вы мне причинили, заразив своим вирусом, но похищения Селины я простить не могу! — Я отдал мысленный приказ, и по нервной системе Мастова ударила боль.— Теперь ты знаешь, что испытывают ваши жертвы. Я могу убить тебя быстро, а могу оставить корчиться от боли. Все зависит от того, что ты мне расскажешь!

Новый импульс резкой боли скрутил Мастова, несмотря на паралич.

— Сначала ты расскажешь мне все, что знаешь о Сое и его маленькой армии,— потребовал я.

Мастов согласно кивнул и заговорил:

— Хватит боли... Он хочет возродить древний культ Смерти, некогда существовавший на Олерских островах. Откуда-то у него появился первоначальный вампирский дистрибутив, который он изменил под свои цели. Сой верит, что если он начнет говорить с Жизнью или Смертью, то станет сильнее любого грандмага и сможет стать лидером секты «Щит мага». С Жизнью у него уже не получилось, и его даже изгнали из Ордена Ланы, вот он и наращивает себе армию, верующую в него, как в Смерть.

Мне почему-то вспомнились слова Буддарха, и стало понятно, что Скарон пытается стать богом, силой заставляя свои жертвы верить в него. Но разве можно заставить верить насильно? Да и несколько тысяч последователей роли не сыграют... К тому же, будет ли вообще толк от такой искусственной веры? Насколько я понимал, для настоящей религиозной веры требовалась молитва, родственная медитации, а души вампиров были уже не способны на это... Скорее всего, это Мастов что-то напутал.

— Откуда они берут людей для армии?

— Похищают из разных городов Хинлаугана и переправляют на «маяк», наложенный на статую в монастыре,— Мастов приноровился говорить беззубым ртом, и его речь стала понятнее.

— С кем-нибудь из других сектантов он поддерживает связь? — продолжил я допрос, вспомнив о должностных обязанностях следователя.

— Да, но изредка. Он скорее воин-одиночка. Сой вообще необычный: единственный орк в Ордене Ланы, в котором на одну тысячу сестер приходится всего один мужчина.

Да уж, интересный лекарь. Теперь я лучше понял самодовольство Буддарха, хваставшегося тем, что свернул челюсть Скарону. Похоже, настало время свернуть ему шею... но сначала надо было до конца решить вопрос с горе-мстителем.

— Что это за база?

— Исследовательская и резервная, на непредвиденный случай. Ее построили по просьбе Скарона.

— Кто принимал участие в похищении моей жены?! Рассказывай.

...Поначалу Мастову нравился его план. Заразить Кай'Ана вирусом с подправленными императивами и модифицированными директивами оказалось проще простого. Через своих коллег Скарон нашел информацию о нашей новой квартире, и Мастов, скрытно пробравшись в нее, подкараулил и похитил Селину, без спроса спрятав на базе секты. Это понравилось не всем. Вскоре до Скарона дошли слухи о поимке Кая. Еще раз все взвесив, похититель решил перестраховаться и моими руками уничтожить память эльфа, чем только сделал себе хуже, так как привлек лишнее внимание к свой персоне. Последней глупостью тренера стала встреча со мной в парке. Он пришел один, но предупредив об этом орка. Когда мне удалось парализовать Мастова, на его «маяк» мгновенно прибыл Сой Скарон. Он подобрал раненого товарища и вовремя успел почувствовать приближение близнецов Гайт, крадущихся по парку. В надежде, что мое заражение отвлечет архимага, он запустил вирус и поспешил скрыться...

Почему Гайт поступил так подло, оставалось для меня загадкой. Вкупе с его поступком обращение Воронова смотрелось весьма фальшиво. Неужели Гайт ожидал, что я стану вампиром и приведу его к Хозяину? Наверняка архимаг видел память Кая. Так что вполне возможно... В принципе, мне все стало понятно. Секта еще существовала, но ИСБ все равно рано или поздно до них доберется, читая память всех подозреваемых. Мне же оставалось забрать жену.

— Прощай, мразь,— процедил я, и враг, по моей мысленной команде, переданной на воткнутую иглу, уснул навсегда...

Его тело еще жило, как и душа, и я собирался этим воспользоваться. Сорвав с пояса очередную гранату, я вложил ее магу в руки. Облегченный вариант «душегуба» начал переваривать душу Мастова, чтобы перекачать всю ее энергию без остатка в алхимическое оружие. Замкнув энергетические контуры на гранате и установив заклятие-взрыватель, я встал перед раскинувшимся на кровати магом.

— Мразью жил, мразью и помрешь...— произнес я напоследок.

Вполне возможно, что в иной ситуации или не будь я сам участником событий, я бы мог даже пожалеть Мастова, но меня не учили прощать убийц...

***

Скарон все еще оставался в центральном зале, сидя на огромном каменном троне, больше похожем на обычное кресло. Скорее всего, именно оттуда он управлял своей армией и всей пирамидой, поэтому и не торопился уходить. Меня бы это особо не беспокоило, будь моя Селина дома за плитой или на тренировочной дорожке, а не на холодном каменном столе, словно подопытная мышка.

Как раз настало время для подготовки моего отхода. Лучше всего для этого подошли алхимические гранаты. Спрятать их в стене не составило труда. Кулак с легкостью плавил гранит, оставляя удобную выбоину для закладки. Качнув в отвар *темной* энергии, я осторожно клал склянку и запечатывал ее тонким магическим барьером, скрывающим гранату от любопытных глаз. По моей команде можно было взорвать любую из них. Все свои импровизированные мины я разложил на перекрестках, чтобы обеспечить максимальное поражение войск противника. Мне никогда не доводилось самому участвовать в боевых операциях, но логика подсказывала действовать именно так, и я очень надеялся, что поступаю верно, так как от правильности проделанного зависела жизнь Селины.

От идеи использовать вампиров в качестве живых бомб я отказался, так как не был уверен, что Скарон не обнаружит такое грубое вмешательство в его владения. Кто его знает, вдруг все вампиры замкнуты на один управляющий контур на случай обороны? Помрет один, а всполошатся все разом...

С помощью своих шершней я уже узнал, где находится самая тонкая стенка между залом для трансформации и одним из центральных коридоров. Но я еще не решил, каким образом попаду внутрь. Можно было взорвать стенку, быстро ворваться внутрь и потом с боем прорываться наружу. Ну с помощью своих мин я мог сильно проредить местный гарнизон, но что бы я стал делать снаружи, перейди бой во двор монастыря, где я тут же лишился бы своего преимущества в узких коридорах? Я терпеливо ждал, пока Скарон не закончит свою работу в зале. То, что он когда-нибудь пойдет спать, мне даже не приходило в голову. Вряд ли бывший адепт Ордена Ланы Милосердной вообще нуждается во сне.

Это был странный маг. В Гильдии Магов орков, мягко говоря, не жалуют. Барьеры для этого стоят вполне законные — административные. Хочешь стать членом профсоюза? Докажи, что владеешь определенными способностями, и получи свой медальон с перевернутой пентаграммой. Как правило, орки сыплются на экзаменах по физике пространства, когда от теории требуется перейти к практике. Так что из них редко получаются прыгуны на координатные «маяки» и создатели магических «карманов». Даже эту пирамиду делал не сам Скарон, а кто-то из его друзей по «Щиту мага», но меня совсем не интересовали его подельники: я пришел за Селиной.

И вот мне наконец-то повезло, Скарон куда-то телепортировался. Не было никакой уверенности, что надолго, и я не стал терять времени даром, хотя морально оказался не готов, несмотря на нетерпеливое ожидание сего момента. Плазма позволяла самым тихим способом проникнуть по ту сторону стены, но высокая температура могла привлечь внимание. Ультразвуковой резонанс мог раскрошить породу, но уши вампиров и орка точно услышали бы даже этот сверхвысокий для человеческого уха звук. Больше ничего в голову не приходило, и я решил проплавить проход. Проведя пальцем по стене, я чарами нарисовал на ней прямоугольную рамку, которая должна была в одно мгновение вспыхнуть и передать энергию камню, испарив его в местах соприкосновения. Тяжелый каменный блок толщиной в локоть упал на торец, сохранив равновесие и оставшись в проходе. Осторожно, не поднимая шума, я внес его вовнутрь, удерживая телекинетически, и оставил у стены.

На всякий случай я раскрыл шлем, чтобы Селина могла сразу узнать меня. Дрожа от радостного возбуждения, я буквально подлетел к ней, лежащей на мраморном столе, который, к счастью, оказался теплым. Магическим зрением я видел, что внутри ее ауры прячется еще одна, пока еще маленькая и беззащитная, не оформившаяся до конца.

— Селина...— зашептал я.— Сейчас... Погоди только.

Какие-то заклятия удерживали ее в бессознательном состоянии. Мне оказалось легче разорвать эти сонные путы, чем разобраться в их устройстве и расплести по всем правилам. Благо способности Вестника давали мне огромное преимущество не только перед обычными Несущими или поддельными вампирами, но и перед некоторыми магами.

Чары разрушились, но Селина все еще спала. Я боялся нарушить ее покой. Тут она смешно поморщила носик и сменила позу, продолжая нагло дрыхнуть. Не берусь претендовать на лавры принца Элизея, поцелуй которого был настолько сказочно блаженным, что мог разбудить и мертвую, но, как поутру поднять с кровати свою солнечную зайку, я знал лучше всех. Вообще, я знаю три таких способа для самых упрямых сонь: ногой с постели на пол, водой в лицо из черпачка и третий, самый любимый и единственно допустимый в отношении Селины,— нежно, с чувством, покусывая за ушки...

— Зор,— прошептала она сквозь сон и обхватила меня руками,— мне снился ужасный сон.

— Вставай,— также шепотом произнес я.— Нам надо еще сбежать из твоего сна, а то меня в него тоже затянуло.

Она открыла глаза и заспанным (еще бы, столько дрыхнуть!) взглядом посмотрела на меня.

— Значит, это не сон...— Она тяжело вздохнула и начала подниматься со стола.— Я сквозь сон слышала многое, но мне казалось, что это все мне снится. Теперь мне кое-что становится понятно. Какие на тебе странные доспехи...

Я вцепился в нее покрепче, но со всей осторожностью, боясь раздавить, не рассчитав силы. Наконец-то я отыскал Селину... но теперь я должен был вывести ее с базы сектантов. Сердце стучало, словно бешеное, и я еле сдерживал свои эмоции. Даже Селина контролировала себя куда лучше, боясь привлечь внимание.

— Не беспокойся, мой хороший,— она начала успокаивающе гладить меня по голове.— Почему-то я больше не чувствую твоих эмоций, но верю, что ты все сможешь. У тебя все получится.

Быстро же она заметила во мне изменения. Самое удивительное, что она так хорошо меня знала и понимала, что даже по малейшему изменению лица могла читать мое состояние, не ощущая моих эмоций. Я положил руку ей на живот и подмигнул.

— Нам надо бежать,— зашептал я, протягивая ей позаимствованный коммуникатор гнома-смотрителя и «Оксид».— Мы на одной из баз остатков секты «Щит мага». Вот, возьми его. Снаружи нас ждет отряд морских пехотинцев графа Олерского, но ребята слишком сильно жаждут подвигов и воинской славы... Как только окажемся снаружи, вызывай Стражу и ИСБ. Боюсь, что у меня не будет времени отвлекаться на звонки: поработай секретарем, мое ушастое солнышко.

Селина фыркнула, услышав очередное упоминание ее чудных ушек, и спрятала мобильник в одежде, а оружие вполне профессионально засунула за пояс. Да, она у меня не только вкусно готовит и носит титул чемпиона континента по фехтованию, но и стрелять умеет, и не только глазками. Настоящая женщина имперского Стража!

— Когда-нибудь договоришься у меня, и я избавлюсь от них. Или сделаю помясистее, как у орков или гномов,— при этих словах она хитро прищурилась.

— Ты же знаешь, что я все равно буду тебя любить больше жизни,— заверил я ее и снова обнял, закрывая рот поцелуем.— Идем, некогда болтать!

Все произошло очень быстро, но я не сомневался, что вот-вот Скарон почувствует пропажу пленницы или разрушение сонных чар. Мы буквально бежали по коридорам, держась за руки. Хорошо еще, что все проходы в пирамиде оказались шириной в сажень, так что можно было не бояться случайно зацепиться о стены. Несколько раз нам встретились вампиры, но они лишь уступали дорогу и ворчали, что пожалуются Хозяину на такое неподобающее поведение. Видимо, все зависело от состояния их мозгов в прежней жизни. Не все имперские обыватели обладают такими полезными качествами, как сообразительность, инициативность, эрудиция и смекалка. Лишь однажды мне пришлось атаковать вампира, решившего встать на моем пути. Мощный телекинетический импульс расколол его броню и разрушил тело ударной волной. Мне осталось лишь воткнуть когти в прыткого неудачника, чтобы «душегуб» вырвал из него жизнь навсегда.

Мы не успели добежать до вершины пирамиды, где находился выход, как сработали сигнальные чары. Но впереди не было никого, кто мог бы нас задержать, а снаружи ждали свои. Скорее всего, Скарон узнал о побеге, почувствовав утрату того самого вампира, которого я мимоходом уничтожил, а может, и просто вернулся в зал управления.

— Надо поторапливаться! — выкрикнул я, ставя позади нас защитный барьер, перекрывающий проход.— Я вижу, как орк вернулся в зал! Ох и злой же он!

Селина бежала легко и непринужденно, но я и вампиры в любом случае были быстрее нее, однако мне, понятное дело, приходилось придерживаться скорости жены. С ее темпом мы не успели бы выбраться наружу — нас настигла бы погоня.

— Так! — остановился я, мгновенно принимая решение.— Сейчас я сделаю физический фантом. Не удивляйся. Оставим его здесь, чтобы он прикрыл наш отход.

Сделав шаг вперед, я оставил на прежнем месте своего двойника. Мы одновременно повернулись к ней.

— Пошли, зайка! — Двойник схватил Селину за руку.— Фантом не сможет надолго их остановить.

Смотря вслед обманутой жене, я довольно улыбался, тихо радуясь своей маленькой хитрости. Она не дала бы мне остаться и обязательно встала бы рядом.

Присмотревшись к обстановке с помощью шершней, я подорвал первый боеприпас в комнате Мастова. Никакой тряски я не почувствовал, потому что гравитация здесь имела другие свойства, но в магическом спектре сверкнуло так, что все, кто смотрел на мир распахнутыми глазами, на какое-то время зажмурились. Огонь бежал по коридорам, вспыхивали новые мины, и вся пирамида выгорала изнутри. Каменные стены оплывали, заливая расплавом пол. Сквозь собственный гравитационный барьер я видел, как расплавленный камень потек вниз, выгоняя выживших вампиров из нор, как потоп выгоняет насекомых из всех щелей. Шершни сгорели первыми, но и не все вампиры смогли выдержать такое пекло, особенно после взрывов, когда ударная волна сильно их потрепала. Подозреваю, что многие из них попросту еще не набрались сил и находились в полуголодном состоянии. Откуда же тогда возьмется энергия на силовые поля? В условиях искусственного пространства все остывало очень быстро, словно в космическом холоде, но не до абсолютного нуля, а до той температуры, которую задал создатель пирамиды. Уверен, что без архимага тут не обошлось.

Дождавшись, когда все остынет, я проскользнул сквозь барьер и пошел искать Скарона. Как новый Вестник, я не мог уйти оставив живым лжехозяина. Нужно было убедиться, что орк умрет наверняка, а не сбежит через какой-нибудь запасной выход.

— *Скарон*! — заорал я мыслесвязью, шагая по деформировавшимся коридорам.— *Я иду за тобой!*

— *Жду тебя в центральном зале, кто бы ты ни был!* — ответил разъяренный орк.

И тут я ответил нарочно громко, чтобы услышали все в пирамиде:

— *Я* — *лейтенант Зор Летов, муж похищенной Селины Летовой... бывший следователь Стражи Порядка, Вестник Смерти и настоящий Хозяин ВСЕХ вампиров, которые меня сейчас слышат!*

Орк не ответил, но я почувствовал его страх и любопытство выживших вампиров. Я буквально ощущал, как их ментальные «лучики» пытались нащупать меня, чтобы установить контакт. Но нельзя мне было оставить их живыми. Я чувствовал, что Смерть не одобрит в рядах Несущих таких инвалидов, искореженных чужой волей.

Хоть я и ожидал ловушек со стороны Скарона, но не встретил их, что было очень нетипично для орков, у которых военная хитрость буквально в крови. Скорее всего, магия выгорела при взрыве алхимических гранат. В зале собрались все выжившие вампиры, числом не более пятидесяти. Видать, самые стойкие и сытые. Они терпеливо ждали вдоль стен, когда мы решим между собой, кто же настоящий Хозяин. Я это понял каким-то новым чутьем. А еще я чувствовал, что Скарон в любой момент может их отключить, отдав команду внутреннему указчику. Основательно же он перепахал древнюю программу...

Скарон злобно сверкал глазами и стоял, вооруженный огромной эльфийской саблей, в другой руке он держал тяжелый щит. Из брони на нем был современный экзоскелетный доспех из композитных материалов. Даже зачарованным кончаром такой пробить нелегко...

С моей руки, словно солнечный протуберанец, сорвалась плазменная плеть и беспомощно хлестнула по броне. Следом сверкнула ослепительная молния, но также бесполезно уперлась в выставленную руку. Прямые атаки на орка практически не действовали. Его магия, направленная внутрь собственного тела, позволяла защищать себя от многих агрессивных воздействий.

— Ну что, кузнечик, выходит, пришло твое время,— уверено произнес он.— Не думаешь же ты победить меня в рукопашной схватке? А твоей магии, как ты убедился, я и подавно не боюсь.

От слов он перешел к делу, шагнув навстречу. Это был настоящий боец, экономивший время на пустых фразах и тративший его на действие. Я сжал ладонь и почувствовал, как она наполняется рукоятью меча. Длинный призрачный клинок вырос в руке: тонкая невидимая струна выдавала себя мягким излучением элементарных частиц, на которые раскладывались атомы воздушной смеси. «Коготь Хаоса» ускорял течение своего внутреннего времени до бесконечности и при этом превращал любое вещество в чистую энергию. Злая игрушка... В моей левой руке начал расти толстый хитиновый овал. Слишком поздно я вспомнил про защиту и не успел нарастить ее основательно, поэтому первый удар орка пришелся на еще тонкий щит. Вампирская магия выдержала атаку зачарованного клинка, поглотив всю кинетическую и *темную* энергию. Я не спешил отвечать, выгадывая момент, и старательно держал дистанцию. Орк сделал подшаг, на миг вскочил на каменный стол, чтобы ударить меня в падении, вложив в удар как можно больше силы. Нечего было и пытаться отразить такой удар, поэтому я благоразумно увернулся, а на моем месте в граните осталась глубокая длинная выбоина и узкий след от кромки лезвия. По клинку Скарона пробежала волна магического пламени, восстанавливая затупленное оружие. Он явно осмелел и еще уверенней двинулся в атаку.

— Поверь, щенок, у меня была возможность попрактиковаться на своих вампирах. Так что я знаю все ваши способности. Хотел бы я только знать, как ты обошел мои блоки?

— А я хотел бы знать, почему никто не остановил Мастова?

— Да кто бы стал заботиться о тебе, храбрый «мусоренок»? Не он, так кто-нибудь другой все равно взялся бы тебе отомстить,— в голосе орка появилось беспокойство.— Горн жив?

В ответ на моем лице появилась довольная ухмылка, за которой тут же последовала серия ударов резко ускорившегося Скарона, но я снова легко ушел от них, чем сильно удивил мага. В конце его связки я не сдержался и ударил по «провалившемуся» по инерции сопернику. Орк успел выставить блок, но «Коготь Хаоса» даже не заметил преграду, отсекая руку вместе со щитом. На полу остались обугленные части защиты и обрубок руки до локтя.

— Недурно! — азартно выкрикнул он и злорадно продолжил: — Плевать, даже если ты окажешься сильнее, тебя не примут свои же! Разберут на запчасти, как обычного вампира!

Рука орка начала быстро регенерировать. Ни капли крови не упало на камни пола.

— Мне тоже плевать! — Теперь я пошел на него, заставляя отступать.— Я уже вошел в историю, я оставлю после себя новую жизнь. Что останется после тебя, когда ИСБ вырежет все твое потомство?!

Удар пришелся по самому больному месту, глаза Скарона налились кровью, но не успел он взорваться в атаке, как мой новый удар сломал его саблю, оставляя вместо ровной линии среза оплавленные края. В ответ сектант решил попробовать хитрую магию Ордена Ланы Милосердной, но на меня она вообще не подействовала, а обычной боевой магией я бы и сам его удивил, не будь орочий организм так хорошо защищен от нее.

— Значит, мы умрем вместе и сейчас! — выкрикнул он, кругами отступая от меня по залу вдоль стен.

Я почувствовал, как начали изменяться наблюдавшие за нами вампиры. Они замерли без дыхания, а их переработанные души стали еле заметно меняться.

— Решил взорвать здесь все, превратив их в живые бомбы? — усмехнулся я, срывая последнюю гранату.— Не выйдет!

Плеснув как можно больше *темной* энергии в склянку, я подбросил ее вверх и разбил телекинетическим импульсом фугасного заклятия, едва успев закрыться «абсолютным зеркалом». Что творилось за пределами «абсолюта», я, конечно, не видел, но, досчитав до пяти, снял защиту. От вампиров не осталось и следа, только энергетические кусочки их аур еще плавали в выгоревшем воздухе. Дышать стало тяжело, но броня начала фильтровать вредные газы. Маг Скарон выжил, но выглядел ошарашенным и потрепанным, словно его защита справилась не до конца. Не дожидаясь, когда он придет в себя окончательно, я отбросил щит и рванулся к нему, чтобы схватить за горло. Закованные в хитиновую броню пальцы заканчивались трехгранными остриями, которые легко вонзились в незащищенную магией плоть. Парализованный противник медленно опустился на колени под собственной тяжестью.

— Хозяин может быть только один,— произнес я и развалил орочье тело на две половины.

Я бойко шагал по темным оплавленным коридорам и прикидывал, что надо взять с собой на первое время. Для начала я думал прикарманить какую-нибудь статую Смерти... на память. Теперь можно было не торопиться, но я вспомнил о том, что мне стоит дать деру от своих бывших коллег и сотрудников ИСБ. Новые способности позволяли скрыться в любом из миров и начать новую жизнь, только культ следовало возродить здесь, на Хинлаугане. На душе стало намного легче и спокойнее, несмотря на то что меня ждало впереди, так как Селина была жива и свободна. К сожалению, я не мог покинуть базу иначе как через вершину пирамиды, а наверху, как я видел своим магическим зрением, уже суетились резвые омоновцы, заполонившие весь внутренний двор древнего монастыря и оттеснившие графских морпехов. Настало время сдаваться в руки правосудия, но я наделся на маленькую хитрость с подменой ауры. Я ведь мог, словно оборотень, снова превратиться в прежнего Летова, что я и поспешил сделать...

Вышел я, уже частично избавившись от хитиновых доспехов, чтобы скорые на расправу бойцы не успели расстрелять меня, прежде чем в их головах появятся разумные мысли. Остальная броня потихоньку отклеивалась от кожи, отваливаясь небольшими чешуйками.

— Летов, стоять! — зарычал клыкастый омоновец, наведя штурмовую винтовку.— На колени! Руки за голову! Не колдовать, а то пристрелю!

Я послушно выполнил его приказы, а сам тем временем осматривал происходящее вокруг, надеясь, что не увижу здесь Селину. Зачем ей смотреть на меня в таком жалком состоянии? К моему великому сожалению, она пока оставалась во дворе монастыря возле одного из приземлившихся левитаторов. Маг-лекарь внимательно осматривал ее, а рядом с ней находились еще двое бойцов из отряда «Трайхан», судя по их шевронам. Здесь же присутствовали уже знакомые мне близнецы Гайт, одетые на этот раз в доспехи ОМОНа. Я посмотрел на них долгим пристальным взглядом, привлекая внимание, но близнецы стыдливо отвели глаза, словно не видели меня. Вот уж кого я точно не ожидал тут увидеть, так это старшего инквизитора Воронова, все так же сохранявшего невозмутимость и носившего легкую улыбку на лице и черный деловой костюм на себе, на который, между прочим, не садилась ни одна пылинка. Ну, всегда приятно увидеть знакомые лица, да еще если это такие достойные люди, как Воронов или... К Гайт у меня появились вопросы, которые бы им не понравились... И вдруг, благодаря новым способностям, я увидел, как архимаг отдавал приказ двум эльфам-операторам спровоцировать меня игрой в мяч, используя голову Кай'Ана! Я видел, как он бросил меня в парке, надеясь по моему следу выйти на Хозяина! Мне осталось только покрепче стиснуть зубы и набраться терпения...

Тут омоновец, державший меня на прицеле, рванул когтями еще не отвалившийся от руки наплечник. Кожа вспыхнула неприятной жгучей болью, и я даже зашипел, выражая так свое недовольство.

— Ты мне еще повыпендривайся! — проорал орк и саданул меня прикладом по голове, повалив на землю.

Ничего страшного, лишь бы Селина не увидела... Я мельком глянул на нее внутренним зрением и обомлел: она все видела!

Даже я не смог бы предсказать действия своей жены, но то, что она сделала в следующий миг, удивило всех. Ох уж эти женщины... Селина выхватила из-за спины «Оксид» и, воткнув ствол в брюхо ближайшему омоновцу, выстрелила. Переведя оружие на соседнего бойца, она снова нажала на спусковой крючок. Второй «гоблин» не успел отбить пулю, с легкостью пробившую защиту на такой малой дистанции. Селину надо было остановить, так как пистолет был заряжен особой обоймой, в которой третий патрон в очереди нес в себе смертельный «душегуб». Стрельбу парализующими пулями ей бы простили, учитывая свойственную ей эмоциональность и пышнешнее состояние, а вот случайное убийство сотрудника при исполнении — никогда! Она ведь не знала про смертельные патроны и не думала, что сможет убить бойцов. Ох уж эти женщины... Когда они действительно любят, понять их еще сложнее.

— Селина, нет! — заорал я что есть силы.

А она тем временем выхватила меч из ножен на спине согнувшегося пополам омоновца, а другой рукой уже целилась в того, который ударил меня прикладом. К счастью для жены, не растерялся лекарь и вовремя успел остановить ее, парализовав быстрым заклятием. Селина застыла, так и целясь в орка, но тут откуда-то из недр левитатора выскочил запоздавший герой и ударил ее прикладом по голове.

Весь разум мгновенно смыло волной злости, и я вскочил с земли. Тонкая игла воткнулась бойцу в подбородок, и орк начал оседать на землю, а я подхватил его штурмовую винтовку.

Тут эфир наполнился нечеловеческой яростью, словно на смену легкому ветерку налетел тайфун, и я перевел взгляд на источник этой злости. На меня смотрел разъяренный инквизитор Воронов. Это было последнее, что я увидел, перед тем как он вскинул руку, останавливая время...

Эпилог-послесловие

В маленьком уютном кабинете царили тишина и спокойствие. Его хозяин сидел за столом, скрестив руки на груди, и строчил отчеты для начальства. Кнопки на клавиатуре сами нажимались под действием телекинетической силы мага. Клавиатура была старинная, так как на современной сенсорной такой фокус не прошел бы. Рабочий день подходил к концу, но хозяин кабинета не спешил собираться, отдавая себя работе с головой. К тому же дома его никто не ждал, так что торопиться было некуда. Вдруг его отвлек деликатный стук в дверь.

Маг посмотрел на часы, висевшие на стене, и совершенно нейтрально произнес:

— Войдите.

Дверь открылась, и порог переступил невысокий немолодой мужчина с короткими белыми волосами, одетый в простую повседневную одежду. Закрыв за собой дверь, он уставился своими серыми глазами на хозяина кабинета, словно целился в него.

— Здравствуйте, старший инквизитор Воронов,— жестко произнес он.

Маг насторожился и присмотрелся к гостю внимательнее, сканируя его ауру. С каждой секундой глаза мага все больше расширялись от удивления. Еще бы! Даже войди сюда Император или кто-нибудь из спикеров Верховного Совета, он и то не так удивился бы.

— Стальное Сердце...— выдохнул он, поднимаясь со своего кресла. Под его взглядом гостевой стул

372

отодвинулся, словно приглашая вошедшего присесть.— Адмирал Мархуз, это большая честь — видеть вас в моем кабинете. Кофе, чай, какао?

Услышав свое прозвище, адмирал недовольно поморщился.

— Кефир,— коротко и на полном серьезе ответил гость, присаживаясь напротив.— И запомните, я давным-давно в отставке, так что теперь я просто Теорон Мархуз граф Олерский.

— У нас в ИСБ нет кефира,— ответил растерянный Воронов.

— Ну тогда ряженку,— так же спокойно ответил древнейший адмирал, по-хозяйски кладя руки на стол.

Догадавшись, что следующим пожеланием станет такой дефицитный продукт, как простокваша, инквизитор отдал приказ офисному джинну слетать за кефиром.

— Сейчас будет кефир,— довольно пообещал Воронов.— Чем обязан визиту столь уважаемого человека?

Еще бы Воронов не суетился перед графом! Национальный герой собственной персоной в его кабинете! Хоть сейчас делай фотографии и потом выкладывай в социальных сетях, чтобы все коллеги от зависти лопнули! Адмирал Мархуз пользовался огромным уважением по всей Империи Хинлау и был немного старше самого грандмага Тергона, первого принца Империи. О нем знал каждый ребенок, его именем были названы один проспект, три улицы и концертный зал. Его именем назвали даже целую колонию... Если бы нити какого-нибудь расследования привели к адмиралу как к подозреваемому, то даже архимаг Воронов отказался бы полностью сканировать его память, хотя бы потому, что побоялся бы сойти с ума от такого объема информации и пережитых эмоций. Он бы оставил эту работенку начальству... такому же известному и именитому.

— Помните некоего Зора Летова? — спокойно спросил Олерский, но инквизитору показалось, что на него зарычали.— Того самого, который в одиночку нашел одну из баз секты и даже уничтожил ее.

— Да,— выдохнул маг.

— Того самого лейтенанта, который выполнил вашу работу, который спас свою беременную жену и совершенно спокойно сдался бойцам «Трайхана»,— продолжил давить граф, буравя при этом Воронова своими стальными серыми глазами.— Его жена сейчас сидит у вас в коридоре. Эта храбрая женщина почти полтора года обивает пороги различных инстанций, добиваясь реабилитации своего мужа.

По спине Воронова пробежал холодок. Не то чтобы он кого-то боялся или мог быть уличен в чем-то противозаконном, но совесть инквизитора не была кристально чиста. Последние полтора года он постоянно помнил об этом, и совесть, ничуть не стесняясь, грызла его чувства. Он глянул магическим зрением сквозь стену и увидел сидящую на стуле госпожу Летову. Она кормила ребенка грудью и тихо напевала ему олерскую колыбельную, ставшую популярной по всей Империи: «Ты расти, мой сынок, // будь и силен, и высок. // Будь здоров, как твой отец, // будь такой же молодец. // Храбрым будь, как папа твой, // не давай врагам покой. // Умным будь и будь здоров, // ты расти, мой паренек...» Песня пелась абсолютно произвольно, в ней не было канонического текста. Главный упор делался на то, чтобы мать несколько раз в день напевала, что ребенка ждет успех, если он будет трудолюбив и напорист, честен и смел...

— Помимо этого вы неоднократно отказывали Селине Летовой в свидании с мужем, ссылаясь на тайну следствия, но я думаю, что пришло время покончить с этим безобразием,— граф извлек из кармана куртки какой-то документ, отпечатанный на официальном бланке с гербовыми знаками.— Извольте ознакомиться.

Воронов положил перед собой решение Суда Верховного Совета и принялся его изучать. В нем говорилось о том, что, на основании полученной в ходе следствия информации, с лейтенанта Зора Летова снимаются все обвинения, и он восстанавливается в гражданских правах за недоказанностью обвинения в вампиризме, выдвинутого со стороны ИСБ. Внизу стояли магические подписи Императора и четырех спикеров, заверивших этот документ.

Архимаг вздохнул с облегчением, но совесть снова провела когтями по душе. Ему было чего стыдиться...

— Хорошо, что вы лично занялись этим вопросом и помогли бедной госпоже Летовой,— произнес он и продолжил, словно на исповеди: — К сожалению, я не мог сделать этого сам, хотя, если быть честным, не очень и хотел... Наверное, только вам я и могу сказать правду... Мы знаем, что лейтенант разговаривал со Смертью и получил от него огромный дар. Мы пытались уговорить стража показать нам другое состояние души, но он не желает сотрудничать с нами. В этом, конечно же, виноват я, и только я. Это я руководил действиями архимага Гайт... Пойдемте. И пригласите с нами госпожу Летову.

Воронов встал из-за стола и вышел вместе с адмиралом из кабинета. Он отвел их на последний подземный этаж в здании ИСБ, где находились самые мрачные в мире подвалы, с которыми перед смертью знакомились все более-менее матерые преступники, угрожавшие государственности. По дороге Воронов вызвал гранд-капитана Шерха, объяснив только, что тот не должен пропустить такое событие, если оно пройдет без его ведома.

Здесь было темно и неуютно. Орк Шерх подозрительно озирался, не очень понимая, зачем хранить останки его погибшего сотрудника в таком помещении, больше похожем на склад вещественных доказательств. Совсем уже эти иэсбэшники зарвались. Никакого уважения к героям Стражи! А ведь начальник Управления гранд-майор Грауд даже подавал прошение о посмертном награждении Летова... Была даже идея создать новую государственную награду — «Медаль Летова». Эх, какая хорошая мысль была, да померла под грузом бюрократии... Но в Управлении сотрудники все равно шептались, и с их уст все чаще срывалось словосочетание «отвага Летова», когда речь заходила о его короткой, но, безусловно, яркой службе. Они помнили своего коллегу, утершего нос даже ИСБ... Не забывали его и омоновцы Стражи, хотя мало кто из них был знаком с человеком, давшим жизнь такому понятию, как «метод Летова»...

— Достань объект АР № 94288435,— как можно небрежнее бросил Воронов дежурному, стараясь скрыть свое беспокойство.— А вы там подождите.

Дежурный ушел копаться в кладовой и вскоре снова показался, толкая перед собой парящий в воздухе ящик, напоминающий гроб, в каких хоронят умерших по традиции некоторых религий.

Дальше Воронов действовал сам. Он опустил ящик и открыл его, снимая все охранные чары. Через мгновение из него поднялся невредимый Зор Летов. Селина не выдержала и бросилась к нему, оттолкнув в сторону Воронова. Летов плохо понимал, что происходит, так как ему казалось, еще мгновение назад он был на допросе в следственном комитете ИСБ. Он уже начал догадываться, что происходит нечто благоприятное для него.

Селина плакала, прижимаясь к Зору, а он обнимал жену, стараясь не придавить при этом своего маленького сына Кайрона, висящего в нагрудном детском рюкзачке. В глазах Летова появился влажный блеск, но он держался, лишь начал шептать жене на ушко ободряющие слова.

— Не плачь, я не могу смотреть, как ты плачешь, пусть даже от счастья. Если ты не прекратишь, то заплачу я, и потом тебе будет стыдно за своего мужа-плаксу...

— А что, раньше никак нельзя было его выпустить? Зачем нам врали, что он погиб? — проворчал Шерх и с укоризной посмотрел в спину Селине, так как понял, что она тоже знала, но молчала.— Козел ты, Воронов!

Селина все так же крепко прижималась к мужу, целовала его куда попало и жарко шептала в ответ:

— Мне никогда не будет за тебя стыдно! Ты мой единственный страж, ты моя пуля, летящая в цель! Ни одна цель не уйдет от тебя! Никто и никогда не остановит твой полет!

Она знала, что именно это будет приятно услышать ее любимому стражу. Именно это, а не «розовые сопли с сахаром», как иногда говорил гранд-капитан Шерх.

— Точно! — обрадовался подслушивающий орк.— Молодец Селина, дело говорит: такой «снаряд» даже Смерть вряд ли остановит!

Тут Летов посмотрел на него и ответил совершенно серьезно, но так туманно, что понял только старший инквизитор Воронов:

— Мне теперь с Ним по пути...

* * *

Когда Летов попросил всех оставить его наедине с женой, никто не подозревал, что он уйдет не попрощавшись. Куда они делись из охраняемого здания ИСБ, никто никогда не узнал и не узнает. Бытует мнение, что Летов открыл проход между мирами и покинул территорию Империи Хинлау. Поговаривают, что маги Гильдии иногда встречают на своем пути в неизведанных мирах странных боевых магов в хитиновых доспехах. Также ходят слухи о появлении какого-то тайного магического Ордена. Самые романтичные натуры даже заочно присвоили ему имя — то ли Летова Смертоносца, то ли Зора Смертьнесущего... Настоящей правды никто не знает, но есть надежда, что когда-нибудь в редакцию издательства Стражи Порядка придет рукопись, отредактированная Селиной Летовой, которая расскажет о судьбе ее мужа...

А еще поговаривают, что совсем недавно известный брат-близнец архимага Гайт пострадал в драке с каким-то молодым парнем, очень похожим на лейтенанта Летова. Так это или нет, вскоре станет известно, потому что за расследование взялся один столичный журналист, известный своей цепкой хваткой...

...И когда стало ясно, что Летов исчез окончательно, Воронов наконец-то смог вздохнуть свободно. Он соврал графу, взяв вину на себя. Оп умолчал, что архимаг Гайт вел следствис абсолютно самостоятельно и взял на себя грехи подчиненного. Инквизитор с болью в душе осознавал ошибки своего подразделения и во всем винил исключительно себя, а это могут себе позволить только ответственные и достойные командиры. Но теперь он точно знал, что должен сделать. Снова оказавшись за компьютером у себя в кабинете, архимаг взялся писать письмо. Клавиши опять застучали под легкими телекинетическими ударами, и текст побежал по экрану:

*Директору Имперской Службы Безопасности
грандмагу Тергону, первому принцу Империи,
старшего инквизитора ИСБ архимага Воронова А. И.*

Прошение.

Прошу снять с меня должностные обязанности и освободить от работы в ИСБ по причине утери доверия к своему чувству справедливости и законности.

*Архимаг Воронов А. И.
12.10.2546 г. от Объединения*

Архимаг писал по старинке, как было заведено еще в те времена, когда адмирал Мархуз вел свой флот на острова, а шестнадцатилетний Тергон, первый принц Империи, уничтожал гоблинов-людоедов. Воронов знал, что принцу будет приятно увидеть прошение, написанное в устаревшем стиле без предлога «от». Улыбнувшись своей маленькой хитрости, архимаг отправил письмо и выключил компьютер.

Позади него, в потайном шкафчике, встроенном в стену, прятались две маленькие серебряные статуэтки. Слева стояла изящная женская фигурка с длинными волосами. Все ее достоинства и привлекательность были хорошо видны даже при таких крошечных размерах. В руках она держала младенца, прислонив его к груди. Немного правее и чуть впереди стояла фигурка мужчины, словно защищавшего свою партнершу по скульптурной композиции. Молодой воин хищно улыбался, крепко сжимая рельсотрон, и по его виду было понятно, что Смерть готов встретиться лицом к лицу с любым, кто посмеет угрожать Жизни и ее младенцу. Воронов зажег маленькую свечку перед этой парой и тихо зашептал молитву:

— За здравие живущих и за покой погибших...

Закончив таинство, маг оставил шкафчик открытым и не спеша вышел из кабинета. Теперь он мог спокойно отправиться в ближайший бар и выпить немного вина за здравие семьи Летовых...

Оглавление

Литературно-художественное издание

Виктор Орлов-Пушкарский

МАРШ ОБРЕЧЕННЫХ

Ведущий редактор *А. Мазин*
Ответственный редактор *П. Разуваев*
Художественный редактор *Ю. Межова*
Технический редактор *В. Беляева*
Компьютерная верстка *Т. Алиевой*
Корректор *В. Леснова*

ООО «Издательство Астрель»
129085, г. Москва, пр-д Ольминского, 3а
Наши электронные адреса: WWW.AST.RU
E-mail: astpub@aha.ru

ООО «Астрель-СПб»
198096, Санкт-Петербург, ул. Кронштадтская,
д. 11, лит. А
E-mail: mail@astrel.spb.ru

Издание осуществлено при техническом участии
ООО «Издательство АСТ»

Издано при участии ООО «Харвест». ЛИ № 02330/0494377 от 16.03.2009.
Ул. Кульман, д. 1, корп. 3, эт. 4, к. 42, 220013, г. Минск, Республика Беларусь.
E-mail редакции: harvest@anitex.by

Республиканское унитарное предприятие
«Издательство «Белорусский Дом печати».
ЛП № 02330/0494179 от 03.04.2009.
Пр. Независимости, 79, 220013, г. Минск, Республика Беларусь.